明るい夜・かもめの日

女たちと男の話

黒川創

春陽堂書店

装幀／南伸坊

明るい夜・かもめの日
女たちと男の話

明るい夜

何事にも始まりというものがなければならず、その始まりはもっと前からあった何かとつながっておらねばならん。

——Every thing must have a beginning and that beginning must be linked to something that went before.

サンチョ・パンサ

（ただし、メアリー・シェリーの記憶による）

工藤くんが「小説、書きたい」と言いだしたのは、去年の暮れごろだったかと思う。付きあいはじめて、半年あまり過ぎたころだった。返事のしようもないのでほうっておいた。そしたら、年が明けて春先には、三年近く勤めていたという本屋も、ほんとうに辞めてしまった。

まだ、何か実際に書いていそうな様子は、まるでない。

近くの鴨川べりで、ぼーっと、ほとんど毎日、芝生に腰を下ろしている。寝そべって、本を読んでいることもある。ときどき、河原の散歩道を自転車で、あちこち脇見しながらぶらぶら走っている。暑い日中や雨の日は、図書館で過ごすらしい。

アパートの部屋にわたしがいる時間を見計らい、遊びに来る。いっしょにご飯を作って、食べたりもする。週に一、二度、そのままわたしの部屋で泊まっていく。(彼のアパートの部屋のほうへは、わたしは行かない。掃除もしないで散らかっているし、洗濯物や、流し台の洗い物も溜《た》まっている。手伝ってあげないと、という義務感に、縛られそうになるのがいやだから。)

うらやましいことに、彼は、よく眠る。

「しんどいときに、無理して起きとっても、そら、あかんわ。かえって、そんなん、時間のむだやわ……」

そう言ううちに、すとんと、眠りの底へと落ちていく。いびきもかかず、深い寝息を静かにたているだけだ。

わたしのほうは、なかなか寝つけず、彼の寝息を聞いている。……どうやら、彼には、こうやって眠る時間が、いちばん大事なのかもわからない。夢見る時間を待つために、起きて過ごしかない昼間の時間を、ああやって河原でつぶしているだけなのではなかろうか。

山あいに夏の終わりの日が落ちて、かなりの時間が経っていた。バスの窓越し、外の景色は、いよいよ暗くなる。ガラスに、わたし自身の顔が映りだす。ぼんやり、それを見ながら思っていた。

1

バスは、帰路も二時間、山道を走りつづけた。汗と埃《ほこり》にまみれていたので、銭湯に急いだ。夕食どきのせいか、洗い場はすいていた。

……たぷん……。

湯船につかると、お湯が鳴る。膝《ひざ》を抱え、腕をほどき、少しずつ、両脚を伸ばしていく。目をつぶる。自分のからだの輪郭が、ぬるめのお湯にだんだん溶けていく。芯の疲れがほぐれて、からだの内から滲《し》み出てくる。

「あら……」声が響く。「おいやしたんやな」

湯気のむこうに、白髪のおばあさんが見えてくる。腰は曲がっていて、ゆっくり左右に揺れながら、濡《ぬ》れたタイルの上を歩いてくる。

大家さんだった。

ちいさな目を、しばたたく。脚は痩せ、皮膚が皺を刻んで、樹木みたいに見えている。わき腹に、茶色の大きなシミがある。乳房はしおれて、たらんと垂れている。手ぬぐいを、そこから下にかざして、湯船ぎわまで摺り足で寄ってくる。

ゆっくり、しゃがんで、手ぬぐいを膝に置く。震える指先で、そばの風呂桶を引き寄せた。

湯船に、ぽちゃんと、風呂桶を落とす。ぷかぷか、それは浮いている。そのふちに指をかけ、押さえるように傾けて、なかばくらいまでお湯を汲《く》む。

「うっ」と息を詰め、風呂桶を引き上げる。細い腕が力む。少しずつ、こぼすように、お湯を自分のからだにかけていく。

てのひらで、さするように、あちこち洗う。もういっぺん、風呂桶に半分お湯を汲み、ちびちびこぼして、また、こする。

「さあ、つからせてもらいまひょ……」

誰にともなく、ちいさく言う。手ぬぐいは四つにたたんで、風呂桶のふちに掛けておく。

両手を前に伸ばして、湯船のへりにつかまる。「……よっこらせ」、自分に掛け声してから、息をそれに合わせて立ちあがる。

からだの重みをそこにかけ、片方の脚を湯船のへりまで這《は》い上げる。二の腕が、重みを支えて、ぶるぶる震えている。たるんだ腋《わき》の皮膚も揺れる。その脚は、へりを越え、滑るように湯のなかに落ちてくる。

もう一方の脚もどうにかそこを跨《また》ぎ越し、おばあさんの小柄なからだ全体が、お尻のほうから湯船のなかへと入ってくる。

向きなおって、しばらく目をつぶり、ほーっ、と、長い息をついていた。

「あー、ええお湯やな。やわらこうて」

目を開き、ちょっと首を傾け、わたしにむかって彼女は言っている。

「──夏場のうちは、やっぱり、こないな、ぬるめのお湯がよろし。さっぱりしまっしゃろ。湯上がりかて涼しおす」

「ええ……」わたしはうなずく。「ほんとに」

湯船の隅をはさんで、わたしたちは直角をなすように隣りあい、それぞれ、背中をへりに凭《もた》せてつかっている。おばあさんの足指の先が、わたしの左ふくらはぎの外側に、ちょっと触れている。くすぐったい。からだを、そっとずらすが、また触れる。

「よろしおすなあ。若いお人は。うらやましおす。お肌かて、ほれ、つやつやや。……さくら色やわ」

ちいさな目が、わたしの肩と顔のあいだを行き来する。そして、だんだん目線は下がっていく。

……こほっ、こほっ、こほっ……。

湯気にむせ、おばあさんの咳《せき》が、天井に響く。目線をこちらに戻して、彼女は目尻で笑っている。

大家さんの古くて大きな家にはもちろん内風呂があるのだが、このおばあさんは、銭湯のほうが好きなのだそうだ。たっぷりした蒸気のせいか喘息《ぜんそく》も楽になるそうで、三百メートルほどの道のりを、杖をつき、つき、歩いてくる。

「――きょうは、お店、どないどした？　忙しおしたか」

顎の先まで湯のなかに沈めて、訊《き》いてくる。

「休みだったんですよ、バイト。月曜で」

「あ、さよどすか。そら、よろしおました」こっくり、おばあさんはうなずく。「どっか、ほんなら、お出かけどしたか。昼のうち」

「ええ。午後だけは」

「どちらまで？」

穿鑿《せんさく》する。

「広河原《ひろがわら》っていうところへ……。ちょっと、遠出して」

「広河原？」彼女は目を見張る。「えらい遠いとこまで。花背《はなせ》よりか、まだ先やがな」

「え。ご存知ですか？」

「そらあ、もう八十何年、ここらで生きてしもたさかいに」おどけた口調で、そう言った。「けどな、行《い》たことは、おへん」

「あ。そうなんですか」

「そらそうどすがな。どないな用事が、そないな山あいの村に、うちらのほうからありますのん。熊が出るようなとこどっしゃろ」

「鹿なら見ました。バスの窓から」

「猿かておりまっしゃろな」

「……そうかも」

「ようは存じまへんけど、あっちからやったら、京都の街のほうへ出てくるよりか、若狭の日本海べりへ抜けるほうが、近《ち》こおすんとちゃいますやろか。ちょっとむかしやったら、そないなとこまで京とは言いまへんがな。丹波の山国や」

言いながら、どこかしら懐かしそうに、目を細めている。

「——せやけど、どないして行かはりましたん。遠いとこを」

「バスで。鞍馬《くらま》から、花背峠越えて……」

「はあ、バスどすか？」

くすん、と鼻を鳴らすように、おばあさんは笑った。

「――うちらの若《わか》おした時分は、鞍馬からあっち、人がどうにか通れるほどの杣道《そまみち》しか、おまへなんだ。花背のほうの女子《おなご》の人らが、そこを炭背負《せお》て、峠越えして、鞍馬まで売りに来てましたんやさかい」

「冬に？」

「いいえ、夏場のうちから。秋、せいぜい雪がちらつくくらいの時期までどしたやろ。

冬には、貴船《きぶね》、鞍馬から奥いうたら、ぎょうさん雪が降るさかいに。えろう積もって、そないやすやすとは歩いて越えられへん。

うちは実家《さと》が上賀茂《かみがも》どしたによって、そないな炭を、鞍馬の問屋のほうから、また売りに回ってくる人がおって」

「へえ……」

さっき目にしてきたばかりの景色を、またぼんやり思いだす。

「……ほな、おさきいに」おばあさんが、言った。「ぼちぼち、上がらせてもらわんと。気ぃつけとかんとな、年寄りは、じき、湯ぅにあたりまっさかい」


たぷん……。


お湯が波打つ。

からだを後ろへひねって、おばあさんは湯船のへりにしがみつく。「よっこらせ」、自分に声かけ、ゆっくり立ちあがる。

首筋、乳房、背中、わき腹、お尻のあたり……、数えきれない皺に沿い、水滴が光って、流れ落ちていく。

そして、ゆっくり、ゆっくりした動きで、へりを跨ぎ、洗い場に出ていく。


……とぷん。


お湯が鳴る。

だんだん、眠気が寄せてくる。

また目をつぶる。湯のなかで、自分の内と外、その境目さえ曖昧《あいまい》で、わたしはいよいよ眠くなる。


……たぷん……。

2

思いだしてくる。

「賃貸借更新契約書」と、そこには大きく書いてある。

「どないやろ」

佃さんは、不安げな面持ちで、わたしの部屋の入口に立っていた。背が低い。だから、つま先立ちで、こちらの顔と書面を交互にのぞきこんでいた。

《【物件の表示】
物件の名称　出町柳《でまちやなぎ》アパート　二二号室
所在地　京都市左京区田中下柳町××
構造　木造二階建》

あれは春の終わり、平日の、まだ昼前だった。あのときも、アルバイト先は休みの日だった。部屋の扉がノックされたとき、コーヒーをたてている最中だった。前夜遅くにやって来た工藤くんが、そのまま居座って、朝から部屋のまんなかでごろごろしながらペーパーバックなんか読んでいるので、ちょっといらいらしていた。童顔だけども、彼はでっかい。一間きりの部屋で寝ころばれると、じゃまである。部屋の空間が、すべて埋めつくされてしまったみたいで、息苦しい。

……こんこんこん……。

また叩《たた》く。

はい。……はい、はい。

返事だけして、コーヒーを淹《い》れきった。やっと、それから、古くてがたつく木製の扉を開けたのだった。

グレーの作業着姿で、佃さんがそこに立っていた。

「えらい、すんまへんけどな、トモちゃん」書面を差しだし、いきなり彼は言ったのだった。「これ、ちょこっと目ぇ通してもらえへんやろか」

たぶん、七〇歳をいくつか過ぎている。ひと部屋あいだにおいて、佃さんはその隣の部屋の住人で、ときどき、豆大福とか、おせんべいをわけてくれたりする。むかしは友禅染の水元――つまり〝洗い〟の職人だったのだそうだ。いまは、ひとり暮らしで、近くの花屋で手伝いの仕事をやっている。

白髪まじりの癖《くせ》っ毛で、額からあたまのてっぺん近くまで禿《は》げている。側頭部に残った髪を、耳が隠れるくらいに伸ばしている。あご鬚《ひげ》もある。ちょっと反っ歯で、痩せている。上の前歯の片方と、下の糸切り歯が一本、抜けたままになっている。左右に張った鼻、度の強い黒ぶちメガネをかけているので、目が奥まってちいさく見える。背丈は、一四五センチあるか、どうか。部屋でごろごろしている工藤くんを、扉のすきまからちらっと一瞥《いちべつ》したようだったが、無視して、そのまま話し続けた。

「――大家のばあさん、けさも、また、部屋に来よって。なんやかんや、うるさいこと、ぬかしよるんやわ」

「また、ですか」

「せやねん。しつこいやっちゃで、あのばあさん。いったん言いだしよったら、こっちの言いぶんは何も聞かんと」

両目を、くちゃっと、佃さんはしかめた。

二〇年間暮らしてきたこのアパートの部屋から、どうしたわけか、このごろ佃さんはしきりに転居を迫られている。追い立てているのは、もちろん大家のおばあさんなわけで、彼はおおいに弱っているのだった。

「――せやからな、これ、うちの部屋の契約書やねんけど、念のため、おたくの部屋の場合と較べてどないなもんか、見てもらえへんやろか思て。用心ちゅうもんかて、何事にも要るさかい。えらいご迷惑さんなことやけど」

契約書はしわくちゃ。醬油をたらしたようなシミもある。「賃貸人」が大家さんの名前「川辺ウメ」、「賃借人」が「佃茂夫」となっていて、両者の割り印、捨て印が捺《お》してある。

《【賃貸借条件】

敷金	――（入居時に受領済み）
礼金	ナシ
月額賃料	金二四、〇〇〇円
月額共益費	金一、〇〇〇円
契約更新料	二カ月分
賃料支払方式	持参払い
使用目的	住居
入居者	一名（佃茂夫）》

「うん」

部屋の入口で立ったまま、指でたどって、目を通す。

「どやろ？」

「えっと。ここのところは、うちといっしょ」

「あ、さよかいな。ほんならええけど」

《……
契約期間　平成一四年九月二六日～平成一五年九月二五日までの一年間
契約の更新　以後の更新も、一年間の更新とする》

「……あ」

「えっ？」佃さんは色めく。「な、なんやねん。トモちゃん」

「ここ違う」

「なにがや」

わたしの手にある、自分の「賃貸借更新契約書」を覗きこむ。

「わたし、二年契約ですよ。だけど、佃さんのは、ほら、契約期間が一年で」

「ほんまかいな」

「うん。大学三回生のとき、わたし、ここに越して来て。それからちょうど四年で、先月、二度目の更新したばかりだし」

「くそ。あのババア」

佃さんは、語気を強めた。

「ババアって……、ちょっと」

「不動産屋もや。前か、前の前か。いや、前の前の前の更新のときやったかいな。『ここのアパート、もう古うてボロボロやし、不測の事態のことも考えて、今後は一年ごとの契約でやらせてください』て、言いよったんやわ。不動産屋の若いもんが。ほかの入居者にも、順次、みな、そうやってもろてますて」

「不測の事態……って？」

「地震で建物《たてもん》が壊れて、もう潰《つぶ》してしまわなあかんとか。たぶん、そないなことやないかいな」

「あ、そうなのか」

「けどな、考えてみたら、それからやわ。あのババア、なにかにつけて、『出ていけ、出ていけ』て、折りにつけ」

頬《ほお》を赤らめ、憤懣《ふんまん》をぶちまけて、佃さんは、はあ、はあ、と息をつく。

「——とうとうな、今度は、こうや。『じきに出ておくれやす、とは、うちかて言うてしまへん。契約の期限まで、まだ何カ月もありまっさかい。どうぞゆっくり、おたくさんの納得いかはるような新しいアパート、見つけとくなはれ』——て。あのババア、ど厚かましい」

「〝ババア〟は、やめて」

「せやけどな、トモちゃん……」

佃さんは、言葉の続きを呑みこんだ。

ともあれ、更新の期限には、ほんとうに、ここのアパートを出なければならないのか？ 佃さんの差し迫った問題は、それなのである。

「賃貸借更新契約書」の次のページをめくってみる。「【更新の申し出】」という項目が目にとまる。ただし、そこにも、あまり多くは書いてない。

《契約期間が満了する一ヵ月前までに、賃借人は賃貸人に申し出て、両者合意のうえで契約を更新するものとする》

これだけ。

「うーん。……つまり、今度の場合は、『賃貸人』の大家さんが、『合意』したくないって言ってるわけですよね」

「そういうことやな」

「だけど、おかしいよ。そういうのって、やっぱり。こっちが何もトラブルを起こしてなければ、合意するつとめが大家さんにはあるでしょう？　ちゃんと家賃も払って、ルールも守ってるんだし。貸してる側が一方的に何やってもいい、ってはずないよ」

「せやろ？　めちゃくちゃやがな。あいつらの言いよることは」

強気な口ぶりとは裏腹に、佃さんは浮かない顔で立っている。

「それに、これ、更新料、高すぎるよ。二年契約から一年契約に変更しておいて、なのに、更新料が前と同じ二ヵ月分って。実質、二倍の値上げじゃないですか」

「せやがな、高いがな。よう考えたら」

かといって、いざ、どんな手を打てばいいのか、思いつかない。

「こういうこと、もっとよくわかる人に相談するとか」

「誰やいな、それ」

「わからないけど……弁護士とか」

「弁護士かいな」佃さんの顔は、また曇る。「月二万五千円、風呂なし、トイレ、水場共用。そないな部屋に住んどって、それができたら、苦労ないがな。トモちゃんかて、せやろ?」

「うん……」

……ブルルル……ブルルル……ブルルル……。

部屋のテーブルの上で、携帯電話が震えて鳴りだした。

「お、電話やな。どうぞ出とくなはれ。いきなり、すんませなんだ。おおきに」

そう言って、佃さんは、わたしの手から「賃貸借更新契約書」をひったくるように取り返し、自分の部屋に戻っていく。

扉を閉め、アザラシみたいにのたうつ工藤くんを跨ぎこし、電話機のほうに手を伸ばす――。

「友だちが遊びに来る」電話を切ると、振り返って、工藤くんにわたしは言った。「バイト先の、イズミちゃん」

カーペットの上にうつ伏して、彼はペーパーバックの『フランケンシュタイン』を読んでいた。自分の分だけ、コーヒーをサーバーからカップに移して、腹ばいのまま啜《すす》っている。

こぼさないでよ。

癪《しゃく》にさわるが、言わずにおく。

「え？」

彼は、銀ぶちメガネの目を上げた。ぽかんと、口を少し開いたままでいる。柔和な顔だち。上の前歯が、ウサギみたいにちょっと大きい。目はいくらか斜視である。

「——ほなら、ぼく、帰るわ」

ごろごろしていたくせに、起き上がったら、彼はすばやい。帆布《はんぷ》製の肩掛けバッグに、本やペンケース、ノートをとっとと詰め込む。

「いても、いいんだけど」

「うん……」困ったように、あいまいな笑顔を浮かべている。「それはちょっと」

「じゃあ、どうするの？　いまから」

「河原をぶらぶらして。それから自分の部屋に帰って、本でも読む」

「そう？　なら、また電話する」

「うん」

部屋を彼は出る。廊下の窓ぞい、白い漆喰《しっくい》の壁は、あちこち剝《は》がれ落ちている。鈍く、黒光りする木の廊下を、スリッパ履きで、彼はまっすぐ歩いていく。オリーブ色のトレーナーに、生成《きな》りのチノパンをはいている。バッグの肩掛けベルトに、首も通して、斜めに下げている。一階の玄関口に降りる踊り場で、彼は立ち止まり、こっちを振りむく。天井はそこだけ吹き抜けになっていて、頭上の明かり採りのちいさな窓から、淡い光が垂直に落ちている。

「ほんなら、また、朋子さん」

片手を、胸のあたりでひらひら振る。それから、飴《あめ》色に光る木の階段を降りていく。

3

イズミちゃんが、わたしの部屋に現われたのは、午後二時ごろのことである。ベージュのノースリーブのワンピースに、白い薄手のカーディガンをはおっていた。アルバイト先のイタリアン・レストラン以外で、こうして二人で会うのは初めてのことだった。

「寝不足で……」木製の古い折り畳み椅子に腰を下ろすと、青白い顔色で彼女はこぼした。「きのうの晩も、あれからアパートに帰って、朝まで眠れなくて」

「わたしも」ティーバッグをポットにお湯で沈めて、目を上げる。「このごろ不眠ぎみ」

「でしょお」彼女は笑った。「いいわけないよね、ウェイトレスなんて。からだにも、精神衛生にも」

頬と鼻のあたまに、そばかすが散っている。小づくりな丸顔で、くっきり、目は大きい。その目の下に、うっすらクマができていた。

ウェイトレスというのは、たしかに、不眠に陥りがちな職業だと思う。

できあいの笑顔で、ストレスを隠している。ひとが飲み食いするのを横目に、立って働く。料理や飲み物を次つぎ運んで、肩は張り、腕やふくらはぎがむくむ。

――かんぱーい。――

――おめでとう。――

――おつかれさまー。――

と、から騒ぎの声ばかり聞いている。

残飯を、大型のポリバケツにどんどん捨てる。ふつうの人が眠りにつくころ、店の片づけを済ませて帰ってくる。銭湯の仕舞い湯に駆け込む。それから夜中に適当に何か食べ、ビールを飲む。まだ眠くない。寝つきのためだと自分に言い訳しながら、ウィスキーのボトルに手を伸ばす。わたしの場合、このごろひそかにジンも飲んでいて、これではまずいなと自分で思う。

「朝まで、どうしてたの？」

「ふとんにもぐって、ビデオで『テス』観てた」

「あー、あれ」

あきれて、わたしは笑った。

前夜、レザさんが、なかば無理やり、彼女にレンタルのビデオを又貸しするのを見ていたからだ。

「――いいのに。そんな無理して気をつかわなくても。レザさんなんかに」

「そんなつもりでもないんだけど」

「だって、あれ、自分が借りてきて観おわったやつじゃない。それをイズミちゃんに回すって、ちょっと、せこくない？　了見《りょうけん》が」

くくっと、喉《のど》を鳴らして、彼女は笑った。

《ラ・ノッテ・キアーラ》は、チェーンの若者向きのレストランである。イタリア料理の店だけれども、イタリア人の従業員はいない。わたしたちが働く四条木屋町店でも、日本人の従業員が昼夜合わせて一〇人ばかりと、あとは、ホールにイラン人のレザさん、厨房にミャンマー人のセインさんという顔ぶれになっている。メニューには、なぜだかエスカルゴもあって、これにはインドネシア産カタツムリの缶詰めを使っている。

レザさんは、店で最古参のウェイターで、二重瞼《ふたえまぶた》の大きな両目と、長い手足、がっちりした体軀《たいく》を持っている。顔の彫りが深くて、髭が濃い。短く刈り込んだ髪は、いくらかごま塩で、そのてっぺんだけ、もう薄い。

ともあれ、彼は、このごろなんだか不機嫌なのだった。自分よりずっと若く、勤務経験も浅い山崎さんが、店長に抜擢《ばってき》されたかららしい。

――こういうのって、サベツじゃない？――

ウェイトレスやコックをつかまえ、レザさんは、流暢《りゅうちょう》な日本語でよくこぼす。

英語も達者。日本に来てからはずっと語学教室に通ったそうで、欧米からの観光客が相手でも、すらすら軽口をたたきながら給仕する。コックもできる。だから、食材の仕入れ、仕込みの段取りを、厨房のスタッフといっしょに打ち合わせる役回りも兼ねている。レジスターを打つときも、冗談の一つは決めて、財布を手にしてこわばりがちなお客の表情をなごませる。……どれも、店長の山崎さんがひどく苦手とすることなので、

――ほら、おかしいよね？　こんなのって。――

と、レザさんはますます言いつのる。

だけれども、それゆえにこそ、はっきり言って、彼は店のスタッフたちから浮いている。

――だって、まちがってるよ、店長のやりかたって。――

山崎さん本人の前でさえ、そういうことをはばからずに口にするからだ。相づちを求められる相手のほうが、これには困ってしまうのだった。山崎さん自身はと言えば、レザさんをいっそう勢いづか

せかねないことになるのが億劫《おっくう》らしく、極力、聞こえないふりを決めこむことにしているようだった。

「あれって、やりすぎ。レザさんって。しゃべりすぎだよ。ばかばかしいよ、あんなやりかた」

わたしは言った。

「そうかも……」

イズミちゃんは、ただそれだけ答えて、笑っている。

そういうレザさんの趣味が、映画なのだった。映画館にはあまり出かけず、ビデオで観るらしい。それはいいのだけれど、感動した映画は、ひとにも観せたくなる癖がある。だから、レンタルのビデオを、貸出期限の切れないうちに、ひとにも急いで又貸しする。これはレザさんの一種の好意である。きのうの晩も、店がむちゃくちゃに混みあってる最中、『テス』のビデオをイズミちゃんに差し出し、

——愛だよ、愛。この映画って、最高だよ。——

しきりにそう説いていた。

「それで……観たんだけど、なんか、ぴんと来なくて」

「でしょう? だと思った」

「ナスターシャ・キンスキーは、まだすごく若くて、かわいかったけど」

「どうだか」

「うん……。とにかく、二回観た。上下巻あるんだよね、あの映画。ぜんぶで三時間くらい。二度目に上巻観はじめたあたりで、だんだん夜が明けてきて」

よく晴れていた。

部屋の窓は東向きで、近くの三階建てマンションに半分隠されながらも、大文字山《だいもんじ》の緑の峰すじが見えている。

ふたりで散歩した。

アパートの玄関前から、川端通りを横切ると、鴨川東岸の川べりに出る。百メートルばかり上流に、賀茂大橋が架かっている。たもとのコンビニで、缶ビールを一本ずつ買って、橋を西へと渡りだす。

橋のなかばで立ちどまり、欄干に胸をもたせて、北の方角、つまり、川上の側を見下ろした。

二本の川が、目のすぐ下で、ゆったりY字の形に合わさって、この橋をくぐり、さらに南へ流れていく。

北北東から流れてくるのが、高野川。

北北西から流れてくるのが、賀茂川。

合流し、ここで「鴨川」と名を替える。二本の流れに挟みこまれた三角形の土地は、芝地の公園になっていて、子どもらが水べりまで降りて遊んでいる。

「きれいだよね。ここからの眺めって」カーディガンを脱ぎ、石の欄干にノースリーブのワンピースの胸元をくっつけ、イズミちゃんは言った。サンダルのつま先が、ととん、ととんと、アスファルトの路面を蹴っていた。「わたし、ここ、この街でいちばん好き」

「うん、わたしも」

公園のむこうに、下鴨神社の森がある。むくむく、盛り上がるように茂っている。さらにずっと彼方、北山の連山が、空とのきわを薄紫色に占めている。

二百メートルばかり上流で、二本の橋が渡っている。高野川の東岸、賀茂川の西岸から、それぞれ公園のほうへと架かり、対称形をなしている。

ちいさな白い雲のかたまりが、北山の峰みねに影を映し、左から右へと動いていく。アオサギが、水面を低くかすめて、高野川の上流へ飛んでいく。

「あっちかな……」遠く、彼女は真北の山を指さした。「いや、あっちか……」もう少し東寄りの山をさしなおす。「方向オンチで、よくわかんないけど」

「なにが？」

「田舎があるの、わたしの」

「え？　だって、実家、横浜でしょ？　イズミちゃんって」

「うん、わたしはね。でも、父の生まれ故郷があるんだよ。あのへんの山を越して、もっと、そのずっと向こうなんだけど」

「へー。そうなんだ」

「うん」うなずいて、くっきりした眉《まゆ》の上に手をかざし、目を細め、わたしのほうを見た。西にかかりはじめた太陽が、わたしの肩ごしに、彼女の顔に射していた。「すっごい田舎よ、きっと、びっくりするほど。田んぼと、山。あとは、茅葺《かやぶ》きの家が、谷の開けたところに、ぽつん、ぽつんって、建ってて。それだけ。お店なんか、あたりに一軒もない」

「誰かいるの？　いまも」

「うん。おじいちゃんとおばあちゃんが。だけどね、もう十何年も、行けてなくて」

それだけ言って、北山のほうへと、目を戻す。

なんで？

そう訊きかけたが、黙っていた。

それより、わたしは不思議だった。あんなに深く険しげな山のむこうにも、誰かが暮らしている。そんな当たり前のことすら、これまで想像してみたことさえなかったからだ。

「ふーん」

ただうなずいて、わたしは河原をまた見下ろした。そして、目を凝らし、そこに散らばる人影を一つずつ追いだした。

「――あ、いたいた。やっぱり」

「なに？」

彼女が訊く。

「あれ」

指さした。

三角形の公園は、川の合流地点にあたる鋭角の先端が、まっすぐこっちへ向いている。ずっとむこうの付け根のほうは、小高い。そこからこちらへ、先端へと近づくにつれ、土地は段々に低くなる。小高いところは、この橋と同じくらいの高さがある。松の木などもまばらに生えて、石のベンチが木陰にいくつか置いてある。

そのこちら側は、一段低く、芝生の広がりになっている。左右のへりは、四〇度くらいの急な傾斜で、それぞれ川の水ぎわに降りていく。斜面は、子どものあたまくらいの大きな丸石で葺いてある。

石と石との隙間に、草が生え出て、なかばはそれが覆《おお》っている。

さらに先端部に近づくと、土地はいよいよ低く、細くなる。水面からわずか一メートルばかりの高さで、長い舌先みたいに、合流点まで突き出ている。白御影《しろみかげ》の割り石が、その全体を、鱗《うろこ》のように覆っている。

川は、左右のどちらも、浅くゆっくり流れて、澄んでいる。小学三、四年生くらいか、黄色い帽子の男の子が三人、先端近くの水べりに降りている。ザリガニか、オタマジャクシでも探しているのか。葦《あし》の生えぎわ、石を両手で起こしている。

「——あそこだよ」もういっぺん、わたしは言って、公園の芝生の広がり、そこの左のへりのあたりを指さした。若い男が、地面にじかに、賀茂川の流れにむかって坐っている。オリーブ色のトレーナーを着ている。膝を抱えるような姿勢で、ペーパーバックらしい本を読んでいる。さっきの『フランケンシュタイン』の続きだろう。「あれがね、工藤くん」

「工藤くん、って？」

彼女はわたしの顔を見る。そして、きれいな歯並びを見せ、笑いだす。

「——彼氏？」

「まあね」

照れくさかったが、わたしも笑った。けれども、自分の歯並びの悪さが気になって、いつもの癖で、舌先で上の左の糸切り歯を隠していた。——こんな癖のせいで、〈不二家のペコちゃん〉、そう言って、レザさんにからかわれたりもするのだが。

「ふーん。そうなんだ」

微笑を残し、彼女は、河原の工藤くんをまた見ている。

「イズミちゃんは？」

「え？」

「彼氏とか」

「いまは、なし」

「あ、そう」

「うん。いたことも、ときどき、あるけど。

なんかさ、つきあってても、あんまり実感が持てなくて。ほんとに、この彼のことが好きなのか、とか、そういうの」

「わかる気もする」

「うん。ぎょっとすることがあるんだよ。

目の前にいる相手が、ぜんぜん知らない人に見えてきて」

工藤くんは、脇の芝生に、帆布製のバッグと白いレジ袋を置いている。本を閉じ、バッグに戻す。

そして、レジ袋を膝の上に取り、なかを覗いて、手をそこに突っこんだ。

「――ねえ」イズミちゃんは、話を戻した。「どんな人？　工藤くんって」

「んーと……。ああいう感じだしな。わりに、いつでも、ぼーっとしてて」

「いくつ？」

「二六」

「いっこ上？　わたしたちより」

「学年で言ったら、えっと、二こ上か。早生まれで。けど、浪人してるから、大学出たのは、わたしらの前の年なのかな。そのはず」

「ふーん。それから？」

「いま無職」

「ほお」

「本屋に勤めてたけど、先々月、そこ辞めて」

「へー、そうなんだ。あとは？」

「こわがり」

「こわがり？」

「うん。暗いとことか、こわがる。

うちのアパート、水まわりとか、共用でしょう。トイレなんか、一階で。夜とか、そういうとこ行くの、こわいらしいんだよ。廊下や階段が暗いから」

「あ……」イズミちゃんは笑って、河原を指さした。「なんか食べてる」

たしかに。工藤くんは食べだした。

彼が坐っているところまで、この橋の上から、七、八〇メートルほど距離がある。思いっきり何か叫べば、風向き次第で、聞こえそうだ。けれど、手もとの食べものまでは、よく見えない。

「何かな」

茶色い。

透明なラップにでも包んであるのか、それを剝がしながら食べている。陽射《ひざ》しがそこに当たって、ときどき、ちらちら光っている。

「――ドーナツ？」

「うん。かも」イズミちゃんはうなずく。「……ていうか、パンかな、きっと。ほら、ミルクも飲んでる」

白地に青の紙パックに、ストローを差して、飲んでいる。お尻は芝生に、両足は、川面《かわも》へ下る急な傾斜に投げだしている。

「ベーグル」

「クロワッサンかも」

「そうかな……」

パン屑《くず》が散るのか、左手の指で、チノパンの膝をはたいている。もう一つ取りだし、また食べる。

「あのさ」欄干に左右のてのひらを重ねて、イズミちゃんは、顎もそこに置く。「どうして辞めちゃったの？　工藤くんって、仕事」

「小説書く、って」

「あ、多いらしいよね。このごろ、そういう子」

「知らない。そうなの？」

「らしいよ。意外に自信あるんだよな、みんな。大学卒業するときだって、これから映画やるって子とか、ミュージシャンになるって子も、けっこういたし。デジカムとかさ、コンピューターとか、いろいろ自分たちでいじくって」

「けど、小説って。それ用の道具とか、べつにないんだし」

「だよね」

「自信あるのかな、工藤くんも」

わたしがつぶやくと、彼女は笑った。

「どうなの？」

「きっと……自信とか、ないんじゃないかと思うんだけど」

「そうなのか」

「ちょっと、言ってみてるだけかも。小説書くとか。ほんとに、それのために仕事辞めたのかどうかも、あやしいし」

「でも、きっと、そういうもんだよ。わたしなんて、ずっと、もっとひどいよ。わかんないまま就職だけして、また、わかんないままそこ辞めて。

だけどさ、ぜんぜん稼ぎがなくなっちゃったら、実家に戻るしかないじゃない」

「……うん」

「それがいやで、どうにかバイトだけ探して。でも、こんなんじゃ、どこまで行っても、自信なんてできっこないよね」

風が東のほうから吹いてくる。

肩までの髪が、顔にまといついてくるのを、イズミちゃんは手で払う。目を細める。上がりかげんの、意志の強そうな眉の形が、いっそうくっきり見えている。

工藤くんは、三つ目のパンを口にくわえ、風で飛ばされそうになったレジ袋を押さえている。

美大の染織科を卒業してから、イズミちゃんは、京都市内、松ケ崎の染色工場の技術職に就職していたことがあるのだそうだ。けれど、半年ほどで辞めたらしい。朝、出社するのがユウウツで、起きられなくなったのだそうだ。

夜は眠れず、明け方まで起きている。目が覚めると、もう正午、ひどいときには午後二時、三時になっていた。

「――そんなのってさ、ぜんぜん理由にもなんないよね。社会人として」眉を寄せ、また笑う。「あれってさ、過眠なんだ、一種の。不眠じゃなくて。やだなー、かったるいと思ったら、もう、とめどなくどこかから眠気が降りてきて。抵抗できないの。だけどさ、ほんと、会社行けなかった理由って、それしかないんだよ」

「うん」

「気がついたら、もうお昼とっくに過ぎてて。助かったなー、ていうのと、自己嫌悪と。そのときによってだけど、まあ、半々で」

わたしなんか、就職試験さえ受けなかった。それでも、やっぱり親もとにだけは帰りたくなくて、そのままこうしてこの街で暮らしている。お金は要る。それははっきりしていることだし、できれば、もうちょっとは稼ぎたい。それなのに、どうしてあのとき就職活動もできなかったかと、自分で思う。

「なんかあったの?」訊いてみる。「仕事辞めたとき、イズミちゃんは、やりたいこととか」

「ううん。べつになし」彼女は首を振る。「会社ってどんなところか、わたし、いざ入ってみるまで、想像してみたこともなかったし。起きられなくなって、行けなくて、そこが行き止まりで、それだけ。あとは、なんにも」

パンを、工藤くんは食べ終える。ラップらしき屑をまるめて、牛乳の空パックも、レジ袋に片づける。手持ち無沙汰な様子で、上体を後ろにひねって、芝地のほうに目を向ける。

小学五、六年生くらいの男の子ふたりが、芝生の上で、互いに一〇メートルあまり離れて、フリスビーを投げあっている。一人は紺色、もう一人はオレンジ色の帽子をかぶっている。工藤くんは、彼らの動きをじっと見ている。

黄色い円盤は、ゆらゆら揺れて、片方の男の子の足もとに落ちる。投げ返すと、そっぽに飛ぶ。そのたび、彼らは跳ねるように駆けだして、拾って投げ、また、もとの定位置に戻ってくる。

「――でさ」彼女は、それを目で追う。「どんなの書いてるんだろう。工藤くんって」

「まだ書いてない」

「ぜんぜん?」

「うん、たぶん」

「構想中なんだね、きっと」

「どうなんだか」

そうか、いま、考えてるのか……とも、思う。

「――ともかく一年くらい、働くのは休みたいって。まず、失業手当つかって、それからあとは、貯金が少しあるから、ちょっとずつ崩して。無駄づかいしないようにして、お金が続くだけ」

「それ、いいよ。わたしの理想」

「そうかなあ」不安もある。「ついこの前だって、彼、新聞の広告ページ見てて、『チョーこしたい』って、声に出して読んでるわけ。……で、『これ、いまの流行語?』って、わたしに訊くんだけど」

「……ちょーこしたい?」

「うん。へんだなとは、自分でも思ったみたいで。それで、わたし、その広告を見た。そしたらさ、『チョーエツしたい』なんだよね」

「あ。……超越」

「そう。ほかになんにもしないでいると、かえって、あたまのなかが、あちこち固まっちゃったりするんじゃないのかな。あんまりさ、ぼやーっと、それぱっかりだと」

工藤くんは、河原で、立ちあがる。

チノパンのお尻を、両手ではたく。

少年たちのほうへ二、三歩、踏みだして、何か声をかけている。まずオレンジの帽子、それから紺色の帽子の少年が、交互にうなずく。仲間に入れてもらったのか、工藤くんは、黄色いフリスビーを受け取った。

「あ。あほ」思わず、わたしは声に出す。「子どもの邪魔して」

正三角形をなすように、彼ら三人は散りなおす。

工藤くんは投げる。

フリスビーは、ゆっくり、宙を滑って、飛んでいく。

紺色の帽子の少年が、それを追いかけ、拾って、振り返りざまに、また投げる。オレンジの帽子の少年がうまくキャッチし、工藤くんに投げ返す。足を滑らせ、よろけながら、両手でどうにか彼は受けとめ、とんでもない方向にまた投げる。

「あー」声たてて、イズミちゃんも笑った。「へたくそ」

「何やってんだか」

工藤くんが投げたフリスビーは、今度は高く舞い上がる。

わたしたちは、目でそれを追う。

「だけど……」

彼女は言った。

「だけど？」

その横顔に訊きかえす。

「そうやってぶらぶらしながら考えてるくらいが、きっと、いいんだよ。工藤くんはさ、そうやって書いてみたいことが、なんとなくでも、あるんだろうし。自分で、いつかそれを書きだせるのを、待ってるんだし。ほら、待つのって、けっこうしんどいことじゃない？そのことが、きっと大事で。……結局、とうとう何も書かなくたって、べつにそれはそれでいいわけなんだし」

「そうかなあ」

「そうだよ。他人《ひと》のことだったら、よくわかるんだよ。わたしも」

それだけ言って、彼女はやっぱり笑っている。

青空のなかで、フリスビーは風にあおられ、大きくそれていく。石葺きの傾斜の上を舞う。急カーブを描いて、水ぎわの草むらのほうへと降下していく。流れのなかに、白いしぶきをちいさく上げて、ついに落ちる。

少年たちは、芝地のへりへ駆けていく。水面をそこから見下ろし、立っている。フリスビーは、ゆっくり浮きあがり、流れていく。

「――あーあ」

ため息をイズミちゃんはひとつつく。

スニーカーを、工藤くんはあわてて脱いでいる。靴下も脱ぐ。チノパンの両裾《すそ》をまくり上げ、石葺きの傾斜を駆けおりる。

「あ、ばか」

わたしはあきれる。

「やだ、もー」

彼女も声に出す。

流れるフリスビーを追いかけて、彼は、川のなかに入っていく。膝上まで浸かっている。水底の石の苔《こけ》に滑るのか、ひと足ごとに、からだが、ぐらっぐらっと左右に大きく揺れている。手を伸ばす。届かずに、また追いかける。どうにか、やっと追いつき、黄色い円盤を拾いあげた。

彼は振りむく。傾斜の上の少年たちに、そこから笑顔で何か言っている。声は聞こえない。また、ざぶざぶ歩いて戻って、石を踏み、急な傾斜を上がっていく。

「ああいうやつなんだよ。あきれるでしょう?」

「うん」

イズミちゃんは、こっちを見て、微笑する。

少年たちは、濡れたフリスビーを受け取り、去っていく。工藤くんは、彼らを見送って、もとの芝地のへりに、また坐っている。例のペーパーバックを手に取って、ぱらぱらめくる。手を止め、読みだした。はだしで、チノパンの裾はまくり上げたままである。

「行こうか」わたしは言った。「もう、彼のことは、ほっとこう。それより、どっか坐るところを河原に見つけて、ビール飲もうよ」

「うん。ちょっと歩こう」彼女はうなずいた。「今度、工藤くんと話せるときに、わたしも小説のこととか、訊いてみたい」

賀茂大橋を西に渡りきる。

河原に下りる。南へ、下流をさして、鴨川べりを歩きだす。

高校の制服の女の子たちが自転車をつらねて、スカートをなびかせ、走ってくる。晩春の陽射しに、汗がにじむ。コットンシャツの袖口をわたしはまくる。シラサギが、広げた翼を大きくふくらませ、水辺の草むらに降りてくる。

「いいんじゃない?」遅い午後の陽のなか、イズミちゃんが振りむき、問いかける。「このへんで」

「うん」

芝生のベンチに腰を下ろした。

むこう岸、道路ぞいの並木ごしに、うちのおんぼろなアパートが見える。二階建ての古びた洋館風の木造家屋で、暗いレンガ色の屋根瓦を載せている。むかって左隣に、大家さん宅の日本家屋。右隣には、四階建ての賃貸マンション。ふたつの建物に挟まれて、肩をすぼめ、それは薄く埃をかぶったような姿で立っている。

大文字山が、それらの屋根ごし、ほとんど真正面に場所を占めている。北の山やまより、ずっと近い。だから、緑も濃く見える。「大」の字の周囲は、樹木が払われているせいか、ほかより浅い緑になっている。左右の稜線は、なだらかに、東山のほかの峰みねへと連なっている。

ビール缶のプルリングを起こすと、ぷしゅっ、と音がして、白い泡が噴きだした。ジーンズの膝にこぼれ、にじみながら、じわじわとそれは広がった。

「うまい」ひと口、まず飲んだ。それから、缶の三分の一ほど、ひと息に飲んでいた。「ちょっと、ぬるいけど」

「やっぱり、これだよね」銀のフープのピアスが、彼女の耳たぶで揺れる。「昼間の空の下でのビール。しかも、ウィークデイ」

川にむかって、並んで座っている。お尻の下に、彼女は花柄のハンカチを敷く。脇に草色のポーチ、膝にカーディガンを畳んで置いている。素足のかかとは、サンダルのストラップにこすれ、薄く赤みが差していた。

川は、浅い瀬で白く波だち、すぐに静まり、流れていく。

「あのね、うちのアパートに、佃さんっていうおじいさんがいて」わたしは言った。「むかし、友禅の〝洗い〟の職人やってた人」

「へー、いいな。そういうのって。わたしなんか、隣の部屋の人の顔さえ、はっきり知らないよ」

「そう?」

「そうだよ」彼女は笑う。「それが普通だよ。いまどきは」

「その人が言ってたんだけど――」かまわず話を引き戻す。「前は、鴨川の水って、こんなにきれいじゃなかったんだって。染め上がった友禅の反物《たんもの》なんかを、ここの流れに直接晒《さら》して洗ってたから。

水が、それで染まって、そこに、ほかの排水なんかも流れ込んでて。だから、魚とかも少なかったし、鳥もこんなにいなかったって」

「それ、聞いたことある。

わたしのいた工場も、むかしは川の水つかってて、また、そのまま流してたとか」

「だから禁止されちゃったらしいんだよ。鴨川とかで、友禅洗ったりするのも、ぜんぶ。水質汚濁防止なんとか、とか。そういう条例みたいので」

「いつのこと？」

「バンパクのころとか、佃さん、言ってた」

「なに？　バンパクって」

「万国……博覧会、かな」

「いつあったの？　それ」

「知らなーい」

「わたしたちが生まれたのより、もっと前かな」

「うん、……たぶん」

対岸の水ぎわ、ところどころに、暗渠《あんきょ》の大きな土管が口を開けている。けれど、まわりは深く草むし、排水が流れ出ている様子も、いまはない。

ビールを飲む。

うまい。

うまい。

と、また言いあった。

「──その佃さんってさ、このごろ、うちのアパートを出てってほしいって、しつこく大家さんから言われてて」

「なんで？　家賃とか溜めちゃって？」

「そうでもないんだよ。

大家さん、ときどき、わたしと顔を合わせたときにも、こぼすわけ。入居者が、あんまり年寄りなのは困るって。ここは単身者用のアパートなんだから、特に、って」

「そのひとも、ひとり者？」

「うん。奥さんは、もう死んじゃって。それから越してきたらしいんだよ。二〇年ほど前に。だけど、大家さんが言うには、年寄りのひとり者って、家主にとっては『ババ抜きのババ』だって」

「ひどい。……もし、死んじゃったら、とか？」

「たぶん。

はっきり、そういう言い方をするわけじゃないんだけど。病気とか、きっと、そんなこともいろいろ含めて、面倒なことになるのはご免だっていうんじゃないのかな」

「ふーん」

イズミちゃんは、相づちを打ったまま、川の流れに目を向けている。

「それってさ。大家さんにしても、自分自身がもう年寄りで、不安だからなんだと思うんだよ。もうけっこうな齢《とし》の息子さんと、二人暮らしで」

「大家さんって……ひょっとして、さっきアパートの玄関先で、ホースで水撒《ま》いてた、あのおばあちゃん？」

「そう」

「腰曲がってたじゃない。よたよた、杖ついて」

「うん。佃さんより、ぜったい、ずっと年上で」

「うひゃー」彼女は、わざとおどけた声を出す。「こわいよ、それって」

「そうなんだけど」


……ぴぴぴ、ぴぴぴ、ぴぴぴ、ぴぴぴ……。


着信音が、微かに聞こえだす。

「母からだ」携帯電話をポーチから取りだして、眉間《みけん》をわずかに曇らせ、表示画面を彼女は見ている。

「ちょっと、ごめん……」

そう言って、

——はい。——

落ち着いた声で、電話機に答える。相づちは打たず、しばらく、相手の言うことを聞いている。

河原のひろがりを見渡した。

水ぎわに、葦が草むらをなしている。川は、左手から右手へゆったり流れている。途中で一箇所、腰ほどの高さの堰《せき》を落ちる。横一列に、白いしぶきをあげている。むこう岸でも、石葺きの急な傾斜が、水ぎわから、河原の散歩道まで上がっていく。こちらと同様、芝地がそこに広がっている。そのむこう、草地の土手の傾斜が、さらにいくらか上がっていく。川べりを見渡す柳並木の歩道が、土手の上にある。川端通りの車道も、それに並んで走っている。

——……ええ、どうもありがとう。……うん、だいじょうぶです。——

春は、なかなか、ええもんやった。冬のうち、〝洗い〟は水が冷とうて、つらかったけど……。

佃さんは、川で友禅を洗っていたころを思いだし、言っていた。

……土手に、春はツクシが生えてきよる。仕事のあいまに、それ摘んで。家に持って帰って、醤油と、砂糖をちょびっと、あとは味醂《みりん》で、ことこと炊く。佃煮や。ヨモギも、ぎょうさん生える。あれは、草餅、草だんご。すぐに使わん分は、干しといてもええ。ハコベはな、摘んで帰って、小鳥の餌《えさ》にする……。

朝早く、リヤカーを引いて、この川べりにやって来る。そのころはまだ奥さんも生きていて、こうやって働くときもいっしょだった。

荷物を河原の芝地に降ろすと、二人は、腰上までのゴム長に履き替える。染め上がり、蒸して染料の定着を済ませたばかりの反物を、奥さんは手早くまとめ、いくつか籠《かご》に入れていく。佃さん自身は、長い竹竿を二本、手に持って、川の流れのほうへと下りていく。

――それは、お父さんと相談して決めてくれたら、わたしはそれでいいです……。――

「友禅流し」と言ったのだそうだ。

川の水面に、木杭が、岸から流れのなかほどにむかって、等間隔で一列に、点々と突き出ている。佃さんは、木杭の列よりわずかに上流側の水のなかに立っている。竹竿の一本を横にして、彼は、その両端が木杭にひっかかるように、水面にそっと置く。水の流れで、竿は木杭に押しつけられて、留まっている。わずかに水は波立ち、竿の表面を乗り越えるようにして、さらに流れていく。

もう一本の竹竿も、同じ要領で、さらに流れのなかほどのほうの木杭に留める。竿の両端は、どれも麻紐で木杭に結わえておく。

かたわらで、奥さんも水のなかにいる。反物を、彼女はそこで解きはじめる。布地の端から、膝元の流れに落ち、それは竹竿の下をくぐって、流れていく。丈のなかばまで解いたら、残り半分は、竹竿の上を渡して、下流に流す。手を放すと、自然に、鯉のぼりの吹き流しみたいに、泳ぎながら解けていく。ゆらゆら、浅い水のなかで、竹竿で二つ折りに繋《つな》ぎとめられ、それは揺れている。

二反、三反、四反、五反と、そうやって横一列に、流れのなかに並べていく。

朱……、青……、緑……。反物から、よけいな色糊や染料が流れ出し、川水を、色の帯に染める。たちまち、それらは互いに混ざりあい、濁った赤紫、青紫色となって、さらに下流へ流れていく。

ここまで仕込みを済ますと、二人は、河原に上がる。そして一時間ほど、糊や染料を、川が洗いおとしてくれるのを待っている。

それが春なら、土手でツクシやヨモギを摘む。

――……ええ。ミエコにも訊いてみてください。――

時間が来たら、佃さんと奥さん、二人はふたたび川に入る。竹竿の上流側に立ち、反物をたぐりつつ、水中でそれを大きく前後に揺らす。絹地を傷めないよう気をつけながら、何度も強く引く。どっと、残りの染料がそこから滲《し》み出て、下流の水をまた染めていく。

反物を河原に上げて、芝地で干す。支えの台を、距離を取って並べ、反物を長く渡す。伸子《しんし》――竹串――を丸くしならせ、反物の両耳に等間隔で打っていき、ぴんと張る。

ひと通り、これが済めば、次の反物を川に流す。そして、また二人は、陽の当たる芝地に腰を下ろしている。

眠くなる。

――……ありがとう。――

静かに、イズミちゃんはうなずく。

行儀がいいな。

そう思う。

わたしが母親と話すときなんかより、ずっと。ずいぶん大人びた話し方に聞こえている。

——……ええ。それじゃ。——

「ごめんね」

電話を切って、彼女はわたしに謝った。微笑していた。

「ううん」

わたしは首を振る。

「ビール、よけいぬるくなっちゃったかな」

頬に笑みを残して、ごくん、ごくん、と気持ち良さそうに飲んでいた。

そして、黄色みの増した陽が当たる、むこう岸の芝地のほうを、またじっと見た。

肥えたおじさんが、柴犬を散歩させている。紺のウィンドブレーカーをひっかけて、ハンチングをかぶっている。犬は、元気よく、綱を引っぱる。糞《ふん》入れのレジ袋を手に持って、おじさんは下流のほうへ引きずられるようについていく。白いサイクリング車にまたがる少女が、反対側から走ってくる。前傾姿勢でペダルをこぐ。彼らは、互いに意識する様子もなしにすれちがう。

「——いい人たちなんだよな。うちの家族って」ひとり言みたいに、ちょっときつい目をしてイズミちゃんは言った。「そんでもって、まったく退屈で」

「え？」

聞き違えたかと思って、訊きかえした。

「物分かりっていうのが、得意な人たちなんだよ。『イズミがほんとうにそうしたいなら、お父さんたちは反対しない』——とか、よく言うし」

ふーん……。と思いつつ、わたしは聞いている。

「――父は、まあまあふつうのサラリーマンで。母は、わりかし聡明っぽくて、明るいし。妹は、けっこう真面目で、やさしいし」

「それ、文句ないよ、わたしだったら。物分かりのいい親なんて」

「けど、『わかる、わかる』って言いながら、ぜんぜん違う言葉で、みんながしゃべってる。そんな感じがする」

「うちは、ずっと、親たちが別居してたし。いっしょに暮らしてた母親は、口うるさかったし。わたしがすること、なんでもかんでも気に入らなくて。

いまだって、やっぱり、そうだよ。

たまに、母親のことも心配だし、泊まってこようと思って実家に帰る。だけどもね、結局、二、三時間で我慢できなくなって、いつも夜にはこっちに戻ってきちゃうし」

「ああ……。それも、わかる気はする」

「ほんとに？」

わたしは笑った。

「ただ、なんかさ、わたしって、自分の気持ちのまわりが、すかすかで」彼女は言った。「だから、口げんかとかまで行かないんだよ。なんていうのかな、家族といっしょにいても、自分だけがほんとは人間じゃないんじゃないかとか、そんな感じがいつでもしてて」

「ふーん」

いろんなことを言わずにいた。

……うちの親父は、借金を残したまんまで、蒸発しちゃったし。弟は、ぐれてたし。借金取りの男たちも、よく、朝や夜中にやって来て、玄関のドアを叩いたり蹴ったりしていたし。母親は、がむしゃらに毎日働きながら、わたしを罵《ののし》った。「おまえのせいで」とか、「生意気な子」とか、「ふしだらな娘」とか、「歯並びも悪くて、ひどく不器量」だとか。つねられたり、引っ掻かれたり、髪をつかんで引っぱり回されたり、弟がいないときに限って、されてたし。

宇治市の五階建て公営住宅、その最上階に住んでいた。ベランダから、自衛隊基地のフェンスがずっと遠くまで延びていくのが見えていた。一日三回、近くの自動車工場のサイレンの音が聞こえる。ラジオをつけると毎日同じ曲ばっかりかかってて、だんだん、その曲も嫌いになった。部屋で、ひとりで絵を描いているのは楽しかった。だけれど、同級生や先生たちに、家の事情を穿鑿されたりするのはうっとうしい。だから、そういうことは友だちにもしゃべらず、いちおう優等生っぽく通してたし。あとは絵ばっかり描いていた。

「ねえ、地球が自転する音って、聴いたことある?」

イズミちゃんが、川の流れに目を向けたまま、言っている。

「え?」

「わたしね、よく聴いたんだ。子どものころ。

保育所に通ってたの。母は、結婚前から、子供服のデザイナーの仕事を続けてたから。保育所って、お昼寝の時間があるでしょう? お昼ごはん食べて、昼寝して、三時のおやつの前に起こされる。するとね、寝起きのときに、あ、来る来る、って感じるの。空気の津波みたいに。

〝ぐぉーん、ぐぉーん、ぐぉーん……〟って、この世界の全体が低く響いて、ものすごい音なんだよ。

猛烈なスピードで、ここが動いてるらしいって、わかる。だけど、自分がその速さについていけなくて、こわいんだよ。だから柱につかまったり、床にしゃがみこんだままで、じっとして。パニックなんだよね、いま思うと。その空気の流れに自分がさらわれちゃうんじゃないかって、ただ必死で。だけど、そうしながら周りを見回すと、みんな、なんにも聞こえてないみたいな平気な顔で、しゃべりあったり、洗面台で顔洗ったりしてるんだよ。すぐそこに、みんないる。けれど、〝ぐぉーん、ぐぉーん、ぐぉーん……〟っていう音で掻き消されて、その声は聞こえないの。だから、そこまでが、とても遠い。ていうか、みんなの動きも、すごく速いの。わたしもいっしょうけんめいからだを動かそうとしてるんだけど、どんなに力を入れても、みんなの何十分の一くらいの速さの動きしかできなくて。悪い夢のなかにいるみたいな感じなんだよ。わたし一人だけが、この世界から剝がれ落ちていくみたいで、さみしさが押し寄せてくるんだけど。

トモちゃんは、そういうの、なかった？」

「さあ、どうだったかな……。あったような気もするけど。わたしって、もっと、ごくふつうの子だったし」

「わたしだって、ふつうの子だよ」彼女は笑った。「思いだしてみて」

「うん……」

自分のなかに、もっと深く潜り、訊いてみる。そうしようとはするのだが、思いだすことはどんどんそれていく。

……うちの親父は、たちの悪い不良の中年男だった。そう思う。そして、わたしは、彼のことが好きだった。だから、よけいに、自分は見捨てられたんだとわかったし。

タクシー運転手だった。メーターをこっそり「回送」にして、まだちいさかったわたしを助手席に乗せ、競馬場に駆けつけることがよくあった。馬券を買う。一レースだけ、結果を見届け、ため息つきながら自分の町に戻ってくる。はるか遠くまで緑の芝生が続く馬場、輝く毛並みの馬たち、赤やピンクやブルーの騎手のキャップが、きれいだった。

競馬やマージャン仲間の同僚たちが、よく家にも遊びに来た。夜中や明け方、大きな声でしゃべりあい、ビールを飲んでいた。

——トモちゃん。あのな、父ちゃんはな……。——

あのときも、「回送」のタクシーを運転しながら、親父は言ったのだった。小学四年生で、わたしは膝に赤いランドセルを置いていた。息を少し呑み、親父は言いなおした。

——きょうから、しばらく、父ちゃんはな、みんなとのお家《うち》に帰られへんねん。お金、ぎょうさん、いろんな人から借りてしもて。お母ちゃんとも、喧嘩しとって……。——

正直な男だったのだ、とは思う。

親父のギャンブル仲間は、当人が蒸発してからも、心配げな顔をして、わが家によくやって来た。もうビールは飲まず、うちの母親とひそひそ二言三言話したり、笑顔をつくって励ましたりしてから、かまぼことか、アップルパイとか、手土産を置いて帰っていく。そういうのも、わたしはなんだかいやだったし。

いま思うと三〇代にかかったくらいだったか、独身の男が、彼らのなかにいた。内藤さんという名で、わりに無口な、あばた面の持ち主だった。その仲間うちでは、たぶん彼がいちばん若かった。それでも、わたしには、彼もまたしみったれた初老まぎわの男みたいに見えていた。

内藤さんは、街にわたしを連れ出して、いろんなものを買ってくれた。百色のクレパス・セットとか、バービー人形とか。それをこっちに渡して、彼は、わたしの髪を撫でた。生あたたかい手の脂が、髪のなかまで滲《にじ》んでくるのを感じていた。

中学生になっても、それは続いた。齢に不相応な値段が付いたメイク用品のトライアルキット、革のポシェット、パンプスまで、わざと素知らぬ顔して買わせていた。店の鏡の前で、口紅を付けさせ、マスカラを塗らせて、内藤さんは、わたしの髪をまた撫でた。そうやって、わたしは、いつか母親が止めに来てくれるのを待っていた。そういう自分もいやだったし。彼らに愛想よくお礼を言うだけで、いっこうに救ってはくれない母親の態度もいやだったし。

親父が借金だけを残して、家に資産は何もない。けれど、大学には進みたかった。それが、ここから逃げだす道だと感じたからだ。運送会社の経理の仕事をしている母親に、そんな余裕はとうていなかった。浪人するのは論外だった。できれば美大で油絵を続けたかったけれども、国公立には実力と意気込み不足で、私立の美大は授業料が高すぎ、これらも圏外。ともかく大学と名のつくところに進学するのが先決で、府と市の母子家庭向けの修学助成を自分で探して手続きし、やっと、それでどうにか私大の人文学部には入れたし。アルバイトを掛け持ちすれば、なんとか、ずっと下宿暮らしも続けられたし。

「しっくりこないと、いろんなことが、不思議になってくるでしょ」

イズミちゃんが言っている。

「――たとえばさ、友だちが、木の葉っぱを指さして『緑』って言う。わたしも、それ、たしかに『緑』の色だと思うんだよね。だけど、彼女の目で見る『緑』と、わたしがそれを見て感じてる『緑』

の色は、ほんとうにおんなじなのかどうか、わからないじゃない。同じ葉っぱが、彼女の目にはもっと黄色っぽく見えていて、だけども彼女にとってはそれが『緑』の色なのかもしれないし。

そういうことって、解決したわけじゃないよね、いまだって」

「うん、……してない」

「まず右足を出して、それから左足を出して、また右足を出して、左足を出して……。って、ちゃんと意識してないと、わたし、うまく歩けなくなることがあったんだよね。気になりだすと、自分が、どうやって、こうして歩けてるのか、だんだん不安になって、からだが固まっちゃって。

そういうときって、また〝ぐぉーん……〟って地球の自転の音が聞こえてきそうで、気持ちばっかり焦るんだよ。だから、気持ちとからだがばらばらで、周りのみんなに、ぜんぜん追いついていけなくて」

「うん」

うなずいて、川のむこうの景色を眺めながら、わたしはビールを飲んでいる。

「だから……『わかる、わかる』って言うことよりも、『わからない』って、相手に伝えられることのほうが、もっと大事なんじゃないのかな。わかる、わかる、とだけ言ってるのは、結局、なんにもわかってないのと、ほとんど同じなんだって気がする。緑の色だって、ほかの人にとっての見え方なんて、誰にだってわかりっこないんだもの。それを認めあえるのが、もっとほんとうの始まりだって思うんだよ。そこからなら、ちょっとずつでも、相手のことをわかっていけるかもしれないでしょう？」

「たぶん……」

対岸の散歩道を、柴犬に引っぱられたおじさんが、下流のほうから戻ってくる。犬は、何度も、いっそう強く引く。根負けしたように、おじさんは、首輪からロープをはずしてやる。とたんに犬は、水べりまで石葺きの傾斜を駆けくだり、躊躇《ちゅうちょ》なく、流れのなかに飛び込んだ。

水べりに戻って、ぶるぶる、からだを振って、水滴を飛ばす。

ぶるる、ぶるるる、ぶるる、と、からだを震わせながら、石葺きの傾斜を駆け上がる。おじさんは、しぶきが撥《は》ねてくるのを避けようとして、身をかわす。もう首輪にロープはつけず、犬のあとから、肥ったからだを揺さぶって、さらに上流のほうへと小走りに駆けていく。

「たとえばね、田舎のことも」

イズミちゃんは言った。

「ああ。あそこの……北山のずっとむこうの？」

「うん」

彼女はうなずいた。

「――あそこって、父にとっては、自分自身の生まれ故郷で。

東京育ちの母にとっては、夫の実家で。

それから、わたしにとっては、祖父母の家で。

それぞれ、違うんだよ。だから、たとえば、仮にうちの両親が離婚したとしたら、もう、あそこは、母にとっては〝夫の実家〟でさえないわけだよね。だけど、それでもわたしにとって、あそこはちっちゃなころから過ごした〝祖父母の家〟ではあるわけで」

「ああ。それは変わらないもんね」

「うん。だからさ、ばらばらなんだ。互いが、まちまちな色を思い浮かべて、『緑』のことを話してるのとおんなじで」

「でも……」さっき訊きかけたことを、思いきって尋ねた。「じゃあ、イズミちゃんは、どうして、このごろ、ずっとその田舎の家に行ってないの？　おじいさん、おばあさんが、ちゃんといるのに」

「むかしは、よく行ったんだよ」

彼女は答えた。

「――毎年、夏の終わりになるごとに。父がクルマを運転して、みんなで、横浜から。わたしが小学校を卒業するくらいまでは、ずっと。

だけど、親戚同士のあいだで、ちょっと、もめたりしたことがあったみたい。叔父や叔母……つまり、父の弟夫婦とか、妹夫婦とのあいだで。そういうの、よくある話でしょう？　祖父母のめんどうを、将来、誰が、どうやって見るんだとか、そんなようなことだったんだと思う。

父は長男なんだけど、そこで、もう、思い切ることにしたみたいなの。都会育ちの母の意向も、あっただろうし。

自分たちの暮らしは、夫婦と娘二人、横浜で完結してるって。だから、自分たちも、もう田舎のことには口をはさまず、そのかわり親戚たちにも干渉されずに暮らしていこうって決めたらしい。お金とか、もしもってときの応援とか、そういう物理的な分担だけ、必要に応じて負うことにして」

「ふーん」

わたしは聞いている。

だけど、そんなにうまくいくんだろうか。病院もないような山あいの村なのだ。いつか、老人たちはからだも弱って、村を離れなければならないときが来るかもしれない。ほんとうの問題は、それよりもっと先にある、そんな気もする。

「もちろん、わたしたち子どもは、そんな事情は聞かされていなかった。だけど、あるときからぴったと田舎に行かなくなって、だんだん、なんとなくだけれど、そういうことがわかってきた。叔父や叔母らとの行き来もほとんどなくなったし。ごくたまに、祖父母のほうから、父に電話がかかってくるだけで。

要するに、うちの両親は、きっと、もう田舎のことは忘れたかったんだと思う。なんていうのかな、気が重いんでしょ、そういうことは。父にとっては、もう田舎のことは考え疲れたってところもあったかもしれないし。

子ども時代、彼が通ってたのは、ひと学年に一〇人もいないくらいの小学校で。一年生と二年生、三年生と四年生、五年生と六年生が、いっしょの教室で授業を受ける。中学校も棟続きで、おんなじ敷地のなかにあって。高校に進みたかったら、街に出て、下宿しながら通わなくちゃならなくて。そんなふうにして、やっと都会で自分のポジションを築けてきたなと思ったら、今度はまた過疎の故郷で、祖父母の老人問題が起こってきて。……そういうときの親たちの考え方って、なんとなくでも、子どもたちにまで態度で伝わってくるもので」

「だけど……」やっぱり、それでも、腑《ふ》に落ちない。「イズミちゃん。大学に入って京都に来てからも、自分で、おじいちゃん、おばあちゃんたちに連絡してみたことなかったの？」

「うん」

「なんで？」

「なんかさ、それも、しにくくて」

「どうしてなんだろう」

「あの人たちが、いま、どんなふうにわたしのこと思っているかも、わからないし」

「だって、孫じゃない。心配ないよ。喜ぶよ、きっと」

「そうかな」

「だと思う」

「それにね……。わたし、両親にはちっとも共感できないけど、ともかく、彼らには彼らなりの考えがあるんだろうとは思う。だから、自分だけ、ぜんぜんそれと違う行動を取ってもいいのかなって。そんなことも、ちょっと」

「ふーん」足もとの小石を、わたしは蹴った。それは、石葺きの傾斜を、かっ、かっ、かっ、かっ、と乾いた音で転がって、ぽちゃん、と水に落ちる。その音だけ聞こえる。「いい子なんだね、イズミちゃんは」

「そうなのかなあ」

ビールを彼女は飲む。わたしは北山のほうへ目を向ける。西陽を受けて、山は、そちら側の斜面がレモンイエローに光っている。

「妹さんは、どう言ってるの？　そのことに」

「彼女は、田舎のこと、あんまり覚えてないんだよね。四つ、わたしと、齢が離れてて。だから、そんなに興味もないみたい」

「わかるよ……。弟とわたしとだって、違うしな」

「うん。だから、共通の言葉って、やっぱりないんだ」

イズミちゃんは、そう言って、川のほうを向いたまま、しばらく涙を落とした。


「部屋に帰ろうか。ぶらぶらと」

ビールの残りを飲みほし、わたしは先に立ちあがる。

「うん、少し散歩しながら、戻ろう」

彼女も、空き缶をレジ袋にしまった。

さらに下流へ、荒神橋《こうじん》をくぐって、丸太町橋《まるたまち》まで歩いた。橋を、そこで東へ渡る。上流のほうへと向きなおり、土手の上の歩道を、また歩く。金色の陽射しに、柳の並木が影を延ばして、光っている。土手の下、芝生が光と翳《かげ》とを細かに織りこみ、やわらかな起伏をなすのが見えていた。

部屋に戻ると、デリバリーのピザの店に電話し、Mサイズのマルゲリータを一枚頼んだ。窓の外は、深い藍色に沈んでいった。食べながら、ロング缶のビールを一本ずつ飲んだ。

テレビをつけると、プロ野球パ・リーグ三試合の対戦表が映り、中東の壊れた町の映像が流れ、アナウンサーが「近畿地方はあすも全般によく晴れるでしょう」と告げていた。ごくありきたりな春の終わり、月曜日の夕暮れどきのニュースだった。

「泊まっていきなよ」

「うん」

いっしょに銭湯に行った。帰ってくると、またビールを飲みだした。

夜は更けていた。

あくびした。

椅子とちいさなテーブルを片づけ、二つ並べてふとんを敷いた。

彼女は、わたしの黄色いチェックのパジャマに着替えている。カーディガンを羽織り、両脚をぺたんと前に伸ばして、ふとんの上に坐っていた。

工藤くんに電話していないのを思いだす。まあ、いいか。そう思いなおして、ほうっておいた。

「寝よう」わたしは言った。「あした、また仕事だし」

「うん。……でも、まだ眠くない」

「なんで。目、腫《は》れてるよ。きのうも寝てないんだし」

「わたし、ちょっと、……こわくて」

「なに、それ」わたしは笑った。「そんな、工藤くんみたいに。トイレなら、ついてってあげるけど」

「違う」

彼女は、頬をふくらます。

「じゃあ、なに」

「いま眠ると、ここでこうやって二人で話したことも、ぜんぶ消えちゃうんじゃないかって。そんなふうに感じることって、トモちゃんは、ない？」

「あると思う。けどね……」

〝眠れない〟のか。

それとも、どこか、〝眠りたくない〟のか。

わたしも、あいまいなときがある。

湯船のなかに身を沈め、わたしはお湯のあたたかさを感じている。いや、そうではなくて、これは、お湯であたたまった皮膚の温度を、自分が感じているということなのか。自分の内と外、その境目があやふやなまま、腕をほどき、脚を伸ばし、毎日、こうして湯船に浸かってきたように。

だけど、それでも――。

もう、ぜんぶ消えちゃえばいいんだ……とも、わたし自身は、子どものころから思ってきた。あしたの朝には、いまのわたしと違う子どもになって、どこか知らない場所で目が覚めますようにと、夜ごと、眠りに落ちる前には願っていた。

イズミちゃんは?

どうなんだろう。

「電気、消すのもこわい。明るいほうがいい」微笑《ほほえ》みながらも、ちょっと怯《おび》えたような声で、彼女はまた言った。「起きてたい、わたし。朝まで」

「そうか……じゃあ、もう、起きてよう」

「うん」

部屋の電気はつけておく。それぞれのふとんの上に、あぐらをかいて坐りなおした。

そして、イズミちゃんは、田舎のことをまた話しだす。

その村では、「愛宕《あたご》さんの火祭」という行事があるのだそうだ。土地のおとなたちは、もっと簡単に「松上げ」とも呼んでいる。

村を離れて暮らす親戚たちも、この日をめざして、田舎の家に帰ってくる。

彼女の一家もそうだった。

「愛宕さんって、清滝の……あの愛宕山《あたごやま》？」

わたしは尋ねた。京都の住民、特に老人たちは、街の北西、丹波地方との境にそびえる愛宕山のことを〝愛宕さん〟と、敬称をつけて呼んでいる。山頂に愛宕神社がある。古い家では、台所に、そこの火伏せのお札を貼っている。

「うん、たぶん。

あそこの田舎にもね、ちいさな祠《ほこら》があった。おばあちゃんたちが『愛宕さん』って呼んでいて」

「へー、そうなんだ」

おじいさんは、あの山なみのずっとむこうの村で、夕陽を受ける縁側から膝を垂らして、子や孫たちを乗せたクルマが田んぼごしに見えてくるのを待っている。陽に焼けた顔に、麦わら帽子をかぶっている。

おばあさんは、土間の台所で、寿司桶をうちわで煽《あお》ぎ、ばら寿司をつくっている。鯖《さば》寿司は、前夜に仕込みをすませて、竹の皮で締めてある。土間のまんなかに、黒い大きな「おくどさん」が二口ある。竈《かまど》である。樒《しきみ》と野花が供えてある。ガラス窓から射しこむ夕陽に、釜も竈も鈍く光る。ふだんは、もう使わない。煤《すす》けた板壁の高いところに、「火廼要慎《ひのようじん》」、愛宕神社の火伏せのお札が貼ってある。

ビールは冷蔵庫だけでは足りずに、井戸や、家の前を流れる小川の底に沈めて、冷やしてある。

柱時計が鳴る。

山の稜線に、夕陽が隠れる。

空気は青ずんで、まだ明るい。

なす、トマト、きゅうり、しそを、畑で、いとこたちといっしょに摘んでくる。鶏の唐揚げを、お母さんが中華鍋で揚げている。叔父さん夫婦、叔母さん夫婦も、とうにクルマで到着し、座敷に集まりしゃべっている。

だんだん、外は暗くなる。男たちは、かまわず大声で笑い交わして、ビールやお酒を飲んでいる。祭は、もっとずっと夜更けてから始まるからだ。

どんなきっかけからだったろうか。

筏《いかだ》の話が出ていたのを、イズミちゃんは覚えているのだそうだ。ずっとむかし、それは、トラックが走れる道路がまだ村まで通っていなかったころのことらしい。

山で、杉や檜《ひのき》を伐《き》る。その丸太を筏に組み、これを八つ、九つ、一〇も連ねて、数人の男が棹《さお》をあやつり、下流の町へと下っていく。川筋ぞいに、いくつもの集落を眺め、渓谷を抜ける。何十キロも下流の保津峡で、左に愛宕山を望みつつ、ついに京都市中、材木問屋の集まる嵯峨・嵐山の渡月橋《とげつきょう》まで流してくる。材木を問屋に納めて、ひと晩、宿を取る。そして、長い川筋を今度は歩いてさかのぼり、また村まで戻っていく。

「ヤスシ。おまえは、筏、見たことあったんとちゃうかいな」

おじいさんは、長男、つまりイズミちゃんのお父さんに尋ねていたのだそうだ。

「いや、知らん」

「あ、さよか」ちょっと落胆した様子で、おじいさんはうなずく。「おまえの子ども時分には、もうなかったか……」

長い食事をにぎやかに済ますと、男たち一同、順番に風呂を浴び、むかしの山仕事の装束に着替えだす。股引《ももひき》に、紺の印半纏《しるしばんてん》。白い鉢巻きを締め、手甲《てっこう》をつける。地下足袋《じかたび》は、足首をさらに紐で縛っておく。竈に火を熾《おこ》し、薪をくべ、手松明《てたいまつ》に順々に炎を移していく。

清めの塩を、おばあさんが撒く。

おのおの手松明をかざして、まっ暗な夜道に彼らは出ていく。お父さんも行く。おじいさんも行く。

「さあ、子どもらは、ここらでいっぺん寝ときよし」おばあさんは、門口から家のなかへ戻ってきながら、笑顔で孫たちに命じる。「お祭が始まりかけたら、ちゃんと起こしたげるよってにな」

暗い部屋に追いたてられて、孫たちは枕を並べてふとんに寝かされる。襖《ふすま》が閉まる。母や祖母、おとなの女たちの話し声、笑い声が、座敷の側から細い光といっしょに漏れてくる。

……千本……二千本……。

まっ暗な野のいちめんに、小型の松明が立っていて、橙《だいだい》色の炎を上げている。二つの谷が合わさって、その野は広く開けている。光の海が、山裾にかかるまで、ずっと続いている。

黒い人影が、何十となく、てんでに野を走っている。竹杭の細い影も、子どもの背丈ほどの高さで、野には無数に並んでいる。男たちの影は、駆けながら地松《じまつ》――小型の松明――に次つぎ火を移し、竹杭の先端に取りつけていく。そのたび、炎の数がさらに増える。おじいさんや、お父さん、叔父さんも、この人影のどれかに違いないのだが、見分けがつかない。その野を〝マツ場〟と呼んでいた。

細い谷川の流れを隔てた小高い場所に、イズミちゃんたちは立ち、これを見ている。いとこたち、おばあさん、お母さん、叔母さんもいる。浴衣《ゆかた》の裾、下駄履きの足指の先が、草露で濡れてくる。周囲の黒い山影、それらの上に、たくさん星が出ている。月もある。だんだん目が覚めてくる。

炎の野の中央に、ひときわ高く、太い木の柱がそびえている。茅葺《かやぶ》き民家の大きな屋根より、さらに何倍も高い。上に行くにつれ、松明の光も届かず、ただ黒い影になる。

「あれが、トロギ」

後ろから指さして、おばあさんの影が言う。

〝灯籠木《とろぎ》〟である。てっぺんに、竹と茅とで作った、逆三角形の籠が取り付けられている。つまり、灯籠木の影は、運動会の玉入れの籠をずっと大きくしたような形に見える。

……かーん。……か、かーん。……かーん。……か、かーん。……かーん。……か、かーん。……。

光の海のなか、どこかで合図の鉦《かね》が打たれている。はじめは、ゆっくり。だんだんに、強く、速くなる。ついに乱れ打たれて、やがて、ぴたっと鳴りやむ。

谷間に、静けさが戻っている。

男たちの影は、野のあちこちから、灯籠木の周囲へ寄ってくる。

……ど、どーん……。

どこか、灯籠木の近くで、宮太鼓が打たれる。

「アンダースロー、っていうのかな」

ソフトボールのピッチャーの投球みたいな、ぐるん、ぐるんと下手《したて》から肩を回す動作を、ふとんに坐ったまま、彼女はしてみせた。

〝ほりあげ松〟というのだそうである。

おとなの拳《こぶし》程度の、それは、とりわけちいさな松明で、五〇センチほどの投げ縄がついている。

その縄をつかみ、初詣のおけら火みたいにぐるぐる回して勢いをつけ、灯籠木の籠めがけて、男たちは一斉に投げ上げはじめる。

赤い火が、つーっと尾を引きながら、黒い空へと上っていく。籠までは届かず、落ちてくる。それを拾って、また投げる。幾十もの赤い光の放物線が、次つぎに上がって、落ちてくる。灯籠木の柱は、とても高い。だから、ほりあげ松は、なかなか籠に入らない。きわどいところまで上がると、

「おー」

と、見物の女たち、子どもらから声が湧く。

ひときわ高くまで上がったほりあげ松が、ついに、籠に飛びこむ。

「やったーっ」

子どもたちは叫ぶ。

……ぱちぱちぱちぱち……。

拍手する。

これが〝一番マツ〟。

〝二番マツ〟〝三番マツ〟をめざして、さらに男たちは、ほりあげ松を投げ上げる。

そうするうち、灯籠木の籠は、だんだん燃えあがる。藁《わら》や茅、杉の落ち葉が、籠のなかには詰めてある。火がまわり、黒い空を背に、巨大な炎を噴き上げる。

……ど、どーん。

また、合図の宮太鼓が鳴る。

男たちの影は、ほりあげ松を投げやめて、灯籠木の下に集まっていく。

灯籠木は、三方から副《そ》え木をあてがい、支えてある。身の丈よりいくらか高い位置に、山藤の蔓《つる》できつくそれらを縛りつけ、固定してある。

彼らは、今度はそこに組みつく。そして、掛け声を合わせ、ある者はほかの男の肩に乗り、鉈《なた》を振るって、藤蔓を断ち切ってしまう。

これによって、灯籠木は、てっぺんから炎を上げながら、ゆっくり、弱まりかけた光の海のなかへと倒れていく――。


どれだけのあいだ、そんな話をしていたろう。

「妙なんだけど、いつも、そこから、どうやって祖父母の家まで帰ったのか、覚えてないの」

イズミちゃんは言っていた。

男たちが、勇ましく灯籠木を倒す。けれど、「愛宕さんの火祭」の夜は、まだ終わらない。

女たち、子どもたちは、このあと近くの観音堂へと、暗い川ぞいの道をたどる。ただの古びた集会所みたいなお堂で、床は板敷き、いちばん奥の仏壇の前だけ、一段高く、畳の座敷になっている。ちいさな観音像のかたわらに、石のお地蔵さまも並べていっしょに祀《まつ》ってある。

お地蔵さまは、普段は村はずれの峠の祠にいる。「愛宕さんの火祭」のときだけ、こうやって、村なかの観音堂に迎えるのだそうだ。

女たち、子どもたちは、このお堂で盆踊りの輪に入る。古い盆踊りの唄が、村にはいくつか残っている。どれも、ゆっくりした節まわしの掛け合い唄で、手拍子を二つしてから、両手を後ろに振りもどし、くるりと回る。板張りの床に、からん、からん、と、いっせいに下駄が鳴る。おばあさんは、踊りがとても上手だった。叔母さんや、いとこたちも踊っていた。

「お母さんは？」

「ううん」

彼女は首を振る。

「――母だけは、ぜったいに踊ろうとしなかった。

奥の仏壇の前の畳に坐って、みんなの踊りの様子を、じっと見てる。べつに退屈そうな顔をするわけじゃないんだけどね。膝に、うちの妹を寝かしつけたり。だから、わたしも、ちょっと踊ると、あとはその隣に坐ってて」

そうするうちに、火祭の片づけを終えた男衆も、列をなし、音頭に声を合わせつつ、にぎやかにお堂へ練り込んでくる。そして、彼らも、そのまま踊りの輪のなかに流れ込む。

もう、夜はずいぶん更けている。

「……それで、目が覚めたら、いつのうちにか朝になってて。祖父母の家のふとんのなかにいる」

イズミちゃんのしゃべっていること全体が、遠い、夢の話のようにも聞こえていた。


「あのさ」

わたしは言った。

「――愛宕さんの火祭って、いつ？」

「えっと……たしか八月の終わりごろ。何日だったかな」

「いっしょに、行かない？　今度の夏」

「え？」

彼女はわたしの顔を見た。

「――そんな、無理だよ」

「なんで」

「バス、ないもの、帰りの。

一日何本かしか、バス走ってなくて。それも夕方で最終だし。民宿とか、なんにもないし」

「レンタカー借りて、行こうよ」

「運転、できるの？」

「できない」

「わたしも」

目を合わせ、同時に笑った。

「工藤くんに、運転、頼もう」

「悪いよ、そんな」

「いいんだよ。どうせ、ひまだし」

「そうだなあ……」

あぐらのまま、のけぞるように、彼女は天井を見た。

「――なんで、トモちゃん、行きたいの？　そんなとこ」

「だって、見たいもの。わたしも」

「遠いよ。ここからだって、クルマでも片道一時間半か、もっとかかるだろうし。携帯だって、圏外だよ。きっと、あんなとこ。それに、祭がぜんぶ終わるの、真夜中すぎだし」

「こっちにいたって、どうせ眠れないんだからさ、おんなじだよ」

「ああ、それは、そうだね」

彼女はまた笑う。

「なんていうとこだっけ？　その田舎」

「広河原。鞍馬の奥のほうから、花背峠、あそこを越えて。そこから、もっと、まだずっと先」

ひろがわら。――聞いたこともない土地の名だった。

「行こうよ」

「うん……。

そりゃあ、行きたいよ。なつかしいし。祖父母も、もう齢なんだし。はやく、元気なうちに会っとかないとって、思うしさ。そうじゃないと、きっと後悔もしそうだし」

それでも、声をいくらか強めて、彼女は言いかえす。

「――だけど、わたし、そんなに決心、すぐつかないよ。

祖父母とか、親戚とか。あっちで誰かに会っちゃったら、どんな顔すりゃいいのかとか。そういうことだって考えちゃうし」

「平気だよ。そんなこと」

「それって、強引すぎ」腫れぼったい、けれど大きな目でにらむ。「そりゃ、トモちゃんは、平気だろうけど」

「今回は、とりあえず偵察、ってことでもいいじゃない。こっそり見物の人たちにまじって、火祭を見てくるだけ。親戚なんて、小学生までのイズミちゃんにしか会ってないんだから、ぜったい、気がつかないよ。心配なら、サングラスでもしとけば」

「うん……だよね。それもいいな」彼女はふとんに転がり、また天井を見た。「じゃあ、行ってみるか」

体をひねって、その目をわたしに向けている。

「きっとだよ」

「うん」そして、大きく、あくびした。「きょうは、ここ来れて、よかった。話、できたし」

「だよね。じゃあ、もう消すよ。電気」

立ち上がり、わたしは蛍光灯の紐をひっぱった。

部屋は暗くなる。

夜が明けはじめているらしく、薄いカーテンごしに、淡い光がふとんのなかから見えていた。

「うれしかった。いろんなこと話せて」

影のなかから、声だけ聞こえた。

「わたしも」

まもなく彼女は静かな寝息をたてだした。

4

繰り返しよく見る夢というのは、子どものころから、誰にもあるものだと思う。

夢を見た。

川岸のようなところに、わたしは一人で立っていた。淡いブルーの水面が、遠くまで平らに広がっていた。海なのかもしれなかった。足もとの左側は砂地で、右側は岩場だった。

砂地のほうに、ヒラメが一匹、水のなかから這い上がってきた。背びれと尻びれをぷるぷる交互に動かし、尾びれで砂地をたたいて、ずずず、ずずず、と、砂に跡を残して進むのだった。

ヒラメは、左から右へと、わたしの足もとの岸辺を横切っていく。右側の低い岩場まで這いすすみ、水面の上へとだんだん身を乗り出して、もがくようにからだをよじらせ、ぽちゃんと落ちた。

しばらくすると、また、左側の砂地から這い上がってきた。ずずず、ずずず、と、背びれ、尻びれ、尾びれをせわしなく動かしながら、目の前を右へ横切った。そして、水面のほうへ、岩場から身を乗り出して、ぽちゃん——と、今度も落ちた。

さらにもういっぺん。

左の砂地から、ヒラメは這い上がってきた。そして、ずずず、ずずず、と、目の前を横切っていった。癪《しゃく》にさわって、わたしはヒラメの後をつけていった。そして、ヒラメが岩場から水のほうへと身を乗り出したところで、その尾びれを踏んづけた。

もがきながら、ヒラメはあたまのほうだけ水面近くまで落下させ、宙づりになっていた。尾びれは、わたしのスニーカーの下にある。なおさら強く、ヒラメはもがいた。芥子《からし》色のスニーカーの靴底ごしに、びくんびくん、と、尾びれの動きが伝わってきた。ヒラメは、尾びれをぬるんとスニーカーの下から引きぬいて、とうとう——ぼちゃん——と、また水に落ちた。

次に左の砂地から上がってきたとき、それは、もうヒラメではなくて、とても大きなキンメダイになっていた。

ぬめぬめ明るいバラ色に輝くゼリー質の体表を持ち、子どもの背丈くらいの体長で、しかも（両足があるみたいに）立っている。尾びれを踏ん張って、からだ全体の重みを支えていた。

わたしは、この相手にむかって、両腕を突きだした。そして、肘《ひじ》から先をカギ形に上へ曲げ、キンメダイの左右のエラのなかに差しこんだ。てのひらは、やわらかな肉襞《にくひだ》を通り、こりこりした骨のようなものにも触れて、さらに、もっと奥へと進んでいった。肘まで入ったところで、腰を落とし、踏ん張って、相手を自分の顔近くまで持ちあげた。

キンメダイとわたしのおなかのあたりが、互いに、こすれあうように触れていた。顔も、間近で、触れそうだった。二、三度、相手は、ゆらゆらからだをゆすっただけで、ほとんどじっとしていた。大きな鱗のあいだから、汗のような潮の匂いが上がってきた。相手は、口を、上向きにほんの少し開いて、微かに動かした。左右の目は、てんでばらばらな方向をむいていた。

夢から覚めると、よくわからない。

あのとき、キンメダイとわたしの気持ちが、互いに通じあっているのを感じていた。同時に、どうやってこの魚を食べればいいかと考えていた。

子どものころ、自分が眠りに落ちる、その瞬間を確かめてみたくて、なかなか眠れなかった。

さよなら、きょうのわたし。

自分に声かける。

いまのわたしと違う、べつのどこかのわたしになって、あしたの朝には目を覚ますことを、わたしはいつも願っていた。

5

パン生地を麺棒で伸ばす。

まるめる。

押さえつける。

具をつつむ。

新しく見つけたパン屋でのアルバイトは、思っていた以上に忙しい。力仕事もたくさんある。けれど、一つひとつのそういう作業がわたしには新鮮で、楽しかった。

明け方。アパートの部屋を出る前、天気を確かめる。窓を開け、手を出して、外気の湿気に触れてみる。

賀茂大橋の東のたもとを通って、高野川べりを川上へ、出町柳駅前まで、三分ほど自転車に乗っていく。雨の日は歩く。それでも部屋から一〇分かからない。

朝五時半。

腰をかがめて、半開きのシャッターをくぐり、《パンの清田》と書かれたガラス扉を押し開く。無人の売り場は、まだ暗い。奥の一〇坪ばかりの作業場にだけ、蛍光灯の明かりがついている。静かである。

ガラス張りの仕切りごしに、店主の清田さんの背中が見える。二五kgの小麦粉袋を両腕で抱え上げ、秤《はかり》に載せた銀色の大型ボウルに少しずつ中身を移して、量っている。鼻先に老眼鏡をひっかけ、秤の針を読む。白のTシャツ、色落ちしたジーンズをはいている。

「おはようございます」

作業場に入って、声かける。

ちらっと、上目づかいに、清田さんは振りむく。前掛けが、小麦の粉で、あちこち白い。

「あ、おはようさん」

太く、塩っからい声を出す。

顎が張り、唇は厚い。白髪まじりの短髪で、たしか五〇代なかばだったか。お腹が出ている。

奥さんのチエコさんは、両手で麺棒を転がし、バターロールの生地を伸ばしている。その手が打ち粉で白い。栗色に染めた髪を三角巾でおさえ、マスクしている。ボタンダウンのコットン・シャツに、デニムのエプロンをつけている。生地は、三角形に伸ばし、それを手早く巻いていく。

もう一人、若いパン職人がいる。三沢くんである。ベーグルの生地を茹《ゆ》でている。ひょろっと痩せて、下がり気味の細い目をもち、首が長くて背も高い。コック帽を自前で用意し、彼一人だけ、かぶっている。首に生成りのスカーフ、白いコックコートのボタンもきちんと留めて、揃《そろ》いの白パンツをはいている。いま二〇歳。この春、製パンの専門学校を卒業して、ここに就職したのだそうだ。

ベーグルは、焼く前に、まず茹でる。湯のなかに、生地を次つぎ落とす。モルト・シロップが、そこには少し溶かしてある。両面を軽く茹で、水気を切って、プレートに並べていく。

「ジューイッシュ・ブレッドていうてね。北川さん」手を止めず、目だけをいっそう細い横目にし、三沢くんは話しかけてくる。北川さん、と、わたしはここでは名字で呼ばれる。「ユダヤ人のパンの代表格なんですよ。もともと、ベーグルは」

「ふーん、そうなの」

「うん。ジューイッシュ・ライ・ブレッドとか、カアッハとかも、あるけど」わたしの知らない言葉を並べて、さらに、彼は言う。「……せやけど、ユダヤって、どこなんですか。イスラエル？」

「知らなーい」

と答え、わたしは石鹸《せっけん》と消毒液とで手を洗う。エプロンをつけ、食パンの仕込み水の準備に取りかかる。

「水はな、きょうは冷ため……八℃にしといて。また暑うなってきそうやさかい」後ろから、清田さんが大声で告げてくる。「目方は六七五〇で、それふたつ」

つまり、一〇kgの小麦粉（これは強力粉）を、水温八℃、六七五〇ccの仕込み水でこねる。それを二セット、という意味である。水も〝目方〟――つまり重さで言うのは、パン工房の習慣であるらしい。

業務用のミキサーでこれらをこねると、室温、摩擦熱なども加わって、生地の温度はだんだん上がる。こね上がったとき、それが二七℃前後となるように、清田さんは仕込み水の水温を加減する。毎日のパンに同じ食感を保つには、水の分量も、その日の湿度や季節によって微妙に増減させるらしい。浄水器の水を水マスに溜め、氷で冷やし、温度計を差し入れる。ちょうど八℃、正味六七五〇ccの水を、そうやって二杯量りとる。

作業場の壁ぎわに、胸ほどの高さの、いかつい業務用のミキサーが二台並んでいる。寸胴鍋《ずんどう》が丸みを帯びたような、大ぶりのミキシング・ボウル。攪拌《かくはん》用のJ字形のフックが、銀色に鋭く光って、そこに降りてくる。

二つのミキシング・ボウルそれぞれに、生イーストを二五〇gずつ落とす。仕込み水をそこに注いで、溶いておく。各一〇kgの小麦粉に、砂糖、塩、脱脂粉乳も加えて混ぜた粉類いっさいを、こぼさないようミキシング・ボウルにあけていく。

レバーを操作し、攪拌用のフックを、ミキシング・ボウルのなかへと下ろしていく。スイッチを入れると、ゆっくり、それが回りだす。三分間、そうやって回してから、もっと速度をはやめ、さらに三分間こねる。いったん、そこで停《と》め、ショートニングを加える。そのあとふたたび低速で一分、高速で三分回す。こね上がったら、打ち粉して、生地の温度を計る。

「二七℃です」

わたしは声かける。

「よっしゃ」清田さんは、オーブンの加熱具合を調節しながら、背中を向けたまま返事する。「ほな、パンチするまで、九〇分、生地は寝かせとき」

生地のかたまりをミキシング・ボウルから剝がして持ち上げ、〝番重《ばんじゅう》〟――プラスチック製バットに移そうとするのだが、重い。ぐにゃぐにゃ、にちゃにちゃ、形がさだまらない。

腰を入れ、踏ん張って、どうにか生地を持ち上げ、番重にどすんと落とす。両腕は、肘まで、白く打ち粉にまみれている。番重にカバーをかけて、生地を一次発酵させておく。

その時間のあいだに――。

ミキシング・ボウルやフックを洗う。

トッピング用のカスタードクリームを作る。

カレーパンの生地に具をつつみ、パン粉をまぶす。

焼き上がり、冷まし終わった黒ゴマパンを、袋詰めする。

サンドイッチ用のレタス、きゅうり、トマト、ハムなどを刻みだす……。


「うん、わかるよ。その気持ち」

工藤くんがそう言うたびに、わたしは苛立《いらだ》った。

「わかるの？　ほんとに」

こんなはずではなかったのだ――。そう思うことが、よけいにわたしを焦らせた。

イズミちゃんが遊びに来た日を境としたように、不眠は、むしろわたしが、いっそうひどくなるようだった。夜明け近くに、ふとんを抜けだし、氷も入れずにジンを飲む。空が明るみだすころ、うつらうつらとはするのだが、眠りは浅く、一時間も経たないうちに目が覚める。それきり、もう眠れない。

ぼーっとしていた。

胃が荒れて、むかつく。外を歩くと、すぐに脂汗がにじみだす。

心療内科で催眠薬も処方してもらったのだが、うまくいかない。

「これは、効き方もソフトです。だから、気楽につかえばいいのよ」

三二、三歳くらいか、ショートカットで、感じのいい女の先生が最初に決めてくれた薬は、飲むとじわじわ眠気が寄せてくる。けれど、すぐにまた目が覚める。部屋はまだ暗い。結局、さらにジンも飲む。しくしく、胃が痛い。肌も乾き、かさかさに荒れてくる。

「もっと、しっかり効くものを」

そう頼んで、処方された薬は、すとんと眠りに落ちる。けれど、重苦しい夢ばかり見て、朝になっても、からだがだるい。一日中、あたまがどんより曇ったままでいる。

《ラ・ノッテ・キアーラ》の店は、盛り場の四条木屋町にあった。週に五日、わたしは自転車で通っていた。雨の日も、カッパを着て、鴨川べりを南にペダルをこいでいく。

昼夜の通し勤務が、週に二回で、その日は朝一〇時四〇分にアパートの部屋を出る。

あとの週に三度は、夜番だけで、午後四時二〇分からの勤務になっていた。店に入ると、昼番から通しのスタッフたちは夕方前の休憩時間で、ほとんど誰もいない。お客のいないホールの照明も落としてある。店長の山崎さんだけ、いつも、客席のテーブルにレジスターの中身をひろげて、昼間の売り上げを締めていた。

倉庫兼用の狭っくるしい更衣室で、紺の半袖ワンピースの制服に着替える。白の腰エプロンをつける。スニーカーは、黒いローファーに。フロアを軽く掃除し、午後五時の開店前に、テーブルセッティングをすませておく。

だるい。

五時を少し過ぎると、お客たちが、声高にドアを押して入ってくる。

「いらっしゃいませ」

できるだけ高めの声を出す。

小脇に挟んだつもりのメニュー板が、床に落ちる。トレイに載せた水差しやグラスが、腰に響くほど重い。

みんな、ひっきりなしに食べる。

しゃべる。

飲んでいる。

安ワインが、紙のナプキンにこぼれて、じわじわ染みをつくって広がる。

伸びきって、テーブルの隅に押しのけられたパスタ。フォークで突つきまわされたオッソ・ブーコ。ジェラートが溶けて、三つの色が、いびつな模様に混じりあっていく。それらの皿を、テーブルの上から引いてくる。

汚れたナイフとフォークで、残りものを皿の片側に掻き寄せ、大きなポリバケツのなかに捨てる。

その匂い。胃がこわばって、口のなかに酸っぱい唾《つば》が湧いてくる。

……それなのに、「うん、わかるよ」って……。

いつもすやすや眠れてる工藤くんに、このだるさ、わかるの？　気持ち悪さ、わかるの？

からだの疲れも手伝って、つい、からむように訊き返してしまうのだ。

《アルバイト急募／パンづくり見習い》

目が、そこに止まる。じりじりズームアップするように、この文字だけが大きく見えてくる。そのポスターは、アパート近くの商店街で買い物したとき、パン屋の店先の大きなガラス窓に貼ってあった。青のマジックインキで、右上がりに手書きされ、ちょっと不機嫌そうな文字だった。

《勤務時間・朝五時三〇分〜午後二時三〇分
待遇・応相談》

朝、五時三〇分か……。

いつも宵っぱりの生活で、そんな早起き、やったことさえないのだった。通りかかるたび、その週のうちに二、三度、この文字を見た。

……だけど、どうせ不眠症なんだし、朝まで眠れないんだし、いいか。ずっと起きてて、そのまま出勤したっていいんだし。

夜も遅くにイタリア料理の残飯をどっさり捨ててるよりも、日の出の時刻、やがて誰かに食べてもらえるパン生地などをこねてるほうが、気持ちはいいのではなかろうか？

九〇分後。

食パンの生地は発酵が進んで、三倍ほどにも膨れている。両方の手のひらで、これをまんべんなく押さえつけ、ガス抜きする。これを〝パンチ〟という。ぺちゃんこになった生地を折りたたみ、ふたたびまるめて、さらに三〇分間、発酵させておく。

……そのあいだも、やるべきことは、たくさんある。

デニッシュペストリーの生地へのトッピングを手伝う。アプリコット。ダークチェリー。ブルーベリー。洋梨のコンポート。アーモンドスライス……。用意された生地の数だけ、種類ごとに、それぞれカスタードクリームの上に乗せていく。

朝八時に、店は開く。

売り子のアルバイトをしている女子学生たちが、時刻が迫ると、あわただしく作業場に駆けこんでくる。そして、イギリスパン、オニオンブレッド、スウィートロール……すでに焼き上がって用意のできたものから、店頭に運んでいく……。

食パンの生地は、一次発酵をすべて終えたら、〝麺台〟に取りだす。作業台である。ぶ厚い杉板で、作業場中央にどっしり据えてある。畳一枚よりひと回りほど広く、長く使い込まれてきたらしくて、へりはまるく磨《す》り減っている。

「清田さん」フランスパンを仕込みはじめた彼の背中に、わたしは、また声をかける。「分割の用意できました。食パン生地の」

「よっしゃ」どなるように、また清田さんは返事する。「じき行くさかい、先やっといて」

ステンレス製の四角い手べらで、わたしは、大きな生地のかたまりから五二〇gずつ切り分ける。手べらは〝スケッパー〟と呼んでいる。見当をつけて切り、ディジタルの秤に載せる。軽すぎれば、また生地のかたまりから少し切り取り、つけたす。重すぎれば、いくらか切り除く。表示板の赤い数字が、しきりに動く。慎重に、ちょうど五二〇gになるよう揃えていく。

スケッパーの刃先を、生地にあてる。それだけで、ぐぐっと、やわらかく沈む。手首に力を入れると、いくらか抵抗があって、ぶつんと生地は断ち切れる。この感触が、次つぎ、からだの動きにリズムを刻んで、心地いい。

なにか、取り戻してる。

そう感じる。

生地の手触り。その温度。仕事に慣れないうち、生地は、べたべたと手にくっついた。いまは、やわらかさと重みが、輪郭をかろうじて保って、わたしの手の上に乗っている。

「よっしゃ」

清田さんが、気合いを入れなおすような声を発して、麵台の向かい側に立っている。

五二〇gにわたしが揃えた生地を、彼はさらに真二つに切り分ける。

秤は使わない。

打ち粉して、見当で二つに切ってから、左右の手で、それぞれ一つずつ、麵台の上をころがすようにして、同時にまるめる。てのひらは、生地のかたまりの上に軽く当てがわれ、繰り返し円弧を描くように麵台上を動いている。生地は、てのひらと麵台のあいだをころがり、丸くなる。てのひらの感覚で、こうしていると、左右が等量かどうかもわかるらしい。動きが速い。片方が大きすぎれば、少し生地をちぎって、反対側の生地に加える。やがて、すべての生地のボールが二六〇gにできあがる。

ここまでできたら、また二〇分ほど、生地を休ませる。これを〝ベンチ・タイム〟と呼んでいて、生地はわずかに発酵を進めることで、ふたたび伸びの良さを取りもどす。

……そのあいだに、わたしは、あんパンの生地に、つぶあんをつつむ。

コルネの生地は、紐みたいに長く伸ばして、円錐形のステンレス器具に巻いていく……。


《ラ・ノッテ・キアーラ》でのアルバイトの最後の日。

「じゃあ、夏には〝愛宕さんの火祭〟、行こうね。ぜったいだよ。八月の終わりだよね」

厨房の脇で、声をひそめて立ち話しながら、わたしは言った。

「うん、行く」イズミちゃんはうなずいた。「日にちとか、確かめとく。また、わたしから、トモちゃんに電話するよ」

その日も、店はまずまず混んでいた。

レザさんは、オーブンで焼き上がったインドネシア産「エスカルゴ」を、厨房の太っちょなセインさんから受け取って、ちらっとこっちに目配せしてから、テーブルに運んでいった。

コックのセインさんは、料理の取り出し口から、肥えた上半身をこっちに無理やり乗りだして、

「ねえ、イズミちゃん」

と、人の良さそうな笑顔で声かけた。大きな丸顔、わりに色白、太い眉はいくらか下がっている。なぜだか、いつでも、にこにこ笑っている。まだ二〇歳代のはずなのに、このごろいっそう肥ってきた。

「――今度、休みにさ、海行こうよ。うみー。お金、ぜんぶ、ぼく出すだから」

これは、セインさんの口癖みたいなものである。わたしにも、ほかのアルバイトの女の子たちにも、しょっちゅう、そう言うのだった。

「行かなーい」

そっけなく断わり、イズミちゃんは彼に背を向ける。

「それからさ……」

壁ぎわに寄り、ホールの様子をうかがいながら、わたしは彼女にささやく。軽快な身のこなしで、レザさんは、水を給仕しながら客席を回っている。

「——レザさんのビデオの趣味には、あんまり付きあわされすぎないほうが、いいよ。きっと、あれ、きりないし」

「だいじょうぶ。わかってるって」わたしの目を見て、彼女は笑った。「それに、わたしも昼間だけの仕事見つけて、もうじき、ここ辞めるようにする。そしたら、きっと夜、眠れるようになるんじゃないかと思うから」

梅雨の季節だった。けれど、雨の日は少なく、あの夜も晴れていた。

店の帰りに、自転車で連なって、高瀬川べりの木屋町通りを北に向かって二人で走った。夜の空気は、穏やかに暖かかった。やさしい湿り気を帯びていた。狭い車道に南行してくるクルマが続いて、わたしたちは、それをよけながら、前になり、後ろになりしながら走った。細く浅い高瀬川の流れが、角度によって、街のさまざまな色の明かりで光っていた。

「そういえばさ、《ラ・ノッテ・キアーラ》って、あれ、どんな意味か知ってた?」

息をはずませ、並んで走りながら、イズミちゃんが訊いてきた。

「あ、知らない」

「でしょお?」彼女は笑った。「わたしも知らなかったんだけど。ぜんぜん、そんな興味も湧かなくて」

激しくクラクションを鳴らして、タクシーが行き違う。イズミちゃんは、しばらく後ろに下がって、また並ぶ。

「――明るい夜、って意味なんだって。イタリア語で。レザさんが言ってたけど」

「明るい夜？」

「うん」

「それって……、どんなふうな夜なのかな。感じとしては」

彼女は答えない。

三条通りを横切り、御池《おいけ》通りも横切った。さらに北に進むと、街はとたんに静まって、クルマの流れも少なくなった。

二条通りで、右に曲がる。すぐ二条大橋に差しかかり、鴨川の流れを東に渡る。そこから、また北へ、土手の歩道を走った。

広い夜空の下、鴨川の水面は、黒い鏡みたいに平らかだった。対岸の民家、ホテルの灯りを、ところどころに映していた。柳の並木が、葉先の一つひとつまでくっきりした影になり、微かに揺れていた。わたしたちは、自転車の速度を落として、並んで走った。河原は暗い。空に、星がたくさん見えていた。

丸太町橋のたもとまでたどり着き、自転車を停めた。イズミちゃんは、そこから東に一キロほど離れた岡崎のアパートに住んでいるということだったが、わたしはその場所さえまだ知らないままだった。

「じゃあ、またね」わたしは言った。「近いうちに、また遊びに来なよ。わたしも、イズミちゃんのところ、今度、行ってみたいし」

「ありがと」彼女は答え、いつものように微笑した。「電話、するから。またね」

サドルから腰を浮かせて、丸太町通りの舗道を、彼女は東に向かって走りだす。ペダルを踏みながら、振り返って一度手を振り、走っていった。

そして、わたしは、さらに川べりをひとりで北に走って、荒神橋を横目に通り過ぎ、自分の部屋に帰ってきた。


〝ベンチ・タイム〟が終わると、食パンの生地は、ひとつずつパイ・ローラーにかけて、薄く引き伸ばす。生地をまとめなおし、方向を九〇度ずらせて、さらにもういっぺんパイ・ローラーにかける。これを丸くボール状にまとめて、直方体の焼き型に詰めていく。

長い大型、三斤用の食パン型である。これ一台に、生地のボールを五つずつ、一列に詰める。すべて詰めおえると、二七、八台の焼き型が並ぶ。焙炉《ほいろ》にこれを入れ、一時間あまり、三七℃、湿度八〇%で、二次発酵させておく。

ほとんど無言で働く。

手が空けば、ほかの人の作業を手伝う。区切りがつけば、また自分の作業に戻ってくる。

すっかり溜まった器具類のよごれ物を、流し台で洗いだす。

「北川さん、ちょっと、ここ、お願い」

チエコさんは、そう言いおいて、レジでの接客に手を貸しに、店頭へ出ていく……。

食パン生地の二次発酵が終わったら、焼き型には、すべて蓋《ふた》をする。そして、二〇〇℃に熱しておいたオーブンで、五〇分間、焼き上げる。

朝の作業場にも、やっと一段落が、このあたりでついてくる。手の空いた者が、コーヒーメーカーに豆をセットし、コーヒーをたてる。作業場の椅子にめいめい座って、かなり早めの昼食(あるいは遅めの朝食)を取っておく。わたし自身は、焼き上がったパンをわけてもらって、すませている。

「イスラエルって……」

三沢くんは、まだ言っている。

清田さんは、取りあわず、てのひらで自分の両膝をぱんぱんはたき、

「さあ、ぼちぼち、もうひと踏ん張りや」

もう立ちあがる。

食パンが焼き上がったら、キッチンミトンをはめて、オーブンから出していく。

どすん……。

どすん……。

どすん……。

大きな音が、作業場に次つぎ響く。古い木板の上に、わざと焼き型を強く落として、パンを型から外すからだ。

香ばしい匂いが、いっせいに立ちのぼり、作業場を満たす。一時間ほど冷まして、スライスする。

帰りの時刻の午後二時半までに、こうしたパンづくりのサイクルをさらにひと回り近くこなす。くたくたで、アパートの部屋まで帰ってくる。

少しうたた寝し、起きても、また眠くなる。あわただしく毎日の時間が過ぎていく。いつのうちにか、不眠症だったことさえ忘れるほどに、わたしは夜も眠れるようになっていた。

工藤くんは、朝や夕方、河原のどこかで坐っている。

「どう?」

「何が」

尋ねても、彼はとぼける。

「何がって。きまってるじゃない。小説だよ」

「うん。考えてるけど」

とだけ、たいてい答える。

「そう」

わたしも隣に腰を下ろして、川を眺める。

「えっとさ、人称って、あるよね。小説って」

梅雨が明け、夏の夕方だった。その日の彼も、三角公園の賀茂川側に、西の対岸を望むように坐っていた。しばらく黙っていてから、彼は言いだした。返事のしようもないので、わたしは黙ったままでいた。

「――『私』とか、『僕』とかさ。そういう語り手がいるのが一人称の小説で。

それから、たとえば『朋子』とか『工藤』とか、『イズミちゃん』とかでもええねんけど、そういう三人称の登場人物だけで進んでいく小説もある。この場合やったら、語り手は、作品のなかに姿を見せへんわけで、その点から言うたら〝非人称〟の小説やんか。ほら、テレビのナレーターみたいに、そこの世界で起こってることの外側に、語り手はいるわけで」

「ふうん」

そう言えば、そんなものなのかな。

ぴんと来ないまま、わたしは聞いている。

文字で何かを書こうとすれば、たぶん、主語だとか、人称だとか、そういうものが必要になってくるのだろう。

《僕は……》なり、《工藤が……》なり。要するに、彼は、そうやって語りはじめられることになる最初の一行、そこに踏ん切りをつけかねて、こうやって世界をただ眺めているのかもわからない。

けれど——こうして、現に目に映っている景色のなかでは、《彼女は》もなければ《川が》もない。一点透視法や二点透視法もない。一つひとつの名前もない。ありとあらゆるモノやコトやヒトなどが、視界のなかで、ひしめくように、ただこうしてそこにあるだけだ。

「けど、それって、いったい誰なんやろ？　って、思わへん？」

「え？　何が」

「非人称で語ってる、その語り手が」

「作者じゃないの？」

「作者、その人自身なんかな……。

たとえばさ、ぼくが〝非人称〟で小説、書くとするやろ。そしたらさ、そこで語ってるのは、ぼく自身なんかな。

〝一人称〟の小説の語り手は、それが作者自身やとは決まってへんわけやんか。私立探偵やったり、怪物やったり、未来の人間やったりもするわけやから。

それやったら、非人称の語り手ていうのも、べつに、ぼく自身て限らへんのとちゃうのかな」

「作者とは違う誰かが、そこで、その話をしゃべってる、っていうこと？」

「うん。そういうこともありうるんとちゃうかなと。

物語の舞台にはいっぺんも登場してきいひんけど、舞台わきの袖のなかに、じっと、べつのひとりの役者が潜んでて、語り手を演じてる──、そんな感じかな」

「じゃあ、それも、架空の人物ってこと？」

「それが、ぼくも、ようわからんねん。

作者の、分裂したもう一つの人格みたいなもんやていうだけのことかもしれんなと……」

まだ何も書きはじめられないまま、工藤くんは、そういうことをしゃべっている。

「あのさ……たとえばだけど」当てずっぽうだけれど、言ってみた。「縦長のカンバスに、立ってる人の全身像を描くとするよね」

「……うん」

とっぴで驚いたのか、工藤くんは、わたしの顔を見る。

「モデルになってくれる友だちから、二メートル半ほど離れて、イーゼル立ててカンバス置いて、正面から描きはじめようとしたとするじゃない。だけどね、そういうときって、そんなふうにカンバスの前にじっとしてるだけじゃ、描きだせないいんだよ」

「あ、そう？」

「うん」

「なんで?」

「近すぎるんだよ。わたしとモデルの間隔が。

顔のあたりとか、描くのはいい。それくらいの距離だったら、わりに細かいところまで、よく見えるから。だけど、たとえば足とか、低い部分を描くときには、これくらいの間隔だけだと、わたしの目の位置からは、見下ろすような角度になっちゃうでしょ。だから、真正面からモデルを見てるような遠近の感じにはならなくて。

もっと後ろに退《さ》がって描けばいいようなもんだけど、家の部屋だと、そんなに広くない。それにね、これ以上退がると、視角としては良くなるんだけど、今度はよく見えないんだよ。細かいところが」

「あ、なるほど」

川のむこうへ目をやり、彼は笑った。

「——そうなんやろな」

「うん。全身の正面像の構図って、ほんとは、けっこう相手と距離があるときの視野でできてるでしょう? そうだなあ……七、八メートルとか、もっと。

だからね、しょうがないから、からだの低い位置、たとえばモデルの足もとなんかは、その場でこっちがしゃがんで、見たり。それから、部屋さえ広けりゃ、何べんもカンバスよりずっと後ろへ退がって、そこからの見え方を確かめながら、またカンバスのところへ戻って、描く」

「ああ……そうか。真正面からの全身像やのに、細部もちゃんと見えてる。——そういうのは、現実にはどこにも存在してへん場所からの見えかたで」

「そうなんだよ。描いてて、これって、自分でもなんか不思議な感じがするんだよね。わたしは、いま、ここで、友だちを描いてる。けど、カンバスに描かれていくのは、ここは違う、ある別の場所から見てる友だちの姿であるわけで。そして、考えてみたら、そういう場所って、虚構の場所、ていうか、一種の理想化された場所なんだよね。

そこには、いま、誰もいない。わたしも、そこにいない。だけど、たしかにわたし自身がそこから見てる、そういう友だちの姿が、こうやってカンバスの上にできていく、って」

工藤くんは、斜視気味の目で、むこう岸の町並みを眺めている。若者たちでにぎわうカフェのオープンテラス。瓦葺きの二階屋。庭木の茂み。橋のたもとに、佃さんが働くコンクリート造りの花屋の店先が見えている。

だんだん、彼は目を凝らす。

6

どうしてるかな、イズミちゃんは――。

ときどき、思いだす。

「愛宕さんの火祭」は、八月下旬のいつだったのか。

昼間だけの、新しいアルバイト先は見つかったか。

不眠症は、あれからどうなのか。
――八月に入ったというのに、連絡はまだ来ない。
住所は知らない。携帯に二度ほど電話したけど、
《……おかけになった電話は、電波の届かない場所にあるか、電源が入っていないため、かかりません……》
機械的な音声だけが流れて、つながらない。
そのまま電話を切ったきりでいる。

午後、部屋で過ごす。

このアパートは、出町柳の駅やバスターミナルに近くて、家賃も高くない。けれど、建物が古く、部屋は狭い。いまどき「風呂なし」「トイレ共用」「水道共用」で、そのせいもあってか、いつでも空き部屋があるらしい。

たまに廊下のほうから、誰かがスリッパを引きずって歩く音が聞こえてくる。

……こつん、こつん、こつん……と響くのは、大家のおばあさんが杖をつき、廊下を見巡《みまわ》りしている音だとわかる。廊下の洗面台の蛇口を誰かがひねって、それが軋《きし》む音。階下の共用トイレの扉が、乱暴に開閉される音。

どれも、わたしの居場所から、木のドアと、長く延びた廊下を隔てて、遠くから聞こえてくるだけだ。

玄関ホールの隅。廊下の壁ぎわ。階段の踏み板の両端。……うっすら埃が溜まっている。

廊下のところどころ、漆喰《しっくい》の壁が欠けおちて、壁土が見える。トイレ掃除のクレゾールが、ときおり微風に乗って匂ってくる。

佃さんとは、廊下でときどきすれ違う。

「どうですか？　あれから」

会釈《えしゃく》して、たまには声かける。

「相変わらずやわ。根が、いけずやさかいな。あのばあさん」先週、言葉を交わしたときもそうだった。間髪入れずに、ちょっと声を落とし、いつものように苦笑いして彼は答えた。半袖のグレーの作業着で、首からタオルを垂らしていた。「せやけどな、こっちかて、毎日毎日、それぱっかり気にかけとるわけにもいかんさかいに。せやろ？」

八月分の家賃は、大家さんと顔を合わせるのがうっとうしくて、彼女が銭湯に出かけたのを見計らい、同居の息子さんに届けてきたというのだった。その人は、いつも、夕方からはずっと家にいる。薄くなった白髪を七三に分け、痩せ型で、ほくろが顔にたくさんある。窪《くぼ》みぎみの両目をしきりに瞬《しばたた》く。家ではたいていステテコ姿で、暑くなってもニットの腹巻きをつけている。勤め先の定年を迎え、いまは昼間のうちだけ、パートタイムで警備の仕事に出ているということだった。

「うん、だけど……」かえって、だんだんわたしは不安になる。「更新の期限も迫ってることだし、そろそろ大家さんとも話をつけないと……」

「せやな」わたしの言葉を制するように、佃さんはうなずく。「あのばあさんとも、腰据えて、しゃべらんと。せやないと、ほんま、こっちが路頭に迷うがな」

「うん。でも、自分のほうから出ていくなんて、考えることないですよ。大家さんのおばあさんだって、わたし、そんなに悪い人じゃないと思うんだけど。おもしろい冗談とかも、けっこう、よく言うし。だけど、もう齢が齢だし、どっかで、なにか勘違いしちゃってるようなところがあるんじゃないのかな。

ともかく、なんか、おかしいよ。黙って引き下がるようなことじゃないと思う」

「そらそうや、トモちゃん。やっぱり言うべきことは、がつんと、言うたらんと」

「そうそう」

こっちを見上げ、にたっと、佃さんは笑っている。前歯と犬歯の抜けたところが、黒いほら穴みたいに見えている。

「せやけどな……、トモちゃん」

また、とたんに弱気ものぞかせる。

「――やっぱり、立場の差っちゅうもんもあるさかいに。

あっちはな、ゼニもある。土地もある。家もある。少々、わしなんかと揉めとったかて、痛いことも痒《かゆ》いこともあらへんがな。せやけど、こっちは、なんの後ろ盾もあらへんのやよって。

ちょっと役所にでも相談行こか思ても、花屋の仕事、半日休んどったら、日当かて、そんだけ減るがな。ばあさんは、たとえ寝とったかて、家賃が入る。役所の職員も、わしの相手しとる時間、ちゃんと給料がついてきよる。せやのに、こっちは、ただでも少ない自分の実入りを減らして、そないなことせなあかんがな。兵糧攻《ひょうろうぜ》めや。真綿で首を絞めてこられるみたいに。どないもならん、この違いは。ゼニ持っとる者《もん》らは、結局、ごね得やで」

「うん……」

「実際な、出ていけ、出ていけて言われとる部屋で暮らしてみ。ひとりで飯つくって食うとっても、砂の味、鉛の味やで。こないなとこが、いずれ、やっぱり、あっちとこっちの寿命の差になって出てくるんとちゃうかいな」

言いながら、かかか、と佃さんは笑っている。

「……だけど、やっぱり、このままじゃ」

鼻の奥のほうが、なんだか、つんとする。言っていながら、いまの自分に、こういうことへの何の知恵もないことが、よくわかった。

「どもない、どもない、トモちゃん」

あべこべに励まして、佃さんは、ぽん、ぽん、ぽん、と、わたしの肩を三度叩いた。

「——『労働者階級に祖国はない』てな、むかしはよう言うたもんやがな。わかるか?」

「え……?」

「そない心配ばっかりしてくれんでもええ、っちゅうこっちゃ。やっぱり、わしが、自分でやらんと」

「うん」

「さあ、わし、これから、もうちょっと仕事やねん」

花屋のロゴ付きの作業帽をかぶりなおして、足早に、玄関口への階段を佃さんは降りていく。

「あー、ええお湯や」

湯船に小柄なからだを沈め、目尻を下げて、おばあさんは溶けだしそうに笑っている。銭湯では、前よりいっそう、大家さんによく出会う。いまの仕事なら、ふだんの日でも、明るいうちから銭湯にだって行けるからだ。

「はあ……、ほんとに」

並んで湯につかり、わたしは相づちを打っている。

「極楽やわ、これ。この世におるうちから、もう極楽や」ふぉっ、ふぉっ……と、おばあさんは、自分ひとりで笑っている。「こないな齢になってしもたら、もう、この世とあの世に境目があらしまへん。朝、目ぇ開けて、自分が死んどるんか生きとるんか、わからんようなことかてありまっせ」

「え？　そうなんですか」

「さよどす。

ほれ、うち、喘息《ぜんそく》かて、おますよって。寝とるうちに発作でも起きてしもたら、こないな年寄り、いっぱつや」

おばあさんは澄ましている。

「――そやけどな……、やっぱし、現実いうもんかて、おまっしゃろ。おなごの場合は、ことに、しょせん三界に家なしや。これだけは、あんじょう了見しとかなんだら、どないしたかて安心いうもんが得られまへん。うちかてな、わりに早ようで亭主亡くして、まだ嫁入り前の娘ら抱えたまんま、せんど苦労した時期かておましたさかいに。なんぼ齢が行《い》たかて、あのころの寄るべない気持ち思たら、いまだに、きゅうんと胸が痛《いと》うなりますよって」

「あ、そういうことが……」

話は移る。

「家でお風呂ひとつ焚《た》くんかて、タダやおへんえ。ガス代かかりまっしゃろ。水道代も。風呂釜かて、傷むし。それにな、うちとこの息子は、お風呂、あんまし好きやおへんのや。それやったら、うちひとり、お風呂屋さん来とったほうが、よっぽど安うで上がりまっしゃろ。広いし、きれいやし、気持ちもよろし。なあ？」

「はあ……」

重ねてお風呂で会ううち、少しずつ、思い出話も聞かされた。脈絡がわからないことも多かったけれど、何度も訊きかえしたりするうちに、だんだん、わたしのなかでもつながってきた。

大家のおばあさん――川辺ウメさんは、大正九年、京都洛北の生まれなのだそうだ。

数え一六で、鴨川べり、この家の長男のもとに嫁入りした。数代にわたって材木商を営んできた家である。互いの父親同士が古くからの友人で、ウメさんも幼いころから、この家には出入りしていた。隣の敷地の材木置き場に、荷馬車が、杉や檜の丸太をしきりに運び込んでいた様子を覚えているという。トラックが使われることも、だんだんに増えていた。

「『掛け売り』いうて、そのころは材木商かて、そないなふうにやっとりましたんやな」

土建業者に普請の仕事が入ると、彼らは資材を材木商に注文する。材木商は、それらをまとめて〝つけ〟で引き渡す。代金を受け取るのは、建物ができあがり、施主から土建業者に諸費用が支払われてからになる。

「――せやけど、あの時分、ちょこっと前には恐慌かておしたさかいに。時代の潮目が、そこからなんぼか違《ち》ごとりましたんちゃうやろか」

彼女の嫁入りまぎわ、得意先の土建業者の経営が傾いて、代金に不渡りが生じた。これ以前には、例のないことだった。しかも、二度、三度と、同様の事態が続けざまに重なって、たちまち、川辺家の家業も行き詰まった。そして、ついに先代当主、ウメさんの舅《しゅうと》となるべき人は、材木商の廃業、そして自身の隠居を決めたのだった。

にもかかわらず、この縁談は破談とならなかった。もっとも大きな理由は、川辺家の長男、つまりウメさんの許婚者《いいなずけ》が、もともと家業の材木商売には関わっておらずに、月給取りの身分だったからである。一方、ウメさんの父親も義理に堅い人物だった。先方の家業の不調を理由に、娘の縁談を破約することを、彼はいさぎよしとしなかった。

許婚者である長男は、市内の私立大学を卒業し、地元の機械製作所に勤めていた。無口で、酒も飲まない。けれど、勤めには背広とワイシャツ、蝶ネクタイで通す、ハイカラな趣味の持ち主だった。数えで彼は二八歳。ちょうどウメさんよりひと回り年上だった。

結婚を控えて、彼は川辺家の家督を引き継ぎ、戸主となった。生家の処置を負うにあたって、この許婚者には、ひとつだけ、ひそかな意向があった。

母屋に隣りあう材木置き場、倉庫などには、家業を廃したあとにも、まだかなりの材木が残っていた。……檜。杉。松。輸入材のオークもある……。どれも見るからに良材で、高値のために買い手が躊躇し、こうやって取り置かれてきたものが多かった。

ここから材を選び、自分自身で図面を引いて、生家の隣にモダンな学生下宿を建ててみることを彼は望んだ。もちろん、老いた両親らを養うための副収入が、ここから得られるだろうこともあてにしていた。とはいえ、本心では、どうやら学生時代に夢見た「建築」の腕を試したかったらしい。その点で、家業の廃業を、むしろ彼は、心中ひそかに喜んでいたのかもわからない。

この建物の棟上げが終わると、まもなく二人の祝言も挙げられた。白皙《はくせき》の新郎（幼いころからウメさんは「川辺のおにいちゃん」と呼んでいた）の横顔を、彼女はたいへん好ましい気持ちでぬすみ見た。

学生下宿は落成した。木造、洋館風の二階建て。六畳より少し広い洋間がぜんぶで二〇室余りあり、当時は、町の病院と見まごう立派な建物だった。部屋の内部を見まわして、絵描きのアトリエみたいだと言う者もいた。窓からの光が、高い天井、壁の漆喰にやわらかく映って、部屋中にまんべんなく行きわたっていたからである。

京都帝大、三高、同志社、立命館、府立医大……。どの学校にも近くて、部屋はすぐに学生たちで埋まった。自炊の準備、洗濯、洗顔などする若い男たちで、一階と二階、共用の流し台のまわりは、どちらも朝から夜遅くまでにぎやかだった。

未済の借財の返済にあてるため、夫は、学生下宿と母屋だけを残して、敷地の土地を売り払った。そして、下宿の管理いっさいを、新妻のウメさんに託した。このとき、彼女は、下宿生たちの誰よりさらに若かった。

戦争が始まっていた。まもなく夫は兵隊に取られたが、肺病を疑われて、戦地に出る前に帰されてきた。親類がいる紀州の温泉地でしばらく療養にあたってから、もとの製作所で技師の職に戻って、戦争の終わりを迎えた。

一男二女に恵まれた。舅、姑《しゅうとめ》を、ともに婚家で看取《みと》った。戦争が終わって二〇年ほどが過ぎてから、享年五八で夫に逝かれた。下の娘二人は、まだ嫁いでいなかった。

いま、娘二人は、それぞれ市内の婚家に暮らし、彼女らにも孫がいる。交代で、ときどき、もとの学生下宿——このアパートの掃除を手伝いにやってくる。一人息子は、早くに妻と離別したのち、そのまま老母といっしょに暮らしている。

築六八年——。

アパートの玄関前の両脇に、いまは、ちいさな駐輪場がある。トタンの波板の屋根が架けられ、住民の自転車が十何台か留めてある。

玄関口の扉は、昼間、左右に開け放たれている。入ったところに、大きな下駄箱が据えてある。スリッパに履き替え、床板が黒光りしている玄関ホールに上がる。ダリアとグラジオラスが、正面の漆喰の壁ぎわ、小机に置かれた大ぶりな白い壺《つぼ》に生けてある。

しんとしている。

そこの左手から、幅二メートルほどの廊下が、まっすぐ奥へ延びていく。廊下ぞいの左側に、北向きのガラス窓が続いている。右側には、それぞれの部屋の木製ドアが並んでいる。壁や天井の漆喰は、あちこちひび割れ、剝がれている。廊下のなかば、右手に共用の洗面室がある。

真鍮《しんちゅう》の蛇口が並ぶ。

タイル張りの流し台に、しずくが光って落ちる。

共用の洗濯機も置いてある。

廊下をはさんで、北向きの窓の並びに、引き戸がある。外に出ると、大家さん宅とのあいだの狭い中庭になっていて、物干し竿用の二台の支柱に、ステンレス製の竿が四本渡してある。

洗面室の隣に、一、二階共用のトイレがある。男性用と女性用とにスペースが分かれていないのが難点で、男性用の小便器が三つ、和式便器の個室が三つ、向かいあわせに並んでいる。そのうち個室の扉の一つに、ただ「女子」と赤い文字で記したプラスチックのプレートが貼ってある。

玄関正面の右手からは、二階へ、幅広な木製の階段が上がっていく。黒くぶ厚い踏み板で、まんなかあたりは磨り減って、丸みを帯び、そこだけ飴色に光っている。吹き抜けで、ちいさな天窓から、淡い光の帯が降ってくる。

階段を上がりきったところが、ちいさな踊り場になっている。ここから、二階の廊下も、まっすぐ奥へと続いていく。

突き当たりにあるのが、わたしの部屋。板張りの床に、カーペットを敷いている。ちっぽけな木のテーブルと、椅子が二脚ある。ベッドはない。夜、寝るときは、テーブルと椅子をたたんで、その空間にふとんをのべる。

大文字山を東に望んで、窓は大きく開いている。角部屋だから南向きにも窓はいちおうあるのだが、そちらは目の前まで隣のマンションの外壁が迫って、日は射さず、眺めもない。だから、昼間も、雑貨屋で見つけたバティックを垂らしっぱなしで、ただの「壁」だとみなしている。

ガス台はある。ただし、水道、流し台は、部屋にない。部屋で炊事するとき、水は二階の廊下のなかほど、共用のちいさな洗面台から汲んでくる。食器洗いや洗顔も、そこでする。だから、めいめいの入居者のスポンジ、洗剤、コップに立てた歯ブラシなんかが、蛇口の上、窓ぎわのへりのところに並んでいる。

廊下は、わたしの部屋に行きあたり、ここで、左へ直角に曲がっている（一階の廊下の構造も同じである）。つまり、平面図で見るなら、（アパート玄関を上にすると）廊下は「L」の形をなしている。曲がってからも、廊下づたいにさらに三部屋が並んでいて、そのまんなかが佃さんの部屋である。この先で、廊下は行きどまる。

わたしの部屋の前も、ほんのちょっとした踊り場になっている。階下に降りるもう一つの狭い階段が、ここにある。けれど、踏み板の奥行きが浅く、勾配も急で危なっかしくて、ふだん上り下りする人はほとんどいない。

「なんか、それに気味悪いしな、こっちの階段。えろう暗いし」

工藤くんは、そう言って、夜にトイレに行くとき、おそるおそる長く薄暗い廊下をむこうまで歩いて、いくらか遠回りにはなるけれど、広いほうの階段を下りていく。


……たぶん……。


「……さあ、もう上がらんと。年寄りに、長湯は禁物や」

いつものように言ってから、ウメさんは、背中を向け、湯船のへりをつかんで、ゆっくり立ちあがる。そして、さらにゆっくりした動きで、洗い場に出ていく。

「あのババア……」

いつも穏やかな工藤くんまで、ときたま、そんな言葉を口にする。

うちのアパートの駐輪場に、彼は、自分の自転車をよく留める。メイプルカラーの車体、キャメルの優美なサドルを持っている。プジョーの、もう生産していないモデルだとかで、自慢の品なのだ。

《入居者以外の駐輪厳禁》

駐輪場の壁には、注意書きのプレートが掲げてある。「厳禁」だけが、字も赤い。近くの駅を利用している通勤・通学客が、自転車をここに放置するのを、ウメさんは警戒している。だから、入居者の自転車には〈出町柳アパート〉と記したちいさな長方形のシールを貼らせて、外部の自転車と区別している。

無断駐輪の自転車を見つけたら、ウメさんは、容赦なく、手書きの《警告書》をサドルにゴム糊で貼りつける。筆ペンのいかつい文字で、「今後、無断駐輪の自転車は即処分」、また、「無断駐輪の罰金二〇万円」とも記してある。

わたしは、「来客の自転車です／二〇号室　北川」と、マジックインキで断わり書きして、工藤くんの自転車の目立つところにセロテープで貼っておく。以前、ウメさんから、そうするようにと指示されたことがあるからだ。

それでも、ときおり異変が起こる。

彼の自転車が、タイヤの空気を抜かれる。千枚通しみたいな凶器（？）で、パンクさせられていたこともある。後輪の泥よけカバーに「ココニ置クナ！」と、赤ペンキで殴り書きされたことさえあった。

「――ぜったい、あのばあさんがやりよったんや」

彼は言う。

「そうかなあ」

「きまってるやん。ほかにおるわけないやんか、あんなことしよるのは」

「だって、ちゃんと断わり書き、貼ってたのに」

「ぼけとるんとちゃうか。きっと。ときどき」

乱暴に言い捨て、彼は、シンナーを布に沁ませて、泣く泣くペンキを懸命に拭き取る。あるいは、近所の自転車屋まで、パンク修理に愛車を押していく。


……こつん、こつん、こつん、こつん、こつん……。


杖をつき、つき、アパートをウメさんが見巡る音が、また、廊下の遠くから聞こえる。

真夏の日暮れ過ぎ。

うたた寝して、目が覚めたら、一人きりの部屋が暗い。パン屋の仕事から戻って、いつのまにかクッションにもたれこんで眠ってしまったらしく、Tシャツの腋《わき》や背中、ショートパンツの膝の内側まで、水みたいな汗をかいていた。目が覚めたとき、いま、自分がどこにいるのか、しばらくわからなかった。子どものころも、そういうことがよくあった。ただ、扇風機が、暗がりのなかで回っていた。


……ごおーん。

ごおーん。

ごおーん……。

影のまま、ゆっくり、ゆっくり、首を左右に振りつつ、それは唸《うな》っていた。低く、地鳴りみたいに、その音は果てしないように続いていた。

地球が、自転する。そういう音なのかもしれなかった。暗い部屋の床にじっと坐って、この混乱が遠のいていくのを待っていた。

廊下に出た。

部屋の冷蔵庫には何もなく、だから、夕食の材料を買いにいこうと思ったからだ。廊下は、ほとんど闇につつまれ、ガラス窓の外だけ、沈んだプルシャンブルーに染まっていた。

一階の玄関へ、階段を下りかける。ぎょっとして、踊り場で足がすくんだ。何かが、そこにいた。

薄闇のなか、階段をなかばまで上がってきたところに、白い人影みたいなものが、ぼんやり見えた。目を凝らすと、ウメさんらしかった。

「どうなさったんですか?」

声が、少し震えた。返事はない。

杖の頂に両手を重ね、体重をそこにあずけて、彼女は、腰の曲がった姿のまま止まっている。白い顔だけ、こっちに向けて上げていた。

……ぜー、……ぴゅー、……ぜー、……ぴゅー、……ぜー、……

喘息気味の呼吸の音だけ、苦しげに聞こえる。

いつから、こうして、彼女はここにいたのか。部屋で目が覚めてからは、杖の音さえ聞こえていなかった。

「あの……」その影は言った。「えらい、すんまへんけどな、うち、もう、目ぇがよう見えしまへん」

弱く、かすれた声だった。

「──おたくさんが立ったはる、そのあたり、そこの脇のほうに、紐が垂れてまっしゃろ。ちょこっと、それ引っぱって、踊り場の蛍光灯、点《つ》けてもらえまへんやろか。どなたさんか存じまへんけど、へ、えろうすんまへん。この通り、足が悪いですよって、もう、階段も上がられしまへん」

わたしは、そうした。

黒ずんだ蛍光灯が、何度もためらうように点滅してから、やっと壁面に灯《とも》って、ウメさんの姿も遠く照らした。たるんだ瞼《まぶた》で、しょぼしょぼ彼女は瞬《まばた》きした。薄茶の半袖、ふだんのワンピースを着けていた。

「──へえ、おおきに。えろう、お手間とらせましまして」

そおっと、彼女はお辞儀した。そして、手すりに片手をかけて、ゆっくり、ゆっくり、後じさる体勢で、五、六段ほどの階段を下りていく。

7

なぜか、わからない。

《ラ・ノッテ・キアーラ》の店は、そこに、もうなかった。

お盆が終わって、大文字山にも送り火が焚《た》かれた。ひっそりとした気配が薄く街を覆って、夏の終わりが近づいていた。

イズミちゃんから、連絡は依然ない。電話しても、

《……電波の届かない場所にあるか、電源が入っていないため……》

つながらない。

――朋子です。時間があるとき、電話ください。――

メールを彼女の携帯に送ってみる。一週間待ったが、連絡はなかった。

急な用事でもできたのか。

それとも、わたしの勝手な強引さが、嫌われたのかも。

けれど、ひょっとして、何かあったら……。

くよくよするうち、不安と心配ばかりが増してくる。彼女の住所を知らないことも、よけいに不安を掻きたてた。

パン屋の仕事の帰り道、思いきって、そのまま自転車で四条木屋町《ラ・ノッテ・キアーラ》まで出向いてみたのは、次の日曜日になってのことだった。

店舗がない。

スタッフたちの姿もない。

《ラ・ノッテ・キアーラ》は消えていた。にぎわう木屋町通りに面する貸しビルの一階、ほんのふた

月前までここで働いていたのに、いまは、そこだけが、ただのからっぽなコンクリートの空間になっていた。

扉が外され、窓枠もない。乱暴に剝がし取られたローズピンクの壁紙、ちぎれて残った切れ端が、壁面のところどころに付いている。テーブルも、椅子も、レジカウンターも、モロッコ革のランプシェードもない。厨房《ちゅうぼう》の仕切りは取りはらわれて、……壁面の食器棚、大型のオーブン、業務用のガステーブル、冷蔵庫、製氷機、調理台……すべて運び出されて、消えている。

コンクリートのたたきに、改装用の資材だけ、まとめて積んで置いてある。白い樹脂板。ベニヤ板。ペンキ缶。

……どういうこと？　これって。

脚立がある。

若い男が、Tシャツにカーキ色の作業ズボンでそこに上がって、くわえタバコで、蛍光灯を天井に取りつけている。腕の筋肉、そこに汗の玉が浮いている。こげ茶の髪を、あたまのてっぺんで、茶筅《ちゃせん》みたいに縛って立てていた。

コンビニエンスストアにでも改装するのか？

改装業者のアルバイトなのか、同じくらいの年格好のほかの三人が、奥の壁面に取りついて、下地の木組みに大きな白い樹脂板を貼っている。

……うそ。

携帯電話で、《ラ・ノッテ・キアーラ》の番号にかけてみた。

《……この電話番号は、現在使われておりません……》

機械的な音声だけが返ってくる。

店のチェーンのウェブサイトにつなぐ。

《……「ラ・ノッテ・キアーラ」京都四条木屋町店は、八月五日をもって営業を終了いたしました。長らくのご愛顧にお礼申します……》とだけ、書いてある。

それだけ。

あっけに取られ、前の路上に突っ立って、改装工事の様子をしばらく見ていた。

「何か？」

茶筅あたまの男の子が、いぶかしげに、脚立の上から声をかけてきた。

「あの……、ここ、何になるんですか？　ローソン？　セブン-イレブン？」

「さあ、何やったかいな」

苦笑いして、彼はからだの向きを変え、仲間たちに訊く。

「――なあて、ここ、なんちゅうコンビニになるんやったかいな」

エーエム・ピーエム、と答える者がいた。

サークルKやろ、と言う者もいた。

「――とにかく、なんか、コンビニやわ。品揃えは、どこでも、おんなじようなもんやろけどね。ファミリーマートでも」脚立の上で、白い歯を見せ、彼は笑った。「こんな仕事、ふつうは日曜は休みなんやけど。なんやしらん、今度はえらい急《せ》かされて」

ビルの裏口に回ってみた。

背後のビルとのあいだの、湿気《しけ》った狭い空間に、組立タイプの物置が据えてある。テナントから運び出されるゴミ袋、段ボールなどが、そこの前に乱雑に積んである。

ウェイトレスの仕事の合間、イズミちゃんともここで立ち話することが多かった。けれど、

「寒いね」とか。

「きょうも、暑いね」とか。

「雨、降ってる」とか。

それ以外に何を話したろう。

《ラ・ノッテ・キアーラ》は、夜の営業時間に入ると忙しく、途中、まとまった休憩時間はもうなかった。ただ、お客の流れを見きわめながら、交代で各自が一五分ずつ、短い休息を取ることになっていた。とはいえ、たったそれだけの時間では、厨房わきの裏口の鉄扉からここに出て、時間をつぶすしかないのだった。

ベンチもない。

春が過ぎ、暑くなりだすと、ゴミが臭う。ビルのクーラーが放出する熱気も、ここに澱《よど》んで息苦しい。けれど、もっと辛《つら》いのは寒い季節、とりわけ雨や雪の日で、制服の上にコートやジャンパーを引っかけ、狭い庇《ひさし》の下で震えていた。

ポリバケツのあいだの暗がりに、大きなドブネズミが走る。じっと、うずくまっているのも見えていた。

そこにしゃがんで、パックの牛乳をすすり、菓子パンをかじる。ビルとビルに囲い込まれた四角い空に、月が見えることも、よくあった。黙って、たばこだけふかす者もいた。

レザさんとも、この短い休息時間がときどきぶつかった。

裏口に出てくると、彼は、まず思いっきり伸びをする。あくびもする。たばこを取りだし、百円ライターで火をつける。頬に、濃い髭の影が浮かぶ。目尻に皺がある。浅黒く大きな手の甲に、太い血管が樹形図みたいに見えた。指は長い。左の薬指に、銀のリングを律義にはめている。目を細め、吸いこんで、ゆっくり白い煙を吐いていた。

五月終わりの夜だったか。イズミちゃんがうちで泊まって、それからまもないころだった。

「いやだねえ、トモちゃん」黒く大きな瞳をこっちに向けて、レザさんはまたこぼした。「店長って、やり方、ぜんぜん間違ってるって思わない？」

あのときも、わたしは、ここの壁にもたれてパックの牛乳を飲んでいた。

「え？」

ストローを口から離して、目を上げる。

「ここってさ、イタリア料理なんだから、わざわざエスカルゴなんか出さなくたって、いいんだよ。それに、あんなインチキなカタツムリ、おいしくないし。

それより、パスタとかさ、こんなにずっと同じメニューだったら、お客だって飽きるじゃない。だから、たとえばニョッキなんか、ジャガイモやカボチャで作って、日替わりのメニューに入れるとか。イタリアじゃ、木曜が〝ニョッキの日〟っていうらしいんだけど。ソラ豆とか、ホウレンソウとか、練り込んでみたっていいんだし。

スパゲッティだって、菜の花とか、ズッキーニとか、キノコとか、そのときそのときでつかったら、もっと季節の感じが出せるのに。こんな時代なんだからさ、もっと、うちはうちで、支店としての個性をもたないと」

「ふうん……」正直言って、わたしにはどうでもいいことなのだった。「厨房の人たちは、どう言ってるんですか？　セインさんとか」

「セインは乗り気だよ。せっかくイタリアンやってるんだから、彼だって、もっといろいろやりたいんだよ。ただ、料理長……井上さんが、あの人、店長の顔色ばっかり見てるから」

セインさんとレザさんは、よく料理のことを議論するときはもちろん互いに日本語である。セインさんはビルマ語、レザさんはペルシャ語が母語なわけで、議論するときはもちろん互いに日本語である。けれど、セインさんの日本語はまだけっこうカタコトで、レザさんは、ところどころ、〝あー、生煮えっていうのは、……ちょっと煮るのがすくない……そうそう、生っぽい、そうなっちゃうこと〟とか、説明を入れる。そうやって、夕刻前の休憩時間なんかに、えんえんと、厨房の隅あたりでしゃべっている。

「ああ、……そうなんだ」

「だって、トモちゃん」

いったん言いだすと、レザさんはしつこい。達者な日本語で追ってくる。

「――うちの店ってさ、客層が若いから、どうしたって、パスタとデザートだけってオーダーが中心になるじゃない。彼ら、あんまりお金がないんだし。

だったら、セコンドの料理、いまみたいに肉とか魚とか、あんまりいろいろ揃えてなくていいよ。そんなにたくさん注文ないんだから。

それより、六百円か七百円くらいの、ちょっとしたアンティパスト、もっと種類を多くして……。ブルスケッタとか、カポナータとか。なるべく手間と原価のかかんないもの。ほら、有機野菜とかって、いまみんな言うじゃない。彼らだって、それだったらパスタのほかにも注文しやすいし、結局、そのほうが客単価だって上がるんだよ。ワインもさ……」

「わたし、どっちだって、いい」

断ち切るため、投げやりに言っておく。

ニョッキもブルスケッタも、どうせ、さらに残飯の量を増やして、こうやって裏口のごみ捨て場に投げ出されるのだと思っていた。

「――それより」話題を強引に変えてみる。「最近、おもしろい映画のビデオ、観ました？」

「うん、観たよ」機嫌もそこねず、彼は答えてくれた。「古いのだと、『風と共に去りぬ』でしょう。それから、『ゴッドファーザー』、あれいいよね、アル・パチーノも、マーロン・ブランドも。あと、わりに最近のでは『マグノリア』。トム・クルーズ、ジュリアン・ムーア」

とても長い映画ばかりが、また並ぶ。

「あのさ、レザさんって、英語の映画ばっかり観てるよね」

「そんなことない」

即座に彼は否定した。

「――ニッポンの映画も好きよ。クロサワとか。それに、イランにだって、すばらしい監督、いっぱいいるよ。キアロスタミさんとか、マフマルバフさんとか……」

それはわかる。

でも、レザさんにとっては、どうなのかな。

さらに訊く。

「英語の映画観るとき、レザさんは日本語の字幕読んでるの？」

「うん、まあね」彼はうなずく。「だけど、あんまりたくさんは、ついてけない。漢字が、ぼく、だめだから」

「じゃあ、英語で、聴くの？」

「もちろん、それも聴く」またうなずく。「だけど、それだって、トモちゃんといっしょだよ。むずかしい単語とか、よく、わかんないし。早口のとか」

「なら、どうやって映画、理解してるの？　全体として」

「観て、聴いて、字幕も読んでる」彼は笑った。そして、短くなったたばこを足もとの水たまりに投げつけた。「ちゃんとわかるよ、映画だもの。世界中の人が、こうやって、おんなじ映画を観てきたんだし」

だけども、それは映画に限っての話である。現実には、レザさんにも、いろいろ釈然としないことがあるらしい。イズミちゃんやわたしのことだって、そうである。大学を出てから、どうしてわざわざ宙ぶらりんにこういうところでアルバイトのウェイトレスを続けているのかと、映画などより、むしろそっちのことを訝《いぶか》った。

「だって、困るもの。ここ辞めたら」わたしは答える。「家賃とかも払えなくなるし。だいたい、それだと、ひとりで食べていけないし」

「だったらさ、ちゃんと、どっかで社員になろうとすればいいじゃない。そのほうが、サラリーだっていいんだし。この店だって、それ、頼んでみればいいのに。あなたたち、そういうこともしないじゃない。なんで？」

「うーん。なんとなく、だけど。わたしは」

「わかんないよ、それだと。どうしてなの？」

「……なんか、わたし、いやなんだよ。そこまでやることないように思えて。それだけの自信、まだないっていうのもあるし」

「よくわからないな」

ため息まじりに、彼は微笑した。

「――あのさ、イズミちゃんだって、家、横浜でしょう？ ぼく、思うんだけどさ、彼女って、このごろ、ちょっと病気っぽいじゃない。あんなに青白い顔してて、無理してここで働いてるより、いっぺん、お父さん、お母さんのところに戻ればいいじゃない。横浜だったらさ、しばらく休んだあとだって、もっといい仕事見つけるチャンスはいっぱいあるんだから」

「きっと、そんなふうには帰りたくないんだよ。だからこそ、彼女、こうやって働いてて。いま、街でひとり暮らしの女の子って、たいていそうなんじゃないのかな。わたしだって、そうだし」

「なんで？」また彼は訊く。「育った家ってさ、そんなにいやなものなの？」

「単純じゃないんだよ。そんな、レザさんの言うほどは」

言い返す語気の強さに、自分で、わたしは驚いた。

ちょうど雨上がりで、いつもはネオンと排ガスで靄《もや》がかかったように見える夜の空気が、この日はよく澄んでいた。そのずっと底の暗がりのなかに、わたしたち二人は立っていた。黒いビルの影に囲まれ、天窓みたいに開いた夜空に、ネオンの光に邪魔されながらも、星がいくつか見えていた。

故郷って——。

佃さんは、もう、あのアパートに住み続けるのはあきらめて、故郷の田舎町に帰ろうと思うと言っていた。子どもはいない。

そこは、丹波の大堰《おおい》川べりのちいさな町で、年老いたお兄さん夫婦が住んでいる。お兄さんの奥さんは、ほとんど寝たきりで、介護の人たちに通ってきてもらっているのだそうだ。田んぼはやめたが、畑がまだいくらか残っているだろうということだった。

大文字山の送り火の夜、わたしたちは、鴨川の西べりの河原に出て、流れのむこうにそれを見た。山の中腹、ぽつんと灯った橙色の炎は、みるみる上下左右につながって〝大〟の形を浮かばせた。工藤くんは、まだ書きはじめられない小説のことがきっかけで、いらいらするのか、わたしと口げんかして、自分のアパートに帰っていた。

「ほー」本気で感心したようで、佃さんは嘆息した。「あの兄ちゃんでも、そないにぷりぷりしよることとかて、あるんやな」

「佃さん」

わたしは言った。

「なんやいな」

暗がりのなか、送り火に目を向けたまま、彼は答えた。

「なんかさ、みんな、故郷、故郷って、言うよね。やっぱり、それって、そんなに大事なものなのかな」

「どうなんやろな。

せやけど、わしは、そないなこと、いっぺんも言うてへんがな。この齢でにっちもさっちも行かへんさかいに、しゃあない、クニへでも帰ろかいなていうだけで」

「うん、そうなんだけど」

「トモちゃんは、どやねん」

「わたし、故郷とか、あんまり考えたことがなかった。

むしろ、そういうものとはあんまり関係なしにやれたらなと思って、この街に来て」

「へー。さよかいな」

「うん。

それに、わたし、ずっと宇治の団地で育ったんだけど、もともと両親だって、ぜんぜんそこの土地とは関係ない人間なんだよね。

母親は仙台の生まれ育ちだし、親父はよく知らないけど、きっと奈良あたりだし」

「あ、ほんでかいな。言われてみたら、あんた、ここらの子と、なんぼか言葉が違《ち》ゃうもんな」

「そうかな……。

うちの母親はね、仙台で高校の卒業式の一週間前に、家、飛びだして、そのままもう戻らなかったんだって。京都まで来て、スナックみたいな喫茶店に住み込みで働いて。両親が早くに死んで、それまでも親戚のところで育てられてたらしいんだけど。このまま高校を卒業して、大学行って、とか、そんなふうに生きるべきじゃないって思ったんだって。そういう時代だったんだって。よくわかんないけど」

「それて、学生運動とか、あんなんかいな。棒振りまわしたり」

「そんな、ちゃんとしたもんじゃなかったんじゃないのかな。うちの母親、インテリとかじゃないし。本読まないし。ただ、なんとなく一人で突進するみたいに考えてるうち、もう、自分で働くべきだって思ったんじゃないのかな。

それやこれやで、そのうち奈良生まれのタクシー運転手と惚《ほ》れあって、宇治で暮らしはじめて。わたしと弟、産んで。そうやってるうち、親父のほうはバクチに超ハマって、借金つくって蒸発して」

話してるうち、自分自身でも笑えてきた。

「なんや、むちゃくちゃやな」

「そお、むちゃくちゃなんだよ。

で、そうなっちゃってから、母親は『ああいう男に惚れちゃったのも、わたしの業《ごう》だ』、『命がけであんたたち産んだのも、わたしの業の深さのせいだ』とか言いだして。

なんかさ、自分が、母親のそういうナマっぽさっていうか、へんに女っぽいところ、そのまま受け継いじゃってる気がしてきて。気持ち悪いんだよ。母親だって、きっと、娘のなかにそういうものを感じるから、責めたり、叩いたりしたんだろうし」

「おー、怖《こ》わ」肩をすくませ、佃さんは言った。「せやけど、しゃあないな、お母はんは。惚れてしもたんやもんな、そないな男に」

「うん。それはそう」

「お父はんとは、トモちゃん、会《お》うてるんかいな」

「会ってない、ずっと。居場所も知らない。もうだいぶ前、どこかで、けっこう大きな病気したって、親戚づてにちょっと聞いたことはあったけど。母親は、わたしよりはもう少し、だいたいのことは知ってるのかもしれないけど。知りたいとも、わたしは思わないし」

「まあなあ。たいがい、そんなもんやろけどな」

それだけ言って、佃さんはちょっと笑った。

「――せやけど、トモちゃん、それはそれで、けっこう大変や。もしも、お父はんが、どっかで死なはったて知らせ聞いたら、きっと、トモちゃんがいちばん悲しゅうなるな」

「……うん、まあ」

いきなり、みぞおちの底のほうから、熱い液体みたいなものが込み上げてきた。がまんしても、ひくひく、引きつって、途切れなくなった。

それを振りきるつもりで、わたしは言った。

「――だから、故郷って言っても、わたしの場合、……からっぽなの。五階建ての団地で、ベランダから、自衛隊の基地と、でっかい自動車工場が見えるだけの場所なんだよ」

「そんなもんやで。誰かて」

佃さんは言った。

「え？」

「それでもな、人間、たまたま居着いただけの土地に、だんだん馴染《なじ》んでいくっちゅうことかて、あるさかい」

〝大〟の送り火は、だんだんに燃え尽きているらしく、沈んだ赤色を帯びていた。

モンスーン気候というのだったか。

夜になっても、ひどく蒸し暑い。半袖の開襟シャツの袖口を、佃さんはさらに肩までたくし上げていた。そして、両手をズボンのポケットに突っこんだまま、傾斜の下の水ぎわにむかって、小石を蹴りこんだ。

かさっ、と音がした。

川の流れまでは届かずに、小石は、水べりの草むらに落ちたようだった。

「わしはやな、四〇になるまで、毎日毎日、ここの川で友禅洗《あろ》とったやろ」

人出が引いていく暗がりで、佃さんはまた話した。

「――それかてな、たまたまや。戦争が終わって、いつまでもぶらぶら田舎で百姓仕事の手伝いだけやっとるわけにもいかんさかい。一五で、仕事口さがして、この街に来て。長居する気もあらへんがな。もっとおもろいことがあったら、どこへなと飛んでいったろ、ていうような気持ちで、こっちはおるんやさかい。それがいつのまにやら、とうとうそれから六〇年近《ち》こうも、ここでそのまま過ごしてしもて。

京都っちゅうとこは、盆地やさかいに、街のどこにおっても山が見える。川のなか入って、仕事しとったら、なおさらや。東山、北山、西山と、いま自分のおるとこが、ぐるーっと三方から、山なみに囲まれとる。サンシスイメイいうんは、あれ、うまいこと言うたもんやな」

「サンシ……スイメイ?」

「『山は紫にして』」

ちょっと澄ました口調で、佃さんはそう言った。

「――ほんでな、『水、明るし』や。川の流れは澄んどって、山は紫色にけむって見えとる、そういうこっちゃろ。そないな距離は、たしかに、あるがな。近すぎたら、山は緑に見える。ほんで、遠すぎたら、山は薄墨みたいに見えるやろ。山が紫に見えるんは、その中間っちゅうことになるやろな。ここらあたりの水ぎわから眺めた北のほうの山ていうんは、ええあんばいに、その『山紫水明』ほどの距離感で。

春は、山に新緑が芽吹く。夏にむかうにつれて、それがだんだんに濃うなって。秋には、杉とか松だけ緑に残して、あとは、黄やら赤やらのもみじになる。里までもみじが下りてくる時分には、北山に、もう雪がかむってて。けど、そないな変化の繰り返し全体も、なんや、紫色の靄《もや》ごしの模様のうつろいみたいに見えとって。

風土っちゅうんは、まあ、そないなことなんやないかいな。友禅の好みやら技法やらいうもんも、こないな景色見ながら暮らしとるうちに、だんだんにつくられてきたもんで。

せやさかい、おんなじ友禅いうても、加賀の友禅は、京都のもんより、ずっとあでやかていうんか、ぜんぜん違《ち》ごとるがな。向こうのもんには、やっぱり向こうの、能登の真っ青な海やら、荒磯の波やら、あそこだけの風土が後ろにあって。

たまたま居着いて、こないな景色に、だんだん自分も馴染んできた。生まれた土地やないけどな。これかて、わしには、悪うはなかった気がするで。

生まれ故郷ちゅうたかて、しょせんは、親同士が番《つご》うて子を産んだ、それだけの場所やがな。ほとんど六〇年ぶりで戻ったところで、まあ、それはそれや」

「うん……、そうなんだろうね、きっと」

くしゃん。と、大きくくしゃみしてから、佃さんは、くすっと、鼻をすすった。声は明るい。

「ほんま、あっという間やったな。どっちにせよ。

送り火かて、三、四〇年ほど前には、こないしてわざわざ河原まで出てこんでも、そこらの家の二階の窓やら物干し台から、大文字、妙法、船形、左大文字と、ぐるっと見えとった。こんだけあっちこっちにビルやらマンションやらが建って、ろくすっぽ街から見えんようになるとは、その時分、思いもせんかったがな。

せやけど、おかげで、こないしてトモちゃんと川べり散歩しながら、送り火も見られたわけやな。ええ記念や」

いきなり、佃さんは、小柄なからだをかがめた。そして、石葺きの急な傾斜を、水ぎわにむかって、素早い身のこなしで降りていく。

「――トモちゃん……」

暗い水べりに立ち、手招きする。わたしは、足もとがこわくて、左右に手を振り、降りていくのを断わった。佃さんの影は、水ぎわでしゃがむ。長く伸びた夏草に隠れて、影はほとんど見えなくなった。

だんだん、そこの闇の深さにも目が馴《な》れてくる。送り火の炎は、もう完全に尽きていた。山は黒い影に戻り、対岸の川端通りの灯りだけが、わずかに川面に差していた。

夏草の繁みのあいだから、佃さんの片腕が、水面のほうに差し出されているのがわかった。水は、微かに白く、ゆらゆら光った。腕は、細い影になり、その水を静かに掻いていた。

「ごめん。べつに親のところには帰らなくたっていいんだけど。問題は、イズミちゃんのからだの健康のことだから」レザさんは、ともかく謝った。「それに、ぼくだって、長いことクニには帰ってないんだし」

「そうだよ」おかしくなって、わたしは笑った。「レザさんこそ――」

詳しいことは知らない。前に、ちょっと聞かされたことがあるだけだ。

二〇年近く前、レザさんは故郷のイランを離れて、日本に、たった一人でやって来たのだそうだ。一八歳で、二年間の兵役にさしかかる年齢だった。郷里の国では、隣の国との激しい戦争が続いて、すでに何十万人という死傷者が出ていた。

さらにそれより二年ばかり前。

レザさんの三つ年上のお兄さんも、戦場に送られていた。高校時代は、サッカーのフォワードでレギュラーをつとめる選手だったのだそうだ。ごつい体格に少々不似合いなほどの甘いマスク、機敏なユーモアの持ち主で、両親には自慢の青年だった。このお兄さんが、戦地で両足と下顎を砕き飛ばされ、彼らの家に戻ってきた。

「あのアニキの足がない。これは、すごいショックだよ。信じられない。でもね、それがどういうものかっていうのは、まあ、だいたいは想像してみることができるでしょう?」

そのとき、レザさんは言ったのだった。

「――トイレにだって、もう、彼ひとりじゃ行けない。だから、ぼくら弟たちも世話をした。だけど、いちばんいっしょうけんめい世話をしてたのは、やっぱりお母さんだった。

お父さんも苦しんでた。だけど、役には立ってくれなかった。車椅子を押そうとしたって、お父さんのほうが泣きだしちゃうから。お母さんは、ぜんぜんそれとは違った。笑ったり、叱ったり、とにかく目の前のいまやんなきゃならないことで、いっぱいで。

アニキはね、そんなからだになったことが、すごく、くやしかったと思う。情けなかったり、恥ずかしかったりもしたんじゃないか。自分で自分に怒りだしたりしていたし。そうやって、どんどん不機嫌で扱いにくい人間になっていった。お母さんや、きょうだいのいちばん下にいた妹には、ひどくつらくあたってね。めんどう見てもらってる相手だから、よけいにそういうわがままも出ちゃうんだよ。

……だけど、トモちゃん。顎が吹き飛ばされた人間って、どんな顔か想像できる？」

しばらく考えてみてから、

「できない」

と、答えた。

「こわいよ。とっても、こわい。正直に言えば」

彼は言った。

「――顔がね、ぱかんと二つに割れて、半分くらいになっちゃってるように感じる。これが、ほんとに、あのアニキなのかって。

上の歯、ぜんぶ剝《む》きだしで。赤いベロが出てる。それで、苦しいんだね。口とか喉とか、乾くから。はーっ、はーっ、て、息をしてる。ぽた、ぽた、ぽた、ぽた、そこからよだれが垂れていて。

だけど、うまくしゃべれない。あー、とか、うー、とか、あとは手真似であれこれやるだけだ。痛いんだよ、あちこちが。怒ってるのもわかる。そして、ときどき涙を流してる」

義顎というんだろうか。義手、義足、みたいに。やがて、そういう補装具が、お兄さんの顔に取りつけられた。

「――それだって、ちゃちなものだよ。わけのわかんない金属なんかを繋ぎあわせてつくってあって、言葉は悪いけど、ただの蓋みたいなもんだった。だけど、いくらか、それでしゃべれるようにはなった。ぼくら家族にだけ、どうにかわかる言葉でね。でも、まだ、ちゃんとは嚙《か》めなくて、食事は喉から水っぽいものを流しこむしかないんだよ。それが苦しいらしくて、ぽたぽた涙を黙って流す。

いま思うとね、あのころ、ぼくらの家では、みんながちょっとずつ狂ってたんだ。アニキの部屋から出てきて、お母さんは、いつも自分のベッドにうずくまって泣いていた。しばらくすると、お母さんはベッドから起き上がって、真夜中でも、すごい勢いで、またアニキの部屋に入っていく。そして、ぎゅーっと、椅子に座ったまんまのアニキを力まかせに抱くんだよ。彼のほうは、目だけぎらぎら見開いて、じっとしてる。そう、アニキは、夜にはひと晩じゅう寝床に入らないで、そんなふうに椅子に座ってるんだ。そうやって、お母さんが戻ってくるのをいつまでも待ってる。お母さんも、それを知ってる。だから、こういうのって、きりがないんだよ。それでも、抱きながら、お母さんは、アニキのおでこにずっと唇を押し付けていた」

いいかい、トモちゃん。

レザさんは、自分の唇を少し舐《な》め、そう言った。

「――ほら、テレビのニュースで、戦争のことなんかになると、よく、『死者なんにん、負傷者なんにん』って言うじゃない。ああいうときのアナウンサーって、きっと、最悪なのは『死者』になることで、『負傷者』はそれよりずっとマシって、信じてるんじゃないのかな。よかったね、命拾いして、とか。だけどね、戦争での『負傷者』って、消毒して包帯巻いたら治るっていうもんじゃないよ。そういうのは『負傷者』にも入らない。

英語だと、カジュアルティーズ。戦場の『負傷者』っていうのは、もう戦争の役に立たなくなっちゃった人のことだよ。足や顎を吹っ飛ばされたり。目玉が潰れたり。キンタマやおチンチンがもぎ取られて、故郷に帰っても、もう子どももつくれない。これからもずっと、そのうちのおおぜいが、車椅子とか、ベッドの上だけで生きていく。世話してくれる人もいなくて、道ばたで死んでいく人もいる。

自分たちの国が戦場になっちゃってる人は、誰だって、それを知ってる。みんな、兵士の家族だったり、友だちとか、恋人だったりするわけだから。だけど、戦場からずっと遠くへ離れれば離れるだけ、みんなが、そんなことは忘れちゃう。知らないんだ。だから平気でいられる。『死者なんにん、負傷者なんにん』って」

二年近くそうやって苦しんでから、お兄さんは死んだのだそうだ。三カ月後に、レザさんの兵役が迫っていた。弟の兵役も、さらに翌年にはやって来るはずだった。

ある日、親戚じゅうの男たちがどこからともなく家に集まって、長い親族会議が開かれていたのを、レザさんは覚えている。それは、昼食どきから始まって、ドアを閉ざし、日暮れ過ぎまで続いた。これが終わると、お父さんは、彼の前に立ち、「おまえに誕生日を買ってやることにした」と、言い渡した。

〝シェナスナーメ〟——と、レザさんは何度か言った。それは、イランの「身分証明手帳」のことなんだそうだ。進学、就職、結婚、「死んだ証明」にさえも、これが要る。

やがて、父方の故郷の町の役所を通して、レザさんの新しい「身分証明手帳《シエナスナーメ》」が手に入った。名前は彼自身のものにほかならないが、知らない生年月日が記されている。この書面では、彼は、すでに徴兵期間を了《お》えた二一歳だということになっていた。

「ぼくのうち、いろいろビジネスやって、お金持ちだったからね」

レザさんは、とくにこだわる様子も見せずに、そう言った。

とにかく、彼は、これをつかって〈ほんもののパスポート〉を急いで取得し、テヘランから飛行機を乗り継ぎ、日本にやって来た。神戸の街には、お父さんと同郷のペルシャ絨毯《じゅうたん》の貿易商がいた。そこに身を寄せ、「商売のトレーニング」を受けた。かたわら、日本語、英語の語学学校にも通っていた。

奥さんだけは、自分で見つけた。大学の研究室で「バイキン」――黴《かび》のことらしい――の研究をしている日本人の女性だそうだ。子どもはいない。それ以上のことは知らない。ともあれ、いまは配偶者ビザがあるので、彼に日本での就労上の制約は何もないらしい。ふつうの日本人と同じで、イタリア料理店の店長にもなれるし、運と実力次第で、社長だってやれる。

「レザさんには、どうなの？　故郷って」今度、はじめて訊いてみた。「やっぱり、大切？」

「そりゃあ、生まれて育った場所だから、イランって。それに、お父さん、お母さん、きょうだい、友だちも、暮らしてるから。懐かしいよ、やっぱり。だけど、それ以上に……えっと、どう言えばいいのかな、日本語で」

彼は、しばらく黙った。

「――うれしく思う、って言うのかな」

「うれしく思う？」

とっぴに聞こえて、わたしは笑った。

「うん。あの人たちが、ぼくのお父さんであり、お母さんだったことに。そして、死んじゃったあの人が、ぼくのお兄さんだったことに。

つらいこととか、いやなことも、いろいろあった。だけど、ぼくが育った家の庭、そこに一本だけ生えてるオリーブの木。それから、母方の田舎の家のベランダで、たくさん咲いてた鉢植えの花。そういうのを思いだす。そうしてると、自分の顔まで、にやにやしてきたり。

そんな思い出があるから、離れた場所にいても、けっこうへっちゃらで暮らしていける。思いだせるからね。そうやって、いつでも、みんなには会えるから」

「ほんと？」

カッコつけすぎ、と思って聞き返す。

「うん」彼は笑った。「ほんと。ほんとだよ」

「だけど、いつかはイランに戻って暮らしたいとか、思わないの？」

「帰ったよ、おとしも。うちの奥さんといっしょにね。それで、ひと月、あっちの家でのんびり過ごして、また日本に戻ってきて」

「そうじゃなくて……」

「あのときは、戦争だった」

あいだを置かずに、レザさんは続けた。

「――そして、お父さんは、『おまえは、よその土地で生きていきなさい。運に恵まれれば、つまり、お互い生きてさえいれば、また会えるだろうから』って、言った。『わたしたちは家族なんだ。それは、どこにいたって変わらない。このことを信じられるという幸運を、わたしたちは与えられてるんだよ』ってね。

ぼくは、『そうします』って答えた。

『おまえの幸福を信じてる。からだと心が、ともに健康であるように』って、お母さんは言ってくれた。弟、妹とも、そう言いあって、別れた。

それぞれが、あのとき、自分でそう決めたんだから、それで自然でしょう。当たり前のことだよ。オリーブの種は、鳥にどれだけ遠く運ばれたって、その土地や水の力をもらって、またオリーブの芽を生やす。それとおんなじ」

「そうなのかな……」

「そうだよ」

そっけなく決めつけ、レザさんは腕時計を確かめる。

「――さあ、もう、戻って、働かなくちゃ。こんな店でも、とにかく」

鉄の重い扉を、力を込めて、彼は押す。

《ラ・ノッテ・キアーラ》の店のなかから、騒々しい声といっしょに、明るい光が漏れてくる。

広河原を、はじめて地図で探してみた。

京都の市街地から、北へ、日本海の若狭湾に至る、ほぼ中間の山地のなかに、そのちいさな村は見つかった。等高線が深く入り組み、谷と谷とが次第しだいに合わさって、桂川の源流部をなしている。川の名は、そのあたりでは「上桂川《かみかつら》」と呼ぶらしい。下るにつれて、「大堰川」、「保津川」、「桂川」と、同じ川が呼び名を替えていく。

はじめ、川は、山あいをくねりつつ、ほぼ南をさして流れている。花背の集落あたりで、大きく流路を西に振る。川ぞいに、点々と集落が続く。川幅をじょじょに増し、周山《しゅうざん》の町を抜け、日吉町に入ると、大きなダム湖になっている。そこから溢《あふ》れて、蛇行して、川はふたたび南転する。佃さんの故郷、八木町を通る。亀岡へと伸びる盆地のなかを貫いて、町のはずれで今度は東へ転じ、保津峡の渓谷を下りだす。左に愛宕山を望みつつ、清滝川と合わさる。この難所を抜けきって東南にむかい、いよいよ京都の市街地、嵯峨・嵐山の渡月橋まで、流れは出てくる。

京都市の北方一帯の山あいを、川はこうやって大きく回りこみ、六〇キロほどの流路を下っている。

「ほんまに、おるの？」テーブルの上の地図を、わたしの後ろからのぞきこみ、工藤くんはささやく。

「イズミちゃんって」

「え？」からだをひねって、わたしは彼を見た。「どういうこと？　それ」

「そんな女の子、ほんまに実在しとるんやろかて、ちょっと思て」

うっすら、彼は笑った。

「――住所がわからん。携帯はつながらん。姿も見えず。せやのに、朋子さんは、このごろ彼女のことばっかり気にかけて。それって、なんやら、小説かなんかの話みたいやなあって、ふと、思えてきて」

かちん、と来た。

「ちょっと、工藤くん。やきもち？　それって、一種の」

「え。違《ち》ゃうよ、ぜんぜん」

「じゃあ、なんなのよ、それ」

「そやかて、やっぱり、へんな感じするよ。ぼく、いっぺんも彼女と会《お》うたことさえないんやし」

「当たり前でしょ、わたしの友だちなんだし」

「そうやけど……」

「わたしが、なんか嘘でもついてるって、言いたいわけ？」

「違ゃう、違ゃう」

あわてて、強く首を振る。

「――ええと……ぼくが言いたいのはやね、イズミちゃんっていう人は、ひょっとしたら、朋子さんの空想の産物なんやないんかと」

「だったら、わたし、やっぱり嘘つきだってことじゃない」

「そうと違ごて。自分でも、そのことに気がついてないとか。朋子さんが、自分自身の空想を、現実やと信じてて」

「あほ」あきれて、わたしは笑った。「それって、工藤くん。きっと、小説の考えすぎだよ。あたま、ばかになってるよ」

「うーん、そうかもしれん。ちょっと、ほぐしとかんと」目をつぶり、首を左右にぐるぐる回す。そして、また、地図のほうへと目を落とす。指でたどり、〝広河原〟を見つけだし、ぶつぶつ口のなかで言っている。「えらい、とんでもない山奥やな……。ああ、そうか。最初からずっと川づたいに上っていくより、鞍馬から峠越えして花背に抜けてしもたほうが、近道にはなるんやな……」

山あいの道を、バスは、きっと揺れながら走る。何度か、ちいさな橋を渡る。白くしぶきをたてる渓流を、右に、左に見ながら、さらに源流にむかってさかのぼる。

「だけど——」話をもとに戻して、わたしは言った。「イズミちゃんはさ、ちゃんと、工藤くんを見たことあるんだよ。わたしといっしょに」

「え？　いつ」

「春の終わり。彼女が、この前、ここに遊びにきたことあったでしょう。昼前だったか、電話かけてきて。工藤くんは、だから入れ替わりに、先にここの部屋から出ていって」

「ああ……そうやったな」

「あのとき」

「え？」

「彼女と、散歩したんだよ。そしたら、わたしたち、賀茂大橋の上から見つけたんだ。三角公園のところに、工藤くんは坐ってた」

「ほんま？」

「うん。フリスビーやってたでしょう？　小学生の男の子たちの仲間に、無理やりみたいに入れてもらって。それで、工藤くんが、フリスビーをふらふらって飛ばしたら、それが川のなかに落ちちゃって」

「あは」

思いだしたらしく、大きく口を開いて、彼は笑った。

「見てたんだよ。わたしたち、それ、橋の上から、ずっと」

「ああ、そうやったんか」

「イズミちゃん、言ってた。こんど、工藤くんに会えたとき、小説のこととか訊いてみたいって」

どうしちゃったんだろう？　彼女、それにしても——。

不安が、いよいよ膨らんで、のしかかってくる。

「——工藤くん」手に触れて、呼んでみる。「だいじょうぶかな、イズミちゃんは」

「だいじょうぶやろ」いつもの彼の、のんびりした口調に戻っている。「ほかの用事で忙しいとか。なんか、気持ちがちょっと鬱陶《うっとう》しいて、いまは、あんまり人としゃべりとないとか。あるやん、誰にかて、そういうことって」

「だよね」

「うん」

斜視気味の目で、彼は、わたしをじっと見る。片方の目はまっすぐこっちを見つめていて、もう一方の目は少しそっぽを向いている。離れた二つの眼球が、だんだん少しずつ寄りあって、その両方がわたしの顔を見ている。


それは、八月二四日のことだった。

《ラ・ノッテ・キアーラ》が消えてしまっているのを確かめ、夕方、四条木屋町から戻ってくると、アパート近くのお地蔵さまの祠の前で、地蔵盆の行事をやっていた。

屋根テントが、祠の前の路上に張ってある。花をたくさん祠に供え、赤い提灯《ちょうちん》で飾ってある。自転車を停め、サドルにまたがったまま、しばらくその様子を見ていた。

京都の街では、どこの町内にも、お地蔵さまの祠がある。どれも素朴に御影石を刻んだ姿で、白や赤の前垂れを掛けている。

八月の二三日と二四日、こうした祠の前のテントにゴザを敷き、子どもたちが集まる。近所の世話役たちが総出で、その世話をする。

福引きをする。

お菓子が出る。

読経に合わせて、数珠繰りをする。

櫓《やぐら》を組み、日が暮れると、盆踊りを催す町内もある。

けれど、この日、祠の前に、子どもたちの姿はなかった。老人たちが一〇人ほど、屋根テントの下の床几《しょうぎ》にめいめい腰掛けて、お坊さんの講話を聴いていた。

西陽がテントの下にも射し込み、町内のお年寄りたちは、みんな、しきりに汗をぬぐった。それぞれの手が、タオルや、ガーゼのハンカチを握っていた。ウメさんもいた。わたしに気づいて、彼女は手招きした。自転車を降り、近づいて、その隣に腰掛けた。

この界隈は、いまは老人所帯と、単身者向けのアパート、ワンルームマンションばかり増えていて、ちいさな子どもがいる家庭はわずかなのだそうだ。

「……へえ。おたくさんみたいな人らと、うちらみたいな年寄りばっかりで」

お坊さんの話に構わず、ウメさんは小声で言って、くすくす笑った。

「――こんなんやと、なんのために地蔵盆やっとるんか、わかりまへんな」

ほとんど普段通りの声に戻して、そう言った。

講話が終わると、お坊さんは袈裟《けさ》のままスクーターにまたがり、次の町内をめざして去っていく。

老人たちは、提灯に火を灯し、福引きに取りかかる。

抽選器をガラガラ回すと、ぽとんと、ちいさな玉が受け皿に落ちてくる。

赤い玉……。青い玉……。白い玉……。

互いに、控えめな歓声を上げていた。孫に手渡す当てでもあるのかどうか。景品のお菓子や、プラモデルの詰め合わせを、それぞれが手にして散っていく。


「わたし、行ってみる。広河原に」地図をたたみ、その夜、わたしは言った。「あした、パン屋の仕事も休みだし」

「なんでまた」

カーペットにじかに寝そべったまま、あきれたように工藤くんは問い返した。

もう、「愛宕さんの火祭」だって終わってしまっているかもわからない。

「ただ見るだけ。どんなところか。行きたかったところだし」

「どうやって」

「バスで行く。出町柳の駅前から、広河原行きのバス、出てたし。夕方の最後のバスで戻ってくる」

コルクボードに留めておいたメモを見る。

「——パン屋の仕事帰りに、時間、確かめといた。一日四本。……朝七時五〇分。一〇時。一四時。最後、一七時四〇分ってあるけど、これは、もうこっちに戻ってこれる便がなくて。

だから、朝一〇時のバスで行ってみる」

ふーん。と、工藤くんは、気のない返事をひとつした。そして、

「ぼくも行こかな」

ごろごろしながら言いだした。

「――どうせ、ひまやし」

朝になり、工藤くんがぐずぐずしていたおかげで、午前一〇時のバスには乗り遅れた。しょうがなく、午後二時、出町柳駅前発のバスに乗る。車体は、ふつうの市街バスより、ちょっとちいさい。帰りの便があるのは、この日、これが最後のバスだった。

8

空は、よく晴れている。

乗客は一〇人たらずで、車内はすいている。市街バスの路線とは、どこか雰囲気が違っている。ほとんどが老人で、乗りあわせたとたん互いに会釈し、「おかえり」、そんな挨拶を交わしたりもする。みんな、普段着らしい半袖のシャツやワンピースでいる。けれど、買ったばかりらしい商品の大きな包みや、中身がはみ出しそうに詰まった買い物袋を、両手に提《さ》げてバスに乗ってくる。

バスは発車する。

最初、高野川べりの道を上流へと走りだす。すぐに川と別れ、大学がある丘を、北にむかって越え

ていく。お年寄りの乗客たちは、大きな荷物を脇に置き、ばらばらに席を占めている。二人掛けのシートで窓辺にもたれて、揺れながら眠る人。通路をはさんで、この朝から午後までの街での行動を、互いに報告しあっている人たちもいる。

八月終わりの陽射しは、窓から、まだ強く照りつける。ブラインドを半分、わたしは下ろす。工藤くんは、ウーロン茶のペットボトルをナップサックから取りだし、喉を鳴らして飲んでいる。

バスは、家もまばらな山ぞいの道に入る。鞍馬の集落、そこを抜け、花背峠への険しい山道に差しかかる。道は細い。たまに、対向車が下りてくる。そろり、そろりとバスはバックし、崖下のわずかな退避スペースでやり過ごす。

「ありゃ?」

携帯電話を取りだして、工藤くんが首をかしげる。

「——電話、もう〝圏外〟や」

「通じないの?」

「うん。あかんわ」

電話機のスピーカーに耳をくっつけ、首を振る。

深い杉の林が、行く手の左右を覆う。天をさし、まっすぐに伸びている。駆け下る流れが、木立のあいだ、右手の谷底に見えてくる。

この山道に入ってから、ずっと、バスは〈グリーン・スリーブス〉の曲を外にむかって流しながら走っている。オルゴールみたいな電子音で、繰り返し、際限なく、その曲は続いている。バス停がない場所でも乗り降りできる〝自由乗降〟区間の合図らしい。

……バスが通りますよ……。

そういう知らせなのだ。

はじめ、気にはならなかったけれども、だんだん、不愉快になってくる。

陰鬱な短調の調べが、妙にセンチメンタルな電子音で奏でつづけられ、落ち着かない。なんというのか、ひどく偽善的な感じで、きもち悪い。感情を装った、からっぽなもの。その音が、いよいよいっそう耳に付き、気に障《さわ》る。

宇治の公営住宅の最上階、実家のベランダから毎日眺めた自衛隊基地のフェンスと自動車工場の光景が、どうしたわけか、これにつられて甦《よみがえ》ってくる。

「イングランド民謡だったっけ？　これって」

辛抱しきれず、声に出す。原曲に、咎《とが》はぜんぜんないのだが。

「え、知らんわ。ぼく、こういうやつ」

気にもかからないらしく、工藤くんはそっけない。

運転手さんは、これ、毎日毎日聴かされていて、平気なのかな……。

そう思う。

――うっとうしいよね、こういうのってさ。――

イズミちゃんになら、きっとわたしは言っただろう。

――……ほら、夕方、学校の校庭のスピーカーで、ドボルザークの〈家路〉とか、ひずんだ、でっかい音量で流すじゃない。もう帰りなさい、って合図で。あの音ってさ、すごく、いやーな気分にさせられるんだよ。なんか、情けないっていうのか、ケチくさい感じ。あれが聞こえてくると、まわりの世界ぜんぶが、つくづく、そんなふうに見えだすの。気持ちが滅入って、泣きたくなる。——うん、……わかるよ、それ。

彼女は、きっと笑って、うなずくんじゃなかろうか。

眉間に、だんだん皺が寄ってくる。

「せめて、もっと明るい曲にするとかさ」

また、工藤くんに言ってみる。

「——山あいに暮らしてて、陽も沈むころとかに、こんなのが聞こえてくるのって、いやだよ、きっと。気分が滅入って」

「えーと、ほんなら……『村の鍛冶屋』とか?」

「うん。まあ、それでもいいけど」

バスは、つづら折りの急勾配にさしかかる。赤い小型の郵便集配車が、花背の村むらへ向かうらしく、見えたり、カーブで木立に隠れたりしながら、前方を走っている。

「あ」

工藤くんが、息をのむ。

眺望が、一気に開けている。緑の山の稜線が、眼下に幾重にも重なって、パノラマみたいに窓から見える。

峠のてっぺんで、五、六人の男たちが、派手なサイクルウェアに身をつつみ、ロード用自転車にまたがったまま休んでいる。額に汗が光っている。手の甲で、それをぬぐう。競技用のいかついサングラスを、みんな同じようにかけている。

峠を越えて、バスは山道を下りだす。また谷水の流れが見えてくる。道ぎわで、瀬となって、白くしぶきを上げる。そして、青い淵、澄んだ流れをつくっている。

「……きれいな川やな」

伸び上がり、窓の外を見ながら、彼は言う。窓ガラスに、わたしも額をくっつける。

橋を渡る。集落に入って、もういっぺん、また渡る。いつのうちにか、道は、ふたたびゆるい上り坂にかかっている。べつのちいさな川が、道路づたいにむこうから下ってくる。

「これやな、上桂川」膝の上に地図を広げ、彼は指でたどっている。「ずっと、このまま北へさかのぼっていったら広河原で」

花背の集落が、点々と、川ぞいに続く。バスは、それを縫い取るように走っていく。

バスが停まる。

「あ、えらいすいません」

若い母親が、背中をかがめ、幼稚園児くらいの女の子をせき立てて、バスに乗ってくる。その子を
座席に着かせ、

「――ほな、よろしゅうお願いします」

母親は、運転手にあわただしくお辞儀して、自分だけバスから降りてしまう。

バスは発車する。

次の集落で、また停まる。

初老の婦人が、今度はバスに乗ってくる。

「おおきに。お世話さんどした」

女の子の祖母であるらしく、孫をシートから立たせて、その手を引いている。運転手にていねいにお辞儀し、子どもの分の運賃を支払って、すぐにバスから降りていく。

「小荷物みたいやな、あの子」

発車してから、工藤くんは目で笑い、小声で言う。

集落にかかるごとに、お年寄りの乗客たちも、一人、二人と、重たそうな荷物をまた手に提げて降りていく。

終点の広河原に近づくと、もう乗客は、わたしたちのほか、半白の髪にサンバイザーをつけた丸顔のおばさん一人だけになっていた。

「どこ行かはるんや？」そのおばさんは、終点で先にバスを降りると、こっちを振りむき、声かけてきた。「こないなとこで。おたくら」

背は低く、肥えている。目尻を下げて、ちょっといぶかしそうに、笑っている。

草色のポロシャツに、たっぷりしたブルージーンズ。ほとんど快晴なのに、赤い雨傘を、肩に担ぐように持っている。そして、中身がぱんぱんに詰まったベージュ色の買い物袋を提げていた。

川に沿い、両岸は明るく開けている。田んぼや畑が、狭いけれども両岸にある。三軒ばかり、茅葺きの家がそのなかに見えている。北から南へ、川はゆるく細く流れている。川の東岸を、いま来たアスファルトのバス道が伸びてきて、さらに上流のほうへと続いていく。山は、これらをはさんで、東側と西側、それぞれにつらなっている。

東の山と山とのあいだから、ちいさな谷が下ってくる。奥へ奥へと山は重なって、深くなる。広葉樹の雑木林、また、杉や檜の林が、互いに入り組み、山にだんだらな模様をなしている。終点のバス停留所の脇で、谷水はちっぽけな橋をくぐり、上桂川に流れ込む。

「ええっと……」あべこべに、工藤くんが訊き返した。「愛宕さんの火祭って、ここらへんですか？やらはるの」

「えっ？　松上げかいな。そら、あかん」慌てたように、早口になって、おばさんは答えた。「日が違うがな。きのうやったがな。もう、終わってしもたがな。えらいこっちゃ」

「あ、やっぱり……」

つぶやいて、工藤くんはわたしのほうへ目を向ける。

「気の毒な」眉をしかめ、おばさんは言った。「遠い道をせっかく来はったのに、一日違いや」

「いえ、いいんです」わたしは首を振る。茅葺きの高い屋根を、ひとつずつ、目でたどっていた。

「ここに来てみたかっただけだから。きれいなところですね」

「まあ、それは考えようやな」買い物袋を足もとに下ろして、おばさんは、また笑った。「景色はえかもしれんけどな、不便なもんや、やっぱり。三キロほど下《しも》に、農協の営業所があるけども、それかて来月で終《しま》いやて」

「終い、って？」

「閉鎖やがな。採算が取れん、いうて」

「ああ……」

「以前はな、やれ耕耘機《こううんき》買うてくれ、バインダー買うてくれて、これも地域振興のためやさかいにとか、せんど言われて、無理してでも高い月賦で買わされとったもんやけど。こんだけ過疎が進んでしもたら、もう、どないも採算が取れんさかいにて、閉鎖にするんやと。

これで、おカネでものが買えるとこが、一軒も無《の》うなる、広河原に。あとは、バス賃だけやな。醬油一本、消しゴム一個が急に要るにも、よそまで行かんと」

工藤くんは、「はあ……」と生返事しながら、ナップサックから小型のカメラを取りだした。そして、相手の許しも求めずに、おばさんの写真を一枚撮った。さらに訊く。

「——場所は？　どこでやらはるもんなんですか。松上げは」

「ああ、マツ場かいな」おばさんは、言い替えてから、答えた。「あそこ行きたいんやったら、もっと手前で、バス降りたほうがよかったたな。ここは、広河原でもいちばん奥やさかい。おんなじ村やいうても、川ぞいに集落が五つある。ここはな、オバナていう」

「オバナ？」

「『尾』に『花』や」

おばさんは、指で空中に字を書いた。

「——ススキのこっちゃ。ほれ、屋根を葺《ふ》くとき、あないな茅にする」

顎で、遠くに見える茅葺きの屋根を、おばさんは指している。

「あ、あれって……」工藤くんが訊き返す。「ススキなんですか？」

「せやがな」おばさんは笑った。「そら、知らんわな。いまの若い人らは。ススキでも、ヨシでも、チガヤでもええ。屋根を葺いたら、どれかて、茅は茅や」

もちろん、わたしも知らなかった。けれど、黙って聞いておく。

「——ほんで、ここのひとつ手前の集落が、スガハラ。……『菅原』や。スガっちゅうんは、水べりに伸びる。むかしの人らは、それで笠編んだり、縄綯《の》うたり。

そのもうひとつ手前が、シモノチョウ。……『下』『之』『町』やな」

一つひとつ、地名の文字をまた指先で示した。

「あ、はあ」

間の抜けた相づちを、工藤くんは打っている。

「マツ場はな、下之町にあるんやわ。ただの野原やけどな。ごっつい灯籠木《とろぎ》が寝かしたままになっとるはずやし、じきわかる。

おたくらの足やと、ぶらぶら川づたいに下っていったら、二〇分もせんうちに、着くやろ。道の左手に、観音堂があるさかいに、その先や」

さらに川下に少し離れて、能見《のうみ》、杓子屋《しやくしや》という集落もあるのだそうだ。これら五つを合わせ、いまは広河原全体で四〇戸、九〇人ほどが住んでいる。農協の営業所は、これまで能見の集落へのかかり口に置かれていた。以前は、小・中学校もそこにあったそうだが、いまはもうない。おばさんが子どものころには、村全体でまだ家が八〇軒以上あり、四百人余りが暮らしていたという。

「ありがとう」

わたしは言った。

おばさんは、買い物袋を右手に持ちなおす。

バスは、道ぎわの木陰に停まっている。停留所脇の小屋のベンチで、運転手が、板壁に背中をもたせ、制帽を目深にずらして、短い午睡の態勢に入っている。三〇代なかばくらいか、口は少し開いたままである。

「なあ、運転手さん」

容赦なく、おばさんは、それでも声かける。

ぴくっと震えて、彼は目を開く。

「はあ？」

おっくうそうに帽子を手に取り、ぼんやりした目で、彼は返事した。頬に無精髭が浮いている。

「夕方、五時一五分やったな。戻りの発車は」

「そうです」

彼は答えた。

――そこのバス停の時刻表に、ちゃんと書いたるやんけ。――

くらいのことは、ほんとは言いたかったかもしれないが、そういう乱暴な口のききかたはしなかった。そして、顔にまた帽子をかぶせた。

「ほな、うち、去《い》ぬしな。このバスに乗り遅れたら、あかんえ。帰りの最終やさかい」

こっちを振りむき、おばさんは言った。雨傘を、エビスさまの釣り竿みたいに、また、肩に担ぐ。

「――もう、あと一時間となんぼもあらへんよって、気ぃつけとかんと。下之町やったら、このバス、五時二〇分ごろには通るやろ。手さえ上げたら、バス停やのうても、ちゃあんと停まってくれるよってに」

おばさんは、東の谷べりの坂道を上って、帰っていく。細い道が、しなるように曲がって、その先へ消えている。

わたしたちは、バスで来た道を、今度は歩いて戻りだす。

家は、ここに一軒、あちらに二軒と、田畑ごしに散らばって建っている。茅葺き屋根に苔が生《む》した空き家がある。えび茶色のトタンを屋根にかぶせた家もある。

前庭の物干し竿に、洗濯物が掛けてある。

風はない。

山に声を響かせ、セミが鳴く。

白い花弁に紅の入った芙蓉《ふよう》の花が、軒先に咲いている。ひまわりも。なす、きゅうり、トマトなんかが、狭い畑につくってある。

歩くにつれて、山が、川の両岸に迫ってくる。川といっしょに、道はゆるく弧を描く。ふたたび岸辺が開けて田んぼがある。まだ緑だが、稲穂には黄色みが差している。茅葺きの屋根がまた見えてくる。川幅はいくらか増して、四、五メートルほどに広がっている。木橋がある。浅い流れに小石が光る。西の山の頂《いただき》よりかなり上から、まだ強い陽が射している。

アスファルトの道だけれども、クルマはいっこうに通らない。行く手の道のまんなか、木陰になったところに、赤茶色の雑種の犬が、ぺったり寝そべっているのが見えてきた。近づいても、知らん顔して、同じ体勢でいる。はー、はー、と息をして、腹の肉だけ、そのたび動く。白っぽい舌を出している。かなりの老犬で、背中や脇腹の毛があちこち抜けて、ピンク色の皮膚が露出している。

しゃがみ込み、犬のあたまを工藤くんは撫でだした。

「ええとこやん」あたりを見まわし、彼は言う。「ここくん、くん、きゅうん……。

と、犬は、黒い鼻先を鳴らした。

「林業で、山から杉や檜、伐《き》り出すでしょう。むかし、このあたりって、それを筏《いかだ》に組んで、川下へ流して運んでたんだって。ちゃんとした道路が、ここまでまだなくて。イズミちゃんが言ってたけど」

「え、ほんま?」立ちあがり、ガードレールごしに、彼は川を見る。「こんな浅いんやし、筏なんか、川底につっかえるよ。無理やわ、ぜったい」

「うん……だよね」

ほかの川だったんだろうか——。わたしはひとりで思っている。

東の山側、田んぼの畦道《あぜみち》のほうから、痩せたおじいさんが、いかにも古そうな自転車を押してくる。後ろの荷台に、鍬《くわ》を紐でくくりつけて積んでいる。長い木の柄が、荷台から後ろへ突き出ている。いくらか遅れて、手拭いで髪をまとめた小柄なおばあさんも歩いてくる。

「ほら、ポチ」目の前までやって来て、おじいさんは、ハンドルを握ったまま、犬に言う。「行くで」

顔を上げ、照れた笑顔をわたしたちに向けている。

くーん、と鼻を鳴らして、犬は起きあがる。

「あの……」声かけて、尋ねてみた。「むかし、このあたり、丸太を筏に組んで流したって、聞いたんですけど」

「ああ、……そうやった。えらい古い話やけどな」

筋ばった頬を、おじいさんは綻《ほころ》ばす。日焼けした顔、二重瞼で目は大きい。麦わら帽をかぶっている。クレープ地の半袖アンダーシャツに、グレーのズボン、土のついたゴム長靴を履いている。

「それって、どこで？」

「どういうこっちゃな」目尻にいっそう深い皺をつくって、おじいさんは声たてて笑いだす。「ここやがな。この川」

擦りきれた古い革ベルトをズボンのループに通し、いちばん奥の穴で留めている。腰の細さに、それでもズボンの腰回りが余って、チャックの上でよれている。かなりの長身、しかも腰がいくらか曲がっているので、ハンドルで体重を支えているようにも見えていた。

「いつごろのことですか？　それって」

「せやな……、戦争のころまでや。戦後も、ちょっとの間《ま》、道が通るまでのあいだはやっとったが」

「水が、こんなんやのに」けげんそうな口ぶりで、工藤くんが加わった。「筏なんか、ほんまに流せたんですか？」

「そらな、いまみたいな時期はあかんがな」

ゆっくり、かすれ気味の声で、おじいさんは答えている。

「――二月、三月や。雪解けの時期。まだ雪は、ぎょうさんある。せやけど、節分過ぎたら、だんだん水量が増えるさかい。四月のかかりくらいまで。

川幅いっぱい、板で仕切りして、水、溜めとくわけや。〝留め場〟ていうて。ほんで、『抜くぞー』て皆で声かけおうてな、仕切りをいっぺんに外して、だーっと、水といっしょに筏を送る」

「せやったなあ」おばあさんが懐かしそうにうなずいた。モンペというのか、絣《かすり》柄の仕事ズボンに、彼女も長靴を履いている。「うちのじいちゃんらも、筏、そないして、よう乗ったはった。うちらが子どもの時分」

「じいちゃんって？」

工藤くんが訊く。

「うちの父」

おばあさんは、堅い言葉で言いなおした。

「——伐り出すのは、たいがい、もっとずっと奥のほうの山やさかい。ここの川だけやのうて、上《かみ》のほうの谷にも、下《しも》の谷にも、〝留め場〟はほうぼうにあった。そないなとこから、順々に、川下のほうへと流して。

じいちゃんらも、上の谷やらで伐り出さはったときには、筏に乗って、ここらの村なかを流していかはる。山では、仕事のあいまに、家で焚く柴も集めて、薪《まき》は割っといて……」

おばあさんは、こげ茶のふちの、度が強そうなメガネをかけている。

「——うちらは子どもやよって、ここらの川べりで遊んどる。そしたら、じいちゃんらが、筏に乗って下ってきはる。ほんで、筏の上から、『おーい、ほおるどー』て、どなってな、どさっ、どさっと、柴やら薪の束だけ、岸のほうへ投げて寄越して。自分らは素通りや。そのまま、川下のほうへ、どんどんと」

春、父親が「山を買ってくる」。つまり、山林の地主と契約を結び、今後一年間、立木伐採を行なう権利を譲り受けてくる。

夏にかけ、木を伐り倒す。そのまま野積みし、乾燥させておく。

秋、それらの枝をはらって、規定の寸法の丸太にする。谷にこれを落として、集積する。雪が積もりだしたら、橇《そり》も使って、急斜面を谷ぎわまで降ろしてくる。

山で刈った藤蔓《ふじづる》をよく「練って」――つまり、揉みしだき、堅く結わえ、水べりの平地で筏を組む。一枚の筏は、丸太を五本から八本ほど並べてできている。縦一列に、こうした筏を一〇枚ほどもつらねて、蛇が身をくねらせるように川の流れを下っていく。筏と筏は、丸太の両端に穴をうがち、そこに藤蔓などを通して繋いでいる。三人、あるいは四、五人が、筏に乗って、これ全体を操る。長い棹を、それぞれが手に持っている。岩場などが近づくと、棹を差しだし、突きはなす。

先頭の筏は、ハナと呼ぶ。突端部を二等辺三角形に突きだして、舵棒を付けている。岩場に当たって傷つく危険が多いので、ハナには高価な丸太は使わない。値の張る材ほど、後ろの筏に組んである。

「そやけどな、そないして筏流すには、川を、先につくっとかないかん。秋から冬にかけてのうちに」

話しながら、おじいさんは、痰《たん》が絡むのか、咳払いを何度かした。

「川をつくる、んですか？」

工藤くんが確かめた。

「せやがな」

おじいさんは、また噎《む》せた。

「――ほったらかしの川のままやと、危のうて、筏なんか流されへん。岸の入《い》り込んだとことかに、うっかり筏が突っ込んでしもたら、いっぺんでくちゃくちゃに壊れてしまうさかいに。せやからな、そないな場所は、川べりに丸太を並べて敷いて、柴で覆うて、石で押さえて、流れをまっすぐに直しとく。

岩が川床に落ちてきとったら、それを起こして、どけんといかん。土砂で埋まっとったら、浚《さら》えんならん。

むかしは、せやから、川が良かった。眺めとっても、手のよう行き届いた川は気持ちええがな。いまは、こないして荒れとるけどな、これよりずっときれいやった」

「せやけど、そんなこと、冬に？」

カメラをおじいさんに向けつつ、工藤くんは訊いている。

「ああ、冬にもやる。秋の終わりから。筏を流す前にやっとかんと」

「寒うないですか」

「そら、寒いわ。水にも浸かるし」

おじいさんは笑った。

「——けど、まあ、命かかっとるんやし。股引《ももひき》つけて、雪や川水で濡れもってでも。地下足袋の上から、ワラジも履く。濡れたとこでも滑らんように」

「あ、そういうのって」イズミちゃんから聞いていたのを、わたしは思いだす。「火祭のときの装束と、似たような」

「せやな。まあ、普段の仕事着やがな。あれかて、むかしの山仕事の」

「そないして、どないか花背のほうまで下れたら、あとは川の水も多なって、〝留め場〟がのうても、自然に筏は流していける」おばあさんが、脇から言う。「ほんで、帰りは、川べりをとぼとぼ歩いて、戻ってきはる」

「京都の街なかから、ずっと？」

「いやあ、そこまでは」おじいさんは、また笑う。「親父らは、そないなこともやっとったんやけどな。わしら、ちょこっと親父を手《て》っ伝《と》うて、乗らされとっただけやさかい。しんどうて」

「そらそうやろな」工藤くんは、真顔でうなずく。「バスで近道を来たかて、ぼくら、二時間もかかるのに」

「わしらの時分はな、たいがい、とちゅうの周山まで筏を流して、そこの業者に売って、帰ってくる。それくらいのもんや。ほんで、周山の業者は、亀岡まで流して、そこで売る。亀岡の業者は、そこから保津峡を流して、京都の嵯峨までや。嵐山の渡月橋、あそこのちょっと上《かみ》の水ぎわに、材木問屋があったさかいに。

順送りや。それに、筏はな、川のなかの岩場の位置やら、ちゃんとあたまに入っとる地元の者《もん》やないと、危のうて」

「ああ……」思い浮かべているのか、工藤くんはしばらく目をつぶる。「なるほど」

おばあさんは、彼の様子を見ていて、口に手をあて笑いだす。

「せやけどな、親父やらにしてみたら、欲にはやっぱり勝てんわいな」

おじいさんは、さらに言う。

「――ええ値がつきそうな材を出すときは、ちょっとでもゼニは欲しい。少々危ない目ぇしたかて、自分らで直接問屋まで売りにいきたもなるわいな。せやさかい、腕の立つ仲間といっしょに、たまに京都の嵯峨まで下っとった。まだ若かった時分やけども。歩いて戻ってくるぶんには、六〇キロや七〇キロ、あの時分の人らはなんともない。道みち、知り合いの業者のとこやら、寄り道しながら帰ってくる。

……さあ、ぼちぼち行こかいな」

口のなかでそう言うと、おじいさんは、自転車のハンドルをまた押して、ゆっくり、下流への道を歩きだす。

わたしたちも、肩を並べ、ゆっくり歩いた。

それは、たいそう旧式ながっしりした自転車で、黒い塗料がところどころ剝がれて、錆《さび》が浮いている。車輪は大きい。鍬が、かたた、かたた、かたた、と、荷台でちいさな音をたてている。

おばあさんは、ポチに何やら話しかけながら、少し遅れて歩いてくる。


だんだん、思いだす。


「松上げかいな……」自転車を押しながら、おじいさんは言っていた。「あれも、こないして済んでしもたら、なんぼまだ暑うても、ここらは、もう秋や。また、もうひと踏んばり、働かんといかん。あと半月もせんうちに稲刈りで」

しばらく黙って、みんな、歩いた。それから、おじいさんは、前を見たまま、また言った。

「――若い人らに、こない古い話したかて、しんきくさいだけやろけどな。むかし、ヨビエキっちゅうもんが、あったんやわ」

「ヨビ、エキ？」

意味がわからず、訊き返す。

「せや」

横顔で、おじいさんはうなずいた。

「――兵隊で、現役終えて、戻ってきた人らのことやがな。戦争前の。二〇歳になったら、男は兵役で、みんな徴兵検査を受けんならん。ほんで、健康で、ええ体しとったら、現役の兵隊さんや。まあ、ここらの者は、山仕事やら百姓仕事で、たいがい体は丈夫やさかい。陸軍は二年間、海軍やったら三年間。もっと軍に残って下士官になる者もおる。そないして現役終えて、ヨビエキになったら、また郷里《さと》へ帰ってくる。

せやけど、いざ戦争で兵隊が足らんようになったら、またヨビエキの者にもお呼びがかかる。召集や。せやさかい、ヨビの兵隊さんやな。現役とは違《ち》ごて、ヨビエキと」

「あ……予備役」

「せやがな」

額に汗をにじませ、ふぅーっ、ふぅーっ、と、ちょっと苦しげに、おじいさんは息を継ぐ。

「――わしらがガキやった時分は、ここの村にも、二四、五の予備役の人らが、ぎょうさんおった。みんな、ここらの家の倅《せがれ》や。普段は、山仕事、百姓やっとる。せやけど、松上げになったら、自然と、その人らがカシラやがな。下士官までやってきた人らが、いちばんのリーダー格で。

軍隊帰りやさかいにな、わしらにしてみたら、こわいがな。ごっつい声で、びしーっと、軍隊式の号令かける。動きも機敏や。どんくさいことしとったら、ビンタ張られる。逆らうなんちゅうこと、こっちは、思いもつかんさかい。まあ、まだガキのあいだは、たいしたこともやらしてもらえへん。茅やら藁やら、近所を回ってもろてきたり、柴を山で集めたり。その程度で。

せやけど、『突撃ーっ！』いうて命令されたら、突撃や。

松上げは、最後、灯籠木のカサが燃え上がったら、副《そ》え木をはずして、倒すわな」

「カサって……灯籠木のてっぺんの、玉入れの籠みたいな？」

「せやせや」おじいさんは、笑ってうなずく。「けど、わしら、籠とは言わんな。カサとかな、モジて言う」

そう答え、話をもとに戻している。

「――ともかく、カサが燃えたら、副え木をはずして、灯籠木を倒す。せやけど、地面に落ちてからでも、カサはぼうぼう燃えとるがな。

それでも、予備役の人らは、若い者一〇人ほど集めて、ごっつい副え木をみんなで水平に構えさせて、『突撃ーっ』いうて、号令かけよるわけや。そうなったら、燃えさかっとる火のなかでも、突っ込んでいかなあかん。勇敢な祭やて、感心しはる人らもおるけどな。やれんと、それこそ、ボロクソやさかいに。そら、少々のこと、できるようにはなるわいな。

そうは言うても、若い者にも、もう、嫁はん持ちやら、子持ちやらかて、おるんやさかいに。そないな者らにしてみたら、ほんまは、そない無茶なことしとうないがな。なんぼ黙ってボロクソに言われとるにしたかて、癪には障るし。もう、自分だけの体と違《ち》ゃうんやよって。せやろ？」

こちらに顔を向け、目尻を下げて、おじいさんは笑っている。下瞼の皺を汗がつたい、べそをかいているようにも見えていた。

「ですね」工藤くんは、同意した。「嫁はんおらんでも、ぼく、かなん。そんな恐ろしいこと」

ふぅー、ふぅー、ふぅー、と、歩きながら、切れぎれに、おじいさんは息をつく。

「どもないか」

おばあさんが、後ろから声かける。

「どもない」

ハンドルを押しながら、振り返り、おじいさんは答える。

「もうちょっと、ゆっくり歩き」

おばあさんが指示をする。

「ゆっくり歩いとるがな」

おじいさんは抗《あらが》う。

「まあ、そんだけしゃべって歩けるんやし、健康や。まだまだ生きるわ」

憎まれ口をたたいて、おばあさんは笑っている。

「こんだけちいさな村でも、二六人、戦争で死んどるねん。兵隊にとられて行って」

おじいさんは、連れ合いを無視することにしたらしく、わたしたちに言っていた。

「――中国で。それから、フィリピンのレイテ島では、もっと死んだ。うちの兄貴は、ビルマや。いまのミャンマー。いっぺん予備役で帰ってきたけど、じきにまた兵隊にとられて。中国から、ビルマの北のほうまで送られて。どこで、どうやって死んだかさえ、ようわからん。まだ二七か、そこらで。嫁も取らんと。骨さえない」

ふぅーっ、と大きく息をつき、おじいさんは足を止めている。

「いっぷくか？」

おばあさんがポチと並んで陽気に声をかけるが、おじいさんはそれも無視する。

「このばあさんと、わしと、小学校から同級や。そのころは生徒が九〇人おった。尋常六年で、支那事変ていうたけどな、中国の盧溝橋で、あれが起こって。昭和一二年の夏。どんどん、それから兵隊も外地に送られて。

兄貴が死によったんは、どうやら、昭和一九年、もう夏ごろになってのことらしい。ビルマの北から、インドのほうまで抜けよていう作戦やったていうんやけどな。えらい負け戦《いくさ》で、敗走して、その途中で死んだんやろて。

ビルマやで。そないなとこ、わしらに想像もつかんほど遠いがな。何しにそこに自分がおるんか、兄貴らにも、わかっとらんかったんとちゃうかいな。ひもじい目ぇして、わざわざ、よその土地で、ひとを撃ったり、撃たれたり。

あとになってのことやけど、お袋がえらい嘆きよってな、せんど泣いて暮らしよった。

あっちは雨季いうて、五月過ぎたら、ぎょうさん雨が降るらしい。その上、暑いがな。ほんで、また雨が降る。せやからな、あそこらの道ばたで死んでしもたら、みるみる肉が傷んで、それが雨に洗われて、一週間もせんうちに白骨になるんやと。それを思たら、死んでも死にきれんて、お袋がよう泣いて。

ほんの七、八年、ちょっとの間やがな。予備役の人らが、のんきに松上げの指図しとったころから。それが、もう、この時分になったら、村に男手もあらへんさかいに、いっときは松上げも、やめになって」

そこまで言って、おじいさんは、今度はおばあさんに声かける。

「――去年やったかいな、あれは」

「何がやな」

ガードレールにお尻で凭《もた》れ、おばあさんは問い返す。

「ビルマやがな。わしら、行ったんは」

「何言うてんの。おととしや」おばあさんは笑う。「ほれ、数えの喜寿で」

「ああ、そうやった」

うなずいて、おじいさんは、わたしたちのほうへ向きなおる。

「――初めてな、ミャンマー、行《い》てきたんやわ。今度行かなんだら、もう、からだも言うこと聞いてくれんようになるさかい。慰霊団っちゅうもんに入れてもろて。バンコクからラングーン、いまはヤンゴンか、そこまでは飛行機や。そこから先はバス乗って。

北ビルマのほうは、あちこち、日本の将兵の慰霊碑が建っとる。戦友やら遺族やら、こっちから行って、造るんやな。むこうの人らも、思とったよりもずっと理解があるていうんかいな、えろう親切にしてもろて。せやけど、それだけのことやったな。いざ行ってみても、一人ひとり、どないして死んだかとか、わかるわけでもない。

どこ行っても、あっちは、坊《ぼん》さんがおおぜいおる。みんな、えび茶色の袈裟や。それ纏《まと》て。最後の日や。まだ若い坊さんが、わしのこと呼び止めて、何やらいっしょうけんめい喋《しゃべ》りかけてきはる。ほんで、てのひらに載るほどのビンを、わしの手に握らせはるわけや。けど、わからへんがな、ビルマ語で。ビンのなかには、ただ、黄色っぽい砂みたいなもんが入っとって。

わけがわからんで、通訳の女の人を呼んだ。通訳かて、あっちの人や。それほど日本語が上手なわけやあらへんがな。せやけど、その人が、『この坊さま、これでがまんしてくださいって、あなたに言ってます』て、教《お》せてくれた。ここまで来ても、兄貴のこと、なんにも分からんかったやろけど、せめて骨の代わりに、これで、このビルマの砂でがまんしてくれ、ていうことやな。それだけや。けど、それを言うてくれたはったんやな。『おおきに』て言うて、そのビンはもろてきた」

「えっと……」

工藤くんが訊く。

「――おじいさん自身は、戦争、行かはらへんかったんですか？」

「わしか？」

おじいさんは苦笑する。

「――大正一四年の暮れの生まれやさかいに。一年繰り上げで、一九で徴兵や。せやさかい、兵隊に取るには取られた。けども、もう戦争も最後のぎりぎりで、兵隊を外地へ遣《や》るにも船がない。片端から沈められて。訓練かて、ちょこちょこっと三月《みつき》ほど、形だけ受けただけやがな。装備もない。そないなまんま、戦争のほうが終わってしもた」

目のまわりの汗を、おじいさんは、てのひらでごしごし拭《ぬぐ》う。そして、また、自転車のハンドルを押し、ゆっくり歩きだす。

空は青い。

西の山頂近くの木立に、太陽がかかっている。薄い雲が、淡い金色に光って、山の上を流れていく。

おばあさんは、ポチを足もとに絡みつかせて、少し後ろに遅れて歩いてくる。


……たぶん……。

思いだしてくる。

あのとき、工藤くんは、こっそり、わたしの腕を引っぱって、耳もとでささやいたのだ。

「あのさ、イズミちゃんって、名字、なんやったっけ？」

「コバヤシ」

「コバヤシか……」

片手をチノパンのポケットに突っ込み、何か考えている様子で、うつむきかげんに彼は歩いていた。すぐ目の前を、先に立ち、おじいさんが自転車を押していく。かたた、かたたた、かたた、と、荷台で鍬が鳴っていた。

「尋ねてみよか？　この人らに。イズミちゃんのこと」

顔を上げ、わたしに彼は訊く。

「え？」

「コバヤシさんていうお宅、知りませんか？　って。孫のコバヤシイズミちゃんっていう女の子と知り合いなんですけど、とか」

「……ううん」しばらく考え、わたしは首を振る。「きょうは、やめとこう。それは」

彼女のことを思うと、不安になる。けれど、まだ彼女は、田舎に自分が顔を出すのをためらっていたわけだし。勝手に立ち入りすぎるのが、こわくもあった。

「そうか。まあ、しゃあないな」工藤くんは、うなずく。「せやけど、あれ……」

ほとんど声に出さず、唇だけ動かして、おじいさんの自転車、その後輪の泥よけを、彼は指さした。

黒い塗料が、あちこち剝がれている。うっすら、そこに、細い筆書きのペンキの文字で、持ち主らしい名前が残っている。かろうじて、「林」と読める。でも、ひょっとしたら、その上に、もともとはもう一字、書いてあったのかもわからない。

ただ、「林」かも。

だけど、「小林」だったかも。

「大林」なのかもしれないが。

いずれにしたって、こうした村では、同姓の家が、ほかにも何軒かあるのかも。

目は、そこに吸い寄せられる。……やっぱり、それ以上は読めない。

「――ほな、もっとほかのこと、この人らに訊いてみよ」

気を取りなおしたように、そう言って、工藤くんは足を速めた。


……とぷん……。


おばあさんとポチだけ、その場に、わたしといっしょに残っていた。

「ほな、もう、わし去《い》ぬで」おじいさんは、そう言った。東の山の側、トマト、きゅうり、とうもろこしの畑のむこうに、高い屋根の家が見えている。屋根は、もう茅ではなくて、黒いトタンで新しく葺いてある。戸口は紅殻《べんがら》、白い土壁。土の細い道が、まっすぐ、その戸口にむかって伸びていた。

「――あこが、うちやさかいに」こっくり、ハンドルを握ったまま、会釈する。そして、曲がり気味の腰、痩せたからだで、その道を、もう振り返らずに自転車を押していく。

ほれ、あっちに……。

おばあさんは、からだを振りむけ、指をさす。

川の下流の方向――。このアスファルトの道路ぞい、二百メートルほど先に、ちいさな木造小屋が見えている。

観音堂なのだそうだ。愛宕さんの火祭のとき、この村のさらに奥、水源をなす山の峠の祠から、お地蔵さまも迎えて、盆踊りをする。

いまは、このアスファルト道路が、バスの終点を過ぎてもさらにずっと伸びていき、その峠を越えている。けれど、ほんの二、三〇年ほど前まで、そこへは細く険しい山道のほかになく、村の男たちが、お地蔵さまを背負子《しょいこ》でおぶって、ここの観音堂まで下ろしてきた。祭が終われば、また背負子でおぶって返しに行く。

「石のお地蔵さんやのに、不思議と、山から下ろしてくるときには、軽いそうなわ。せやけど、山へ戻しに行くときには、どんどん、どんどん、重うなるて」

おばあさんが、言った。

「え……。山に、帰りたくないから?」わたしは訊き返す。「お地蔵さま、寂しくて」

「そないなふうに、言いたかったんやろな。あらかた、男の人らは」

にやっと、おばあさんは笑っている。

「――むかしは、松上げいうたら、ほんまに夜通しやったさかいに。カサに炎がまわって、灯籠木を倒すころには、とうに夜中過ぎで。盆踊りが終わるころには、もう、東の空が白じらと明けてきとって。そないして、ひと晩かけてやるんが、ここら山あいの村の、愛宕さんの火祭ていうもんで。

男の人らは、その上、お酒かて、ぎょうさん飲む。明くる日なんか、あちこち、身ぃ入《い》っとるがな。筋肉痛や。やけどもある。ほんで、寝不足で、二日酔いもあるしで。

そないなからだで、石のお地蔵さん、背に負うて、奥の山まで返しに行くんやよって。そら、しんどいやろさ。だんだん、よけと重うに感じて。けど、二日酔いであかん、とは、なかなか言われへんがな。男の人らにも、多少は意地かてあるさかいに。まあ、そないな負け惜しみ……言い訳やな。お地蔵さんの話のうちには、なんぼか、それかて混ざっとったんとちゃうかいな」

あはははは、と声をたて、おばあさんは指でメガネのふちを押さえた。

いまでは、お地蔵さまはライトバンの荷台に乗せて、峠の祠まで返しに行く。とはいえ、その峠越えの新しい道も、冬のあいだは、雪があまりに深くて、次の春が来るまで閉鎖されるのだそうだ。

陽は、もう山に隠れている。

青ずみはじめた弱い光のなか、観音堂は、道路と野原の境目にぽつんと建っている。

工藤くんは、腕時計を確かめる。

「……バスが来るまで、まだ、あと一〇分はあるな。ぼく、ちょっと、あそこ、見てくる。写真も撮りたいし」

そう言って、小走りに、その建物にむかって駆けていく。


風が、川筋を渡りだす。河原の茂みが、波打って、いっせいになびく。空気の色は、青に灰味が混じりはじめて、霞《かす》んでくる。雲が流れ、空の明るみも沈みだす。セミが山やまに声を響かせる。風は、踊るように、向きを気ままに変える。いっそう高く、セミの声は響いて、空のほうへ抜けていく。

ポチは、おばあさんの足もとにうずくまる。

川べりの道に、依然、クルマは通らない。

「ところで、おたくら……」

おばあさんは、少し首を傾け、わたしに訊く。

「——何しに来はったんやな、こないなとこまで」

度の強そうなレンズのむこう、柔和な目がこっちを見ている。

「どう言えばいいのかな……」

「松上げも終わってしもたていうのに」

「ちょっと、歩いてみたかったっていうか。友だちから、ここの村のこと聞いたことがあって、前から来たかったものだから」

「へー、そないなお友だちもおるんやな。えらい珍しい。街の若い人らで、こない田舎、知ったはるだけでも」おばあさんは笑った。「それやったら、せっかくなんやし、きのう松上げに来れたら、もっとよかったのにな」

「ええ。だけど……」

どんなふうに説明すればいいのか、迷っていた。

「うちとこの子どもらでも、いまは、松上げにも、めったと誰も帰ってはこんけどな。みな、忙しゅうて。孫やらかて、もう、すっかり大人やさかい」

おっとりした口調で、かまわず、おばあさんは言っている。

「——それでも、きのうは、なんぼか賑《にぎ》やかやったえ、ひさしぶりで。次男坊が来た。娘夫婦も、急に来た。それから、うまいこと、ちょうど孫も来とって」

「あ、お孫さんも」

「せやがな。いちばん上、長男とこの。なんやらな、急に失業してしもたさかい、とかいうて。アルバイトを。ほんで、ひょこっと来たんやわ、あの子。松上げも、ちょうど見られるして」

「え、……それって。いつのことですか？」

「半月、もうちょっと前やったやろか。わりに長いことおったしな。すっかり、べっぴんさんや。しばらく見んうちに。ちっちゃいころは、ここ来るたんびに風邪ひいて、熱だして、洟《はな》たらしとったのに」

てのひらで口をふさいで、おばあさんは笑っている。

……イズミちゃんかな……、そう思う。けれど、いまさら言いだしかねて、ただ、聞いていた。

「——ああ、おたくかて、べっぴんさんやわ。お人形さんみたいな顔して」お愛想で、ほめ言葉のお裾わけ。「齢は、なんぼ？」

「二五です」

「さよかいな。うちの孫かて、おたくとおんなしくらいの齢ごろで。けど、このごろの子は、まだまだ、お嫁には行かんな。うちは、一九やった、まだ数えで。あの人が兵隊に取られる前に、形だけでもて、急《せ》かされるだけ急かされて。けどな、形だけの嫁入りなんちゅうもん、あるかいな。聟《むこ》はおらんでも、田んぼせなならん、畑せんならん。舅、姑、それから、なんぼも自分と齢のかわらんような弟やら妹やらのご飯かて、つくらなあかんがな。それ思たら、うちら、えらい損したような気がするな」

口をすぼめて、目も細め、おばあさんは笑っていた。

「いまも、お孫さんは、こちらに？」

思いきって、訊いてみる。

「いいや。さいぜん去んでしもた」

おばあさんは首を振る。

「――きょう、昼前のバスで。もう、どないかして次のアルバイト、探さなならんして」

「そう……。そうなんですか」

いくらか、かえって、ほっとした。

こんな田舎を持つことが、うらやましいような気もしていた。

「――どんなことして過ごすかなあ。もし、わたしにも、こういう田舎があったとしたら。おじいちゃん、おばあちゃんが、そこにいて」

「あの子の場合は、何するでもなかったなあ。ご飯の手伝いしてくれて、あとは、そこらを一人でぶらぶら散歩して。夜は、年寄りといっしょに一〇時に寝て」

ふふ……。微《かす》かな笑い声を、おばあさんは漏らした。

「――小学生で来てたころから、おんなしや」

「そうなんだろうな。田舎だもの、自分の」

「そんなもんかいな」

首をかしげる。

……寝られてたのか。ここでは、夜の一〇時に……。そう思うと、おかしかった。

「――きのうはな、ばら寿司教《お》せたりしながら、いっしょにつくって。急に人数が増えたし、あわてて井戸でもビール冷やして」

「あ、いいな。ビールとばら寿司」

そう言ううちにも、おばあさんは、ため息をひとつつく。

「せやけど、欲を言うたら、きりないわ。

ひさしぶりに賑やかでも、ひと晩明けたら、みんな、朝一番で帰らなならん。孫が来たら来たで、だんだん、こっちも欲が出て。もうちょっと、孫のほうだけでも居《お》るんかと思とったけど、そないなわけにもいかんらしゅうて。

さっき、あの子が帰ってしもたら、家が、いきなり、がらーんとしてな。えらい広い家になったなあて、年寄りふたりで言いおうて」

あは、はは……。と、おばあさんは笑っている。

「――こんなんの繰り返しや。今度は、また、こっちのほうに慣れんならん」

風の向きが、また変わっている。

川上のほうから、微かに、奇妙な音が聞こえた気がした。

耳を澄ます。

風の音。

セミの声。

そこに混じって、ちいさいながらも、途切れ途切れに異質な音がつらなって、だんだん、それは〈グリーン・スリーブス〉の調べの輪郭を取りだした。

「バスが、出たみたいやな」おばあさんが、つぶやいた。「じき、五分もせんうちに、ここ通るさかい。おたくら、これに乗らんと」

「ええ」

何か言い残している気がした。けれど、言葉にできず、黙ってわたしは川下の方角に目を向けて、工藤くんの姿を探していた。

誰もいない。

広い野原。川ぞいを、下流のほうへ伸びる道すじ。観音堂は、その傍ら、影のように霞んでいる。

やがて、影のなかから、工藤くんが、こっちへ駆けてくるのが見えだした。

9

それは、一年前のことだった。

何事でもそうだろう。あれから変わったこともあれば、変わっていないこともある。

わたし自身は《パンの清田》の仕事を続けている。去年いっぱいで「見習いアルバイト」の期間が終わって、「正規の店員」の身分になった。ちょっとだけだが、給料も上がった。午前五時半から午後二時半まで——、基本の勤務時間は変わらない。定休日の月曜日と、いまは隔週で日曜日にも休みをもらう。

三沢くんは、相変わらずコック帽とコックコートでキメている。「ユダヤ」についてはあれこれ勉強を重ねているらしく（誰もそれについては彼に尋ねない）、いっそうベーグル作りに力を入れている。

佃さんは、故郷の丹波に帰って、いまだに連絡が何もない。

大家の川辺ウメさんは、年が明け、今年の正月にアパート玄関で転んで、入院した。噎《む》せた拍子に杖先が滑ったとかで、太腿にひびが入ったということだった。病室で加療するうち、だんだん言動があやしくなった。

「とうとう、ぼけよりましてん。このぶんやと、リハビリもなかなか難しおすやろ。腎機能も悪なっとるとかで、しょんべんも、うまいこと出てくれへんみたいやし」

息子さんが、代わってアパートの管理はやっている。

「――今度ばっかりは、もう、このまんま終《しま》いになるかもしれまへん」

表情をあまり変えずに言っている。


わりに大きなニュースは、《ラ・ノッテ・キアーラ》の元コック、ミャンマー人のセインさんと、この春先に、新京極の雑踏でばったり出くわしたことだろう。

そのとき、はじめてわたしは、去年の夏に《ラ・ノッテ・キアーラ》四条木屋町店が突然消えてしまった理由を、彼の口から聞かされた。

店長の山崎さんが、店の口座の資金を、すべて持ち逃げしてしまったのだそうである。その上、店は、ちょうどあの時期、テナントビルとのあいだで賃貸借契約の更新期限になっていた。《ラ・ノッテ・キアーラ》の本社には、すでに契約更新は了《お》えたものとして装われていたのだが、実際は手続きがなされておらず、そうした経費にあたるお金も彼といっしょに消えていた。本社の経理担当者も、山崎さんの仲間だった。そのため不正の発覚はさらに遅れて、この男もすでに蒸発していた。本社から消えたお金は、いっそう大口だった。

「それから後のことは知らないけどね」セインさんは言った。「悪いことしてないぼくらが、すぐに、あれでクビにされちゃったから」

去年の七月なかば過ぎ、セインさんのような契約社員、ならびにアルバイト従業員に対して、八月上旬をもって店は閉鎖、全員を解雇するむねが言い渡された。そして、給料は八月なかばまでの分を法に従い支払うと、付け足された。

行方をくらました山崎さんに代わって、急遽《きゅうきょ》、店長代理をつとめたのはレザさんだった。店の最後の日、一人ひとりに、彼は中間管理者として給料を手渡しながら、「これで会社は、法律的にもきちんと責任を果たしたんだからね」と念押しするのを忘れなかったそうだ。

ちぇっと、軽く舌打ちしながらも、セインさんは、以前と同じ満面の笑みをたたえている。日本語が、少し上手になっていた。まだ二〇歳代のはずなのに……、前よりさらにいくらか肥っていた。

「――だけど、あれって、あやしいよ。会社が、もっとヤバイことを隠してたんじゃないのかな。そうじゃないと、ふつう、店長たちがドロンしたくらいで、もうかってた店をたたんじゃったりしないでしょ。ビジネスなんだから。ビルとの契約が切れたってだけなら、ほかのビル探して引っ越してもよかったんだし」

まあ、わたしには、それはどうだっていいことだ。

まだ肌寒いくらいの季節だったが、相変わらずセインさんは元気で、ブルージーンズに、黄色い半袖シャツだけだった。以前と同じ、使い込んだ革のちいさなショルダーバッグを肩に下げていた。いまは、寺町二条のネパール料理店で、コックをしているということだった。

「――レザ？　知らない。あれから、いっぺんも会ってない。彼は、正社員だからね。どこか、よその支店で、きっと店長だよ。今度こそ、正式の」

それから、例によってセインさんは、「ねえ、トモちゃん……」と、また、にこにこしながら言いだした。

「――海、行こうよ。うみー。お金、ぜんぶ、ぼく、出すだから」

「行かなーい」

と答えて、帰ってきた。


イズミちゃんからは、去年の夏の終わり、工藤くんとわたしが広河原に出かけた五日後、メールがあった。

《ごめん。どうしても、わたし、連絡できなくて。

バイト先はつぶれました。

いろいろ考えたけど、横浜にいったん帰ります。

トモちゃんに、会えてよかった。》

こっちからは――、

《また連絡して。いつでもいいから。》

とだけ、返信した。

さらに三日ほどのち、もう一度、彼女からメールがあった。
《ありがとう。》
そのひと言、書いてあった。

工藤くんは、去年の一一月、まだ一行も小説を書きだせないまま、貯金も失業保険も尽き果てて、もとの勤め先の本屋にしぶしぶ復職した。

あの本屋さん、彼になんか、よくも懲《こ》りずに、また声かけてくれたものだと思う。けれど、当人はぜんぜんそういう感謝の意識は持ちあわせていないのだった。むしろ、小説を書きたいという気持ちばかりが、未練となって、日に日にいっそう募っている様子だった。

それから半年あまり、せっせと、働くことは働いていた。けれども、今年の六月末、とうとう勤めをまた辞めた。

「あと三カ月だけ、無職で、小説書いてみる」

そう言った。

このひと月あまり、工藤くんの姿を見ていない。自分のアパートの部屋にこもって、何か書いているらしい。


……とぷん……。

湯船につかると、お湯が鳴る。膝を抱え、腕をほどき、少しずつ両脚を伸ばしていく。

からだの疲れがほぐれて、だんだん眠くなる。

ちょうど夕食どきのせいか、洗い場には誰もいない。いつもは賑やかな銭湯だけれど、たまに、こうした時間がやってくる。

……たぷん……。

湯船から、からだを少し伸び上がらせて、湯気でくもったガラスごしに、脱衣場にある大きな時計の針を確かめる。――午後七時四〇分。

まだ時間はある。

湯のなかに、もういっぺん、からだを深く沈める。

約束は、夜九時半。京都駅の新幹線ホームに、イズミちゃんを迎えにいく。大きなトランク三つほど、荷物があるらしい。

おととい、電話があった。横浜からだった。彼女の声を聞くのは、去年、わたしが《ラ・ノッテ・キアーラ》で働いた最後の日、いっしょに鴨川べりを自転車で帰った夏の初めの夜以来のことだった。

「ごめん」

その声は、今度もまた言った。

「ごめん、じゃないよ」

ちょっときつい口調で、わたしは答えた。

「こっちに帰ってからも、しばらく、なんにもできなくて。去年の年末ごろから、少しずつアルバイト始めて」

彼女は言葉を切った。そして、続けた。

「――やっと、アパート借りれるくらいのお金、貯まったから、また京都に行く」

「え、もう貯まったの？」

「うん。こっちじゃ、家にはぜんぜんお金入れてなかったし」

声が笑った。

「――ちっちゃな、安アパートじゃないと無理だけど」

京都に着けば、すぐにアパートを探しはじめる。だから、二、三日、悪いんだけど、泊めてくれないかな……。

彼女はそう言った。

引っ越しの荷物はたいしてないので、ぜんぶ、トランクに詰めて持ってくる。敷布団とタオルケットは、こっちに着いて、部屋を見つけてから買うのだそうだ。

「いいよ、こっちは。おいでよ」

わざとぶっきらぼうに、わたしは答えた。

うれしかった。


だんだん、いろんな景色が湧いてくる。

……ざっぷん……。

勢いつけて、湯船で立ちあがる。

○

暗くなりかけた峠越えの道を、その日の夕暮れ、小ぶりなバスは走っていた。車内はほとんど空っぽで、運転手のほか、若い男が一人、若い女が一人、最後列近くの右側の席に座っている。

若い男は、くたびれたのか、二人掛けシートの窓側で目を閉じている。

若い女は、その隣、通路側の席にいる。携帯電話が気になるらしく、ジーンズの尻ポケットからそれを取り出し、表示画面を見る。

まだ――〝圏外〟。

夕闇が、谷筋に下りてくる。窓の外は、時を追うように、いよいよ暗くなる。女は、山の森のほうへと、目を上げる。親子の鹿が、木立のあいだで、瞳だけを青白く光らせる。

バスが、じょじょにスピードを落として、停まる。

男も、けだるげに目を開く。

小柄な老女が二人、なかほどの乗車口から、乗ってくる。風呂敷包みや、大きな紙バッグを、それぞれ手に提げている。

ゆっくり、ステップの把手《とって》に、空いているほうの手でつかまる。もう一方の手の荷物がじゃまになり、動作がもたついて、なかなか車内まで上がってこられない。

運転手は、そうしたことには慣れっこらしく、急《せ》かせる素振りはまるでない。ミラーごしに目を配りつつ、ハンドルに両肘ついて、彼女らが乗車し終えるのを待っている。

若い男は、外を見る。

窓のガラスに、彼自身の顔がぼんやり映る。視線を、さらに遠く投げ、外の景色に目を凝らす。

この道に沿い、細い谷川が、翳《かげ》った低みを流れてくる。

むこう岸、段々畑のかかりばなに一軒、農家がある。ちいさな木橋が、家の門口のほうへ架かっている。高い屋根が、群青色《ぐんじょう》の空気を背にして、黒い影になっている。

濡れ縁が見える。部屋には網戸が閉《た》ててある。なかは暗い。

男は、ぼんやり思う。

いろんなことを、次つぎに忘れていく。いま、こうして目にする景色も、一年後、自分は覚えていないだろう。この地上、ほとんどのことは、そうやって、誰の記憶にも残らず消えていく。

むこう岸の家に、電気が灯った。

暗かった部屋に、だいだい色の光が、一瞬で満ちていた。

痩せた老人が、白いステテコ、ランニングシャツで、部屋の光のなかに立っている。つま先立ちし、電灯のスイッチをひねったところらしい。部屋の隅ずみまでよく見えた。

――カレンダーのポスター。どこか外国らしい、雪の高山の写真が大きく刷られて、部屋の壁に貼ってある。

簞笥《たんす》は、こげ茶色に煤《すす》けている。

大画面のテレビ。

ちゃぶ台。

畳んだ新聞。

急須と湯呑。

扇風機……。

老人は、立ったまま、家の奥のほうへ振りむいて、誰かに声かけている。相手の姿は見えない。うなずいて、さらに何か彼は言っている。

声は聞こえない。

もういっぺん、老人は伸び上がり、電灯のスイッチをまたひねる――。

物も、彼の姿も、吹き消すように消えた。網戸の影だけ、いっそう黒く残っている。

バスは発車する。


川づたいの道を、バスは、走っている。車内に、くすんだ蛍光灯がともっている。

外の景色はさらに暮れ、バスのガラス窓に、男の顔が映る。女は、少し前に身を乗りだして、ガラス窓に映る彼の顔を見る。

男は、いくらか斜視である。ガラス窓に映る彼の両眼は、外に逸《そ》れるように、離れている。だんだん、それが内側に、少しずつ近寄りあってくる。いま彼は、この反射ごしに、女の顔を見ているからだ。

ほんの短いあいだ、薄い鏡のようなガラスのなかで、二人は見つめあい、そして照れて微笑む。

いつのことだったか……。彼女は思う。

男は言っていた。

――ちいさなころ、両親が、ひどい口論をした。父親は、かんしゃくを起こして、とっさにテーブルのコーヒーカップを手で払った。床にそれは落ち、砕け散った。そばの床で遊んでいた彼の左目に、細かなかけらのひとつが突き刺さり、瞳と眼筋を傷つけた。――とはいえ、それは物心つくより前のことだったらしく、彼自身、そのとき現実に起こったことは、まったく覚えていないというのだった。つまり、こうした事情も、ずっと大きくなってから、両親から聞かされたということだった。

「――だから、それがほんとうかどうかも、ぼくは知らない」

遠くを見るとき、彼の両眼は、互いに離れて、てんでな方向を向いている。けれど、近くのものを見ようとすると、弱視になった左目も、そこへ、おのずと焦点を合わせようとする。眼筋は軋むように緊張し、少しずつ、両眼の瞳はよろよろと近づきはじめる。

いや……。

男は、また思う。

……たとえ誰もいないところでも、雪原は、ただ、そこに広がっている。

「『フランケンシュタイン』の作者メアリー・シェリーは、序文に書いている」

男は、彼女にそう言う。

「――『……サンチョ・パンサの言葉によれば、何事にも始まりというものがなければならず、その始まりはもっと前からあった何かとつながっていなければならない』って」

一八一七年。

メアリー・シェリーは、この小説を書き上げたとき、まだ満一九歳だった。

ただし、この序文が新たに加えられることになるのは、「一八三一年版」でのことで、彼女はすでに三〇代なかばになっていた。

サンチョ・パンサというのは、もちろん、実在の人物ではない。セルバンテスというスペイン人の小説家がこしらえ上げた『ドン・キホーテ』、そこに出てくる、あの従者である。

「はじめのはじめの、そのはじめ……」

うわごとみたいに、男は言う。

それは、いっこうに書き始められない彼の小説、そこにかけられた魔法の呪文のようにも、彼女には聞こえる。

「――だけど、実は、最近気がついた。『ドン・キホーテ』の本のなかで、サンチョ・パンサは、一度もそんなことは言ってない。

『物事は最初がかんじん』、サンチョ・パンサは、ただ、そう言っている。メアリー・シェリーみたいに、過去の始まりへと、ずっと遡《さかのぼ》っていこうとするのではなくて。

とにかく始めてみる、その一歩の出しかたが大事だ、と、それだけ」

――じゃあ、メアリー・シェリーの記憶違い？――

女は思う。

ありがちなことである。そして、しばしば、勘違いに端を発したものごとが、より真実に近づくということも。

――だけど、それでも……。きっと、サンチョ・パンサの言ってることのほうが、ほんとうだ。

気づいたときには、すでに生まれてしまっている。自分で、これは選べない。だからこそ、自分にとっての始まり、それは自分で決めてみるしかないのではないか。

街に戻れば、取るに足りないような毎日が、また過ぎていく。

働く。

しゃべる。

ご飯を食べる。

眠る。

一人がしゃべっているときでも、みんな、口ぐちにしゃべりだす。

ここは舞台の上ではない。誰も、取るに足りない一人の声に、じっと口をつぐんで、耳を傾けたりはしない。たいていの言葉は、ただ互いにしゃべりっぱなしで、誰にも聞き取られないまま、この世界を通り抜けていく。

彼は、小説を書きたい。

それと同様、彼女自身は、もう少しは本も読みたい。できれば絵だって、また描きたい。貯金を、少しはしたい。世界のあちこち、旅行もしてみたい。

それでも、これからも彼女は、あんまり本を読まずに過ごすだろう。いろんなことを知らずにいるだろう。どこか遠いところで、飢えや戦争で大勢が死んでいくあいだも、ビデオで映画を観ながら笑ったり、貯金の残高を心配したりする。旅行はできると思う。それでも、やっぱり世界中、ほとんどの土地を知らないまま、人生の時間は尽きるだろう。

そうしたことを、女は、男の言葉に耳を傾けつつも、考える。

「だけど、それでも……」

やっと、声に出す。

「ああ、ちょっと疲れたな。けっこう、暑かったし」

ほとんど同時に、男も声を出す。

聞き流し、彼は、あくびする。

「――きょうも一日、いろんなことがあったなあ。朋子さん……」

言いながら、彼は目をつむる。

それきり、軽い寝息をたてはじめ、たちまち深い眠りに落ちていく。

かもめの日

ガリア人の暦は、常に夜から始まる。日や月や年も、夜から数えはじめる。

——カエサル

Écrire, c'est prévoir.

——Paul Valéry

宇宙飛行士ユーリ・ガガーリンは、一九六一年四月一二日、ソ連のヴォストーク1号で地球を一周し、「地球は青かった」ことを目撃する人類最初のひととなった。その二年後の六三年六月、女性初の宇宙飛行士、二六歳のワレンチナ・テレシコワは、ヴォストーク6号にひとり乗り込み、七〇時間五〇分で地球を四八周まわって、帰ってきた。

飛行にさいして、彼女は「チャイカ」というコードネームを持っていた。つまり、「かもめ」である。地上の基地との交信では、「わたしはかもめ《ヤー・チャイカ》。気分良好。万事好調！　万事好調！」と、高揚した甲高い声で、叫ぶように繰り返した。

もちろん、このフレーズは、チェーホフの戯曲『かもめ』で若い娘ニーナが何度もちいさく叫ぶ、「わたしはかもめ《ヤー・チャイカ》」と同じである。だが、彼女のコードネームが、チェーホフに由来したという確かな論拠は、これまでのところどこにもない。むしろ、ヴォストーク2号のチトフ飛行士以来、宇宙船に乗り込むソ連の飛行士たちには、皆それぞれ鳥の名でコードネームを与えることが通例となっており、「かもめ」もその一つに過ぎないというのが、さしあたってソ連空軍当局としての公式的な態度だった。

とはいえ、それまでの男性宇宙飛行士たちのコードネームは、

ヴォストーク2号、チトフ飛行士が「ワシ」。

ヴォストーク3号、ニコラエフ飛行士が「タカ」。

ヴォストーク4号、ポポビッチ飛行士が「イヌワシ」。

そして、ヴォストーク5号、ブイコフスキー飛行士が「オオタカ」だった。（この宇宙船は、テレシコワのヴォストーク6号と時を同じくして地球周回軌道上を飛んでいた。）

鳥は鳥でも、猛禽類《もうきん》ばかりである。

ここに「かもめ」が加えられたという事実のなかに、少なくとも、ソ連空軍当局によるジェンダー・イメージの投影がうかがえよう。言うまでもなく、「かもめ《チャイカ》」は女性名詞なのである。

地球上空三〇〇キロの周回軌道上をまわりはじめて、まず宇宙飛行士を驚かせるのは、昼と夜の移りかわりの速さだった。時速二万八千キロのスピードで彼女は旅していた。したがって、地球一周がおよそ一時間半。そのあいだに、夜は昼に移り、ふたたび夜の暗がりに戻ってくる。光に満ちていた世界が、一瞬のうちに漆黒の闇《やみ》となる。そして、強烈な陽光が、また船内を明るくする。

宇宙船ののぞき窓から、テレシコワは、地球の上に落ちる軽やかな雲の影を見た。

明るい地表は、地平線で円弧をなして、黒い空に切り取られている。薄青色の円い光輪は、トルコ石みたいに鮮やかな空色、すみれ色、深い紺へと移って、灰黒色に沈んでいく。夜の地球上の大都市は、黒いヴェルヴェットに撒《ま》き散らされた黄金の砂のように見えていた。

打ち上げからおよそ四時間半後のモスクワ時間六月一六日午後四時五五分。クレムリン宮の一室に海外メディアも招き入れられ、ソ連首相フルシチョフとテレシコワとの無線交信が始まった。フルシチョフの左側には、最高会議幹部会議長ブレジネフがいた。右側には、ミコヤン、ウスチノフの両第一副首相らが控えていた。電話機の受話器をつかみ、フルシチョフは、三〇〇キロ上空の軌道を旅する女にむかって話しだす――。

「あなたの声はとてもよく聞こえますよ。ワレンチナさん、あなたは『かもめ』と呼ばれていますが、わたしにはただワーリャと呼ばせてください。わたしはね、われわれの娘、このソ連という国の娘が、世界で一番早く宇宙にいるということ、そして最高に完成された技術を身につけているということを大変うれしく思って、父親みたいに誇りを感じているんですよ……」

もちろん、これは、ソヴィエト連邦国家にとっては、絶好の広告だった。けれど、この劇的な演出効果の背後で、体制内部のどこかにチェーホフ・マニアの秘《ひそ》かな愉《たの》しみが働いていたことを、きっぱりと否定しきることなどできようか。チェーホフの『かもめ』で、ニーナが投げ込まれてしまう愚かしくも同情に値する運命。フルシチョフ版の「かもめ」で、ワーリャことテレシコワが遂げつつある宇宙的な壮挙。両者ないまぜのスペース・オペラの実現は、いくばくかの嗜虐《しぎゃく》趣味さえ刺激するものであったろう。

要は、当該部局でしかるべき役職を占めておりさえすれば、ワレンチナ・テレシコワ飛行士のコードネームの決定にも関与できたはずである。たとえば、当時のソ連の宇宙船の主任設計者セルゲイ・コロリョフあたり、あやしい。彼は、少年時代、ロシア革命による動乱下のオデッサで、チェーホフを愛読書として育っていた。

コードネームが「かもめ」に決まれば、あとはソヴィエト連邦国家公認で、彼女自身が宇宙から世界中のラジオ、テレビに、その不思議な声を響かせてくれるだろう。上空三〇〇キロ。グレープフルーツを地球に見立てれば、それは表皮の厚みにも満たない距離に過ぎないが、当時は神話的な高さを意味していた。

とはいえ、「かもめ《チャイカ》」という名詞が、ソヴィエト・ロシアの社会にあって、きわめてありきたりなものだったことも事実である。生身の飛行士を宇宙空間に送り出すのに先だって、ソ連当局は宇宙船に幾度も犬を乗せて打ち上げ実験を行なった。それらの犬のなかにも「チャイカ」という名の雌犬がいた（この「チャイカ」は、六〇年七月二八日、打ち上げロケット本体の爆発により死亡した）。また、政府要人たちが乗り込むソ連国産のリムジンにも「チャイカ」という車種があった。ガガーリンが地球に帰還したさい、モスクワ郊外まで出迎えにむかうセルゲイ・コロリョフが乗っていたのも、この「チャイカ」である(ただし、そこからの戻り道でコロリョフの「チャイカ」はファンベルトが切れてしまい、もっと地味なクルマで彼はレセプション会場に到着した)。さらには、あの作曲家チャイコフスキーの姓もまた「チャイカ」に由来するものであるという。

米国のメディアなどには、さらにうがった見方を取る者もいた。宇宙空間での単独飛行中、テレシコワは恐怖感にとらえられ、ひどい〝宇宙酔い〟も加わったことで、ついには方向感覚の喪失からパニックに陥って、あれほど痙攣《けいれん》的に「わたしはかもめ」と繰り返すことになったというのである。だとすれば、それは、チェーホフの『かもめ』のニーナの心情に、いっそう近いものであったとも言えるのだが。

もちろん、チェーホフは、一九一七年の革命後のロシアにおいても、早くから再評価と顕彰が広く進められていた作家である。幾度か全集が刊行されて、一九五一年に完結した『チェーホフ作品・書簡全集』にいたっては、創作のみならず、全二〇巻のうち計七巻が書簡集にあてられるという充実ぶりだった。

ただし、この書簡集においてさえ、未収録の手紙や、伏せ字の箇所が、残っている。その原因は、第一にはチェーホフの妹マリヤの控えめだが厳格な倫理観だった。彼女は兄を愛していた。そしてチェーホフは、この妹を自身の遺言執行者に指名した上で、四四歳で死没していた。実際、マリヤ自身は、生涯にわたって忠実にその役目を守り通して、ヤルタに残るチェーホフの旧別荘「チェーホフの家博物館」館長として彼の遺稿・遺品・記録資料の管理につとめ、終生独身のまま、三つの革命をまたぎ、兄の二倍を優に上回る長寿を生きたのだった。

チェーホフは、作家でありながら、医者でもあった。そのせいもあってか、性的な事柄などもあけすけに知人や家族への手紙に書いている。おまけに、女性たちへの手紙は、しばしばひどく思わせぶり。知人に関する遠慮のない毒舌、批判も記した。そういう一つひとつが、書簡公表のいかんの判断にさいしては、いちいちマリヤをためらわせた。

第二の原因は、言うまでもなくソヴィエト政権の意向である。そして、いささか興味深いことに、彼ら革命政府による検閲の道徳的規準は、多くの部分で、旧時代の帝政ロシアに育ったマリヤ・チェーホワによるものと、多くが重なっていたのである。

宇宙船は、西半球を包む夜の暗闇のなかへと突入する。そして、そこを抜け、また陽光に輝く東半球に出てくる。

当時、宇宙船に関する米ソ間の設計思想上の大きな違いは、米国の宇宙船が飛行士自身による制御にかなり大きな余地を残していたのに対して、ソ連のそれは自動システムと地上基地からの管制に依存する傾向がきわめて強かったことである。つまり、ソ連の宇宙飛行士たちには、自身の判断をそこにインプットする行為は基本的に求められない。むしろ、論外である。チェーホフ好きの宇宙船設計主任であるコロリョフとしては、こうした管制至上の発想には反対だった。ヴォストーク宇宙船の場合、飛行士自身による手動操縦に切り替えるには、六個のボタンをコード化された順番で押さなければならない仕組みになっており、しかも、その六桁《けた》の数字のうち三桁は、無線を通して地上基地から彼らに伝達することとされていた。コロリョフは、ヴォストーク1号の打ち上げにさいして、その三桁の数字が入った封筒をひそかにガガーリンに渡した。だが、ガガーリンは、そのボタンにけっして触れようとしなかった。

上昇か、あるいは、下降か。

この時代のソ連の宇宙飛行士たちの個人的技量に、どちらが求められていたかと言えば、むろん後者である。

打ち上げから地球周回軌道に至る上昇に関しては、地上基地からの完全なコントロールのもとにあった。だが、いつか彼らは地上に戻ってこなければならない。そのための工学技術が、まだ完成されていないのである。宇宙船を周回軌道から離脱させ、大気圏に再突入させるところまでは、できる。けれど、宇宙船内に彼らを乗せたまま、地上に軟着陸させる技術が、まだなかった。どうするか？宇宙飛行士たる者、最後は宇宙船外に飛びだして、自力でひらひら地上へ下降するしかない。

「かもめ」のワレンチナ・テレシコワも、そうだった。だからこそ、モスクワからおよそ二五〇キロの古都、ヤロスラヴリの航空クラブに所属する優秀なパラシュート降下競技者である彼女が、初の女性宇宙飛行士候補に抜擢《ばつてき》されていたのだった。

宇宙船は、地球への帰還をめざして、周回軌道をはずれ、いよいよ高度を下げていく。濃密な大気の層に、だんだんそれは近づいてくる。無重力状態が解消し、「かもめ」の体は重くなる。彼女の体は、操縦席のシートに、ぴったり貼《は》りつくように押しつけられる。宇宙船は、真っ赤に外表面を加熱させつつ、落ちていく。

カタパルト・ハッチの覆《おお》いが取れて、二秒後には、パラシュートシステムが自動的に作動している。おなじみのショックが体に伝わり、頭上でパラシュートの白い傘が開く。地球四八周、七一時間たらずの長くて短い旅をあとにして、彼女は、夜と昼との境目もあいまいな、この世界のなかに戻ってくる。

地上で、同僚の宇宙飛行士アンドリアン・ニコラエフも待っている。ヴォストーク3号の「タカ」である。四カ月半後、「かもめ」は彼と結婚することになるだろう。首相フルシチョフも挙式に臨席し、この新郎は米国人記者にこう語る。――「ぼくは、彼女の写真をチェーホフの短篇集にこっそりはさんで、いつも持ち歩いていたのです」

●

朝は、誰の上にも、適当にやってくる。この地球の上では、夜の終わりの尻尾《しっぽ》の先など、誰もつかまえたことがないのだから。

始発の新幹線で出張していく便秘ぎみのサラリーマンの上に、朝はやってくる。コンビニのパートタイムの仕事に自転車で通う、三〇代の主婦の上にも。デパート前のベンチでうっかり眠り込み、夜を明かしてしまった青年の上にさえ。

口のまわりに、彼は無精ひげを生やしている。肥《ふと》った大きな体に、薄汚れたジーンズ、緑のTシャツを着ているだけである。ベンチの下に、茶色のナップザックが落ちている。五月もなかばになったとはいえ、こんな格好で夜通し過ごせば、寒いだろう。にもかかわらず、股《また》をひろげて仰向《あおむ》きにベンチに寝ころび、唇をいくらか開いて眠っている。歳《とし》は、三〇ちょっと前か。身の丈一八〇センチ、体重一〇〇キロくらいはありそうだ。顔は穏やか。夢を見ているのか、咀嚼《そしゃく》するように口をもぞもぞ動かす。微笑が、頬に残骸《ざんがい》みたいにうっすら浮いている。寝息につれて、腹が膨らみ、また沈む。

ビルのあいだから、やがて朝日が射《さ》してくる。

デパート前の幅広い車道に、クルマはまだほとんど通らない。アスファルトの路面に、レモン色の陽光が当たりだす。堅く下ろされたデパートのシャッターにも。プラタナスの街路樹が、影を長く引いている。

歩道を、遠くから人影が早足で歩いてくる。赤のトレーニングウェア、つば付きの白い運動帽、首にタオルを巻いている。どうやら、女の人である。ずんずん、彼女は近づいてくる。片耳に携帯ラジオのイヤホンをつけ、一五〇センチあまりの身長で、ふっくら、というか、適正とされる体重値をいくらか確実に上回っていそうである。四〇代なかばを過ぎたくらいか。色白で、きちんと口紅を引いている。

彼女の耳孔に、ピアノの響きが高鳴る。街には、紙くずなどが吹き散らされたままだが、いよいよそれが輝いて見えてくる。

デパートの手前にさしかかる。例の肥った青年が、そこのベンチで眠っている。その大きな影に、彼女は気づく。ゆったりと流し目に見て、足を止め、正体を確かめるように、さらにじっと見る。ベンチは建物の庇《ひさし》の下にある。そこまでは、まだ二〇メートルほど距離がある。気持ちを彼女は決めたらしく、足を踏みだす。デパートの車止めのチェーンをまたぎ、まっすぐ、ベンチに近づいていく。

歩きながら、耳のイヤホンをはずす。「……チャイコフスキー《ピアノ協奏曲第一番》、第一楽章からお送りしました。ピアノはマルタ・アルゲリッチ。オーケストラは……」やさしげな落ちついた女性の声が、ラジオの番組から漏れてくる。

ベンチの前で、彼女は立ち止まる。

眠る男の顔だちを見下ろしながら、クマのプーさんみたいだ、と彼女は思う。むかし、娘に何度も読み聞かせていた童話の挿し絵。いまは、自分一人で育ったような顔をして、男の子と無断外泊してきたりするけれど、あのころは、もっと読んでと泣いてせがんだものだった。

「もしもし」

ためらうことなく、はっきり、そう声に出す。肥った青年は、目を閉じたまま動かない。だんだん不安が兆《きざ》してくる。表情を硬くし、上体をかがめ、彼女は腕を伸ばして、横たわる青年の肩に手をかける。

「もしもし……、もしもしったら……、だいじょうぶ？」

力を込め、相手の大きく重い体を揺さぶる。

ぐうー。と、ひとつ、ひときわ高くいびきを立て、それから彼は、ようやく腫《は》れぼったい目を開く。

「……はい」

薄目のまま、返事する。

「はい、って。あの……、だいじょうぶ、なのね？」

「あ、はい」

のろのろと彼は上体を起こし、周囲の景色を確かめる。ここは、どこだったか。体が冷えていて、ぶるぶるっと、馬のように体を震わせる。

「どこも悪くないのね？　心臓マヒとか、喘息《ぜんそく》で、倒れてたんじゃないわけね？」

相手の目を覗《のぞ》き込み、もういっぺん、彼女は念を押す。

「あ、はい。……だいじょうぶです」

「酔っぱらってたの？　ゲロ吐いちゃいそうとか」

「いえ、そうでもないんです。人を探してるうち、ただ、ちょっとひと休みしようと思って、そのまま寝込んじゃったみたいで」

ほっとした様子で、うなずいて、彼女は耳にイヤホンをつけなおす。聞こえてくる曲は、ショパンのポロネーズに替わっている。そして、もう何も言わずに、ウォーキングの姿勢に戻り、先の道へとまた早足ですたすた去っていく。

ひげ面《づら》の肥った青年は、ベンチに座ったまま、無言でそれを見送る。しばらくして、昨夜の経緯をだんだん鮮明に思いだし、あわててそこから立ち上がる。

●

あんなところに海がある。

と、また別の若者は気づく。

地上三五階のスタジオの広い窓から、右手に、いつものように東京タワーが見える。昇りはじめた朝日を逆光気味に受け、影になった鉄骨と、鮮やかな朱色を反射させる鉄骨が、まだら模様をなすようにして空に向かって伸びている。そのむこうのビルの群れは、グレー系のスーツを着込んだ通勤途上の勤め人たちの姿のように、人目を引くこともなく立っている。

だが、じっと目をやると、それらのビルとビルとのあいだから、にび色の海らしい平面が、わずかに覗いているのだった。確かに。海に違いない。だんだん、それは紅色を帯びてくる。

このFMラジオ局で働きはじめて、もう半年になる。なのに、あんなところに海が見えているとは、いままで気づかずにいた。冬のあいだ、この時間の窓の下の街は、まだ堅く夜気に包まれていた。春になり、だんだん日の出の時刻が早くなってからも、海はビルと似たような灰色のなかに姿を隠していたのだろう。いや、それだけじゃないか、とも彼は思う。「AD」、つまりアシスタント・ディレクターと呼ばれるこの仕事は、秒刻みの進行表に追われながらの使い走りで、いつもただ忙しい。こんなふうに彼方《かなた》へ目を向けてみるだけの余裕すら、これまで自分になかったのかもしれなかった。

海らしい、そのちいさな場所へと、彼は目を凝らす。早朝のクラシック音楽の番組が始まっている。いま彼がいるコントロールルームにも、ルービンシュタインのピアノで《英雄ポロネーズ》が流れている。防音ガラスをはさんで、ブースの窓のむこうに見えているその海は、音の動きと作用しあっているかのように、みるみる色を変えていく。薄暗がりのなかのミキサー卓の背後に自分が控えているせいか、そこは、いっそう強い明るみの場所であるように、いまの彼には感じられる。

「おい、森ちゃん、だいじょうぶか？」

とがめるような棘《とげ》を含んだ声で、彼は、我に返る。ミキサー卓の右側の席から、ディレクターが振りむきざまに言っている。

「――時計見ろよ。交通情報《トラフィック》、あと三分三〇秒でキュー出すぞ。早く、アナを呼んできて」

肥った青年は、前夜に見失った少女を捜して、あわてて都心に向かう電車に乗る。こんな早朝から、座席はすでにおおむね乗客で埋まっている。夜勤明けか、黒ずんだ顔色で疲れをにじませ、背中を丸めた男や女が、車両の揺れに体をまかせて眠っている。早出らしいサラリーマンやOL、部活の朝練に出るとおぼしき高校生や中学生たちは、さらに多い。鞄《かばん》や大きなスポーツバッグを膝《ひざ》の上に置き、半数以上が、目を堅く閉じている。iPodからイヤホンに流れる音楽に合わせて、かすかに膝を揺する人。携帯電話をいじる人。新聞、文庫本を開く人。吊《つ》り広告を見上げる人。通り過ぎる街の景色をぼんやり眺めている人もいる。

彼は車内を見まわす。絵理という名の少女の姿が、運よく、ここで見つからないかと思ったからだ。こんな早い時間に電車に乗るのは何年ぶりか。

進行方向にむかって右側のドアの脇《わき》に、彼は立っている。朝の陽射しが体に当たり、Tシャツだけでも、もう、あまり寒くない。それでも、自分だけが、どこか場違いな闖入者《ちんにゅうしゃ》であるようにも彼は感じる。電車は高架上を走る。低いビル、家並みのむこうに、ちいさな林の木立が見える。そして、きのうの夕刻、この路線を反対向きに乗ってきたときのことを、彼は思いだす――。

「やっぱり、ここだ」

きのうの遅い午後。古びた三階建て軽鉄骨アパートの一階ホールで、郵便受けにある名前を確かめ、その少女は言った。少女といっても、もうじき一九歳になるのだが。

都心部を東にはずれた、東京湾岸に近い一角だった。海は見えない。埋立地特有の平坦《へいたん》な地形に、ねずみ色の大型の倉庫が並んで続いている。団地、小工場なども、それと混在しながら広がって、海があるはずの方向へ、煤《すす》けた幅広の国道がただまっすぐに伸びている。地下鉄駅から地上に出たとき、鈍い色の雲が空を覆って、雨が降りだしそうだった。駅の周囲もスーパーマーケットとコンビニエンスストアがあるだけで、こうした景色のなかを一〇分ばかり歩いたところに、そのアパートはぽつんと建っていた。

「——あいつ、やっぱり、なんにも考えてないままなんだ」少女は薄い唇を噛《か》む。「引っ越しもしないで、あれからずずっと平気で住みつづけて。信じられない。そういうところが」

アイラインをきつめに引いた目尻《めじり》が、ぴくぴく動く。

「……上がってみる？　その部屋まで」

部屋番号を確かめ、肥った青年は訊《き》く。

「ううん」怯《おび》えを抑えつけ、気丈を装《よそお》いながらも、少女は首を振る。「いこう、ヒデさん。これで、もう、いい」

青年は、うなずき、ジーンズのポケットに両手を突っ込み、猫背気味に背中を丸めて歩きだす。後ろから、彼女はまた声かける。

「——きょう、ヒデさんは、これから、もう仕事ないの？」

「うん、ない」

振り向いて、彼はうなずく。

ほんとうは、夕方には研究室に戻って、観測サイトから回線で送られてきている気象データの整理と、解析の準備にあたることになっている。担当教授から頼まれていたのである。とはいえ、同僚の研究員仲間に無理を頼めば、それはどうにかなるだろう。歩きながら、彼はそう考えた。

それより、絵理をここから一人で帰すことのほうが、彼には不安だった。ＣＤショップでのアルバイトも、もう辞めてしまって、ぶらぶらしている。母親と暮らしているという碑文谷《ひもんや》の家に、まっすぐ彼女が戻るものとも思えなかった。

地下鉄駅の券売機で、彼女は最低金額の切符だけを買う。青年もそれにならい、彼女の後ろに従うように、都心方面にむかう地下鉄に乗った。座席は、七割方、乗客で埋まっていた。空いている席を見つけて、並んで座った。どこに行くかは、尋ねなかった。デニムのスカートの膝に、少女はトートバッグを置いて、目をつむる。襟まわりから胸元へと緑の刺繍《ししゅう》が施されたチョコレート色のチュニック、ショートカットの髪の耳たぶに銀のピアスが揺れていた。

「ヒデさん」彼女は目を開く。「ずいぶん付きあってくれるね。仕事だって、あるのに。どうして?」

「あ、いや……」

へどもどするうち、彼女はまた目を閉じる。

ナップザックから、青年は、A4用紙にプリントアウトしておいたデータの束を取り出し、目を通しだす。来年春には、いまの研究所での二年間契約の任期も切れる。博士号を取ってまもない身で、次の仕事探しも考えると、夏までのあいだに新しい論文をどうにか一本書き上げておきたい。〈ドップラー・レーダーを利用した上層雲の長期衛星モニタリングの展望〉、とりあえず題だけ決めている。

少女は、目を閉じたまま、膝の上のトートバッグに右手を滑り込ませる。

カシャッ……、カシャッ……。

低く、鋭い金属音が、隣の青年の耳に響きだす。三〇秒ほど間隔を置きながら、彼女のトートバッグのなかから聞こえてくる。

……カシャッ、……カシャッ……。

「絵理ちゃん、やめなよ」不穏さに耐えかね、彼女の耳元に口を近づけ、ヒデはささやく。「あぶないって」

目を閉じたまま、彼女はそれを無視する。

「安心するんだよ。ちょっとは」……カシャッ……、カシャッ……。「これやってたら」

ほぼ二分ごとに駅に停まりながら、地下鉄は東から西へ都心部の地底を抜けていく。車両は、ついに地上に出て高架の上を走りだす。雲が割れ、夕刻の陽射しが、窓から斜めにシートの上にも落ちていた。

「お腹《なか》、へった」

目を開き、彼女はそう言う。

吉祥寺《きちじょうじ》駅前に出ると、西の空が夕焼けていた。公園口近くの店で、むぎとろ定食をたべた。

宵闇《よいやみ》の公園でベンチに座った。

「寒くないの？　ヒデさん」

Tシャツ一枚の肥《ふと》った青年に、絵理は訊く。

「あ、べつに」

どんな用向きがあったのか。それについては彼女は何も話さなかった。長いあいだ、そうやって座っているうち、体はだんだん冷えてきた。

アーケードのほうへ歩いて、通りがかりのちいさな映画館で、ナイトショーの映画を観《み》た。フランス語の映画だったが、アルジェリアからの移民の子である若いカップルが、パリから、親たちの故郷をめざして貧乏旅に出て、ジブラルタル海峡をアフリカ側へ渡る話だった。映画のなかばで、青年は少し眠くなり、隣の座席に視線を動かした。すると、少女が、静かに涙を流していた。涙の粒は、スクリーンの照り返しで白く光りながら、頬を滑りおち、撫《な》でつけられた髪の毛先のところで止まっていた。

映画が終わると、館内に薄く照明がともる。二〇人ばかりの観客は、出口にむかってぱらぱらと進んでいった。

外に出て、青年が振りむくと、絵理の姿がなかった。洗面所に寄ったのだろうと思って、表の通りの路上で待っていた。

この夜、彼女はもう姿を見せなかった。携帯電話に幾度もかけたが、応答はなかった。終電車の時刻を過ぎてからも街のあちこちを歩いて捜したものの、とうとう見つけることができなかった。

●

「はい。いま、すぐ」

あわてて、森ちゃんはディレクターに返事する。

このディレクターは、たぶん、まだ三〇前である。防音ガラスごしに、ブースのなかの女性ナビゲーターの様子に目をやりながら、左側の席のミキサーにこと細かに指示を出している。ミキサーはうなずく。そして、フェーダーのつまみを指で微妙に上下に動かしながら、ピークメーターの光の動きをにらんで、音量のレヴェルを調整していく。

「オーケー、オーケー。これで、ばっちり」

ディレクターは言う。坊主頭《ぼうずあたま》に、ラッパー風のだぶだぶのパンツ、NFLのチームキャップをかぶっている。自分より、せいぜい五つほど年上なだけだろう。

——てめー、むかつく——と、森ちゃんは聞こえないよう口のなかでつぶやきながら、コントロールルームから駆け出して、当番の女子アナウンサーを呼ぶためにニュースルームへと走っている。

狭い通路は「ライブラリー」と呼ばれ、左右のラックに、放送用の音楽CDがぎっしり並んでいる。そこを抜け、ニュースルームに駆けつける。広いディレクターズルームから、低い仕切りで区切られていて、幾台ものテレビモニター、各種オンラインの端末ディスプレイ、ファクス、パソコン、プリンターなどに取り囲まれた領域である。当番アナウンサーと机を並べ、エディターと呼ばれるニュース原稿の作成担当者が、通信社からオンラインで次つぎ送り込まれてくる記事を選《よ》り分け、あくびしながらキーボードをたたき、放送原稿用にリライトしている。

「本間さん、準備、オーケーですか？」

入口の仕切りのところで、森ちゃんは、勢いつけて声をかける。女子アナウンサーは、背中を向けたままま、返事しない。ファクスで入ってきたばかりの交通情報のデータを、所定の九〇秒間で読み上げられるよう、焦《あせ》りながら赤ボールペンで刈り込んでいるのである。左手にディジタル表示のストップウォッチを握っている。一節を小声で読み上げては、ボタンを押し、表示された時間を確かめる。そして、また赤ボールペンで、いくらかファクス用紙上の文字を消していく。薔薇色《ばらいろ》のカットソーの襟ぐりが大きく開いて、うなじ深くまで白い肌が見えている。

「オーケーです」

ようやく振り向き、本間アナはそう言って、大きな目で笑う。美人である。しかも、なんというのか……。〝ぐっと来ますね――〟くらいの軽口は、先輩のADたちみたいにかけてみたい。けれど、彼女の笑みはそつなく職業的で、俺のことなんか、あの目にけっして映っていないのだ、とも森ちゃんは感じる。名前も、覚えてくれてはいないだろう。

「じゃ、スタンバイ、スタジオのほうにお願いします」

彼はそう言う。つねに明るく愛嬌《あいきょう》をつくり、大きな声でそう言わないと、ここの職場では浮いてしまう。なのに、徹夜明けの仕事で頭の芯《しん》が白っぽく、いまにも眠りこみかけているようにも彼は感じている。

前ポケットの縁の部分に当て革が付いた、オーカー系のスリムのパンツ。横縞《よこじま》のTシャツに、原宿のGAPで買ったジージャンを彼ははおっている。直毛の髪の毛先を、目にかかるほどのところで、ぎざぎざにカットしている。一七三センチの身長に、体重は五七キロで維持するように心がけ、就寝前には眠くてもダンベルと腹筋、その筋トレだけは必ずする。夕飯はほとんどコンビニの弁当で済ませるが、夜勤のときも深夜零時をまわるころには、コントロールルームの隅などで持参のプロテイン飲料をのむようにしている。

けれど、それでも、いつでもどこか、気持ちが息切れしかけているのを彼は感じる。たとえば都立高校出身の連中なんかは、収入がこんなに少ない仕事でも、みんな、もっと楽しげにのびのびとやっている。やつらには、どこか、この街で育った者の余裕がある。それをいつも感じて、こっちは気持ちがだるくなる。アパートの部屋で、ふとんにくるまり、背中を丸めて、ずっと眠っていたくなる。

わかんねえ――と、森ちゃんは思う。これで、いいんだか、悪いんだか。毎日、眠いし。給料、ひどく安いし。夜通しずっと働いて、こんな時間に、ちんぽが立ってくる。俺だって、もうじき二五だ。

クラブのＤＪとか、できれば、やりたい。〝キュー〟とか出せるくらいの仕事は、せめて、していたい。そしたらアナも、俺の名前や顔をちゃんと覚えるようになるだろう。もっと金がほしい。アパートも、もっと街に近くて、ましなところに移りたい。きっと、そしたら友だちも増えるだろう。クルマがほしい。四駆がいい。おっぱいでかくて、あたまはパーで、すけべで、やさしくしてくれる女と、ばっつんばっつん、夜も朝もしていたい。

「はぁーい」

本間アナは、わざとのように、ばかっぽく答えて、立ち上がる。白のタイトスカートに、ハイヒール、背は高くない。右手には原稿と赤ボールペン、左手にはストップウォッチをそのまま握っている。この春、局と新しく契約を結んだばかりのフリー・アナウンサーで、ほかのスタッフたちと同じく、彼女も身分証を兼ねたＩＣカードを薔薇色のカットソーの首もとに吊るしている。

「尺は、どうですか？」

交通情報の原稿の長さを、森ちゃんは確かめる。

「九〇秒、ぴったりです」

彼女は答える。

「了解。ばっちりです」

指でサインまでつくり、にっこり笑って切り返す。いちいち大層な答え方をすることに、ときどき自分でいやになる。

「――じゃあ、スタジオへ。五時二三分ちょい過ぎくらいで、トラフィックに入りますから、急ぎで」

ライブラリー、そして、スタジオ内のコントロールルームの脇《わき》を小走りに通り抜け、この新人アナはブースに入り、全面ガラス張りの窓からまっすぐ射《さ》し込む朝日に、思わず目をしかめる。そして、席にいる女性ナビゲーターと軽く目を交わし、いつもの自分の席に着く。手を伸ばし、ヘッドホンをつけ、マイクの角度を確かめる。

森ちゃんはコントロールルームにとどまって、防音ガラスでブースと隔たった薄暗がりにいる。

「尺は、九〇秒ちょうどです」

ディレクターに小声で告げている。

相手はうなずく。そして、壁の上方に埋め込まれている赤い発光ダイオードのディジタル時計にちらっと目をやり、ミキサーの肩を指先で軽くたたく。それを合図に、フェーダーのつまみにミキサーは指をかけ、《英雄ポロネーズ》の音量を少しずつ絞っていく。

陽のあたるブースで、本間アナがうつむきかげんの姿勢でテーブル上の原稿にもう一度目を通しているのが見える。口もとだけ、かすかに動いている。じきに、彼女は目を上げる。ディレクターは、その視線をとらえ、防音ガラスごしに身を乗りだして、てのひらを高く上げ、いったんぎゅっと結んで、また開き、五、四、三……と指を折っていき、アナウンス開始――、その〝キュー〟の合図を送り出す。

彼女は、右手で「カフ」――つまりマイクのスイッチのレバーを上げ、同時に、アニメのヒロインみたいな高めの声で原稿を読みはじめる。

〈……首都高速道路は、夜明けから、おおむね順調に流れています。

2号線の上りは、天現寺で、工事のため一キロ。5号線の下りは、戸田南の先で、トラックなどクルマ三台の事故があり一キロの、それぞれ渋滞が出ています……。

……中央環状線内回りは、小菅付近で昨夜からの工事がけさ六時まで続く予定で、一キロの渋滞です。

湾岸線東行き、有明ジャンクション付近では、未明にクルマ二台が衝突する事故がありましたが、すでに渋滞は解消しています……。〉

鏡のなかの自分は、ほんとうの俺自身より、いくらか痩《や》せて映っているようだと、その男は思う。時速一二キロの速さで、いま彼は駆けている。電動式ランニング・デッキのスピード計が、正確に電光表示し、彼にそのことを知らせている。

正面の鏡が、彼の全身を映している。首にタオルをかけた中年の男が、そこにいる。ランニングパンツに、グレーのTシャツ、橙色《だいだいいろ》のランニングシューズを彼は履いている。ときおり頬を膨らませ、ふー、はっはっ、ふー、はっはっ、と苦しそうに息をつぐ。鏡のなかでタオルを手に取り、こめかみの汗を拭《ぬぐ》う。

きのうはリブ・ローストを食べ過ぎた。尿酸値が高いと定期検診で医者に言われ、自分でも気にかけていたのに。こうして走りはじめてからは、腹が、ぐるる、ぐるる、と唸《うな》っている。

春の番組改編が一段落したことを受けて、局側の責任者たちとのしばらくぶりの会食だった。

すでに五年のあいだ、彼、幸田昌司《しょうじ》は毎週金曜夜のFM番組《幸田昌司のナイト・エクスプレス》でナビゲーターをつとめている。むかしは「DJ」とか「パーソナリティ」と呼んだものだ。けれど、いまでは番組の進行役を、ここの局では「ナビゲーター」と呼ぶのである。

局の部長連やプロデューサーらは、気心の知れた面々だが、そうはいっても仕事は仕事である。気持ちを張りめぐらせて快活を装《よそお》うあまり、つい、ワインまで飲みすぎてしまうのだ。

「こんな時代に、いまさらラジオの役割をうんぬんしても空ぞらしいかもしれないが」苦笑しながら、編成部長は冗談にまぎらせて、そう言った。「ただ、何か考えんわけにはいかんだろう。うちの若い連中なんか、〝部長、ラジオってメディアは、いまどき、いったい何のためにあるんでしょうか〟ってなことを、いつ言いだすかわからんからな」

「スポンサーの動きが、今期は、ほんとうにやばい。インターネットの広告高が、雑誌広告より多くなるのは確実だ」営業部長は言っていた。「ラジオには、もう、あとはゲリラ戦しかないだろう。企画力のある人材を確保できるかどうかに、未来への生き残りはかかっている。ゲリラは、同じ手口を二度は使えないわけだから」

「むかし、ラジオは大戦争の勝敗さえ左右しかねないメディアだったんだがな」制作部長が、笑いながらそれを引き取った。「第二次大戦のとき、米軍兵士に向けて、日本がラジオで流した東京ローズの甘い声も。作家のジョージ・オーウェルらがプログラムを作ったBBCのインド放送も。それから、北アフリカ戦線やなんかで、ドイツ軍と連合軍、両方の兵士がラジオで聴いて厭戦《えんせん》気分が広がった〈リリー・マルレーン〉の歌だって」

「ぜんぜん、わからない。何ですか？　それって」

アナウンサーの西圭子が不意に質問でさえぎり、皆が笑った。もちろん、誰もがよく知らないままに笑ったのだった。西圭子は、この一年あまり、幸田が《ナイト・エクスプレス》でコンビを組むアナウンサーである。小柄で、小づくりな顔立ちだが、興味のまま機敏に動く瞳《ひとみ》を持っている。

「東京ローズっていうのは、君みたいな人のことだよ」制作部長は答えた。「太平洋戦争のさなかに、ラジオ・トウキョウっていう海外放送を使って、日本から戦地の米軍に向けて英語の宣伝放送番組を流してたんだ。女性アナウンサーの声が、若い米兵たちにやさしく語りかけて、敵である彼らの戦う気持ちをくじこうとするわけだな。『あなたがたが、こんなふうに太平洋の島々で血みどろになって戦ってるあいだに、国に残ってる奥さんや恋人は、べつの男たちとよろしくやってるわよ。想像してごらんなさい』って、セクシーな女の声が英語でささやく。ただし、あまりにそれが魅力的で、若い米兵たちはみんな彼女にぞっこんになっちゃったんだ。誰が言うともなしに、その声の主を〝東京ローズ〟って呼びはじめた。だから、結局、その声が米軍の戦力を弱められたかどうかは疑わしい。むしろ、はっきりしてるのは、若い男たちっていうのは、そういう声を聞くだけで元気ももりもり出てくるもんだってことだろう？　さあ、さっさとこの戦いに勝負をつけて日本に上陸し、東京ローズに会おうぜ、ってね」

「あ、なるほど。あははは」

と、きれいな歯並びを見せ、高い笑い声を立て、西圭子は制作部長の長広舌を打ち切らせた。そして、三日月形の細い眉《まゆ》を片方だけ吊《つ》りあげて、

「──で、それ、スポンサーは？」

と尋ねた。

「いやあ……国策の謀略放送なんだからね。日本国家がスポンサーってことだろうな。当時は、まだ民放って、ないんだよ。ラジオ・トウキョウは、NHK海外局がやってたわけだから……」

「やれるんでしょうか？　わたしにも」

真顔になって、彼女は訊《き》く。

「え？」

「だって、英語、わたし、ぜんぜん、だめだし。

……まあ、いっか。あとは色気で」

また笑う。

西圭子も、幸田と同様、フリーランスの身分である。《幸田昌司のナイト・エクスプレス》では、番組内のところどころで、彼女が交通情報、気象情報、そしてニュースを読みあげる。そもそも、このFM放送局に、「局アナ」と呼ばれる専属アナはひとりもいない。アナウンサーのほか、ディレクター、AD、ミキサー、エディターも、皆、社外の人材との個別の契約なのである。民放のFM局としては、いまはそれがごく普通の業態で、ここの局でも正社員は総務などまで含めても四〇人ほどにすぎない。

全国のテレビ、ラジオのローカル局から、若い女子アナウンサーたちが、フリーになって東京に流

れ込んでくる。それら地方の局では、仕事の先行きも限られてくるからだ。フリーとして、この東京という都市で生き残るためには、技量を上げねばならない。だが、現実に求められるのは、それだけではないのである。若くて、容姿が良くて、安いギャランティも受け入れ、なおかつ不平を言わぬこと。酷使に耐える体力を持っていること。誰の目にも、いま、この街にはフリーの女子アナがだぶついている。そろそろ、西圭子だって三〇代のなかばだろう。局の連中を相手に、あまり勝ち気なことは言わずにおくほうが身のためだとは、彼女自身、わかっているはずなのだが――と、横目に見ながら幸田は思っていた。

けさは金曜日のせいか、こんな早朝から、ジムは混んでいる。

幸田を含めて七人が横一列に並んで、ランニング・デッキの上を走っている。正面は鏡で、彼の左手は都道に面してガラス張りになっている。四〇代もなかばに差しかかってきたせいか、このごろ、まだ夜も明けないうちに目が覚める。不安が、ないこともない。だが、こうして鏡の前で走力を上げて駆けていると、自分はまだ実年齢よりかなり若く見えそうだとも、彼は意識する。

けさも、目が覚めたとき、窓の外はまだ暗かった。部屋の明かりはつけず、スタンドだけを灯《とも》し、息子に宛《あ》てて、初めての手紙をボールペンで書きだした。

《ツヨシ君、高校入学とのこと、おめでとう。

こうして突然手紙を書くと、君を驚かせることになるかもしれないが、許してほしい。大人になっていく君に対して、遅ればせにも、ひとことお祝いの言葉を贈りたかった。

もう六年も前のことになるけれど、君のお母さんの再婚が決まったとき、それは君にとっても新しい家族関係の始まりだったわけだから、僕は、今後はこちらから君に連絡を取るのは控えようと決めた。僕ら一人ひとりにとって、それが幸福につながるだろうと思ったからだ。君が一〇歳になる年だった。新しく君の父親になる人は、立派な人物だと、お母さんからも、周囲の知人たちからも、聞いていた。当時の僕のような甲斐性《かいしょう》なしにとって、君に関する養育義務から解放されるのは、ずいぶん助かることだった。けれど、これで君とのつながりも失ってしまうような気がして、つらく、寂しい気持ちが続いたことも確かだ。

ともあれ、君のお母さんは、いまでもそうだろうと思うけれど、人を笑わせる話をするのが好きな、そして自分自身でもよく笑う、機知と思いやりのある人だった。将来、君の人生が節目にあたるときには、お祝いや励ましの言葉をかけてくれてかまわない（僕にその気があれば、としてのことだが）と知らせてくれた。君の新しいお父さんも、そのことは諒解《りようかい》してくれているとのことだった。だから、この手紙は、その権利（？）を行使する、最初の機会であるわけだ。

君が生まれたころ、僕は新聞記者だった。君が四歳になるころ、僕はその仕事を辞めた。そして、いまでもジャーナリストの端くれのような職業で、ラジオ番組の進行役とか、ルポルタージュみたいな仕事をやっている。

朝は早く起きる。というか、アラーム時計なんかかけなくても、このごろは、夜明け前にはぱっちりと目が覚めてしまう。いまこれを書いているのも、午前四時三五分。窓の外がやっと少しずつ明るくなってきた。六時になったら、僕は、この手紙を書くのをやめて、ヨーグルトを食べ、ジムに出かけることにする。

三〇代のうちは、こんなに自分がせっせとジムに通うことになろうとは、考えてもみなかった。仕事に没頭していたし、それ以外のことに費やす時間が惜しかった。けれど、いまはこうやって週に三日はジムに通っている。もう、僕も四四歳だ。贅肉《ぜいにく》でずいぶん増えた体重は、こうしてジムに通いはじめて半年で四キロ減ったし、筋力もどうにか維持できてはいるだろう。

ひさしぶりに体を動かしだすと、ジムもなかなかおもしろい。とはいえ、走り込みはともかく、筋力トレーニングは抑え気味にするよう心がけている。いつまでも若いつもりで、うっかりケガでもして、仕事に穴を開けるのが恐《こわ》い。僕みたいな仕事の代役なんて、この街にいくらでもいるからね。だから、ほどほどの負荷でサーキット・トレーニングを三セットこなして、そのあと、電動式のランニング・デッキの上を（ばかばかしいと思ったりはしないことにして）三〇分ほど走るわけだ。……》

ジムには、いろいろな種類の運動器具がある。

架空の階段や山道をどこまでも果てしなく登る「ステアマスター」。進まない自転車、「エアロバイク」。

初老の男も、若い女も、それらのペダルを踏んでいる。

きょうのサーキット・トレーニングは、三セット、すでにやり終えた。

大胸筋を強化する「チェストプレス」。

太腿《ふともも》の筋肉を鍛える「レッグプレス」。

腰回りの筋肉を引き締める「ロータリートーソ」。

内股《うちまた》の大内転筋をつける「アダクション」。

腹筋台。

背筋台。

いや、仕事に没頭していただけではなかったな……。

ランニング・デッキの上を駆けながら、けさの息子に宛てた手紙のことを彼は思いだす。

あれは、ツヨシが小学二年のときだったか……。

三〇なかばを過ぎかけていた。フリーの物書きになったものの、当てにしていたほどの収入は生じず、新聞記者時代のいくらかの貯金を少しずつ取り崩し、日々が過ぎていく。手間をかけ、一つひとつのルポルタージュなどを満足いくまで仕上げようとすると、実入りがそれに追いつかない。やっつけ仕事で、むやみに編集者や記者たちに名刺をばらまき、次の仕事に飛び移りながら過ごす稼業《かぎょう》が、苦しかった。もっと、自分の主題に全力で取り組むために、フリーを選んだのではなかったか——。おのれの見通しの甘さについて、やっとのように思いが至った。

妻は、とりたててそれに不平を言うでもなかった。いつも通りに彼女は勤めを続けていたし、いま思えば、どうにか生計が立ちさえするならと、覚悟してくれてもいただろう。にもかかわらず、男には、こうやって処世に追いつめられる自分が惨《みじ》めだった。面目、などという考えは、こんなときに限って頭をもたげるものである。いっそう、それが自分を不機嫌へ追いやった。妻の一言ひとことが、胸に引っかかる。けれど、幼い息子の前でいさかうことにも気が引けて、仕事場にしていた大森の古いワンルームマンションに泊まり込み、徹夜仕事を口実に、横浜・磯子《いそご》の妻子との家には帰らないいまの日が続いた。

ふとしたはずみで、売れない女優と恋仲のようなものが生じた。チェーホフの『かもめ』、そういう戯曲も知らないような女優だった。

この機会をとらえて、強引に仕事に結びつけ、二人で逃げだすように香港《ホンコン》に渡った。当時は、まだラジオ関係には縁がなかった。記者時代の友人のつてを頼みに手に入れた仕事は、香港でクランクインする大型の日米合作映画の現地取材記事を、新聞社系の週刊誌に短期連載するというものだった。色恋沙汰《ざた》の相手の女優は、この映画に出演できるわけでは、もちろんなかった。けれど、ますます先細りしていくであろう日本での自分のキャリアに見切りをつけて、香港現地のテレビや映画のオーディションを受けることで、現状打破を図りたいという希望を持っていた。もう彼女も若くはなかったが、その度胸の良さには、惚《ほ》れなおす思いを男がしたのも事実である。熱情のただ中にいるとき、とかく人は、何事も多めに見積もってしまうものだから。男の強い勧めを受け入れて、香港への機中で、彼女はチェーホフの『かもめ』を読みだした。そのあいだ、彼女の空いたほうの片手はずっと彼の手の指をもてあそび、ふたりの体は地上一万メートルの成層圏を突き進むように飛んでいた。

半月あまりの予定で、九龍公園近くの安ホテルにチェックインした。だが、取材するはずの日米合作映画は撮影開始が遅れていた。やむなく、待機中の俳優たちへのインタヴューでお茶を濁しておこうとしたのだが、すでに到着しているのは助演格のキャストばかりで、作品のプロットさえもろくに知らないありさまだった。現地雇いのカメラマンは酒びたりで、二度も撮影をすっぽかした。ロケ隊は、現地スタッフとの賃金交渉やロケ地確保にトラブルを抱えていたし、さらには米国側クルーのストライキまでが重なった。米国人監督は、高名ではあるが、ハリウッドではとうに盛りを過ぎていた。インタヴューをどうにか取りつけたものの、いらいらが高じているところに、へたな英語での質問にも誤解が生じて、彼は控室の壁に灰皿を投げつけた。

一方、恋仲の女優のほうにも、オーディションの門前払い、延期、落第などが相次いだ。同情すべき不運もあった。けれど、まず第一には、彼女自身の英語が、まったくもって、まずかったためである。というより、面接相手のいかなる質問に対しても、彼女はじっと相手の目を見て、ただ愛想良く微笑するだけだった。これでいったいどうして香港でのオーディション応募などを彼女が思いたったか、いまになっては男の目からも疑われた。

それでも彼らは幸福だった。あるいは、そうした思いにしがみつくようにして過ごしていた。高い気温、湿気、喧噪《けんそう》に包まれた街に、ときおり二人は食事に出た。映画会社や現地のエージェントからの連絡をホテルの部屋で待つほか、するべきことは、もはや二人になくなっていた。部屋の電話はめったに鳴らなかった。一日一度取り換えられるダブルベッドのシーツの上で、二人は、それまでの一生分に匹敵するかと思えるほどの性交を繰り返した。シーツは汗で湿っていった。夜が明けはじめると、一日のうちでわずかに涼しい、その時刻のあいだに九龍公園まで散歩した。ぬめるような動きでいっせいに太極拳《たいきょくけん》に励む老人たちの数百人の群れさえも、まだ彼らには官能の夢の続きであるかのように見えた。ホテルの部屋に戻ると、また交わった。

一〇日あまりをそうやって過ごすと、男は、自分の両太腿の内股に、それまで経験したことのない種類の疲労が蓄積しているのを感じた。その部分の筋肉はぱんぱんに張っているのだが、どこか伸びきったように弾力を失って、部屋のなかを歩くだけでも内股に鈍い痛みがともなった。それでも、さらに二人は交わった。

最後の数日は、女が眠ると、いよいよ約束の仕事にどうにか形だけでも片をつけようと、ラップトップパソコンに向かい続けた。暗いスタンドの光のもと、彼女の痩《や》せた裸の背中が、机の正面の鏡に映っている。その翳《かげ》が目の隅に入るたび、男は、むかし産んで幼時に手放したままだという彼女の娘について、その姿も知らないまま、むやみに想像に誘われた。

旅は終わる。磯子のマンションの自宅におよそひと月ぶりで戻ると、妻と息子の姿は消えていた。そして、離婚交渉の代理人を妻からの依頼で引き受けたという弁護士からの事務的な書きつけが、手回しよく届いていた。息子が幼かったころ、男がよく読んで聞かせたウサギの絵本が、玄関の床に表紙を開いた状態で落ちていた。

数カ月後、恋人の女優は、何をどうしたものか『かもめ』のニーナの役を手に入れて、渋谷の劇場で上演した。だが、出来ばえは無残なものだった。――「もし、あなたが、いつかわたしの命がお入り用でしたら、取りにきてください」――。彼女は、劇中で、作家トリゴーリンに対するその思い入れをつくることに気持ちをすっかり奪われて、ありとあらゆる場面、金切り声で叫び続けていたのである。

それからさらに四カ月後、女優は成田空港北ウイングで、涙に暮れながら男に別れを告げ、米国人の婚約者が待つというサンフランシスコへと飛び立った。相手は、前に香港にいっしょに滞在したとき、街なかのレストランでたまたまテーブルが隣り合わせた例の日米合作映画の制作会社の若い営業マンなのだということだった。


《……ツヨシ君。

僕はジムでの運動を終えたら、街に出かける。調べものをして、取材に行くのだ。

神田の交通博物館が、あさってで閉館される。万世橋のたもとで七〇年間も営まれてきた、あの煉《れん》瓦《が》造りのアーチの施設が、いよいよ、これでおしまいになるわけだ。そこで、今夜、僕のラジオ番組に、あそこの博物館の坂上さんというベテラン学芸員に出てもらって、話を伺うことにした。だから、日中、ほぼ一〇年ぶりで交通博物館を訪ねて、下見と打ち合わせをしておかなくちゃならない。

君は覚えていないと思うけれど、前にあそこの博物館に行ったときには、君といっしょだった。お母さんもね。君が五歳のときだったろう。男の子だから、きっと電車や汽車が好きだろうと思って、出かけてみることにしたんだよ。

夏休みの時期で、博物館は混んでいた。鉄道模型の大きなパノラマがあった。山があり、野原があり、街がある。そこを線路が何本もつらぬいていて、模型の列車や電車が走りめぐるようになっていた。職員の人が、マイクをつかってパノラマの前で説明しながら、スイッチを操作し、鉄道模型を次つぎに走らせた。ひょっとしたら、学芸員の坂上さんだったのかも。僕は君を肩車して、人垣ごしにそれを見ていた。街や田舎の景色のなかをいろんな列車が走りぬけていく様子に、きっと僕のほうが夢中になっていたんだろう。だけど、気がついてみると、かんじんの君はまるきり興味が湧《わ》かないっていう様子で、つまらなそうに、あたりをきょろきょろ見回しているだけだった。

まあ、そんなことはいいとしよう。とにかく、僕は、きょう、昼間は交通博物館でそのゲストと打ち合わせをしておいて、夜の生放送の番組で彼にインタヴューする。いまや高校生になった君にはなおさら興味のないことだろうし、このお知らせも事後報告として君のもとに届くわけだが、ひとこと、ここに書き添えておきたくなった。……》

ジムのトレーニングルームには、朝のあいだ、FM放送が流れている。

気象情報を告げる女性アナウンサーの声を聴きながら、――今度新しく来たアナの声だな――と、男は思う。たしか、本間さんという名だったか。まだ、いっしょに仕事したことはないのだが。

際限なく回転しつづける黒いゴム・ベルトの上を同じペースで駆けながら、呼吸は次第に整い、体の動きもさっきよりずっと軽くて楽になっている。男は首を左にひねって、ガラス張りの外の景色を見る。混みだした都道の車列が、信号待ちで停まっている。路線バスが一台、そのなかにまじっている。窓ぎわの席に、ショートカットの少女が、チョコレート色のチュニック姿で、本でも読んでいるのか、うつむきかげんに座っている。横顔に陽を受けて、ピアスが銀に光っている。男は、一瞬、自分がバスに並走しているという錯覚のなかにいる。

まぶしげに、彼女は目を上げる。そして、おそらく偶然、こちらに目を向ける。男は、ガラス窓ごしに、何か声をかけたいような思いにとらわれる。やがて信号が変わって、バスはのろのろと走りだす。

●

〈けさの火星の運河地方一帯は、昨夜のひどい風雨もすっかりおさまって、快晴です。気温もぐんぐん上がっており、きょう日中は真夏なみの一日となるでしょう。

しかし、日没後は、天気はじょじょに下り坂に向かいます。宵のうち、星や、二つの月が見えますが、夜半過ぎからはふたたび雨となるでしょう。

運河の上にも、それは降るでしょう。月明かりでぼんやり望めた青い山脈も、やがて見えなくなりそうです。雷や強い風をともなう地域もあるでしょう。

夜明けまでには小降りとなるものの、ずいぶん冷たい雨となることが予想され、今夜いっぱい、むかし死んだ人の姿が現われてきやすい空模様となりそうです。〉

●

彼女は、レイ・ブラッドベリの『火星年代記』の文庫本から目を上げる。徹夜明けで、バスに揺られながら、活字を目で追ってみたりしたものだから、軽い頭痛と吐き気を覚えている。

小説のそのページの年代は「二〇〇五年九月」となっていた。すでに半年あまり、現実が、その日付を追い越している。こういうのが現実なんだろうと、ぼんやり彼女は感じていたりする。

天現寺の交差点を過ぎると、丘陵地のむこうにひときわ高いビルが見えてくる。

膝《ひざ》の上のトートバッグに、少女は手をのせる。頬に、黒い髪の毛先がかかる。てのひらに少し力を込め、なかの硬い異物のありかを確かめる。

こまかな天気雨が、ほんの短いあいだ、バスの窓に降りかかる。霧のような水滴が、窓ガラスに貼《は》りつき、朝の陽を受け光っている。

彼女はバスを降りる。チョコレート色のチュニックに、デニムのスカート。花屋、パン屋、洋食屋などが並ぶ商店街を通りぬけ、木立の茂る公園の入口にさしかかる。池の水面を水鳥が滑るように泳いでいる。葉と葉のあいだを斜めに光がすり抜け、ところどころ、水面を白く輝かせる。小径《こみち》が、段々をなして、林の傾斜を上がっていく。

小径を上のほうから、小学校なかばくらいの女の子が、赤いランドセルを背負って駆け降りてくる。

途中で立ち止まり、太い松の幹に半身を隠し、彼女は気配をひそめる。べつの女の子が、同じくランドセルを背負って、小径の下から段々を一段とばしで上がっていく。

「死ね！」

松の幹に身を隠していた子は、首をつきだし、駆けあがってくる子に甲高く叫ぶ。

「ぶっ殺してやる！」

下の女の子は、叫び返す。

松の樹《き》の下で、二人はぶつかるように絡《から》みあって笑いだし、手をつなぎ、また放して、さらに傾斜の上へと駆けていく。

チュニックの少女は、傾斜の下のほうから、子ども二人の後ろ姿を見送る。振り向くと、木立のあいだに、さらに低く、池の水面が見える。

スポーツシューズの紐《ひも》を片方、締めなおす。スカートの裾《すそ》がまくれ、きのう転んでぶつけた膝小僧に、赤紫のアザが見える。そして、肩に掛けたトートバッグのかすかな重みを、彼女はさらに意識する。

傾斜のいちばん上のほうの木立のあいだに、高層ビルのてっぺんが、のぞいて見える。丸みを帯びた塔のような建物で、右半分の窓の並びだけ、朝陽を受けて光っている。

●

朝、その作家の男は、ちっぽけな借家の二階のベッドのなかで、できるだけゆっくり過ごしてから、起きるようにしてきた。目が覚めても、すぐにはまぶたを開かずに、腕だけを掛けぶとんの外に出し、朝の気配に自分のからだをなじませる。外は、晴れているか？　耳をじっと澄ませば、しのつく雨音が聞こえてくることもある。となりに眠る妻の髪の匂《にお》いと体温が、それに混じりあうように伝わってくる。風の音も。幸福な時間である――。

要するに、瀬戸山春彦《はるひこ》は、このベッドが気に入っている。六年前、妻と結婚を決めたとき、首都圏一円のデパートや家具ショールームを二人で歩きまわって、二百以上のダブルベッドに並んで寝ころび、スプリングの具合を確かめた。堅すぎず、また柔らかすぎて体が沈みこむこともない。

ベッドの居心地に、きっと二人の将来は左右されるだろう。もうたいして若くない婚約者同士は、そのように固く思い込んでいたのである。貯金は互いのものを合わせても、多くなかった。そのうち、じつに三分の一近くを、このマホガニーの寝台につぎ込んだ。住まいは、ずっと借家でいい。そんなことより、自分たちは、これから何千回となく、このベッドの上で交わり、眠るだろう。そして、ここで老いていくことになるだろう。いつか、子どもが生まれてきたとして、その子もここで遊ぶだろう。ベッドは、いわば一つの家族にとっての創世神話の場所なのだと、二人は信じていたのだった。

「これで安心」クレーンで高く吊るし上げられたベッドが、ゆらゆら左右に傾きながらも二階のバルコニーの窓から運び込まれていく様子を見上げながら、胸をなで下ろすようなしぐさをして見せ、妻は笑った。「これから先、死ぬまで、どこで暮らすことになっても、わたしたち、このベッドでずっといっしょだね」

朝、目をつむったまま右腕を伸ばすと、妻の豊かな髪にふれる。静かにまだ寝息をたてている。さらに指を少しうごかすと、パジャマのボタンにひっかかる。なかには、ちょうどてのひらにぴったり収まる乳房が二つある。けだるげな匂いとぬくもりをそこに感じて、彼はまたいくらか眠くなる。

だが、いけない――。

彼は、いま、ほとんど無意識に、また妻の髪にふれようと、右手を伸ばしつつあるのである。けれども、あるはずのものは、そこにない。右腕は、さらに伸ばされて、指が、もがくように動く。ベッドのそこの部分は、しんと冷たいままである。

妻は、死んでしまった。

きょうも、彼は、こうして一日の初めに、目をつむったままそのことを思いだす。なぜだったのか、いまもわからない。

ひと月あまり――正確には、五週間と二日前のことである。

よく晴れた水曜日だった。住まいからさほど遠くない住民センターに、週に一度のバレエの講習を受けにいくと言い置いて、彼女は、その日もいつものように自転車で出かけていった。

講習は午後一時半からだから、彼女が家を出たのは午後一時よりいくらか前だったはずである。昼食は早めに済ませ、瀬戸山自身は、二階の自室でパソコンにむかって、急《せ》かされている朗読ドラマの原稿を書いていた。一時間半のバレエのレッスンが終わると、妻はそのまま仲間の主婦たちとお茶を飲んだり、買い物をしたりで、帰りは夕刻になることが多かった。ひとりきりで仕事に取り組む午後の時間が、その日もゆっくり過ぎていくはずだった。

部屋の電話が鳴ったのは、午後四時すぎになってのことである。低く抑えた男の声だった。

「瀬戸山千恵さんのお宅ですか？」

妻の戸籍上の名前を挙げて、その声は尋ねた。仕事関係の用件ではなさそうだった。彼女は、一年前までフリーのアナウンサーとして働いていたが、そこでは「三崎」という旧姓を使っていたからである。

「はい、そうですが」

瀬戸山が答えると、相手は、警察署の者だと名乗った。そして、まだ詳しいことがわからないのだが、と前置きしてから、多摩川べりの土手下で自転車ごと倒れている女性が見つかった、そして、その自転車の防犯登録上の持ち主が「瀬戸山千恵」さんになっている、と、この男の声は言った。緊急を要する容態で病院に運ばれてきているので、とにかくお手間でも病院まで来てほしい、外来用の受付で名乗ってくれれば病室などはわかるようにしておく——と、家からクルマで一〇分ほどの都立病院の名を告げて、ほとんど一方的に、その電話は切れたのだった。

わけのわからぬまま、病院に駆けつけた。受付で通路を指示され、行き着いたのは、救急治療室などではなくて、ほとんど何の設備もない地下一階のがらんとした個室だった。ベッドの上には、妻とよく似た人体が横たわり、服装は家を出たときと同じ黒いストレッチパンツと、スミレ色をした薄手のセーターなのだが、顔は白い布で覆《おお》われていた。形ばかり、夏ぶとんが体のなかほどに掛けてある。枕《まくら》もとのスペースがずいぶん空いていて、そのぶん、女にしては長身の妻（のような）の遺体（？）のかかとは、クリーム色のショートソックスをはいたまま、ベッドから少しはみ出ていた。病院の医者らしい人は、その場にいなかった。警察から呼ばれた監察医だという白衣の人物と、制服の警官、そして、茶色の厚手のブレザーを着た刑事らしい人物だけが、部屋にいた。

妻は、多摩川左岸の土手で、川とは反対側の傾斜を自転車とともに滑りおちたような格好で、倒れているところを見つかったのだということだった。土手の上で転倒し、斜面をずり落ちていったらしく、雑草が土手の上から列をなすように倒れていて、彼女は自転車にまたがった姿勢のまま、その両脚の位置より、頭のほうが、斜面のより低いところにあったとのことである。ほんの少しだけ鼻血を流していた。

「正確な死因については、ご主人にもご承諾をお願いした上で、これからわたくしどもで検視、検案をしなければなりません。ですが、おそらく、いわゆる心臓マヒでしょうか。つまり、虚血性心疾患。いや、これは、もちろん専門の監察医が検案を下すことですが。

倒れていらっしゃった時点で、ほとんど絶命状態だったようです。体を動かそうとなさった様子もなかったようですから」

同情を表わす渋面をたもちつつ、低く抑えた声で、刑事らしい男が言った。さきほどの電話の声らしかった。

「土手の上の道で、何者かとすれ違いぎわに事故が起こったとか、そういうことだってあるんじゃないですか？」

なかばは放心しながら、ほとんど自動的に事務口調の詰問《きつもん》が口をついて出ていることに、瀬戸山は自分で驚いた。どこか、まだ仕事部屋で書きものをしていた生理の状態が続いているようだった。

「さあ……それはどうですかねえ」刑事らしい男はほとんど気乗りしない様子で答えた。弔意を表わす渋面は、それでも、慎重に崩さずにいるつもりらしかった。「事件性につながるような傷は、いまのところ、自転車の車体などからも見つかっとらんらしいのですよ。それに、土手には草が生えとって、柔らかくもあったんでしょうな。ごらんの通り、これといって奥さんご自身に外傷らしきもんもないのです。これもね、詳しくはもっときちんと現場を調べてみんことには、なんとも言えんのですが」

男は、さらに言う。

——本件のようなケースは、法的には、いちおう「変死」ということになるわけです。ですから、ご面倒でも、監察医の検案も経た上で、死体検案書を作らにゃなりません。そうせんことには、役所から火葬許可証も出んのです。いや、なにぶんこのようなケースですから、解剖っちゅうことにまではならんでしょう。たいしたお手間はかけずに、じき終わります。ただね、血液検査のサンプルくらいは採っとこうっちゅうようなことにはなるかもしれません。そのさいは、ちいっとばかり、奥さんの足首あたりを傷つけさせていただくことになりますが……。

多摩川のそのあたりの土手ぞいは、桜の並木になっている。この春は暖かく、四月に入るころには満開も過ぎていた。もしも例年並みの気候だったら、妻が倒れた時刻、付近は花見客でにぎわっていたかもわからない。だが、今年の場合、桜はすでに大方散っていて、人影は付近にほとんどなかっただろうとのことである。

その土手上の道の様子が、まるでそこに自分がいたかのように、瀬戸山の脳裏をよぎっていく。

ゆっくり寝ていようとはするのだが、眠りは浅く、いくつも脈絡なく短い夢を見て、目が覚める。両方のてのひらを、ゆるく開き、堅く閉じ、そして、またゆるゆると開いていく。

深く呼吸して、この男は、とうとう目を開く。

不意に腹具合がおかしくなってきた。Tシャツ一枚で、路上で夜明かししたあいだに、腹を冷やしたせいかもしれなかった。

地下鉄線に乗り換えるために新宿駅で電車を降りたが、まずはトイレを探さねばならなかった。駅は混みはじめていた。エスカレーターで南口のコンコースに上がり、そこでトイレを探しておくべきだったのかもしれないが、人の流れに身をまかせるようにして、そのまま改札口を出てしまった。地下鉄駅のほうへ、また階段、エスカレーターで降りていく。百貨店の地下入口は、まだシャッターを閉ざしている。こうして必要に迫られると、なかなかトイレは見つからない。額に脂汗《あぶらあせ》がにじんできた。

やっとトイレを地下通路の一隅に探しあてると、出勤前の背広のサラリーマンたちで大便器の順番待ちの列ができていた。列は、洗面台の鏡の前まで延びてきている。このごろ、以前にも増して、便秘と下痢とを交互に繰り返す。鏡のほうへ横目を向けると肥《ふと》った自分の体が映っているのを、ヒデと呼ばれる青年は見た。むくんだ頬から顎《あご》にかけ、無精ひげが得手勝手なとぐろを巻くように伸びている。用を済ませたサラリーマンたちが、鏡の前を通りすぎていく。

どうしてこういうことになっているのか、ヒデと呼ばれる肥った青年は、自分でもよくわからない。地下鉄の車内で携帯電話のメールをチェックしながら、彼はそのことを思いだす。

三月なかばの午後のことだった。

お台場の施設で行なわれた研究交流会を早めに抜けだして、彼は、自分のミニバンを運転し、東京湾沿いに東へむかって走っていた。

葛西《かさい》臨海水族園で、イワトビペンギンを見たかったからだ。ときどき、むしょうにペンギンが見たくなる。仕事とはいえ、こうやって、おおぜいの見知らぬ他人のなかに立ちまじり、研究発表などもやらなければならなかったあとでは、なおさらに。

彼は、雲を研究している。高さ一万メートルくらいの、上層雲である。地上からでは、ほとんど目視することもできないような、薄い雲だ。だから、地上からレーザーを発射して、雲に当たって戻ってくる光を望遠鏡で集めたりして、調べる。人工衛星から、観測したり。とはいえ、衛星から薄い雲のありかをとらえること自体が、また、それはそれで、なかなか難しい。

賃貸マンションの自室では、ディスカス、グッピー、レインボーテトラなど、熱帯魚を飼っている。水槽のなかで、ゆらゆらとそれらは動き、色彩を移していく。もちろん、水質と餌《えさ》の管理には、毎日、注意が欠かせない。けれど、深夜、じっと長いあいだ彼らを眺めていると、気持ちが落ち着く。コップにたっぷり一杯の水で抗不安薬を飲んで、部屋の明かりを消し、寝床にもぐり込む。照明が淡く残った水槽のなかに、ゆっくり、彼らが動きつづけているのが見える。見知らぬ世界の果ての浜辺に、一人きりで打ち上げられているように感じる。眠りの波がだんだん押し寄せてくるのを、そうやって待つのである。

だが、やっぱりペンギンは、それでも見たくなる。じっと、彼らは立っていて、ときどき、きょときょと首を動かす。またじっとする。二羽、三羽、四羽と、ぱたぱたぱたと連れだって歩きだし、水に飛び込む。そして、すーいすーい、と泳ぎだす。

首都高速湾岸線の東行きが、浦安から有明付近まで事故で渋滞していることを、ラジオの交通情報が告げていた。だから、高速道路には入らず、その下の道路を東へ、葛西方面にむかって走った。

昼過ぎまで降り続いた雨は、すでに上がって、おおむね青空に変わっていた。「有明コロシアム」の巨大な屋根を左手に過ぎると、道路脇《わき》にはしばらく荒れ地が続く。更地に草が伸び、立ち枯れたまま続いている。

橋が運河を渡る。高速道路の下に、形ばかりの緑地公園があり、マイクロバスを改造したラーメン屋台が、道ぎわに放置するように停めてある。そこをすり抜け、ミニバンは走る。また、枯れ草が広がった。

道路脇の歩道に、若い女がしゃがんでいる。赤のハーフジャケットに、毛糸の帽子をかぶって、カーキ色のパンツをはいていた。だが、素足にソックスだけで、靴は履いていないようだった。早春の水たまりが、足もとのアスファルトの路面に浮いていた。

どうするべきか。判断に迷ったが、少し行きすぎてから、彼はとりあえずクルマのスピードを落として、道ぎわに停めることにした。さらに、しばらく考えてから、ゆっくり、バックさせだした。またクルマを停め、助手席側の窓ガラスを下ろした。

若い女は、しゃがみ込んだ姿勢のままで、クルマの窓のほうをうらめしそうな表情で見上げた。足もとからの冷気のせいか、二重まぶたのふちだけが赤かった。思いきって、

「どうか、しました?」

と声かけた。

「ううん」同じ姿勢のまま、ぶっきらぼうに彼女は首を振る。「べつに」

「靴、ありますよ」彼は言う。彼女の左右の靴下に、泥水が黒く滲《し》みているのが見えていた。「男物の長靴なんだけど」

「ありがとう」

はっきりと言い、この少女は立ち上がる。

肥った青年は、クルマを降りる。そして、後部ドアにまわって、そこを開け、座席に投げだされている段ボール箱をかきまわし、黒い男物のゴム長靴を取りだした。彼らが研究で使う観測サイトは、高原や海辺の高台などの立地を選んで、望遠鏡その他の高度な機器類を設けている。どれも、ひどく辺鄙《へんぴ》な場所である。計器類などのメンテナンスに、しばしば、そうした土地まで単身泊まり込みで派遣される。だから、移動用のクルマには、こうしたゴム長が欠かせない。

少女はゴム長を受け取ると、舗道に立ったまま、左右の足を交互に上げて、履いてみる。

「靴下、濡《ぬ》れてるみたいだけど、だいじょうぶ？」

肥った青年は、言った。

「うん、だいじょうぶ」少女は答える。毛糸の帽子から、ショートカットの髪が少し出ている。「さっき、ここまで駆けてくる途中で、モカシン、片っぽ、脱げちゃって。それだと走りにくくて、そのうち、もう片方も脱いじゃったんだけど」

はにかむように、少しだけ笑った。

「だったら、それ、取りに行きます？　このクルマで」

親切のつもりで、青年は訊《き》く。

「ううん。もう、いい」沈んだ真顔に戻って、少女は首を振る。「あっちのほうには、戻りたくない」

ジェット旅客機がみるみる高度を下げながら、二人の頭上を通り越し、海のほうに向かってさらに降りていく。羽田空港に向かっているのだろう。すでに飛行高度はずいぶん低く、一つひとつの窓までよく見えた。轟音《ごうおん》をここに残し、右のほうへと大きく弧を描きながら消えていく。

それから三〇分ほどのあいだに、五機のジェット機が、こうやって通りすぎた。そのたび、少女は、飽きもせずにそれを見上げた。ちかっ、ちかっと、主翼のあちこちから薄青い光を発しながら、夕刻近い空のなかを、それは降りてくる。肥った青年は水族園の閉園時間が迫っているのを覚えていたが、このまま彼女をほうっておくわけにもいかないような気がしていた。

送っていこうかと青年は訊いたが、少女は表情を硬くして、だいじょうぶですと、それを断わった。じゃあ、駅まで乗っていけば、と彼は言った。首を振り、歩いていく、と彼女は答えた。恥ずかしくない？　電車のなか、そんなぶかぶかのゴム長で、と彼は訊く。ぜんぜん、と言って、彼女は笑った。

「——だけど、これ、返さなきゃ」

とも、彼女はつけたした。

「いいよ。あげるよ。きたない長靴だけど」

彼は答えたが、思いなおして、いちおう研究所員としての名刺だけは渡しておいた。


それから三日後のメールを、いま、また彼は見る。

《このまえは、長靴、どーもありがとうございました。

おかげで、帰りも、寒くなかったっす。

ご都合のいいとき、これ、お返しします。

ヒデさんへ。》

「お疲れさまです。お先、帰ります」

ＡＤの森ちゃんは、コントロールルームで、ディレクターとミキサーにできるだけ明るく声をかける。相手は、軽く顎先をうごかしただけで、返事はない。むかっ、とする。けれど、怒りを抑え、肩にシルバーグレーのナップザックを掛けなおす。壁の電光時計は、午前九時二五分をさしている。

昨夜は一一時ごろ局に入って、ずっとそれから徹夜で働いた。オンエア用にディレクターから申し渡されている曲のダビング。ナビゲーターのＭＣ、つまり、しゃべりの資料をインターネットで集める。コピー取りの用事もいよいよたくさん溜《た》まっている……。

朝から夜一二時ごろまでの時間帯は、生放送の番組が並ぶ。局の設備や機材は、もちろんそうした生放送に供することが優先で、このような下準備の作業のために自由に使えるのは、おのずと、深夜から明け方までの時間となるのである。だからＡＤたちは、どの番組の担当であっても、深夜、また局へ出てくる。だが、そのために、ダビングルームやスタジオは、深夜も収録やこうした作業で混んでいる。

コピー機が、何度も紙づまりを起こす。喉《のど》がしきりに渇く。真夜中過ぎのスタジオの窓から、照明を落とした東京タワーが、黒い影になり、右手正面に見える。

夜明け近くになると、早朝からの勤務のディレクター、アナウンサー、ミキサー、エディターたちも、次つぎにやって来る。この高層オフィスビルの下層のエントランスフロアで、ＩＣカードをかざして自動改札機みたいな装置を通り抜け、エレベーターホールに彼らは入る。深夜・早朝は、エレベーターも、ICカードを読取機にかざさないと作動しない。そうやって、この三五階の放送局のフロアまで上がってくる。局の入口で、また機械にICカードをかざす。だから、みんな、顔写真入りのICカードを首から吊《つる》し、ビルのなかを歩いている。

——カギが歩いてるようなもんだよな——と、森ちゃんは思う。彼自身だって、そうである。人間の体は、ICカードの付属物にすぎないように、このビルのなかでは見える。首もとでぶらぶら揺れるICカードは、ダビングなどの作業中には、じゃまになる。けれど、うっかり首から外したままで、エレベーターホールの脇にあるトイレまで行ったりすると、途中のドアでロックが解けずに閉め出され、もとの場所まで戻ってこられない。そんなことが、しばしば起こる。

——もしも、こんなビルで火事でも起きたら？——そういう恐《こわ》さも、こんなときには頭をかすめる。

それやこれやで、けさも、森ちゃんはいつも通りにくたびれているのである。

下りのエレベーターを、三五階のエレベーターホールで待つうち、アナウンサーの本間さんがやってきた。

「お疲れさまです」

大きな目に、愛想のよい笑みをたたえて、紋切り型のあいさつを彼女もまた口にする。

「お疲れさまです」

森ちゃんも返す。毎日、百回くらいは、この同じ科白《せりふ》を仕事先で繰り返しているのではなかろうか。

彼女は、まだ、これから正午まで勤務が続く。次のニュースの時刻まで三〇分ほどあいているので、エントランスフロアのコーヒーショップに、サンドウィッチとカフェラテを買いにいく。それを遅めの朝食にするのだそうである。

「わたし、あそこの店のアボカドとトマトとエビのサンドウィッチが好き」一方的に彼女はそう言う。

「ちょっと、値段が高いけど」

エレベーターが上から降りてきて、扉が開く。なかは、からっぽ。二人きりである。行き先の階のボタンを本間さんが押す。下層階用のエレベーターは別に設けられているので、三一階から下はエントランスフロアまでノンストップになっている。

扉が閉まりだす。

●

《きのうは、ごめん。》
携帯電話が震えて、ヒデ宛《あ》てに、絵理からの着信を知らせる。
《——いま、六本木。
だけど、きょうは、もうほっといて。》

●

「テロとか」

赤い発光ダイオードの階数表示の数字が減っていくのを見上げながら、森ちゃんが言う。

「え？」

その横顔を本間さんが見る。彼はそれを感じる。

「こんなところで、テロとかやられたら、いっぱつでアウトだなって」

「どうして、ここが？」睫毛《まつげ》をしばたたき、本間さんは真正面の扉に目を戻す。「セキュリティだって、このビル、ちゃんとしてるんでしょ？　防犯カメラだらけだし」

「そうでもないらしいんですよ、どうやら。幸田さんも言ってましたけど。地下のどっかに、ＩＣカードなしでも入ってこれる搬入口かなんかが、あるんですって。そこには守衛さんがいるだけで」

穏やかならぬ噂話《うわさばなし》を森ちゃんは吹き込みはじめる。

エレベーターは三一階もそのまま通過する。

「えー、ほんとー？　ずるーい」

目尻《めじり》を下げて、本間さんは笑いだす。

「ほんとっすよ」

カットソーの豊満な胸元を、ちらっと、森ちゃんは見下ろす。

「──ほら、このあいだだって、《ナイト・エクスプレス》のオンエア中に、変なおっさんがコントロールルームまで入ってきちゃったこと、あったじゃないですか。〝西圭子アナのサインくださーい〟とか言って。俺、あそこにいたんですけど。あの不審者、ＩＣカードなんか持ってなかったっすよ」

「でも、あれは、ほかのＡＤか誰かの後ろにぴったりくっついて、局に入ってきちゃったんでしょ？」

「最後は、そうなんですけど。

だけど、最初、下のエントランスフロアで改札機みたいな機械を通ってくるときにも、ＩＣカードが要るじゃないですか。あそこは、そんなんじゃ通れませんよ、監視も厳重だし」

「あーっ、そうかー」

てのひらで大げさに口をふさぎ、彼女はいっそう目を見開く。

「あのとき、コントロールルームから守衛室に電話したら、すぐ守衛さんたちが飛んできて、不審者のおっさんを連れてったんですよ。だけど、どうやってあのおっさんが侵入してこれたのか、そのあと、局からもぜんぜん説明がないままだし」

「うん。ちょっと、あれって、やばい」

本間さんが、かすかに体を揺する。その匂《にお》いを、森ちゃんは感じる。

「やばいっすよ、ぜったい。

火事だって。このビル、非常階段って、ビルの真ん中に狭いのが一本通ってるだけじゃないですか。地上五五階まであるんですから、どの階からも、みんながいっぺんにあそこを駆け降りだしたら、ぎゅうぎゅう詰めになりますよ。パニックですよ、まじで。おまけに、あちこち、セキュリティだらけだし。いざ、っていうとき、どこからも外に出られなくなって、蒸し焼きみたいに死んじゃうしかないんじゃないかって、俺、こわくて」

扉が開く。本間さんと森ちゃんは、エントランスフロアのエレベーターホールに出る。ＩＣカードを胸元から手にとり、自動改札機みたいな読取装置にそれを押しつける。吊るし紐は長く伸び、また縮んで、ＩＣカードはふたたび首の下にぶらさがる。ゲートが開き、二人はプロムナードの人ごみに混じりあう。ブティックなどの開店時間が近づいて、人の行き来も増している。正面に、本間さんの目当てのコーヒーショップがある。客の短い列ができている。

揃《そろ》いのキャップをかぶったユニフォーム姿の店員が、きびきびした動きでカウンターごしに客たちの注文を聞く。べつの店員が大型のエスプレッソマシンなどから、使い捨てカップに手早く飲み物を注いでいく。客はそれを受け取る。そして、テーブルとパイプ椅子《いす》を並べた店舗脇《わき》の一画へと移動していく。三〇ほどの席は、おおむね客で埋まっている。立ち上がりかけた客を見つけては、新しい客が素早くそこに寄っていき、また座る。

「じゃ、お疲れさま」

本間さんは、あっさり、別れの合図に、またそう言う。店のカウンターの混み具合を横目で確かめ、過不足のない職業的な笑みを浮かべて、片手をいちおう軽く振る。

「お疲れさまでした」

おうむ返しに答えて、やっぱり彼女は一度も俺の名前を呼ばないままだと意識しながら、森ちゃんは会釈《えしゃく》する。

「バス？」

「いや、地下鉄です。

いつも、徹夜の仕事明けの帰りは、乗り換えがきついっす。眠くて。アパートも、駅から遠いし」

あ、そうなの？　ふふっ、と彼女は笑う。

「――爆睡ですよ、帰ったらすぐ。筋トレだけ、ちょびっとやったら」

「次、いつ？　ここの局には」

「今晩っすよ。寝て、起きたら、すぐ」片目をしかめ、彼は言う。同情の言葉のひとつくらい、相手が掛けてくれないものかと、期待している。「ほら、《ナイト・エクスプレス》の最後の一五分間に毎週やってる、〈ラジオ・デイズ〉っていう朗読ドラマのコーナーの収録で。《ナイト・エクスプレス》って、ほかのところは全部ナマなんですけど、あそこだけ録音なんです。それ、済ませたら、また朝方までダビングっす。あしたの朝は、まっすぐ大宮のFM局のスタジオに直行で、そのままナマの番組に入んなきゃいけないし。もう、鼻血出そうですよ」

「ハードだよね、ADの仕事って。感心する」

「ぎりぎりっすよ、これだけやっても。ほんと。アパートの家賃と、なんか食べるだけで、いっぱいいっぱいで。だけど、替えの人間なんか、いくらでもいる仕事だから」

「がんばってね。じゃあ、また」

それだけ言うと、本間さんは踵《きびす》を返し、コーヒーショップにむかって足早に歩きだす。後ろ姿を森ちゃんは見送りながら、彼女の腰の動きに目を凝らす。そして、自分自身も向きを変え、建物から外に出て、オープンエアに設計された広場の空間を横切って、地下鉄駅へ降りる長いエスカレーターのほうへと歩いていく。

●

画面いっぱいに、靴底の側から、その足先が映る。視角一八〇度の魚眼レンズが、敷石のあいだからとらえているので、遠近が極端に強調されて、彼の顔のほうはずっと遠くに小さく見えるだけである。背景は、青い空。靴裏が、レンズの上をまたぐ。パンプスも、スポーツシューズも、ウイングチップも、トレッキングシューズも、空をかすめて、この画面をよぎっていく。

いたるところに防犯カメラはある。

あの自動改札機みたいな、エントランスフロアのゲートの正面。エレベーターホールの天井。三五階のFM局入口のICカード読取機にも、内蔵されて。コーヒーショップのエスプレッソマシンの上方に。ブティックのウインドウのマネキンの足もとに。

魚眼レンズがある。一方、視野を自由に遠隔操作できるズームレンズもある。

トイレにも、それはある。不審者の出入り、盗み撮りなどを、無人のカメラが監視する。誰かが、どこかで、そこからの画像を確かめている。また、別の画像は、見る者が誰もないまま、ただ際限なく磁気ディスクに溜まっていく。

オープンエアの広場にも、それはある。

生け垣に混ぜて植えられた人造樹木の幹や枝先に。野外彫刻の台座のなかほどに。石畳のすきまに設置された照明装置のかたわらに。地下鉄駅へ降りていくエスカレーター施設の屋根のへりに。

じっと、それらは見ている。

●

ヒデと呼ばれた肥《ふと》った青年は、地下鉄駅のほうから高層ビル前の広場にむかう長いエスカレーターを、肩で息をし、大きな体を左右に揺らしながら、一段飛ばしで駆け上がってくる。

行きちがう下りのエスカレーターでは、人びとが一列に、つ、つ、つ、つ、と連なって降りていく。

そのなかの一人の若者と、彼は目が合う。その若者は、iPodのイヤホンを耳に付けようとしたところである。髪を目にかかるくらいに伸ばし、毛先をぎざぎざにカットしている。細身である。ジージャンに、横縞《よこじま》のTシャツを着て、はにかんだような表情を浮かべ、すぐに目を伏せる。手すりごしに、彼らは互いにすれ違う。

広場に出ると、肥った青年はプロムナードのほうへとさらに駆けだす。額に汗の大きな粒が浮く。ビルに入ると、エントランスフロアの天井は、上のフロアまで吹き抜けになっている。にぎわうコーヒーショップの脇のテーブルに、チョコレート色のチュニックを着た少女がひとりで座っているのを見つけだし、もう駆けるのをやめて、そっちのほうへと寄っていく。そして、彼女のテーブルの前に立ち、いきなり彼はこう言う。

「絵理ちゃん、まずいよ。いつまでも、こんなことしてちゃ。もっといいやりかたを、いっしょに考えよう」

少女は、驚いた様子で彼を見上げる。ため息を胸の深いところから一つつき、ちょっとのあいだ、目をつむる。

「ヒデさん、悪いけど……」目を開くと、お腹《なか》に力を込め、できるかぎり大きく彼女は声に出す。「もう、頼むから、ほっといてよ」

——うるさいな……。——

本間さんはそう思う。アボカドとトマトとエビのサンドウィッチと、カフェラテのショートサイズをテイクアウト用に注文し、遠目に彼らの様子を見やっている。

——あー、いやだ。朝っぱらから、こういうの。あのデブの男も、へんに格好きたないし。——

無意識に、彼女はちいさく舌打ちする。そして、カフェラテとサンドウィッチの包みを受け取ると、またＩＣカードをかざして自動改札機みたいなゲートを通過し、地上三五階のＦＭ局へと戻っていく。

●

〈……アメリカ、フロリダ州オーランドの警察は、恋敵の女性を空港で待ち伏せ、催涙スプレーをかけて誘拐しようとしたとして、ＮＡＳＡ＝アメリカ航空宇宙局の四三歳の女性飛行士を誘拐、暴行などの疑いで逮捕しました。

この容疑者は、同僚である四一歳の男性宇宙飛行士をめぐり、フロリダ州のケネディ宇宙センター近くの空軍基地に勤める女性を恋敵だと考えて、その女性が宇宙飛行士の本拠地であるテキサス州ヒューストンのジョンソン宇宙センターから飛行機で戻ったところを、オーランド空港で待ち受けていた模様です。容疑者本人は既婚で、三人の子どもがいるとのことですが、この犯行にむけて、かつらやメガネで変装するなどした上でヒューストンからオーランドまでのおよそ一五〇〇キロをクルマで飛ばしており、途中を休憩なしで走るために宇宙飛行士用のおむつを装着していたということです。

……家庭ごみを減らすための「レジ袋ゼロ運動」の一環で、新潟県の自治体が地域内の小売店でレジ袋を一枚五円で販売させることを計画したところ、公正取引委員会から「待った」がかかりました。「一枚五円」に統一することが、自由な営業をさまたげる「不当な取引制限」にあたり、独占禁止法違反の疑いがあると、公正取引委員会は指摘しています。

……ボクシング、ヘビー級の元世界王者、フロイド・パターソンさんが、アメリカ・ニューヨークの自宅で亡《な》くなりました。七一歳でした。プロボクサーとしての戦績は、五五勝四〇KO、八敗一分けでした。最近は、アルツハイマー病と前立腺《ぜんりつせん》がんを患《わずら》っていたということです。

……以上、ニュースルームの本間がお伝えしました。〉

●

きょうこそ行ってみようと、西圭子は思っている。

出むいていくには、こういう晴れた日が、きっといい。昼前にマネジャーとの打ち合わせさえ済ませれば、きょうなら夕方のスタジオ入りまで時間も空いている。外の天気が、互いの気まずさも、いくらかまぎらせてくれるだろう。

マンション三階の自宅の窓べり、レースのカーテンごしに午前の陽が射《さ》している。朝食にハムエッグとトマトを食べた二組の皿とフォークが、まだ片づけないまま、テーブルに残っている。窓ぎわの光が照り返し、飲み残したグラス、マグカップに淡い翳《かげ》を映している。

ともにフリーのアナウンサーとして同じ放送局で働いた三崎千恵が死んで、そろそろ、ひと月半になる。通夜《つや》にも、葬儀にも、行けないままだった。せめて、故人の夫である瀬戸山のところへ、後日のお悔やみに出むきたいと思いながらも、きょうまで時間をやり過ごしてしまった。

いまでも、FM局では、西圭子と瀬戸山とは同僚みたいなものである。一年ほど前、三崎千恵がアナウンサーの現役を退いたあとも、夫の瀬戸山のほうは、《幸田昌司のナイト・エクスプレス》で、引きつづき朗読ドラマ「ラジオ・デイズ」の台本原稿を受け持ってきたからだ。

そもそも、朗読ドラマという企画自体が、なんだか、ひどく古めかしい。西圭子などにはそのようにしか思えなかったが、もとはと言えば、ナビゲーターの幸田自身が「いまこそ、朗読の時代なんだから……」とか頑張って、局の部長たちまで説き伏せて、強引に実現させたコーナーなのだそうである。瀬戸山が執筆する毎回一五分間ほどの短篇小説仕立ての原稿を、一人の声優が、ただたんたんとマイクの前で読んでいく。それだけのものなのだが、実際、コーナーが始まってみれば意外に好評で、もう三年ばかりも続いている。とはいえ、西圭子自身は、うすうす、このコーナーもそろそろ息切れしはじめたように感じてはいるのだが。

いや、そうはいっても、わざわざ自分の口から、そんな意見を誰かに告げようなどとは考えない。フリーのアナウンサーという自分のあやうい立場を思えば、なおさらに。

二歳年上の三崎千恵と彼女は、職場での友人だった。だが、ともに三〇代なかばを過ぎかけて、それだけでは済まない事情もあった。局には、常時八人から一〇人ほどのフリーの女子アナウンサーが、一年ごとの契約を交わして属している。男のアナウンサーは一人もいない。ギャランティは、勤務を担当する枠の時間単位で支払われる。一週間の勤務枠の総数はつねに一定で、つまり、アナの誰かが勤務枠を増やせば、そのぶん、ほかの誰かの勤務枠が減る。出番とともに、収入も、それだけ減るということである。また、新人のアナがニュースルームに加われば、ベテランの誰かの契約が打ち切られる、というのが基本である。さほど表立ったものではないにせよ、そのぶん、いつも気づまりな競争がそこにある。ふつうの友人同士であったなら、そうした垣根もないわけで、もっとずっとたくさん互いに話して、親しくなれたかもわからない。

「わたし、なんだか、これまで、無理して働きすぎてた気がする。自分の仕事を守ろうと思ったら、とりあえずそうするしかなかったし。だけどさ、それって、あんまり自分に向いてたことだと思えないんだよね」

ソバカスのある頬をいくらか赤らめ、少々あやしくなった呂律《ろれつ》で、三崎千恵は言っていた。去年の春さき、送別会のときだった。《幸田昌司のナイト・エクスプレス》は、それまで三崎千恵が担当アナだったが、その四月の編成替えで、新しく西圭子が担当アナに代わることに決まっていた。そして、周囲の誰も予測しなかったことだが、三崎千恵は、この機会に、もうアナウンサーの仕事をすべて辞め、「専業主婦になる」と決めて、同僚たちにもそのように宣言したのだった。

六本木のはずれの古いおんぼろなピアノが置かれたバーに、彼女ら一四、五人のスタッフたちはいた。三崎千恵は、陽気な酒だが、いつも、たくさん飲んだ。ワインでも、スコッチでも、バーボンでも、ラムでも、焼酎《しょうちゅう》でも、日本酒でも、するするするっと、気持ち良さそうに飲むのである。

「だけど、千恵さん」あのとき、西圭子は訊《き》いたのだった。「いきなり仕事を全部やめちゃって、何するの？　ひょっとして、子づくりに励むとか？」

「ううん」彼女は首を振る。「『区民だより』とか見て、バレエの講習会とかに申し込む。区民農園にも。本だって、買ったまんままだ開いたこともないのが、たくさんあるし。『三国志』とか『カラマーゾフの兄弟』とか『夜明け前』とか、ああいう長ーい小説も読んでみたい。題しか知らないまんまで一生終わるのも、くやしい気がするし」

店は、ゆるい傾斜をなす丘の上にあり、ガラス窓から、ビルのあいだに、満月と東京タワーが見えていた。年ごとに、そうやって、年長者のフリーのアナから職場を去っていくのは、ごくありきたりなことだった。ニュースルームのアナのなかでは三崎千恵がいちばん長身で、ブースで原稿を読みあげるときだけメタルフレームのメガネをかけた。近視のせいか、話に熱中すると、くっきりした意志的な目をしばしば細めるのが癖だった。そういうとき、銀の鱗《うろこ》の魚みたいなものがすばやく身をひるがえしているように西圭子は感じた。あっさりと口紅を引いたり、肌が弱いので日焼け止めには注意を払う以外、化粧はあまりていねいなほうではなかったろう。鼻のあたまや頬にソバカスが浮きでて見えても、ほとんど気にかけていないようだった。

だが、あのとき、口ぶりとは裏腹に、その眼《まな》ざしはいつもより濃く見えた。鮮やかなバーミリオンのブラウスに、たしか、細身のシルバーグレーのパンツをはいていた。

「でも、ほんとに瀬戸山さんって、あれで、ちゃんと千恵さんのぶんまで稼いでくれる？」

冗談にまぎらせながらも、それは本心からの疑問でもあった。小説というものを書くことで、はたしてどれほどの稼ぎが得られるものなのか、見当さえつかなかった。

「圭ちゃん。わたしは、あんたみたいにゼイタク者じゃないんだからね。言っとくけど」千恵さんは笑いだす。「もう、着るものだって、わたし、これまでみたいにあれこれ必要はないんだし。どうにかなる、と思ってる。瀬戸山には、彼なりに、かえって、こういうことで張り合いを感じてくれたりしてほしい」

午前の食卓にひとりで肘《ひじ》をつき、西圭子は、ポットの冷めた紅茶を白い磁器のカップに移す。

窓ぎわのスツールの上に、精巧なミニチュアの家が、バルサ材でつくって並べて置いてある。三つ年下の夫は、週末、家にいることさえできれば、友人の建築家と連絡を取りながら、このごろ自分でしきりに図面を引いている。それができあがると、ミニチュアの家をつくりだす。夫は、仲間二人と起業して、携帯電話用のコンテンツのビジネスをしている。音楽とか。ゲームとか。あるいは、各国語に翻訳されたアジア全域の気象情報とかも。仕事の詳しいことは知らないが、いまのところ、まずまず成功しているのは確からしい。西永福に、四〇坪ばかりの宅地も手に入れた。設計が決まれば、いよいよ家を建てはじめる。

——ここが、玄関。——

模型に顔を近づけ、指で示して、彼はささやく。

——……たいして広くはないけどね。正面に、君の洋服用のウォークインのクロゼットを、スペースに余裕を持たせてつくっておく。——

寝室は二階。ダブルベッドのミニチュアまで置いてある。廊下を隔てて、書斎がある。もしも、赤ん坊が生まれてきたら、ここを子ども部屋に改造しよう、と彼は言う。

キッチンは、対面式にするのだそうだ。彼女自身はあまり乗り気ではないのだが。

彼は、穏やかで、いつも優しい。家事もすすんでしてくれる。韓国、台湾、中国、インド、ときにEUまで、毎月のように商談に飛んでいく。長めの直毛の髪に、細身のスーツ、白いノータイのシャツといった出立《いでた》ちで。

東京での暮らしでは、夜には規則正しくジムに通う。家に戻ると、冷蔵庫のペリエを、喉《のど》を鳴らして飲む。時間に都合がつけば、ヴォルヴォを自分で運転し、彼女を局まで迎えにくる。

「……ごめんね。千恵さん」

西圭子は思いだしている。

あの送別会の晩、内心では気まずさを抱えたまま店を出て、六本木のはずれの暗い路上で、彼女に謝った。返事はなく、そのまま二人で並んでしばらく歩いた。夜更《よふ》けの外気はまだ寒く、彼女は薄手のカシミアのコートを着けていた。

「いいよ、そんなの」くすくす笑いだし、千恵さんはようやく答えた。暗がりで、その横顔は見えなかった。「この仕事をやってる以上、当たり前のことなんだし。わたしだって、そうしてきた。それにね、わたし、今度の件のことでアナウンサーを辞めようと思ったわけじゃないんだし。かえって、これをきっかけに、いろいろ自分で考えてみることもできた。だから、気にしないで」

柔らかな、落ちついた声だった。

「うん」

「なんかさ」吹っ切るように、千恵さんはまた言った。「若い子たちに張りあいながらやってく気迫が、だんだん、自分のなかで薄れてきちゃって。やっぱりさ、田舎の局から東京に出てきたばっかりのときみたいに、この仕事をなんとか自分が取らないと後がないんだっていう気持ちがないと、オーディションとか受けても、通らないよね。原稿読みがへたくそでも、それがいちばん強かったんだよ。そういう時期って、あったよね？　気がついたら、それが、もう、わたしのなかになくなっちゃってて」

「うん。わかる、それ」

うなずいて、うつむいたまま、暗がりのなかを歩いた。

「それに」

彼女はまた言う。

「え？」

「なんか、自分が、バッカみたい、って感じない？　あんなニュース原稿ばっかり、毎日毎日、澄ました声で読んでたら」

「あ、それは感じる」

おかしくなって、西圭子も笑った。

「でしょう？　くだらないんだよ」

足もとに転がっていた空缶を、パンプスの先で、彼女は蹴《け》とばした。

「――うすうす、これ、みんな思ってるんじゃないのかな。大まじめな振りしてるだけで。だけど、わたし、このまま歳《とし》とっても、なんか、自分がだめになってく気がする。いい感じ、しない」

《幸田昌司のナイト・エクスプレス》は、毎週金曜夜九時から深夜零時まで、三時間にわたって放送されているレギュラー番組である。ふだんは音楽主体のFM放送にしては珍しく、時事的なニュースのトピックを硬軟とりまぜて取りあげ、幸田が軽く論評を加えながら、随所に音楽をかけていく。番組の後半部では、ときの話題に合わせたゲストを迎える。そうした合間に、ところどころで、ニュース（「ヘッドライン・ニュース」）、交通情報（「トラフィック・インフォメーション」）や気象情報（「ウェザー・インフォメーション」）が、一回九〇秒ずつ、代わるがわる挿入されていく。

「ヘッドライン・ニュース」では、毎回、短信ニュースを数本ずつ、まとめて流す。「トラフィック・インフォメーション」は、首都圏の道路状況速報である。「ウェザー・インフォメーション」は、関東地方一円の天気の概況と予報が中心となっている。どれも、金曜夜の担当アナウンサーがスタジオのブースに入って、幸田と向かいあわせに（ほかにゲストがいるときは、隣りあわせに）座り、原稿を読んでいく。つまり、去年の春までは三崎千恵、いまは西圭子の仕事が、これである。そして、番組全体のエンディングに、一五分間の連続短篇朗読ドラマ「ラジオ・デイズ」のコーナーが置かれている。

このFM局でのアナウンサーの勤務のローテーションは、A勤と呼ばれる早朝勤務が、朝五時から正午まで。B勤が、午前一一時から夕刻一八時まで。C勤が、一七時から深夜零時まで。つまり、引き継ぎの時間帯に、前後のアナウンサーの勤務が一時間ずつ重複するのを除けば、アナは通常一人だけの勤務である。

したがって、《幸田昌司のナイト・エクスプレス》の放送時間に重なる金曜C勤で言えば、アナウンサーの勤務開始は、その日の午後五時。最初の一時間は、事務的な引き継ぎや原稿準備などに充《あ》て、じっさいにスタジオに入ってアナウンスを担当するのは午後六時ごろから深夜零時までとなる。つまり、アナにとっては、この金曜C勤での後半部の仕事が《幸田昌司のナイト・エクスプレス》なのである。

このうち、交通情報と気象情報は、アナウンサーが自分でデータを整理し、最終原稿を準備する。一方、ニュースの原稿は、隣の席の「エディター」と呼ばれる担当者が、用意してくれることになっている。

ニュースそれ自体は、通信社から、オンラインで常時続々と局のニュースルームに送られてくる。端末の画面上に表示されると同時に、それらは印字してプリンターからも吐きだされる。……中東でのテロ事件。ロンドン市場の値動き。きょうの大相撲の結果。政治家の汚職。芸能人の不祥事。山火

事。殺人。詐欺《さぎ》事件……。何でもある

エディターは、そこから「ヘッドライン・ニュース」にふさわしそうなものを選び出し、要点に絞って短く書きなおす。できれば、九〇秒のあいだに五本くらいのニュースは、たとえいくらか早口にでもアナウンサーに読ませたい、と彼らは考える。

ときおり、営業部から、制作部を介して、ニュース報道自粛の「要望」を記した回状がまわってくることがある。スポンサーがらみの事件を、ニュースから外してほしいというのである。エディターは、「ちっ」と舌打ちしてから、書き上げていたニュース原稿を黙ってくずかごにほうり込む。

アナウンサーは、なるべく原稿は何度か下読みしてから、スタジオにむかう。けれど、オンエアまぎわに大きなニュースが入ると、そうは行かない。時間がなければ、スタジオへ走りながら、下読みする。さらに緊急な場合は、オンエア中のブースのなかまでエディターが飛び込んでくる。そして、殴り書きの原稿をマイクの前で手渡され、いきなり下読み抜きに読むことになる。

どうせだったら、人の目に（耳に）つく仕事をしておきたい。アナウンサーなら、これは誰もが望むことである。だからこそ、《幸田昌司のナイト・エクスプレス》は、この局の番組のなかでもアナウンサーの多くが担当したがる番組のひとつになっている。時間帯にも恵まれ、聴取率がいい。また、番組中、ナビゲーターとアナウンサーの〝クロストーク〟も設けてある。気象情報などの原稿をマイクの前で読んだあと、アナウンサーはさらにしばらくブースに残り、原稿中のトピックを引きずる形で、ナビゲーターの幸田と雑談風に〝からむ〟のである。

たとえば――、

幸田　……そーかぁ、よかったあ。これから週末も、いい天気が続くわけね。気温も、ぐんぐん上がると。
アナ　はい。潮干狩りとかにも、絶好の日和《ひより》ですよね。
幸田　あ、それ、いい。だけど、ぼく、もう三〇年くらい、潮干狩りなんかしてないな。
アナ　わたしも、そうなんです。でも、幸田さん、東京近辺の海岸線がすっかりコンクリートで覆《おお》われてしまったような今日このごろでも、横浜市に一カ所だけ、潮干狩りができるポイントが残されていること、ご存知ですか？
幸田　え？　知らないよ。ぼく、五年ほど、横浜の磯子《いそご》に住んでたことがあるけど。どこなの？
アナ　横浜市金沢区にある「海の公園」なんです。もとは人工の砂浜として造られたそうなんですが、いまではアサリをはじめ、いろんな種類の貝類が自然繁殖しているということです。
幸田　へー、いいこと聞いた。じゃ、ぼくも、この週末、誰か、ひまそうな女友だち探して、誘ってみようかな……。
以上、ニュースルーム西圭子さんの「ウェザー・インフォメーション」でした。

――たったこれだけのことではあるのだが。
とはいえ、西圭子が、あのとき千恵さんに謝らずにおれなかったのも、これに関してのことである。ラジオ番組の大きな編成替えは、毎年四月初めに行なわれる。好成績の《ナイト・エクスプレス》の場合、同じナビゲーターでの続投がまずは既定路線であるものの、アナウンサーほかスタッフの入れ替えなどは、当然、これに合わせて検討される。

だから、毎年一月ごろから、アナウンサーをはじめとするスタッフたちは、みんな、どこかしら落ち着かない。番組の改編や配置替えを検討している局側の気配に、耳を澄ませているからだ。これは、どこの局でもそうである。

つまり、フリーのアナウンサーにとっては、このときが、今後一年間の仕事、ほぼすべてにわたる勝負が決する時期である。新年度、契約を更新する気が局側にあるのかどうか、その意向も、まだわからない。一方、アナウンサー募集の新たなオーディションが行なわれるとすれば、いずれの局でも、この時期である。契約更新を待つのか、新しい仕事のチャンスに賭《か》けるのか。選択肢のどれを取り、どれを見送るか。しくじれば、この先の一年、食いはぐれるかもわからない。

フリーのアナウンサーたちは、多くが、代理業務を請け負うアナウンサー事務所に所属している。ギャランティの三割、ときに四割の手数料を取られるが、そうすることで、契約のさいの交渉ごとや、オーディションその他の情報集めを、担当マネジャーに任せられる。

「七、八年前と、いまとじゃ、ぜんぜん事情が違ってきてますからね」

マネジャーは、よくこぼす。

二〇世紀いっぱいまでは、この業界に、まだしもバブル経済の余韻のようなものが残っていた。あのころだったら、この季節、オーディションのスケジュールは目白押しで、同じ日の午前と夕方、オーディション会場をハシゴすることさえ、よくあった。だが、潮は一気に退《ひ》いてしまった。このごろは、月に一回ほどしか、オーディションはない。経費節減。テレビ局も、番組では局アナを多用する。また一方、以前ならアナウンサー任せだった仕事に、若手のお笑いタレントらの参入も増えている。フリーのアナウンサーは、明らかに、だぶついているのである。たったひとつのポストをめざして、四〇人、五〇人、ひどいときには一〇〇人も、オーディション会場にアナウンサーが集まる。いまの契約先の放送局での同僚たちが、何人も、そのなかにいる。気まずい思いにはお互い慣れっこのつもりだが、そうは言っても、おのずと昼食を誘いあうような機会も次第次第に減っていく。

片や、局とのあいだで、さらに一年の契約延長の見通しが立ったとしても、それで安心というには程遠い。週に何度の仕事があるか？　時間帯は？　契約は、そうした条件までを保証するものではないのである。だから、根まわしも必要になってくる。できることなら、あらかじめ制作部長などのところへ自分の希望をそれとなくうまく伝えておきたい。

西圭子にしたって、そうだった。正直言って、夜明け前の早起きは、苦手である。だから、勤務はB勤かC勤に集中させて、できれば週に三回くらいは、この局で働かせてもらいたい。

テレビでの仕事とか、イベントや結婚式の司会とか、フリーのアナウンサーは、もちろんそれぞれ、複数の仕事を組みあわせて働きながら生きていく。けれど、いくつもの異なる職場をレギュラーで掛けもちするのは、何かと難しい。できることなら、ひとつの局で、暮らしに必要な最小限度の仕事が確保できるに越したことはないのである。

そういうところに、ここの局では、アナウンサーに「D勤」という夜勤仕事を新設するという噂《うわさ》が流れてきた。深夜一一時から翌朝六時までの仕事である。そして、どうやら、それは本当のことらしかった。

FM局では、午前零時をまわって明け方ごろまでの番組は、大半が「完パケ」、つまり、事前にすべて収録して編集がなされた〝完全パッケージ〟による放送である。したがって、大災害やよほどの大事件による臨時ニュースでもないかぎり、アナウンサーのナマの出番の余地はない（臨時ニュースの場合には、C勤の居残りや、翌朝A勤のさらなる早出が求められた）。だから、当然、アナウンサー、エディターの通夜勤務というものも、これまでは置かれていなかったのだった。

まもなく、制作部長名での通知がまわってきた。今後は「これまで音楽中心の編成で、速報性に重きを置いてこなかったFM局においても、新たな時代のニーズに対応」し、アナウンサー一名を通夜常勤させて、「地震災害やテロ発生時など、不測の事態に備える」とのことだった。また、そのために、今春からアナウンサーを一、二名、補強する予定である、とも述べていた。けれど、そこには、「不測の事態に備える」アナウンサーたちの夜勤時間を転用して、べつの時間帯の番組で使うナレーションの収録などにあたらせようという、局側の意図まで見えるのだった。深夜、局に出入りしながら働いている若いADたちが、そのさいのスタジオ作業のための安価な労働力として、当てにされているらしかった。

さらに、この通知には、総務部長名で、別刷りの「お願い」も添えられていた。従来、緊急のニュースなどにさいして、未明の時間帯の臨時勤務などに適用されてきた「深夜勤務手当」を今後は廃止する、ということが、そこには書かれていた。つまり、「賃金システムの平等化と効率化を推し進める」ために、これからの通夜勤務の賃金は通常の日中勤務と同一のものに統一するので、「皆様のご理解とご協力」をお願いする、というものだった。

姑息《こそく》なやりかただ——と、アナウンサーたちも、エディターたちも、ADたちも、皆、ひそひそと話した。けれど、局側からのこうした申し渡しに、フリー業者である自分たちの立場から、表だって反対のしようがないことも、わかっていた。

とはいえ、こうした徹夜勤務が週に一度でも入ると、直前直後の日中の時間までもが、ほかの仕事に使えないまま、つぶれてしまう。それに加えて、不規則な生活リズムが、体調維持をおびやかす。ラジオの声にも、そうした不調は表れてしまうだろう。喉《のど》は、なかなか、ごまかせない。ただでさえ、A勤は早朝に出て、C勤は深夜まで、そうした勤務が互い違いに入るローテーションでは、体のどこかにいつも時差ボケが残っているようで、三〇代もなかばの身にはだんだんつらくなっていた。

毎年のように、年長――といっても四〇歳前後に差しかかったアナウンサーから順送りに契約を打ち切られるのが、暗黙の前提になっている。その圧迫が、いよいよ加速しながら近づいてくるのを感じた。いまや、ここのニュースルーム所属のアナウンサーは、三七歳の三崎千恵が最年長者で、その次が、西圭子ともう一人のアナなのだった。

そんな事情も重なって、西圭子としても、その春からの勤務シフトについては、《幸田昌司のナイト・エクスプレス》がある金曜C勤を、まずは第一希望のひとつとしたかった。

クロストークでからむ相手も、ヒップホップ系の若いナビゲーターでは、このごろ、ちょっとしんどい。その場その場で彼らのしゃべりのテンポはいいのだが、局内の処世においても調子が良すぎて、結局、彼らはスタッフたちのことなど眼中にないんじゃないかと、落胆させられたことが何度かあった。

幸田の場合は、音楽の好みなんかが、たしかに、ちょっと古い。というか、ディレクターの意向もあってのことのようだが、シブすぎる。番組でのゲストの選び方などにおいても、そうである。いまどきの若いリスナーたちって、ああいうのが、かえって、いいの？　と、意表を突かれたり、疑問だったり。とはいえ、説教くさいところはなくて、それはいい。勤め人の経験があるせいか、スタッフたちにはわりあい気配りを示すタイプで、仕事はしやすい。離婚歴が一度あるらしい。いまだって、女関係では問題ありなんじゃないかとにらんでいる。けれど、仕事相手としてなら、それは、とりたてて関係ない……。

ただ、不都合な点もある。何より大きいのは、友人の三崎千恵が、これまで金曜C勤の勤務を続けてきていることだった。彼女が担当してからの三年間、ナビゲーターの幸田昌司とのコンビネーションはきわめて良好で、トラブルひとつ聞いたことがない。リスナーの評判もいいだろう。おまけに、彼女の夫の瀬戸山春彦が、番組のエンディングの「ラジオ・デイズ」の台本原稿を担当してもいる。

とはいえ、希望は、あくまでも希望である。この仕事、そんなことにいちいち遠慮していては、互いに身動きできなくなる。そう思いなおして、自分の気持ちを励まし、こうした希望を番組担当のプロデューサーには伝えていた。

新年度からのアナウンサーの暫定《ざんてい》的な勤務シフトが、やがて内示され、西圭子は希望通りに金曜C勤のシフトに入ることができた。新設される徹夜勤務のD勤だけは、誰がそこに入るか、これから調整することとして、まだ空欄のままになっていた。

まもなく、新年度にむけた《ナイト・エクスプレス》のスタッフ・ミーティングが開かれた。ナビゲーターの幸田は、日焼けが年中残る肌に、明るい表情で、まっすぐにこちらを向き、「どうぞよろしく、わからないことがあったら何でも訊《き》いてください」と、頭をさげてくれた。西圭子の気持ちをそれが軽くし、やわらげた。だが、三崎千恵の勤務枠は、これによって一つ減り、前年度までの週三回から、週に二回になるようだった。D勤だけは、まだ空いている。つまり、ここの局で週三回の勤務を彼女が確保するには、週に一度はD勤の通夜勤務にあたる以外にないのだった。

……どうするのかな、千恵さん。

という同僚たちのささやきが、西圭子の耳にも聞こえてきた。それまでならば、こうした喜ばれない仕事は、たいてい新入りのアナたちに押しつけることで済ませてきたからでもあった。最年長アナの千恵さんがそんな仕事を受け入れるのかどうか——そこには、いくばくか嗜虐《しぎゃく》的な好奇の目も混じっていたかもわからない。

結局、千恵さん自身が下した結論は、同僚の誰の予測とも違っていた。アナウンサーの仕事は、もう、すべて辞めて引退する、だから、新年度からの契約更新は取りやめる、と、彼女は制作部長に申し出た。とはいえ、局側の人事担当者さえもが、これを予想していなかったとまでは言いきれない。いまになって、西圭子はそう思う。

それからおよそ一年、西圭子は、三崎千恵とは顔を合わす機会もないまま過ごしてきた。

もちろん、その後も月に一、二度、金曜夜のスタジオで、彼女の夫である瀬戸山とは顔を合わせた。夜遅く、彼は、ここでディレクターたちと朗読ドラマ「ラジオ・デイズ」の打ち合わせなどをすることがあるからだ。

《幸田昌司のナイト・エクスプレス》は毎週三時間の大半が生放送だが、「ラジオ・デイズ」の部分だけは、翌週のオンエア分までを事前に収録しておくことになっている。この種の〝文芸もの〟の音源などは、その録音状態、用語、表現などに関して、あらかじめ編成部によるチェックを受けるという内規があるからだ。

収録は、毎週金曜深夜——正確に言うなら、午前零時をまわっているので、日付上はすでに土曜——、《ナイト・エクスプレス》の生放送を終えたばかりの同じスタジオで行なわれる。何週分かをいっぺんに収録できれば、ほんとうは能率的ではあるのだが、瀬戸山の台本原稿ができあがるのが、どうしても、オンエア一週間前のぎりぎりになりがちで、おのずとこのような日程に定着してきているのである。基本的に、こうした作家は、原稿だけを電子メールで局に届けて、収録作業はディレクターやADたちに任せておけばよい。だが、月に一、二度は、打ち合わせを兼ねて、彼自身も局までやってくる。

——お元気ですか？　千恵さんも。——

瀬戸山が姿を見せた週には、西圭子のほうからも声をかける。彼は長身、柔和な顔だちで、微笑すると目尻《めじり》が下がる。チノパンに、木綿の帽子をかぶって、ブルゾンを引っかけるといった出立《いでた》ちである。原稿づくりに追われていたせいか、たいてい、頬にいくらか疲労の翳《かげ》が浮いている。鼻筋が通って、唇は薄い。口数は多くない。

——うん。まずまず。バレエ、習いにいったりね……。——

はにかんだ笑顔のなかに言葉が消えていく。

そんなふうに過ごして、ほぼ一年後。

三崎千恵が死んだという。

通夜《つや》は金曜だった。《幸田昌司のナイト・エクスプレス》の時間に差しかかり、その夜も、西圭子は、かつて千恵さんが話したスタジオのマイクの前で、ニュースの原稿などを読み上げていた。

●

こんな話はどうかな……。

仕事机の前まで起きだしてきて、まだパジャマを着たまま、髪に両手の指を差しこみ、瀬戸山は考えている。ひげも剃《そ》らないままである。

——毎晩、きまった時間に、家の台所によその星からの宇宙船が降下してくる、という話である。どうしてこうなったのか、この家の家族にも、わからない。というより、互いの存在の次元が違っているので、宇宙人の姿は、ここの家族たちにも見えないのである。

ある深夜、一家の父親が帰宅して、こっそり台所で酒を飲んでいる。ついつい飲みすぎて、酔っぱらい、視野がうつろになってくる。すると、ちらっと、不思議な容貌《ようぼう》の何者かが、目の前に見えたような気がする。飲みすぎたかなと、自分を疑い、気にしないことにするのだが、とたんに、また見えてくる……。だんだん、それからわかってきたところでは、この家の台所には、毎晩、どこかしらの星の宇宙船が次つぎに降下してきて、見知らぬ宇宙人たちがぞろぞろ出入りしているらしいのだ……。

——

これは、……だめ。

とても息が続きそうにないと、あきらめる。

そして、また考える。

——舞台は、台湾のちいさな田舎町である。

長身痩軀《そうく》の老紳士が、老妻を道づれに、はじめて生まれ故郷である台湾の町を訪ねてくる。彼は日本人だが、少年時代、日本の植民地とされていた台湾の田舎町で生まれ育った。戦争が終わると、苦労しながら家族といっしょに日本に引き揚げた。自分にとっては未知の地だった故国で、彼の戦後が始まった。

それから六十余年が過ぎている。

老人は、白いハンカチを取りだし、汗を拭《ふ》く。

子どものころ、この町の日本人の児童と台湾人の児童は、べつべつの学校に通うのが原則だった。老紳士が通った日本人学校は、もう跡形もないものと覚悟していたのだが、こうやってここに来てみると、建物こそ違っているものの、あのときと同じ場所に現地の子どもたちの小学校が建っている。校庭の隅には、檳榔《びんろう》の樹《き》が、葉の柄をさらに大きく張って、いまも日陰をつくっている。

あのころ、黄文雄君という同級生がいた。父が台湾人の医師で、母が日本人だった。数は少ないのだが、そうした子どもも、日本人の学校に通ってきていた。黄君は、小柄だが、利発で、勉強もよくできた。高く茂った檳榔の樹を見上げながら、そのおもかげも老紳士ははっきりと思いだす。

土地の人らしい開襟《かいきん》シャツにかんかん帽の老人が、校庭をゆっくり横切り、近づいてくる。そして、なまりのある日本語で話しかけてくる。その人も、いくつか下の学年ではあるのだが、やはり母が日本人で、植民地時代のこの学校で学んだことがあるというのだった。黄文雄君の名を出すと、知っている、と、その人は答える。黄君も、また父親と同じ医師となり、この町で開業していたのだという。

「紺屋《こうや》の白袴《しろばかま》、医者の不養生とでも言いますか……」

いまではめったに耳にすることのない日本語の常套句《じょうとうく》で、その人は言いだした。黄君は、長く患《わずら》って、六〇歳になるかならぬかで亡《な》くなったとのことだった。

「――彼の墓はね、ほら……」その老人は、近くに見える小山の頂のあたりを指さす。「あそこの墓地のなかにありますよ」

小道が、ふもとから頂のほうまでうねうねと上っていくのが見える。そして、てっぺん近くの木立のなかに消えている。

できれば、そこまで、あの道を登っていきたいと、彼は思う。けれど、土の道は、急な勾配《こうばい》で、遅い午後の日射《ひざ》しを受けながら、あんなところまで続いている。妻と自分のいまの体力を考え、老人は、その願望を口にすることを思いとどまる。そして、もうじき陽が落ちてくるから、そろそろホテルのある街のほうへ戻ろうと、妻に告げている……。――

ああ……、これも、いけない。

きっと、若いリスナーたちには、話がシブすぎるのではなかろうか。

書き上げた原稿に、局側からうるさく注文を付けられたことは、一度もない。けれど、そもそも約束では「どこかしら風変わりな都会風の短篇ストーリー」を連作することになっている。そこからいくと、さすがにこれでは、ちょっと、あんまりなのではあるまいか。せめて、老夫婦が台北《タイペイ》の現代的な高層ホテルに戻って、そこからの夜景でも眺めながら、きょう一日の短い旅を回想するような形式にしなくては……と、弱気もきざしてくるのである。

むかしのラジオドラマみたいに、複数の俳優が手分けして、登場人物ごとの科白《せりふ》を演じるのではない。ただ、一人の声優が、たんたんと五、六千字程度の原稿をマイクの前で読むのである。だから、ごく普通に、短篇小説を一本、どうにかまとめるつもりで書けばよい。と、思いなおして、もう一度自分を励まし、べつのアイデアを考えはじめる。

瀬戸山春彦は、作家である。とはいえ、作品はたいして売れないままに、まもなく四〇歳になろうとしている。才能は？　そうしたものに、とくに自分が恵まれているとは思わない。けれど、書かずにおれない気持ちが湧《わ》きあがってくることがあり、どうにかそれを言葉に移して書きあげられれば、うれしい。もう、一〇年ほども、ただそれだけの暮らしを続けてきた。もっとも、それとて、ことに結婚してからの数年は、妻が稼いで支えてくれたからこそのものなのだが。

とはいえ、どんな作家であっても、出版した本が一冊も売れない、ということはない。そして、めったにお目にかかれることなどないものの、作家自身のあずかり知らないどこかには、熱心な読者という存在も少数ながらいたりする。幸田昌司が、そうだった。

千恵は言っていた。

「えっ。三崎さんのダンナって、瀬戸山春彦なの？」

彼女が《幸田昌司のナイト・エクスプレス》でアナウンサーを担当してから、半年ばかり経《た》ったオンエア中。曲がかかっているあいだ、ブースのマイクをオフにして雑談するうち、ふとしたはずみで彼女が瀬戸山のことを口にして、とっさに幸田が訊き返したのだそうである。

「――ほんと？　すごいな、それは」

「すごい、って……。こっちがびっくりですよ。知ってるんですか？　瀬戸山のこと」

彼女としては、自分の夫の読者であるという人物をわが目で見るのは、それが初めてのことだった。

「俺、ファンなんだよ。瀬戸山春彦の『ほんとうの話』とか。あれって、最高。

あの本のなかに、〈マリヤの電報〉って短篇、あるよね。チェーホフの妹のマリヤの話。

ソ連がヴォストーク6号の打ち上げに成功したとき、満百歳になったマリヤが、クレムリンに抗議の長い長い電報を打つっていうやつ。――〝テレシコワ嬢らの全宇宙的偉業の達成にはお慶《よろこ》びを申しますが、いまは亡き兄アントン・パーヴロヴィッチ・チェーホフになりかわりまして、妹の私より、ひと言申し述べます〟——ってね」

高揚した面持ちで、いささか早口に、ほとんど暗誦《あんしよう》してしまったらしいその短篇小説について、幸田は話していたのだそうである。

「——何べんも読んでるから、よく覚えてる」

と言いながら。

もとの小説に照らせば、ヤルタの「チェーホフの家博物館」からマリヤが発したという、その電報のくだりはこうである。

〈……わが親愛なる首相ニキータ・セルゲーエヴィッチ・フルシチョフ。

息子のような歳《とし》ながら日ごろより敬愛を寄せる貴方《あなた》に、老齢のわたくしが、よりによってこうした電報を差し上げる理由は、ひとえに亡き兄アントンへの愛ゆえであることを、ご理解いただけるとよいのですが。わたくしは、兄の作品が、いかに偉大かつ深刻な政治的理由からにせよ、それによって愚弄《ぐろう》されるのは我慢がなりません。

親愛なる党指導者の皆さんはよくご存知のことかと思いますが、兄アントン・パーヴロヴィッチ・チェーホフは、『かもめ』の表題に「四幕の喜劇」と但《ただ》し書きを付けています。この点に注目してくださることを、わたくしは望みます。

われらが祖国の娘ワレンチナ・ウラジミロヴナ・テレシコワ嬢に、つい先日、宇宙軌道上から「わたしはかもめ」と名乗らしめた貴方、親愛なる首相ニキータ・セルゲーエヴィッチ・フルシチョフは、アントンの『かもめ』にならえば、さだめし色男の作家トリゴーリンの役回りといったところになるかもしれません。しかしながら、あのお芝居の上演を、優れた俳優たちによる舞台でご覧になった方ならきっとおわかりのように、兄アントンはトリゴーリンという人物について、成熟が求められる年齢にしては、思慮が少々未熟な男性であるという性格づけをしています。だからこそ、トリゴーリンは、〝かもめ〟となる田舎娘のニーナに対して、ほとんど意識もすることなしに、あれほど酷薄なふるまいが取れるのです。わが祖国の最高指導者が、感傷的な安手の通俗芝居よろしく、思い入れたっぷりに、大まじめにこうした役回りをなぞることには、わたくしは大いに疑いを抱くほかありません。

聞くところによりますと、ワレンチナ嬢は、まもなく、クレムリンからの祝福を受けつつ、あの「タカ」こと、ヴォストーク3号のアンドリアン・ニコラエフ少佐との婚約を明らかにするというではありませんか。若い独身者同士の事のなりゆきに、老人が口をはさむ謂《い》われはありますまい。ただ、わたくしが意見を申したいのは、そうした祝い事にあたってのクレムリンの役割についてです。目下のところ、三〇億余の世界人類のなかで宇宙空間を体験した女性は、ワレンチナ嬢ただ一人です。そして、男性でも、わが国に五人、米国に四人の宇宙飛行経験者のうち、独身者は、おそらくニコラエフ少佐ひとりでありましょう。この「宇宙的カップル」の誕生を、クレムリンが司祭のごとく取り持つならば、二人の結婚を「自由意志」だけによるものと信じることは、わたくしのようなひねくれ者ならずとも、いっそう難しくなりましょう。

兄アントンの『かもめ』は、どれだけ大まじめに生きているつもりでも、そのこと自体が滑稽《こっけい》さを伴わずにおれない、この人生というものを「喜劇」と見ています。生まれてきた以上、人はこの舞台の一員であることから降りることはできません。喜劇とは、そういうものです。人を欺《あざむ》くことだけを目当てとした笑劇は、ただの騒々しい茶番と呼べるにすぎません。

わがソヴィエト社会主義共和国連邦憲法は、第一二二条において、《婦人は、経済的、国家的、文化的および社会的・政治的生活のすべての分野において、男子と平等の権利を与えられる》ものであること、そして、《母および子の利益が国家的に保護される》ことを、約束しています。同志フルシチョフ。わたくしは、ここに改めて、このことを貴方とともに確認しておきたく思うのです。この宇宙的な二人による婚約は、男女の肉体に対する宇宙線などの影響、また、両性の結合がもたらす胎児へのその影響――そうした事どもへの国家的関心を、不可避なものとして伴うことになりましょう。わたくしは、かつて医師でもあった兄を持つ身として、そうした医学上の探究自体を否定するものではありません。ただ、その上でも、「母および子の利益」が国家的に保護されるという点において、わが祖国の憲法の精神が完全に履行されることを望みます。

親愛なるニキータ・セルゲーエヴィッチ。老人は、とかく常軌を逸して無遠慮になりがちです。でも、わたくしは、あなたより三〇歳以上もおばあさんなのですから、きっと、あなたは最後までこれを我慢して聞いてくださることでしょう。

ご存知かもしれませんが、わたくしども一家の祖父は、帝政下の農奴でした。そして、父がまだ少年だったころ、祖父がどうにか自分たち一家の「自由民」としての身分を買い取ったわけです。血を滲《にじ》ませて働くことを代償に、はじめて自分たち自身の体をわがものとしたのです。わたくしが生まれたのも、農奴制廃止からわずか二年後のことです。そして、三つの大きな戦争と、三つの革命を経験し、ついには指導者スターリンよりも命を長らえて、この宇宙時代まで来たわけです。

ああ、ニキータ・セルゲーエヴィッチ。けれども、わたくしは、この通り、いささか自分の長生きが過ぎたことを自覚しています。兄アントンの二倍をとうに上回る年月を、こうして生きてしまったわけですから。

つまり、わたくしは、兄とともに少しばかり長く過ごしすぎたのです。率直に言って、これが、わたくしの生涯の失敗です。せめて、兄の気持ちを忖度《そんたく》しすぎず、自分で一度は結婚してみるべきだったでしょう。だとしたら、いまごろ、わたくしは三ダースくらいの曾孫《ひまご》、曾々孫に囲まれて、あなたにこのような繰り言も申さずに済んだかもしれません。

じっさい、アントンが四四歳で亡くなってから、わたくしは彼の亡霊と結婚したようなものでした。四千五百通もの彼の手紙が、わたくしの手もとに集まって、残りました。それを、いくたびともなく、こうして読みなおしてきたのです。出版の相談の手紙、女性たちへの思わせぶりな手紙の数々、娼《しょう》館《かん》でのあからさまな自慢話、不義への怒り……。

けれど、いまとなっては、もう、わたくしは余計に、兄のどんな言葉も信じることができなくなっているのです。いったいどんな意味が、ここにあったのでしょう。とはいえ、これも、しかたありません。……〉

オンエア中のブースのなかで、幸田が、瀬戸山の小説についての思いを千恵に早口で語り終えたとき、ボブ・ディランが歌う「ハリケーン」が終わりかけていたのだそうである。八分三三秒と、やたら長い曲なので、それだけのことを話すこともできたのだった。

幸田がそれほど熱っぽく語った〈マリヤの電報〉だが、実は、作家の妻である千恵はと言えば、それほどよく覚えていたわけではなかったらしい。とはいえ、小説の題材や辻褄《つじつま》合わせに困ったとき、瀬戸山が、宇宙船とか空飛ぶ円盤、あるいは過去の亡霊たちをしばしば引っぱりだしてくることには、彼女自身も気づいていた。ほかに千恵が確かに知っていたのは、たったひとつのことだけだ。それは、現実のマリヤ・チェーホワその人は、一九五七年、九四歳で死んでいるということである。

ともあれ、こうしたことがきっかけで、幸田は、自身の番組《幸田昌司のナイト・エクスプレス》で、毎週ラストの一五分ほど、瀬戸山の書き下ろしの作品で朗読ドラマを放送し、午前零時の番組終了をその余韻で締めくくるようにできないものかと考えはじめた。そして、熱心に、根気よく、プロデューサーや制作部長を説得しはじめた。

あとになって聞かされたことだが、その間の様子をわりあい身近に見ていたのも、アナウンサーとして彼とコンビを組んでいた千恵である。

ラジオの命は、声の力なんです、と、局側の上層部にむかって、幸田は熱弁をふるったのだそうである。むかしのラジオドラマみたいな、幾人もの俳優によるわざとらしい演じ分けは一切やめて、声優一人の声で、さっぱりと短篇小説を読んでいく。その感じ。そうするほうが、試みとしてかえって洒落《しやれ》ていて、週末の金曜深夜のエンディングにふさわしい余韻を残すであろうとした。

普通は、ナビゲーターという職分の者が、番組自体の構成について、ここまで口出しできる権限はない。番組内での選曲のいくぶんかを、任せてもらえるくらいで上出来である。だが、《幸田昌司のナイト・エクスプレス》は、高位の聴取率を維持することで、有力スポンサーの確保にも貢献しているという強みがあった。型にはまった音楽番組から脱却したいとのFM局の意向に、それは適《かな》ってもいた。プロデューサーや制作部長との息が合っていたことも幸いし、「朗読ドラマ」のアイデアは、ほとんど無傷で企画会議を通すことができたのだった。

とはいえ、当の作家である瀬戸山には、そうした企画を持ちかけられても、躊躇《ちゅうちょ》があった。毎週、一五分間ラジオで朗読するための「小説」を用意するとすれば、一回につき四百字詰め原稿用紙で一五枚分として、六千字である。もうちょっとゆっくり読んでもらうとしても、五千字か。自分は筆が遅い。早く書きたいのはやまやまだが、少し書いては、その文の難点があちこち気になりだし、そうやって直しているうちに書き出しもまた気になって、結局、もとの原稿の文章は跡形もなく消えてしまう、といった具合である。じりじり、そうやって進む以外に、目の前の文字を、いまよりましなものへと置き換えていく手だてがない。文才の欠如ゆえかもしれないが、いまさらそんなふうに考えても意味はなかろう。こんな調子で、やっとどうにか、四冊の小説集を出してきた。だからこそ、これから毎週、毎週、スタジオ収録の締切りに追われながら新しい「小説」を書きつづけられるか、彼には経験のないことだったし、自信もなかった。

だが、誰しも、食べていくだけの収入は要る。妻の稼ぎにもたれかからず、ある程度は、なんとか自分で稼ぎたかった。そこから考えると、舞い込む仕事はとりあえず引き受けてみる以外に、道はないようにも思われた。とくに今度の仕事の場合は、どうにかこれをこなせば月々の家賃や光熱費などの出費をカヴァーして、なおいくばくかの金額は手もとに残せることが見込めたからである。

●

ジムでシャワーを浴びた。自宅マンションに立ち寄り、汗にまみれたTシャツやランニングパンツを洗濯機にほうり込み、幸田昌司は、ピンホールがある白いシャツ、マリンブルーのタイ、ベージュのスーツに着替えて、ふたたび街に出る。そして、都道沿いの歩道を北にむかって歩きだす。

交通博物館での下見と打ち合わせの約束は昼過ぎで、それまでに時間はたっぷりある。午前のうちに、大きな図書館で、調べものを済ませておくつもりでいる。まずは、いくつかの新聞にゆっくり目を通し、きょうの番組で取りあげるべきトピックのアウトラインを用意しておかねばならない。そうした腹案を携えて、夕刻、局で、スタッフたちとの打ち合わせにのぞむことになるからだ。また、交通博物館とそれに関する事柄についても、いちおうの予備知識は仕入れておきたい。

いろんなタイプのジャーナリストがいる。資料を片っ端からあさるタイプも、足で稼ぐタイプも。パソコンとインターネットが、体の一部であるような者たちも。まともなジャーナリストであるならば、それぞれに得意な分野と言うべきものを持っている。けれど、俺は、どうなのだろう、と、この男はときどき思う。

社会現象へのほどほどのコメント。若者たちの流行などから取り残されないようにと気を配る。時事ネタの軽めのコラム。ほかのメディアなどから叩《たた》かれない程度のバランスを取ることに気をつけて。

そうした書きものが溜《た》まってくれれば、さいわい、まずまずの部数で本にしてくれる編集者がいる。けれど、まともなジャーナリストの仕事と呼べそうな原稿は、ここ数年、ほとんどと言ってよいほど、書いていない。電波メディアで、リスクを冒し、本格的な報道を果たしたわけでもない。週一度のラジオのナビゲーターのほかには、テレビやラジオでのちょっとしたコメンテーター、現地レポートなどといった仕事をこなして、日々が過ぎていく。

学生のころ、新聞記者になりたかった。就職対策のつもりで、外国語や時事問題を勉強したりした。

望みどおりに新聞社には入ったが、一人前の新聞記者にはなりそこねた。フリーになっての一〇年あまりで、何ほどのことが、できたのか。学者ではない。作家でもない。労多くして報われることの少ない仕事に知らず知らず背を向けて、ここまで流れてきただけではなかったか。

スーツのポケットからiPodを取りだし、イヤホンを耳につける。ディレクターの内田が、「ここんとこしばらくの注目曲」をまとめて、「宿題」としてコピーしてくれていたからである。この一週間、それさえ忘れて、聴かずにいた。せめて、アーティスト名と曲目くらいは、頭にたたみ込んでおかないと。

バスに乗れば停留所にして五つほどの距離だが、図書館が開くまでには、まだいくらか時間がある。天気もいい。途中のコーヒーショップで新聞を開くことにして、歩いていこう、と、この男は思っている。

●

《ヒデさん。
この前は、ありがとう。地上からじゃ見えないところにあるっていう、雲の話もおもしろかった。
じつは、わたしからも、ヒデさんに話しておきたいことがあって。顔を合わせてると、なんか、しゃべりにくいから、こうやってメールにするね――。》

指で、携帯電話のボタンを押す。過去の受信メールの画面は消える。

ともあれ、何事にも限度がある。

きょうこそ、最低でもどうにか一本、台本原稿を仕上げないといけない。夜遅くには、打ち合わせを兼ねて、自分も局での収録に出向くつもりでいる。気持ちは焦《あせ》る。深呼吸をひとつして、窓を開け放ち、仕事机に両肘《りょうひじ》を置き、じっと動かぬ姿勢で考える。

妻が急逝して以来、これまでの五週間、「ラジオ・デイズ」の台本原稿の書き下ろしは休ませてもらってきた。幸田が機転を利《き》かせて、過去に放送した「ラジオ・デイズ」の録音を掘り起こし、《ナイト・エクスプレス》の番組末尾は〝スペシャル企画・東京タワー特集〟と銘打つ再放送でしのいでくれていたからだ。幸田によれば、過去三年に放送したおよそ一五〇篇の「ラジオ・デイズ」のうち、東京タワーがストーリーのポイントとなるものが、少なくとも八篇はあったのだそうだ。もっとも、当の瀬戸山には、そのこと自体が意外でもあり、落胆もさせられた。これまで、どうにか毎週一本、新作を書き下ろすことだけをせいいっぱい心がけてきた。そのかぎりでは、毎回、新しい趣向をつねに凝らしているつもりでいたからである。

「東京タワーをネタにしたものだけで、そんなにたくさん書いてたなんて、ぼく自身、まったく気づいてなかったよ。こんなことじゃあ、マンネリだって言われてもしかたがない。そろそろ、〈ラジオ・デイズ〉も潮時ってことかもしれないな」

五日ほど前、幸田が電話してきてくれたときにも、瀬戸山はそう言ってこぼした。

「なに言ってるんだ。〈シャーロック・ホームズ〉シリーズにチャリング・クロス駅が何度出てきたって、誰もコナン・ドイルにマンネリだなんて言わなかったろう。ロンドンならチャリング・クロス、東京なら東京タワーが、街の象徴みたいなものなんだから」

即座に撥《は》ねつけ、幸田は笑った。

「――そんなことより、いま俺が言おうとしたのは、東京タワーが出てくる過去の〈ラジオ・デイズ〉が、少なくともあと三篇、まだ再放送しないで残ってるっていうことだ。つまり、君は、さらにあと三週間は休暇が取れるっていうことなんだよ。それに、もっとちゃんとこれまでの台本原稿を見直せば、ほかにもあと何本か、東京タワーが出てくる場面がありそうなんだ。こんなときに焦ってみたって仕方がない。とにかく、いまは、君自身が心身を立て直せるところまで、休養してくれ。

さすがに俺でも、そんな細かいところまでは台本原稿が頭に残っちゃいないんだが、ひょっとしたら、ぜんぶで三カ月くらいは休めることになるかもしれないぞ」

「いや、もうだいじょうぶ。うんざりするほど休ませてもらったよ。今度の金曜こそ、新しい書き下ろしで録音しよう。だから、有馬さんのほうにも、これの件、伝えておいてほしいんだ」

この三年間続けて朗読を担当してきた声優の名を挙げ、瀬戸山は手配を頼んだ。落ちついた艶《つや》のある彼の声が瀬戸山自身も気に入っていて、最近では、それを思いうかべつつ、台本原稿を書くようにもなっている。

「よし、わかった」受話器のむこうで、幸田は請け合った。「内田のやつ、ディレクターとしては最近どうもポカが多いからな。任せとけない。間違いのないように、有馬さんには、まず俺から直接、電話入れとくよ」

三〇代の担当ディレクターの名を出して、幸田は笑っていた。

そして、あのとき「今度の金曜」と言った当日が、もう、きょうなのである。

たとえば、バルザックの《人間喜劇》、あるいは、ゾラの《ルーゴン＝マッカール叢書《そうしょ》》の構想みたいに……。いやいや、そんなご大層なことはとても言えないが。

一つひとつの作品は、単独で完結したものでありながら、それぞれの話が互いにどこかで有機的につながっている。そして、それらの全体が、この世界のような姿をなしている。――そういうふうに、書いていくことができないか？

……こんな話はどうかな。

ふと、また思いつく。

――少しむかし。円満な両親のもとで育てられた、若く優秀で善良な論理学者がいた。彼は、師匠にあたる教授の娘と結婚した。古い建物ではあったが、新居の一軒家まで老教授が提供してくれた。新妻はとびきりの美人だった。けれど、いっしょに暮らしてみると、ひどく我がままで、意地悪だった。とうとう耐えきれず、論理学者は、性悪な妻に我慢がならないから死ぬ、という遺書を書き、物置き部屋の窓を閉め、ガムテープで密閉した上で、七輪に練炭で火をおこした。いろいろ検討した上で、練炭自殺がいちばん苦しまずに済むだろうと考えたからである。ところが、一酸化炭素ガスは、壁の隙間《すきま》からへんなふうに流れて、隣の部屋で眠っていた妻のほうが死んでしまった。

数年後、彼は、いくつか年上の寡婦《かふ》と再婚した。つましい暮らしを続けてきて、美人でもなかったが、陽気な気立ての持ち主で、話しあうのがとても楽しかったからである。だが、いっしょに暮らしてみると、彼女は、前の妻にも増して、ひどい意地悪になってしまった。ついに耐えきれず、また遺書を書き、もう練炭に頼るのはやめて、彼は古井戸に飛び込んで自殺した。

あとには、彼の未刊の学問上の草稿が残された。かつては若き俊英と目されたものだが、相次ぐ夫婦間の不和に疲労困憊《こんぱい》して、ついに彼は一冊の自著も書き上げられずに終わっていた。夫人は、これらの草稿を数年がかりで自分なりにとりまとめ、簡素なかたちではあるが自費出版の本にした。専門誌などにいくつか書評が出て、それらは、ここに「未踏の領域の思索」がある、などと誉《ほ》めていた。けれど、この種のものごとのお決まりで、そうした評価も、半年ほどのうちにすっかり忘れ去られた。

とはいえ、彼の妻がたったひとりで遺稿を整理しているあいだは、そんなふうに彼の死を惜しみ、手を貸してくれる人さえなかったのだ。だから、その本のあとがきも、しかたなく彼女自身が書いたのだった。

この人は、記している。

……亡夫は、若いころには将来を学者として嘱望されたこともあったようですが、わたくしはその時代を知りません。また、そうした過去の評価をうんぬんすることは、妻であるわたくしの手にあまることだと申し上げるほかありません。けれども、残された者として、ひとこと申し添えますと、あの人は、もっとも身近なものごとを定義しそこねたままで逝《い》ってしまいました。それは、「結婚」とは、意地悪な相手と暮らすことだ、ということです。彼にとってのわたくしがそうであり、また、わたくしにとっての彼もそうであり、さらには、わたくしにとっての前夫がそうであり、前夫にとってのわたくしも、おそらくそうであったように。その程度のことさえ、まっすぐ定義できる力があったなら、もう少しは学問に割く余力も残されたのではなかったかと、そのことを彼のために悔やみます。

あの人は、ただ、目をそらし、だから知らなかったのです。この世界で結婚している男女は、彼に限らず、誰しも、練炭のくすぶる七輪や古井戸のへりに手をかけながら生きているのだということを。そして、幸福に満ちたりて見える家庭人とは、おしなべて、そのことを事実としてわきまえている人びとなのだということを。——

こういうので、いいのか……？

窓の外は、晴れている。

千恵は、春の川べりの土手下で死んでいた。いつものように、バレエ教室からの帰り道、うららかな水辺の景色を自転車から眺めていたのではないかと思われた。

その日の夕刻のうちに、遺体の検視と検案が、警察、監察医によって行なわれた。丁重な態度ではあったが、自転車のカゴから転がり出ていた妻のポシェット、そのなかの身の回り品を彼らは調べた。

手帖《てちょう》。

住所録。

携帯電話。

私服の警察官が白い手袋をつけて、手帖や住所録をぱらぱらとめくっていった。

「こんなときにまことに申し上げにくいことですが、職務柄、念のため、つかぬことをうかがわせていただきます」五〇歳くらいの主任格とおぼしき男が、塩辛い声で瀬戸山に尋ねた。「奥さんには最近、何か目について変わった様子はございませんでしたか？」

顎《あご》が張り、眠そうにも見える厚ぼったい瞼《まぶた》の持ち主で、半白の短髪、背は低かった。薄茶色のウインドブレーカーをはおっていた。

「どういうことです？」

意味がわからず、問い返した。

「体調がどこか良くなかったとか、困りごとがあったとか。あるいは、不審な電話があったとか、ふさぎ込んでいたとかですね、何だってお気づきのことでかまいません。

いや、たとえばの話です。それから、インターネットとか、メールとかですな。そういうもんに夢中になっておられたとか。ほら、自殺サイトですとか、このごろは、いろいろややこしいもんがありますから」

「いや、とくに何も。きょうだって、ふだん通りに昼食を済ませて、バレエの講習会に出かけていったんですから」

「は、そうですか。ということは、心臓なども健康でおられたと」

うなずくと、ほんのひとこと、その男は鉛筆で自身の手帖に何か書き込んだ。ちびた鉛筆をいつもそこに挟み込んでいるらしく、黒い手帖は丸みを帯びて膨れていた。

「――遺書などは……？　いや、もちろん、念のためにうかがっているだけのことなんですが」

「ないにきまってるでしょう。そんなもの」

自分の声が、ずいぶん高く上ずって、他人の声のように聞こえた。顔が熱を帯び、たちまち紅潮していくのがわかる。怒りが込み上げ、語尾が震えた。

「いや、失礼。どうかお許しを」男は手帖を閉じた。そして、もう一度、言葉を加えた。「ですが、万が一、お宅にお戻りになってからでも、何かお気づきになる点などがありましたら、夜遅くともかまいませんので、わたしどものほうへご連絡を……」

「わかりました」

話を打ち切りたい一心で、瀬戸山は同意した。

その男は、白い手袋の指先で、千恵の携帯電話のボタンを、眠たげな表情のまま押していた。指の動きだけ、素早かった。瀬戸山に許可を求めることもないまま、発信や着信の履歴を見ているようだった。

「たいへん恐縮なんですがね」男はまた言った。「これらの品、ひと晩だけ預からせていただけませんでしょうか？　いや、あしたの朝には必ずお返しします。監察医に死体検案書も上げてもらわねばなりませんのでね、われわれのほうでもとりあえず事件性はないって判断を固めておかねばならんわけです。ここではっきりさせておかんと、解剖が必要ってことになりますから」

透明のちいさなビニール袋をウインドブレーカーのポケットから取りだして、男は、彼女の手帖、住所録、携帯電話などを無造作に押し込んだ。

遺体は、その夜のうちに葬儀社のクルマを使って病院から自宅に担架で運び、ダブルベッドの中央に寝かせた。通夜《つや》は翌日にも行なえるとのことだったが、気持ちの整理がつかず、もうひと晩おいて、二日後に行なうことにした。遺体は、通夜当日の日中に棺《ひつぎ》に納めて、葬儀場へ運ぶとのことだった。

最初の夜、同じベッドのへりのほうで添い寝し、明け方前に少し眠った。前日の夜にも、温かい体の妻を抱き寄せ、こうしていっしょに寝たのである。

短い夢を見た。ほら、早くしないと……と、何かしきりに妻を急《せ》かせていた。

目が覚めると、カーテンのあいだから、いつものように朝の光が漏れていた。ゆっくりと手を伸ばすと、妻の体に指が触れる。彼女は、パジャマではなく、アナウンサーを辞める直前に買った白いワンピースを身に着けていた。そして、肌は弾力を失って、異様に固い。その頬も、背中の下に敷かれたドライアイスで、これまでの日々とはまったく異質な冷気を伝えてきた。前日以来はじめての涙が、ぬるい温度で、自分の頬を伝っているのを彼は感じた。

親戚《しんせき》たちがやってきた。千恵の父親と兄も田舎の町から到着した。放心し、弛緩《しかん》した顔で、彼らはそこに座っていた。

警察の男は、その午前のうちに、約束通り、妻の手帖、住所録、携帯電話を返しにやってきた。それら一つひとつをビニール袋から取りだして、受取書へのサインを瀬戸山に求めた。

一礼し、玄関からの去りぎわ、彼は顔を上げ、

「ええと、それから、幸田昌司さんという方、ご存知でしょうか？　以前、奥さんのお仕事仲間だった方ですな」

どうでもよいようなことなのだが、思いだしたので、いちおう確認しておく、という調子で、そう言った。そうでありながら、どこかしら、有無を言わさぬ語調を垣間見《かいまみ》せているようにも感じられた。

「そうですが」飲み込めないまま、瀬戸山は答えた。「わたしのいまの仕事仲間でもあります」

「いやいや」それはどうでもいいのだ、というように、男はてのひらを左右にひらひら振る。「携帯電話にね、奥さんが倒れられる二時間ばかり前の時刻でしょう。幸田さんって方からの着信があったようです」

眠たげな目で、さりげなく意識だけを集中させて、男は瀬戸山の反応を見ていたのかもわからない。

「――いや、まあ、これは、いちおうこちらで確認だけ取っておきましょう」

もう一度、ていねいに頭を下げて、その男は去っていく。

〈……お昼にさしかかって、首都高速は少し混みはじめてきています。

4号線の上り、外苑《がいえん》では乗用車四台の事故で、笹塚《ささづか》まで五キロつながっています。下り線も、影響で三宅坂《みやけざか》まで三キロ半の渋滞です。

6号三郷《みさと》線の上り、八潮南も乗用車四台の事故で、三郷まで五キロの渋滞です。下り線も、影響で小菅ジャンクションを過ぎて、中央環状線内回り葛飾《かつしか》ハープ橋までつながっています。さらに6号向島線の下り線も、影響で両国ジャンクションまで断続六キロの渋滞です。

そのほか、5号線上りは、竹橋ジャンクションを先頭に東池袋まで断続六キロ、下り線は早稲田を先頭に竹橋ジャンクションまで四キロです。

湾岸線西行きは、東京港トンネルを先頭に有明まで断続四キロつながっています……。〉

「わかる？」

まぶしいように目をしかめ、小柄な少女は、ストローの端を噛《か》みながら訊《き》く。

「……わかると思う」

大柄な彼は答える。

そうは言ったものの、結局、他人の悲しみについて、本当のことは、きっとわからない。ヒデと呼ばれる肥《ふと》った青年は、そうも思う。恐怖についても、そうだろう。

それを悲しみながら、シュガーペーストがたっぷり塗りつけられたデニッシュ、焼きたてのチーズマフィン、どっしりと甘いブラウニーを彼は食べる。飲み物は、アイス・カフェモカ。そうやって、さらにまた肥っていく。

絵理は、前にもメールで言っていた。一四歳のとき、昼下がりの国道ぞいで、彼女はたちの悪い学生三人組にさらわれたのだそうである。道路ぎわに停まっていたクルマのなかから道を訊かれて、振り向きざまに、力ずくで引っぱり込まれた。大きな男三人に車中で囲まれると、体がすくみ、恐《こわ》くて声も出なかったということだった。

「うそ。

ヒデさんみたいにでっかい体の人に、わかるわけないよ。

わたし、ヒデさんがはじめて声をかけてきたときにも恐かったんだから。でかいし、でぶだし、ひげ生やして、クルマ乗ってるし」

「うん……」彼自身もしばしばそれは意識する。ちょっとでも小柄に見られようと、背は猫背気味になり、知らず知らず、広い肩もすぼめている。「だけど……、わかりたいとは思ってる」

「ありがと」あべこべに慰めるように、彼女は笑う。そして、テーブルに両手をつき、身を乗りだして、ささやく。「じゃあ、きょうからデニッシュとチョコレートとケーキ類は、自粛だよ。カップ麺《めん》も。一〇キロ痩《や》せたら、きっと、その分、恐くなくなるよ」

古い軽鉄骨のアパート三階の部屋に、少女は、あのとき連れていかれた。男たちは「大学生」だと悪びれることなく名乗ったが、勉強机や本棚は部屋になく、脱ぎ捨てられた衣類やコンビニ食品の屑《くず》などがめちゃくちゃに散らかったままの状態だった。饐《す》えた匂《にお》いが部屋全体にこもっていた。ただ、大型テレビモニターの脇《わき》のラックに、たくさんのゲームソフトがきちんと揃《そろ》えて積んであった。

彼らの一人が、機嫌を取るような優しい声で、彼女にペットボトルから注ぎ分けたコーラを運んだり、新しいビデオゲームの遊び方を教えようとした。その部屋の住人らしく、痩せて、目はちいさく、耳だけが妙にぴんと立っている。どこか怯《おび》えているのか、しきりにまばたきする。鋲《びょう》打ちしたジージャンを着て、頬に血色があり、坊主頭《ぼうずあたま》にしていた。おじけて何も答えられずにいると、突然、彼は大声でどなりだし、彼女の両肩を激しく揺すったり、頬をはたいたり、膝《ひざ》を蹴《け》ったりした。「ひとんちに来といてな、ぶすっとしてんじゃねえよ」と、彼は言った。

「まあまあ、そう言わずに。あんた、ちょっと短気すぎるんでない？」

べつの男が、わざとのように年寄りくさい口調で言って、ゲームソフトをセットし、サッカーゲームを始めていた。

1DKの部屋だが、キッチンには食器棚もテーブルもなかった。べったりと、廃油の壁を通りぬけていくように時間が過ぎていった。

サッカーゲームをしていた男が、ゲームにひと区切りをつけると、さっきの福耳、というよりミッキーマウスみたいな耳の男に、

「さあ、そろそろ、やっちゃいましょうか？」

と声かけた。

リノリウム張りのキッチンのほうへ、男が二人がかりでマットレスをずるずると動かした。彼女だけをそこに座らせて残し、彼らは畳の部屋のほうへ戻って、襖《ふすま》をぴしゃっと閉めた。笑いながら、ふざけあって、彼らがじゃんけんしているらしい声が聞こえていた。

そして、男たちは、一人ずつ、かわりばんこにキッチンにやってきて、彼女を乱暴したのだそうである。奥の部屋のほうに残る二人は、ビデオゲームをしながら待っていた。ときどき、ちいさく、くすくす笑いあう声がまた聞こえた。日が暮れるころまでに、ふた回り、彼らはそうやって順繰りにやってきた。

気がつくと、この部屋の持ち主らしいミッキーマウス男は、またジージャンを着込んで、そこに立っていた。そして、「シャワー、浴びれば？　俺たち、そろそろ、バイトとか行かなきゃなんないから」――自分の親切心を疑わずに、そう言っているらしかった。

畳敷きの部屋では、こたつのふとんを外して、テーブルがわりにそのまま使っていた。所属しているらしい大学名や、宛《あ》て名を記した封筒類が投げだしてあったが、隠すつもりもないようだった。彼女は、それらを頭に刻み込む。罪を犯したばかりなのだという意識は、彼らの素振りに見当たらない。むしろ、もう、彼女とも「友だち」になったつもりでいるらしかった。

わかる気がする。

それが、ヒデと呼ばれる肥った青年の率直な感想だった。

腹が減れば、カップ麺やコンビニ弁当を食べてきた。ずっとそうしてきたように、彼らはこのときも、腹が減れば何かを無造作に食うようにして、ただたまたまそのようなことをしたのに違いなかった。

《……恐かった。初めてじゃなかったんだけど、すごく痛かった——》と、彼女はメールに書いていた。あとで、すごく腫《は》れて、血もちょっと出てて、とも。《……シャワー浴びようとすると、がくがく、がくがくって、そのときになって膝がものすごく震えてきた。手とか、肩とかも、震えを止められなくて。手が滑って、シャワーのノズルを落とすたんびに、お湯が、あちこちにぴゅーっと飛んじゃって……。あのとき、自分にも隙《すき》があっただろうって言われれば、たしかにその通りなんだけど。》

絵理からの携帯メールを読みながら、彼は腹を立てていた。「……たしかにその通り」。だが、それだけではないだろう。なのに、どうして、おそらく繰り返し繰り返し自問して、そんなふうに答えてしまうか。鈍く、いやなものを彼女の言い方に感じて、それが胸のうちの粘膜を引っ掻《か》くように、憎しみに近いものさえ覚えさせる。

画面を見たまま、自室のテーブルに拳《こぶし》を叩《たた》きつけると、はずみで、傍らの熱帯魚水槽の上蓋《うわぶた》のガラス板が外れて、床に落ち、砕け散った。生温かい水がたぷたぷ揺れて、いくらか溢《あふ》れ出し、水槽のガラスの外側を伝って床の上に滴《したた》った。

男たちが、どうしてそんなことをやったか、自分には、わかる、と彼は思う。本能のうごめきの触角は、素早く誰の「隙」でも見つけたろう。いったいどんな手だてが、それを防げたというのか。

ミッキーマウスみたいな耳の若い男は、彼女が髪を早く乾かせるように、ドライヤーを取りだしてきたのだそうである。そして、彼女のグラスにまたコーラを注ぎ足した。

男たち三人は、最初にさらった場所近くまで、ふたたび彼女をクルマに乗せて送ってきた。こちらから尋ねれば、きっと彼らは自分たちの携帯電話の番号さえも教えたろう。ばいばい——と、クルマの窓からふりむいて手を振りながら、彼らは走り去っていったのだそうである。

母親には、話せなかった。

自分の言葉の容量を、それは超えてしまっている。どんなふうに伝えることができるか、不安が先に押し寄せた。どうにかこれを口にしたとして、母親の動転ぶりを想像すると、よけいにそうすることがためらわれた。いつも通りにごはんを炊《た》きあげていく炊飯器からの匂いに、吐き気がつのる。暗い部屋のベッドで横たわるうちに、また体ががくがく震えだし、吐くように泣いた。

それでも、翌朝、学校には行かずに、思いきって、その足で病院にむかった。婦人科をお願いします、と告げようとしたが、喉《のど》がかすれた。受付の係の女性が、ちらりと目を上げる。受診理由を書き込む用紙を差しだされると、また手が震えた。文字が歪《ゆが》むままに名前を書き入れ、理由は空白に残して受付に渡した。運良く、女医の先生だった。母親より少し若いくらいの年齢に見えた。話しているあいだ、同性の看護師たちが、わざとその場から遠のいてくれているように感じた。先生は、ときどき短く相づちを打つだけで、その先をうながし、時間をかけて話を聞いてくれた。

お母さんにも、やっぱり、これは聞いておいてもらいましょう、わたしがあなたといっしょに話すから、と、女医の先生は言った。腕時計を彼女は確かめ、お昼になったら時間を取れるので、どうぞそれまで三階の食堂で待ってらっしゃい、と言って、白衣のポケットをまさぐって、飴玉《あめだま》を二つ、出してくれた。それから自動販売機に温かいココアがあるから、と言い、百円玉も一つ、くれた。

母親の職場に電話し、女医の先生に代わると、それから一時間ほどで母親はやってきた。用意してあった封筒の診断書を、先生は事務机の上で母親のほうに滑らせ、警察に二人で行ってください、これはわたしの、個人としてのお願いですが、と母親を説得してくれた。

三人の学生たちは逮捕された。

その翌日の夜、彼らの弁護士が家に来て、さらに数日後、彼らの両親たちも来た。あの部屋の住人らしい、耳がぴんと立った男についてだけは、両親ではなく、姉だという人が来た。ずんぐりとして背が低く、地味な紺色のスーツを着た人で、恐縮しきった様子で言葉数少なく、頭だけをしきりに下げた。じつは実家が破産して、ご挨拶《あいさつ》にうかがえない事情があって、と口ごもりながら、故郷の町から持参したカステラの大きな包みを差しだした。

示談話が弁護士から持ちかけられた。

どうするの？　と、考えかねたように、母親は少女に尋ねた。書面には、示談金として「一八〇万円」という金額が記してあった。それは遠いかかわりのない場所のことのようにしか思えず、まかせる、どっちだっていい、と彼女は答えた。相手の出方に怒りだすなり、くやしいと泣くなり、打算に立つなり、どれでもいい。どうして、母親がまず自分の気持ちを見せてくれないか、そのことに寂しさを覚えた。母自身の態度を見たかった。けれど、いちばんそれが望みにくいことだというのも、わかっていた。二晩ほど置いて、――じゃあ、示談にするわよ、いいのね？　と、ちょっと語気を強めながらも、やはり寂しげな声で母親は言った。少女はうなずいた。しばらくして、学生三人組の不起訴処分が決まったとの知らせがあった。

「ぶっ殺してやりたい。あいつら」

アイス・カフェラテをストローで啜《すす》りながら、瞳《ひとみ》を尖《とが》らせ、細い眉《まゆ》を三角に吊《つ》りあげて、いまになって絵理はつぶやいてはいるのだが。

ともあれ、実際の事の次第は、それで終わりというわけにいかなかったようである。たとえば、父親。小学校五年生のときに両親は離婚して、すでに数年、彼女は父親とは離れて暮らしていた。会う機会さえ、ほとんどなかった。

父は板前だった。母との離婚後、大阪に職場を替えて、ホテルの料理店で板前長をしているとは聞いていた。けれど、それ以上詳しく母に聞くのは、はばかられた。離婚がどれだけ大きな打撃を母親に与えているかを、子どもの目からも感じていたからだ。たとえ、母親からぶたれるときでも、そうだった。

一四歳からあとの世界は、それより前に過ごした世界と、色あいを変えてしまった。というより、いまは薄いビニールの皮膜のようなものが、自分を世界から隔てている。

高校に進学はした。

いま、友だちといる。少女はこのことを意識する。いま自分は、ボーイフレンドと呼んでいいかもしれない男の子といる。そうした自分を、つねに一つひとつ意識していないと、外の世界からずり落ちそうになる。実感をつかめないまま、形だけをなぞっていることに苦しくなる。

高校二年になったところで、学校に通う気力が尽きた。毎日、家にいて、料理番組、ワイドショー、プロ野球でも、朝から深夜まで、ただテレビだけをぼんやり見つづけた。不安は、母親にいっそう募っていたかもわからない。大阪にいる前夫に連絡し、とうとう娘のことを何か相談したらしかった。

そういうわけで、絵理の父親は大阪からやって来た。事情はあらかた聞いているらしく、遅ればせにも激しく衝撃を受けているのが、ありありとわかった。記憶に残るひょうきん者の父とは様子が違って、頬がこけ、憔悴《しょうすい》している。娘の胸にすがるように、いきなり彼は泣いた。「ごめん、ごめん、

ごめん、絵理。父ちゃん、なんにも知らんかった。なんにも、してやれんかった。かんにんやで。ちくしょー」へたくそな大阪弁で叫びながら、彼は足もとに崩れていった。

ひと月ほどして、父親が逮捕された。いきなり警察から、それを知らせる電話がかかってきたのである。

加害者だった若い男三人を、いまはそれぞれに働いている職場などから呼び出して、知人の事務所で、テーブルに柳刃包丁を突き立てて脅したとのことで、暴行、監禁、恐喝の容疑、ということなのだった。おー、どないしてくれんねん、おんどりゃー、俺の娘の人生をただや思たらあかんで——と、また大阪弁でどなったらしかった。あっけにとられ、電話口で、彼女は笑った。だが、三人組の男たちからは弁護士を通じて被害届が出ており、それを受けての逮捕となったわけで、あなたにも一度、事情をお聴かせ願いたいと警察官は言い、電話は切れた。

警察に行き、留置中の父親との面会を求めた。鉄の扉が開き、厚く透明な強化プラスティックの防護板の向こう側に、父親が出てきた。ばか、とんちんかん、なんてことやってくれるの——と泣きながら責めると、「すまん、すまん、すまん」と、うつむきかげんに頭を掻きながら、また父親は謝った。そして、彼女と目を合わせ、声をひそめ、「せやけどな、それほど後悔しとらへん」と低く言い、にやにやした。

大阪のホテルの板前長の仕事は、もちろん、それでクビ。いま、父親は、東京に戻り、荻窪《おぎくぼ》にある若者向き終夜営業の居酒屋で、調理人として働いているのだそうである。大阪で親しくなった女性とのあいだに三歳になる男の子がいて、その人たちもいっしょに東京に移ってきたとのことだった。まだ会ったことはない。けれど、わたしに弟がいるのだ、と、ときどき彼女は思いだす。

――きょうは、よく晴れている。

昼どきとなって、いよいよ気温は上がっているらしく、ガラスごしに広場を行き交う男女は、五月なかばの陽射《ひざ》しに目をしかめ、シャツの袖《そで》をまくっている。

喉が動く。二杯目のアイス・カフェラテの残りぜんぶをストローで飲みほし、言葉を継いで、絵理は言う。

「やっぱり、わたし、許せないんだよ。あいつがいまだにだらしなくおんなじ調子のまんまで生きてるのが」

「だらだらしてるのか、それは、わからないよ。ちゃんと働いてもいるんだし」

窮屈そうに、できるだけ肩をすぼめたまま、テーブルの向かい側から、ひそめた声でヒデは言う。

「してる」

彼女は決めつける。

「――平気でおんなじアパートに住んでいられるって、そういうことでしょう？

ヒデさん。わたし、ずっと、それを考えてきたんだよ。何があいつをそんなにだめにしてるのか。浪費してるんだ、あいつ。自分の人生だけじゃなくて、他人のわたしのことも。うちの親父《おやじ》みたいな、たまたま自分のまわりに生きてる人、ぜんぶのことを。それが気持ち悪いんだよ。せめて、そのくらいは、あいつに自分でわかるようになってもらわないと。だって、それって、良くないことでしょう？」

「憎いの？」

ヒデは訊《き》く。

「憎いよ」まっすぐ、問いかけるような目をして、彼女はヒデを見返す。「ヒデさんに、これ、否定されたら、もう、わたし、立つところないよ」

「……うん。

だけど、ぼくは、君まで捕まっちゃうようなことだけは、やっぱり、してほしくない」

「なんで？　それが、いま、いちばん大事なこと？」

「うん……。たぶん」

「くだらないよ、それ。ヒデさんは、やっぱり、わかってないよ。わたしのこと、ぜんぜん」

空になった透明のプラスティックカップを、かつん、とテーブルに置く。氷が、なかで崩れる。

「――だから、きょうは、もう、頼むから、ほっといて」

●

〈……NASA＝アメリカ航空宇宙局は、消息を絶っている火星探査機マーズ・グローバル・サーヴェイヤーについて、過去二週間におよそ八〇〇回にわたって交信の指令を送ったものの応答がなく、最新鋭の別の探査機に搭載された超高解像度カメラによっても、その姿はとらえられていないと発表しました。火星上で活動中の探査車オポチュニティも投入して、捜索は続けられているとのことですが、交信は依然として回復されておらず、「最古参の火星探査機であるマーズ・グローバル・サーヴェイヤーに終焉《しゅうえん》のときが近づいている」との見方が広がっています。〉

部屋のラジオをつけっぱなしで、彼は眠っている。

無地のTシャツにジャージー、薄いふとんにくるまって。細身の背中をえびのように丸め、胎児の形のようにも見える。冬の海岸の波打ちぎわに打ち上げられた若猫の死体のようにも。

台所の流し台には、プロテイン飲料をおととい飲んだグラスが、洗いもせずに転がっている。ちいさな木のテーブルが、いまはある。そこの上にラジオ番組の進行表が一枚。頼まれたダビングのためのものらしく、その日の選曲が赤ボールペンでメモしてある。

〈アルゲリッチ――チャイコフスキー「ピアノ協奏曲第一番」、第一楽章。

ルービンシュタイン――ショパン「ポロネーズ第六番《英雄》」。

レオンハルト――バッハ「ブランデンブルク協奏曲第三番」、第一楽章。

……ばか。〉

何を思っていたのか、きたない文字で、そう殴り書いている。

彼は夢を見ている。

小高い丘の上が、平らかな草地になっている。直径七、八〇メートルばかりのほぼ円形をなしていて、草野球くらいはできそうだ。草地のなかほどには、昼下がりの穏やかな陽が当たる。まわりは、杭《くい》に木板を打ちつけた柵《さく》で囲まれている。柵の外側を木立が取り巻き、濃緑の枝葉がそこから張り出して、柵ぞいに小暗い翳《かげ》をおとしている。

草地の中央、陽射しの下には、誰もいない。

遠い柵ぞい、翳になった草地に、人影がいくつか動いている。そばの柵には、ただ一カ所、片びらきの粗末な扉が造りつけてある。

だんだん、そこに目がなじんで見えてくる。おとなが、二人。穿《は》き古したジーンズに、ウェスタンシャツを着た夫婦者らしく、男のシャツはくすんだ緑、女は赤と白のチェックである。男はショートブーツ、女は洗いざらしのスニーカーみたいな靴を履いている。柵の扉のほうへと彼らは向きなおり、わずかに、なかば影のような横顔がかろうじて見える。男は、腕に五、六歳くらいの男の子を抱いている。一〇か一一くらいの肥《ふと》った女の子が、その脇に、弟を見上げるように立っている。子ども二人も、両親と似たような出立《いでた》ちで、首にバンダナを巻いている。

柵の扉には、風雨に傷《いた》んだポスターみたいなものが貼《は》ってある。太く大きな文字で、そこには、

《心貧しき者は幸いなり。この国の外は、あなたたちのものである》

と書いてある。

――クローンたちだ。――

遠いところに一人きりで立ち、そこから様子を眺めて、彼は思う。

――……いよいよ、追放されていくのだ。――

いま、父親は、空いたほうの片手で、木製の扉を手前に引っぱる。軋《きし》むように揺れて、それは開く。腕に息子を抱き、娘と妻を後ろに従え、背中に疲れがにじんで見える。ゆっくり、柵の外の濃い翳のほうに、いま彼らは出ていく。

奇妙なさみしさが胸に沁《し》み、若者は目を覚ます。そして、薄いふとんを抱きなおし、さらに背中を丸めて、ふたたび深い眠りに落ちていく。

●

夜が明けてくる。

薄明のなかに遠い山々がじょじょに姿を現わし、川に架かる赤い鉄橋も見えてくる。警笛が聞こえ、長い貨物列車が、鉄橋を渡りだす。

平野のひろがりに、街が見える。高層オフィスビルが高架路線の脇《わき》に建ち、ターミナル駅から特急電車が滑るように出ていく。

「――お待たせいたしました。東海道新幹線、のぞみ号が発車いたします」

鉄道模型のパノラマの前で、制御パネルを操作しながら、学芸員の坂上さんがマイクで観客に告げる。後ろのほうの観客たちは、踏み台の上で、伸び上がる。幼い息子を抱き上げたり、肩車する父親もいる。

幸田昌司は、その最後列のなかに立っている。汗ばむ頬に手をやると、ざらりと感触が残り、けさ、ひげを剃《そ》り忘れたままここへ来たことに、彼は気づく。

校外学習の小学生たちが、仕切りのガラス板に顔を寄せ、パノラマ展示の列車を目で追う。見開いた目が、みな一斉に、動いていく。

「ガラスに息を吹きかけちゃ、だめ」引率の若い女の先生が、できるだけの声を張りあげる。「あと一歩、みんな、後ろに退《さ》がりなさい」

男の子たちは、それさえ耳に入らず、ガラスに貼りついたままでいる。ミニチュアの列車は、街や野を抜け、トンネルをくぐり、さらにまた鉄橋を渡っていく。

ツヨシとここに来たのは、もう一〇年ほども前のことだった――。幸田はまた思いだす。

男の子だから鉄道が好きだろうと思ったのだが、落ちつかない様子であたりをきょろきょろ見回すだけで、このパノラマの展示運転にもツヨシは興味を示さなかった。わが子のそっけない反応に、かえってこちらがうろたえた。おかげで、昼食の弁当をどこで開くかで、妻といくらか言い争いまでしたのだった。くさくさした気分で、弁当、水筒などを入れたバスケットを手に提げていたのを覚えている。

「……えー、ただいま展示運転を行なっておりますこの鉄道模型のパノラマは、HOゲージと申しまして、一般の鉄道車両などは八〇分の一、新幹線はおよそ八七分の一のスケールで正確に再現しております。はい……、これより動きだします車両は、横須賀《よこすか》線、総武快速線などで運行しておりますE217系電車で……」

坂上さんは、やや長めの半白の髪をときおり指で掻《か》き上げ、首を心もち右に傾けて、制御パネルを操作しながら話している。学生時代は航空工学のエンジニアをめざしたが、途中でそれをやめ、この施設の学芸員になることにした人なのだそうだ。今夜、彼を《ナイト・エクスプレス》のゲストに迎えて、話を聞く。そこでの質問や話の組みたてを、現場での仕事ぶりを見ながら、用意しておく必要があった。

〈学生時代？　その転機を訊きたい〉

幸田は、手帖《てちょう》をスーツの内ポケットから取りだして、心覚えのメモを書きつける。

新幹線の長大な編成の車両が、長い鉄橋を渡りだす。並行して架かるもう一つの鉄橋を、E217系電車が渡る。

広い川原の様子は、多摩川によく似ているなと、彼は思う。いまの季節、多摩川だったら、流れを遡《さかのぼ》っていく若鮎《わかあゆ》が、水面のところどころで銀色に跳ねるのが見える。あのころ、幾度となく、土手の道を一人で歩いた。日暮れが迫ると、近くの丘陵にへばりつくように建て込む家々に、灯りがともりだす。澄んだ濃紺の空に、三日月と宵の明星が寄り添うように見えたりもした。それらの家の灯りを一人で眺め、うらやむ気持ちがあったたか。なかったと言いきるのも、嘘《うそ》になろう。それでも、斜面の灯の群れのひろがりは、胸の隙間《すきま》にある冷たさを、いくらか埋めてくれていた。

「――えー、いま、こうやって動きだしました電車の車両は……」マイクごしの坂上さんの声が、幸田を引きもどす。「スーパービュー踊り子号、251系電車でございます。先頭車両には展望席が設けてありまして、東京・新宿・池袋・大宮の各駅と伊豆急《いずきゅう》下田駅のあいだを……」

鉄道模型のパノラマの世界のなかでは、たちまちのうち昼が過ぎ、あたりは夕焼けに包まれる。そして、夜のとばりが降りてくる。ひげの伸び出た男の頰を、涙が伝いだす。

●

……やっぱり、これもだめ。

思いなおして、仕事机をいったん離れ、瀬戸山はようやくパジャマを脱ぎ、チノパンと薄手のオリーブ色のトレーナーに着替える。自分の体を見下ろし、腹の肉づきを手で確かめて、少し痩《や》せたなと感じる。階下に降りて台所でコーヒーを淹《い》れ、マグカップを手にふたたび階段を上がる。狭い仕事部屋で、開け放った窓辺に立っている。

窓の下には、日蓮宗《にちれん》の寺のさほど広くはない墓地がある。その向こうは、川原のほうにむかって徐々に丘陵地の傾斜がくだっていき、空は広く開けている。墓地のなかほどに、立派な枝ぶりの桜の古木がある。いまは、濃い緑色の葉をもりもりと茂らせている。

あ……。思いだす。

千恵が死んだ午後、あのときも、こうやって原稿を書いていた。いつものように、「ラジオ・デイズ」収録の期日が近づいていたからだ。

そのさなか、刑事からの電話で呼びだされ、病院に出向いたのだった。したがって、あの原稿もそれきりで中断し、そのまま完成させていなかったことは確かである。とはいえ、どんな思いつきで何を書いていたのだったか、さっぱり覚えてはいないのだが。それでも、ひょっとして……、あれをもういっぺん引っぱりだしたら、どうにかできないか。見てみよう……。

そう考え、ノートパソコンを起動させたとたんに、電話が鳴る。西圭子からだった。

一時間ほどで、彼女はやってきた。

台所のテーブルは、おびただしい数のダイレクトメール、何通かの手書きの手紙、届いたままままだ封を破らずにいる雑誌類。新聞、ガス、電気、水道代や税金などの請求書、領収書、督促状のたぐいが、次つぎにほうり出されて、積み上げられ、それが崩れたままである。

「ごめんなさい。お仕事中だったでしょう？」立ったまま、マーガレットの花束を手に、眉根《まゆね》をちょっと寄せ、申し訳なさそうな表情で、彼女は詫《わ》びを言う。「ご都合もうかがわないまま、わたし、押しかけてきちゃって」

「ありがとう。いいんだ。来てくれて、こっちはうれしいよ」台所から部屋続きの狭いリビングのほうに彼女を導きながら、瀬戸山は話している。「もう五週間も〈ラジオ・デイズ〉の原稿を休ませてもらっちゃったから。おかげさまで、きょうから仕事に復帰でね。例によって、今夜遅くに局のスタジオで収録ってことになってるから、それまでに一本、どうにかしておかなくちゃ、ってことなんだよ」

リビングは六畳たらずで、二人掛けのソファと低いガラステーブルだけが、そこに置いてある。正面のCDラックの上に、妻のスナップ写真を、ちいさな木のフレームに入れて立てている。そこでの千恵は、最後のころよりいくらか若く、ちいさな城郭らしい建物が見える広場で、カメラにむかって笑っている。

「これ、いいですか？　使わせてもらっても」

空っぽのガラス花瓶に西圭子は目を留め、断わって、写真の隣にマーガレットを生けてくれた。そして、そこの前にしばらく佇《たたず》み、手を合わせた。こういうしきたりは、どうも、互いに居心地の悪いものだ。そう感じながら、瀬戸山は彼女の姿を見ている。やがて彼女は振りむき、少し迷った様子を見せてから、ソファの右側に体を寄せて、腰掛けた。

「だいじょうぶ、ですか？　そんなときに、なおさら」

原稿のことに話を戻して、彼女は訊《き》きなおす。立ったままの瀬戸山にむかって話しかけながら、てのひらで、膝丈《ひざたけ》のパールグレーのスカートの裾《すそ》を直している。

「うん。実を言うとね、前に書きかけてた原稿があったのを思いだしたんだ。助かったよ、いっこうにうまくいかなくて困ってたもんだから。もうちょっと、これに手を入れなおしていけば、なんとかできると思う」

「ほんとに？」

「だいじょうぶ。というより、しばらく話していってくれると、ぼくの気持ちとしては、ずっと助かるな」

照れたように、彼は笑う。そして台所のほうに遠ざかり、やかんを火にかけ、棚から紅茶の缶を取りだして、カップとティーポットがどこにあるかを捜している。

さほど気詰まりな会話にはならずに済みそうだ。ほっとしながら、瀬戸山のうつむきかげんの横顔を、ソファに腰掛けた位置から彼女は見ている。

ラジオ局でも、彼の言葉数は多くない。そのせいもあってか、彼とこの程度に打ち解けて話したことさえ、西圭子には、これまでなかったような気がしている。

ひょろっと長い首筋に、小づくりな頭部がのっている。柔らかそうな髪が、ウェーヴし、広い額に無造作にかかっている。いまは、顎《あご》にうっすらひげが生え出て、薄い唇を少し嚙《か》み、火にかけたホーローびきのやかんをじっと見ている。湯が沸くと、トレーナーの袖《そで》を少したくし上げ、ティーポットとカップにそれを注ぎだす。

「これ、千恵さんの田舎での写真ですか？」

CDラック上の千恵のスナップ写真に目を戻し、西圭子は訊く。

「そう」

台所から彼は答える。

白いブラウス姿で、まぶしげな目をして彼女は笑っている。その広場は、小高い場所にあるらしく、足もとに、町の広がりが遠くかすむように見える。

「――こんなことになってもね」台所からの瀬戸山の声を、彼女は聞く。「いまだに、紅茶の葉とか、コーヒー豆とか、まちがって二人分、つい入れちゃうんだよ。だけど、きょうは、これでいいわけだ」

茶漉《ちゃこ》しを通って、紅茶はカップに落ちていく。リビングのガラステーブルにそれを運び、どこに身を置くべきかと瀬戸山も少し迷ったが、結局、西圭子と同じソファの左側に並んで座った。

「ちいさな町なんだよって、千恵さん、言ってたな……。だけど、懐《なつ》かしいとは思わないって」

ティーカップを口に運びながら、彼女は言っている。

その横顔を彼は見る。みかん色のサマーセーターを西圭子は着ている。薄い肩の上で、銀のループのピアスが揺れている。

「母親と離ればなれになったまま育った町だそうだからね。いいことだけを思いだすのは、難しかったろう」

「あ、そうなのか……」

てのひらのカップの底を覗《のぞ》くように、彼女はうなずく。

千恵さんの葬儀は、土曜日だった――。

彼女は思いだす。

前夜の通夜《つや》は、《幸田昌司のナイト・エクスプレス》のある金曜C勤に重なり、出られなかった。だからこそ、翌土曜日、午前一〇時半からの葬儀には、かならず出向くつもりでいた。

前夜遅くに、夫が上海《シャンハイ》出張から帰ってきた。西圭子自身が局でのC勤を終え、深夜退勤者用のタクシーでいつも通りに午前零時四五分ごろ自宅に戻ると、夫はシャワーを浴びたばかりの髪を乾かしながら、Tシャツにトランクス姿で、テレビの画面をぼんやり眺めていた。一時間ほど前に彼も帰ってきたばかりらしく、まだ荷物を解かないまま、トランクは玄関に放りだされていた。懸案の商談がまとまったのだと、彼は妻の顔を見るとうれしそうに笑くぼをつくり、大事に取り置いていたオー・メドック産のワインをすぐ開けた。彼女のほうからは、かつて同僚だった千恵さんの急死のことなどを話した。けれど、あのとき、それが夫の印象に残ることなどはなかったろう。午前二時半すぎにベッドに入ると、夫はあくびを一つだけして、すぐに眠りに落ちていった。

朝、目が覚めると、午前八時より少し前だった。九時半過ぎに家を出れば、葬儀場には余裕をもって着けるはずだった。眠っているとばかり思っていた隣の夫が、体に腕をまわしてきた。――なんだか、眠れてなくて――と、彼女の耳もとの髪を指で除《よ》け、甘えるように彼はささやいた。

それやこれやで、二度、性交した。あわてて出かける用意をしたなら、あれからでも、葬儀に間にあうことはできただろう。けれど、もう、そういう気になれなかった。カーテンから射《さ》し込む光で、外はとてもいい天気だと、わかった。夫の腕に頭をのせて、そのまま晴れた週末の午前をベッドのなかでだらだらと過ごした。そのうち、ひとりでに涙がこぼれてきた。

――どうしたの？――

彼は訊く。

首を振り、

――幸せ、ってことなのかな。――

とだけ答えた。それは、それで本当のことだった。この答えに、彼も満足したらしかった。


その西圭子の横顔を、いま、瀬戸山は横目に眺めている。真黒な髪が、耳にかかり、銀のピアスをかすめ、白いうなじに流れていく。ちいさく、つんとした、鼻のあたま。

「わたしね」こちらに体ごと向きなおり、瀬戸山の目を見て、彼女は言う。「やっぱり、よくわからない。千恵さん、仕事やめてから、後悔とか、なかったのかな。瀬戸山さんには、そういう話をすることって、ありました？」

「いや」

彼は首を振る。

「――ただね、この一年、二人で雑談しながら過ごす時間は、たくさんあった。これは、彼女がアナウンサーだったころにはなかったことだから。

たとえばさ、毎週水曜の午後には、彼女はバレエの講習を受けに住民センターまで通ってた。雨でさえなければ、自転車で川原の土手の上の道を走ってね。天気のいい日は、いろんな人たちがあそこにいる。犬を散歩させたり、ジョギングしたり、斜面の草地でお弁当を広げたり。……最後のあの日も、昼どきには、きっと、そうだったと思うんだけど」

頬が紅潮し、口ごもる。彼の両目がわずかに潤《うる》んで見える。

「……だいじょうぶ？」

手の甲に軽く触れ、横からのぞき込むように、西圭子は訊く。

「ぜんぜん。平気だよ」

頭を軽く振り、微笑をつくって、彼は体をたてなおす。

「――とにかくね、そんな土手の道でも、毎週同じような時間に通るようになると、発見があるらしいんだ。ただ偶然そこで行き違ってるように見える人たちだけど、なかには、前の週にもこの土手で見かけた人がけっこういる。相手から見れば、千恵だって、そうだったわけだ。そんなことに気づいたり。だんだん、そうやって、お互い、〝や、また会いましたね〟っていうような顔つきになって、目が合うと、ちょっと会釈《えしゃく》してみたりするんだってね。そういうものらしいんだ。どっちも、相手の名前さえ知らないんだけど。若い子も、けっこういる。フリーターみたいな子とか、学校さぼってたりとか。

去年の秋口あたりだったか。一七、八くらいの女の子が、毎週、おんなじ場所で、いつも一人で土手の斜面に膝を抱えて坐《すわ》ってることに気がついて、だんだんその子のことが気になりだしたんだって。ちょうど、あのあたりからだと、川の向こう岸に、のっぽなビルが二棟にょきっと並んで、まわりの家並みから突き出るように建ってるのが見える。きれいな子なんだけど、妙な形に唇を歪《ゆが》めて、じーっと、そのビルのほうばっかり、にらみつけるみたいに見てるんだって。まあ、何か考えごとしてるんだね。それで、千恵のやつ、おせっかいなところがあるから、あるとき、とうとう思いきって、その女の子に声をかけてみたらしいんだ。

――あなた、どうして、いつも川のむこうのビルばっかりにらみつけてるの？――ってね。

――べつに――って、その子は答えたって。当たり前だよね。ずいぶん歳《とし》の離れた知らない女の人からいきなりそんなこと訊かれて、ひとこと答えてくれただけでも上出来だ。

だけど、千恵はしつこく、

――べつに、って、何よ。――

とか、追及したらしいんだ。

そしたらね、

――あの二つのビル、エレベーターが動いてるのが見えるでしょ。――

って、言うんだって。

たしかに、その二棟のビルは、エレベーターのところが素通しになってて、対岸からでも、上り下りする様子が見えるようになってるんだよ。それぞれのビルに三基くらいずつあるのかな。これがランダムに上下する様子を眺めながら考えごとするのが、ちょうどいいんだって。目のなかの毒消しみたいなもんだよね。なんか、妙な動きのものを見てるほうが、かえって自分の頭んなかが、ぐちゃぐちゃにならずに済むってことなんだろう」

「わかる気はする」

西圭子は笑った。

「まあ、そんなたぐいの雑談だなあ。そういう時間だけは、この一年、いっぱいあった」

「ふーん」

納得はしきれない、といった顔をしたまま、西圭子がうなずく。

「だけど、その女の子、冬になるころから、見かけなくなったらしい。当たり前なんだけどね。冬になんか、寒くて、誰だって川原に坐ってたくはないだろう。それでも、これはこれで、また千恵としては気になってたらしいんだな。

年を越して、今年の春になって、また、その女の子が川原に現われるようになったとか言って、彼女、ずいぶんうれしそうにしてたから。

なのに、それから間もなく、千恵のほうが死んじゃった」

目頭のあいだの鼻梁《びりょう》を瀬戸山は指で揉《も》む。西圭子はそれを見ている。

「寂しいかも。……土手に坐ってる、その子も」

「あのさ」

目を上げて、いきなり話を変え、彼は訊く。

「――千恵ってさ、幸田さんとか、前の仕事仲間たちとは、アナウンサーを辞めてからでも、いくらか行き来があったんだろうか」

「どうなんだろう……」

奇妙な尋ね方をするものだと、西圭子は感じる。幸田さんとなら、瀬戸山さん自身が、この一年のあいだも、月に一度か二度は局で顔を合わせてきたではないか。友人同士でもある。彼に直接訊きさえすれば、わかるはずなのに。だいいち、そんなことなら、千恵さんとの三度三度の食事のときの雑談に上っているのが普通だろう。なんか、あやしいな。

「――わたし自身は、この一年、千恵さんと連絡とりあうような機会はぜんぜんなくて。ほかのアナウンサーたちからも、とくにそういう話は聞いたことないですね。

ただ、幸田さんとか《ナイト・エクスプレス》のスタッフたちなら、三年間もずっといっしょに仕事して、お互い仲も良かったんだし、そういう機会もあったんじゃないかって気がしますけど。わたしも以前にいた局の仲間同士で、いまだって、たまに温泉とか行くこと、ありますから。幸田さんにでも訊いてみたら、何かわかるんじゃないですか」

「うん。……そうだな」

浮かない顔で、生返事をする。

「どうしたんですか」

「千恵が死んだ日、幸田さんから、連絡もらってたみたいなんだよ。携帯電話に着信履歴が残ってて」

「そのあと、本人に訊いてないの？」

「うん。

警察が、先にそれを見つけたんだ。本人にも確かめてみるとか言ってた。その上、ぼくまでがあれこれ口をはさむと、なんか、彼にも悪い気がしてね」

「訊いてみればいいじゃないですか。それがいちばん確実なんだし。

それとも、なんか、悪い予感でも？」

冷やかして、くすくす、彼女は笑ってみせる。

「図星」

しぶしぶ調子を合わせ、彼もまた苦笑する。

「――葬式のときにも、幸田さん、来てくれてはいたんだ。だけど、こっちから声を掛けられるような余裕がなくて。それからあとも、何度か電話もらったりはしてるんだけど、なんとなく、気が引けてね」

「訊いたほうがいいですよ。ご自分の奥さんの最後のときのことなんだから、なんにも遠慮することないじゃないですか」

「うん。……だよなあ」

「大事なことでしょう？　困るよ、わたしだったら、せめてそれくらいはダンナにちゃんとわかっといてもらわないと。千恵さんにとっても、ほとんど最後の言葉だったのかもしれないし」

たしかに。たしかにそうなのだと、瀬戸山はまた思う。

結局、西圭子が瀬戸山宅にいたのは、午後一時半ごろから四時前にかけてである。そのあいだに、コーヒーも淹《い》れ、彼女が店で買って持参していたサンドウィッチを分けあって食べた。瀬戸山にとって、これは、葬儀の日の会食以来、三五日ぶりの誰かとともにする食事だった。

「じゃあ、あとでまたスタジオで」

彼女を玄関へと送りだし、彼はそう言う。深夜のそのときまでのあいだに、これから、台本用の原稿をどうにか仕上げておかないと。

西圭子のほうは、午後五時から局で金曜C勤の勤務に入る。ふたたび瀬戸山と顔を合わすのは、深夜零時の退勤まぎわの時刻になるはずである。

「うん。そのときに。……じゃあ、また」

ハイタッチの真似《まね》をして瀬戸山と軽く手を合わせ、彼女は笑顔で玄関のドアを自分から閉める。そして、前かがみの姿勢で、駅への道を足早に歩きだす。傾きだした陽が道に射している。だんだん、眉間《みけん》の皺《しわ》が深くなる。

瀬戸山は、夕方前の光が射し込む二階の仕事部屋で、ノートパソコンを開く。そして、書きかけの原稿を画面上で読みながら、そこに修正を加えだす。

〈……日没の時間にさしかかって、二三区内の道路はふたたび混みはじめています。首都高速道路は、都心環状線を先頭にした各上り線、1号羽田線は東品川まで、3号線は用賀まで全線で、4号線は桜上水まで、5号線は北池袋まで、それぞれ渋滞しています。また、5号線の下りは、飯田橋を先頭に三キロ。6号向島線下りは、箱崎を先頭に二キロの渋滞で……。〉

●

●

研究所にヒデは戻っている。

同僚たちは、退勤したり、出かけていたりで、照明をなかば落とした大部屋には、ほかに誰もいない。

デスクトップのパソコンの画面を眠たげな目で見つめつつ、絵理との約束は無視してデニッシュをかじっている。紙コップのコーヒーで、胃のなかにそれを流し込む。左の拳《こぶし》の腫《は》れが、まだ引ききらず、こうしているとずきずき痛む。

観測サイトから、真上の空に向け、レーザー光を発射する。雲をなすこまかな氷の結晶に当たって、それは反射し、また落ちてくる。この光を望遠鏡で集めて得られた上層雲のデータ。

無人の人工衛星から、眼下の上層雲を観測したデータ。

飛行機をつかって上層雲中の結晶をサンプリングする。そこに含まれている微量のエアロゾルの解析……。

おびただしい量のデータが、刻々、この研究所のコンピューターに流れ込み、貯《た》まっていく。いくらかのデータをそこから取り出し、論文にできそうなアイデアの糸口を見つけるつもりで、数値を読んでいく。

責任教授らがプロジェクトを立て、研究所に予算を取ってくる。設備、機材、人材などが、これに沿って調えられる。ほかならぬ彼自身、そうやって調達された末端の人材の一人である。――人材は、観測する。観測サイトの機材のメンテナンスに、寝袋持参で遠出していく。経理の書面を準備する。会議に出て、上司たちの運転手をつとめる。報告書を書き、学会での手短な発表をまとめ、できればさらに論文を書く。けれども、それらは、どこかおどおどしたものになっているのを、自分で感じる。同業者からの反論に身構えながら、手に負える範囲で、無難にまとめることだけ目指して書いている。

二個目のデニッシュを左手で口に運びつつ、右手はマウスをしきりに動かし、数値と数値のあいだを飛びうつる。どこから、いま自分は、この世界を見ているのか。不安が、ときどき頭をよぎる。

人工衛星の目。

ビルや駅、コンビニ、盛り場、空港の監視カメラ。

観測サイトから空をにらむ望遠鏡。

誰が見ているのか。俺か？　これら地球を取りまく全体が、通信回線の神経とシナプスで覆《おお》われた、一個の脳髄であるかのようだ。生命が、どうしてここに現われ、息づき、また消えていこうとするのか、わからない。この脳髄が、なぜそういうことを考えようとするのかも。

パソコン画面右上の時計表示に、ちらっと、目を走らせる。

午後八時四五分。

「用事」が済んだら電話する、と絵理は言っていた。そしたら、ミニバンで迎えにいく、と彼女には告げてある。三個目のデニッシュを食べ終えた指を、ジーンズの膝《ひざ》で拭《ぬぐ》い、もう一度、携帯電話を念のために確かめる。不安が、だんだん、ふくらみながら押し寄せる。机の引き出しから、ピルケースを取りだし、手荒く揺すって、てのひらにクスリを受ける。がりがり嚙《か》みながら、それもコーヒーで飲み下す。

前夜からの疲れが一挙に出てきて、少しずつ眠くなる。

●

〈……きょう日中の関東地方一円は、穏やかで気持ちの良い五月晴《さつきば》れの一日となりました。これから、あす夕方にかけても、日本列島全域で、ますます、あきれ返るほど良いお天気が続きそうです。

それでは、日本列島各地のお天気です。

あすの沖縄地方は、高気圧にすっぽりと包まれて、朝方から気温が上がり、沖縄本島周辺のほか、先島諸島の宮古、八重山地方でも、早くも六月中旬並みの陽気となりそうです。

太平洋側の海上では、北上するジュゴンの群れが見られそうです。また、東シナ海沿岸では、南下するトビウオの群れが見えるでしょう。

ただし、夕方ごろからはじょじょに寒冷前線が南下して、中国・上海《シャンハイ》方面などからのエアロゾルの飛来も増えるでしょう。

さらに、あすの夜遅くには、沖縄諸島上空に大陸からの強い寒気団が流れ込み、海上の波も高くなって、大荒れの空模様となりそうです。あさって朝には、沖縄本島で積雪が記録されるかもしれません。宮古島、石垣島などでも霜が降りる恐れがありますから、さとうきび農家などでは、特に気象の変化には十分に気をつけてください。〉

●

「……時刻はまもなく午後一〇時三〇分です。今夜は、ゲストに、東京・神田の名物施設、交通博物館のベテラン学芸員、坂上伸二さんをスタジオにお迎えしています。……」

《幸田昌司のナイト・エクスプレス》が始まって、ほぼなかばの時間まで過ぎている。地上三五階のスタジオで、幸田はブース中央の席に着き、マイクの前で、低く張りのある声で話している。心もち早口な話し方である。

——局内のスタジオから離れた部署にも、スピーカーを通して、その声は流れている。西圭子は、ニュースルームの机でそれを聞きながら、交通情報の原稿の整理を急ぐ。夜更《よふ》けになっての都心部の天候・気温を確認するため、気象情報会社にも電話する。やるべき仕事は、次つぎある。

スピーカーから流れる幸田の声は、続けて話している。

「――残念ながら、この交通博物館、あさって五月一四日をもって、神田万世橋での七〇年間の歴史に幕を下ろし、閉館となります。

とくに東京、いや、関東地方一円にお住まいの方がたには、この交通博物館に特別な思い出をお持ちの方が、おおぜいいらっしゃることでしょう。子どものころ、両親に連れられて行ったとか。校外学習とか。あるいは、自分が大人になってから、お子さんを連れてご家族で行かれたり。

そうした交通博物館にまつわるさまざまなエピソードも含め、ゲストの坂上さんの今日にいたるお話を、のちほどたっぷりうかがうことにしたいと思います。

坂上さん、どうぞよろしくお願いします」

「こちらこそ、よろしくお願いします」

「では、ここで二曲ほど、音楽といきましょうか。曲は……」

●

「むかつく」

森ちゃんは、焦《あせ》りながら、その店を出る。もう、こうして四軒もCDショップをまわっている。

《幸田昌司のナイト・エクスプレス》担当の内田という名のディレクターは、まったく、いつもいつも無理な注文ばかりを言ってくる。

ボブ・ディランの『DYLAN』というタイトルのCDを急いで手に入れてくれ、というのだった。プレスリーの「好きにならずにいられない」「ア・フール・サッチ・アズ・アイ」とか、ジョニー・

キャッシュが持ち歌にした「アイラ・ヘイズのバラッド」とか、もう三〇年以上前、そういう他人の曲ばかりをディランが歌ったアルバムなのだそうである。国内盤は、とっくに廃盤になっている。輸入盤も、インターネットじゃ見つからない。

賑《にぎ》わう渋谷の裏通りへと、森ちゃんは階段を駆け降りる。

「よその局がかけっこない曲を、やっぱ、うちの番組では聴けるようにしたいじゃない？」

そのディレクターは言うのだった。ジミ・ヘンドリックスのシルエットとかがプリントされたTシャツに、コットンのシャツをひっかけ、局のなかではいつもサンダル履きである。禁煙パイプをくわえている。

「ですよね。シブいとこも、かちっと押さえた番組のほうが、これからは……」

ついつい相手に調子を合わせて返事してしまう自分が、いやになる。言いながら、だったら彼が自分で探してくれればいいのに、とも思っている。まだ三〇代なかばくらいだろうに、このディレクターは、どうしてこんなにむかしのものばっかり好きなのか。森ちゃんには、それが解《げ》せないのである。六〇年代とか、ウッドストックとか、パンクとか。アポロ宇宙船の月着陸とかって、そういう時代か？　鉄腕アトムとか、ウルトラセブンとか。ヒッピーとか？　サザエさんとかも？　そういうむかしの話題を聞くたび、森ちゃんは、頭がくらくらする。どれがどういう順番で起きていたのか、さっぱり、わからない。

「頼むよ、森ちゃん、時間があるときに。得意だろ？　こういうのは」

おだてながら、手を合わせつつ、内田ディレクターはCD探しを強いてくる。

「――『DYLAN』って、そういうアルバムだもんだから、レコード会社のあいだで権利問題がこじれて、アメリカやヨーロッパでも廃盤になっちゃってるらしいんだよ。だけど、オーストラリア盤だけ、いまでも流通してるって話でさ。レアものなんだ。だから、これ、番組でかけたいわけよ。ラジオで流すぶんには、なんにも問題ないんだから。やっぱさあ、そういう、とんがってるとこも必要でしょう、これからのラジオは。カルトっぽい輸入盤のショップとか、中古ショップとか、まわってみてくれりゃあ、きっと、あると思うんだ。だから、森ちゃん、お願いっ」

ほんまかいな、と森ちゃんは思う。『DYLAN』のオーストラリア盤って、ほんとに存在しているのか？　それでも、きっぱり断わる度胸もないまま、深夜の収録のための出勤前の時刻に、こうやってうろうろしている。

もう、時間がない。あと一軒だけ、まだ開いているCDショップに寄ってから局に向かおうと、夜更けのセンター街の人ごみをかき分け、早足で歩いていく。

●

「……きょうの日中、ぼくは交通博物館をおよそ一〇年ぶりに見学したんですが、改めて見ると、あの施設は、かなり変わった場所にありますね。

ＪＲ中央線が御茶ノ水駅から神田駅にむかって、神田川ぞいに、古い煉瓦《れんが》造りのアーチでできた高架の上を少しずつ右にカーブを切りながら走っていく。で、交通博物館の施設は、この高架下のスペースも、そのまま展示室として利用している。高架脇《わき》の四階建てのビルとそことが、ひと続きになっていて」

「ええ。でしょう?」坂上さんは答える。「何かに似ていると思いませんか? あそこの空間」

「というと?」この導入は、事前に打ちあわせておいた通りに、幸田が訊《き》き返す。「何だろうなあ」

「駅だったんですよ、あそこ。万世橋駅、といって、いまの御茶ノ水駅と神田駅のあいだに、もうひとつ、その駅があったんです。戦時中に廃止されちゃったんですけど。もともと、うちの博物館は、その駅に併設された施設だったんです。だから、戦後もずっと、その駅の遺構をそのまま展示スペースに使ってきた」

「あ、なるほどー。そうだったんですか」

わざと大げさに、幸田は驚く。ラジオでは、驚きも、声にしないと伝わらない。

「ええ、そうなんです。

JRの中央線というのは、いまは東京駅が起点になってますよね。だけど、前には、あの線が東京駅までつながっておらず、万世橋駅が起点だった時期があるんです。明治四五年から大正八年まで。たいそう立派なターミナル駅だったそうです。けれども、中央線が東京駅までつながると、もはや途中駅ですから、万世橋駅もだんだんちいさくなった。

交通博物館は――当時は鉄道博物館と言ったんですけど――、最初、一九二〇年、つまり大正九年に、東京駅近くの高架下につくられています。だけど、三年後には関東大震災が起こる。博物館もほとんどそれで焼失しちゃって、しばらく空白の期間などが続くんです。それで一九三六年、つまり昭和一一年になって、万世橋駅に新しく開館されたのが、いまの神田の交通博物館だというわけです」

「きょう、見学させてもらっても、駅だったころの構造物が、ずいぶん、そのまま残っていた」

「ふだんは公開してこなかった場所が多いんですけど、駅のコンコースとプラットホームをつなぐ階段や廊下。それから、荷物の上げ下ろしに使ったエレベーターも、もうカゴはないんですけど、入口の部分が残っています」

「階段を上がっていくと、プラットホームがあった。草がぼうぼうに伸びていたけど。そこを、いまも中央線のオレンジ色の電車が通りすぎていく。不思議な光景でした」

あははは、と坂上さんは笑う。

「まるで幽霊駅ですよね。一日中、あそこで電車を待ったところで、一本も停まりません」

●

ラジオの声に重なって、

「痛いっ」

若い女の声が、パイプベッドの上でちいさく叫ぶ。裸である。若い裸の男が、彼女に背中の側から重なって、シーツに押さえつけ、手をペニスに添えて、その尻《しり》に沈めていこうとしている。

「——痛い、痛いよ。痛いって！」

若い女は、痩《や》せた体をどうにかひねって、両腕で、男の体を思いっきり突き放す。彼ははずみで後ろにのけぞり、後頭部をパイプに打ちつける。この隙《すき》に、若い女は素早く上半身を起こして、タオルケットを引き寄せ、ベッドの上に膝を崩して坐《すわ》っている。

「ツヨシ、あたし、こういうの、いやだってば。痛いし」

茶色いボブカットの髪を振り、ぷるんと唇を突きだし、彼女は抗議する。

「——このごろ、ツヨシって、ちょっと変だよ。エロいビデオとか、見すぎだよ。きっと」

若い男は、シーツにつっ伏したまま、うーっ、と唸《うな》っている。

「——もっと、普通のやり方が、わたし、好き。ヘンタイっぽくないやつ。おっさんと熟女みたいなんじゃなくて、自然でさ、高校生っぽいのがいい」

若い男は仰向《あおむ》けにむきなおる。そして、若い女の白くてちいさな乳房のほうへ手を伸ばす。

「じゃあさ、口でして」

「いいよ」口を大きく開いて、彼女は笑う。「シャワーでさ、石鹸《せっけん》使って、そこ、ちゃんと洗ってくるなら」

「めんどい」言いながら、若い男は抱き寄せる。

勢いよく、跳ねるように、彼女は相手の上に覆《おお》いかぶさる。舌と唇で、あちこち舐《な》める。嚙む。

「……コンドーム」。彼女はささやく。もそもそと、男はそれを付け、互いに夢中で腰を揺すりだす。

玄関のチャイムが、ぴーん、ぽーん、と鳴る。続けて、もう一度。

「やべ」動きを止め、彼は言う。「おふくろだ」

「あー、もったいない」

耳元で言ってから、彼女はすばやく身を起こす。

彼は両手でトランクスを上げている。ジーンズに足を通して、Tシャツを頭からかぶる。

「俺、下へ降りて、ちょっと時間を稼いでくるから。そのあいだに、着て」

くちゃくちゃになった毛先を指で立てなおし、そう言って、彼は部屋を出ていく。ばたんと音をたて、扉が閉まる。

彼女は立ち上がり、ブラジャーのホックをのろのろ留める。椅子《いす》の背に掛けていたブラウスに腕を通して、勉強机の上の宿題プリントに目を落とす。二次関数と平面図形の問題が、やりかけのまま残っている。

電気スタンドの横に置かれたラジオのボリュームを、少しだけ上げておく。

●

「――交通博物館という名称なのだから、展示は鉄道だけに限らないわけですよね。一階の展示スペースはすべて鉄道関係だけど、二階、三階には、船舶、自動車、航空などの展示もある……」

「いちおう、そういうことになってはいるんですけどね」

幸田が水をむけても、ゲストの坂上さんは、冷静、率直なままでいる。

「――戦後まもなく〝鉄道博物館〟から〝交通文化博物館〟へ、さらにいまの〝交通博物館〟へと呼び名を変えましたから。ただ、これは、戦後、この施設の経営が国から日本交通公社に委託されたことで、そういうタテマエにする必要が生じたんだと思うんです。つまり、鉄道っていう交通の一部門にとどまらず、交通分野の総合博物館なんだと位置づけなおしたわけですね。

だけど、そうは言っても、もともと戦前の鉄道省がつくった施設ですから。施設それ自体は、国鉄、その民営化後と、ずっと鉄道事業者が担《にな》ってきたわけで、おのずと鉄道には力の入れ方が違います。やっぱり、あくまでも鉄道、しかも私鉄各線ではなく、国鉄・JR中心の展示でやってきた施設だと受け取っていただくほうが、実情に合ってると思いますね」

夜の暗がりの下、傾斜になった林の小径《こみち》をずっと歩いた。朝に来たときとは、様子が違っている。あてどない闇《やみ》のいっそう奥深くへ、いま自分が踏み込んでいくように、その少女には感じられた。ところどころで、樹々《きぎ》の影が途切れて、満月に近い月の光が降ってきた。

……どうしよう。

彼女はまだ迷う。

……だけど、やらないと。やってしまわないと。

傾斜を上りつめると、木立のなかに、大きな図書館の建物がある。そこの照明も、すでに消えている。いったい幾度、この傾斜を行き来してきたか。暗がりのなかで、チュニックの裾《すそ》を翻《ひるがえ》し、彼女はまた林の傾斜の小径を下りていく。

黒い水面が見えてくる。微《かす》かに風が渡るらしく、ちりちりと、わずかにそれは光っている。水辺まで下りると、樹の下のいっそう深い暗がりに彼女はうずくまる。肩から提げていたトートバッグを、足もとの地面に投げだす。息をつき、膝《ひざ》に肘《ひじ》をのせ、てのひらで両頬を支えている。世界はさらに暗くなる。

——絵理。やらないと。やってしまわないと。——

斜め後ろの暗がりから、女の声がささやく。

……ほんとに、そうなのかな……。

水面のほうに目を落としたまま、振り向かず、彼女は答える。

——そう。やつらにもわからせないと。わかってもらわないと。そうでないと、うまく生きていけない。——

……だね……。

——勇気が要る。——

……ほんと、そう。でも、こわいよ。殺したりは。

——殺すことなんかない。あんなやつ、殺さなくていい。——

……けがさせるのだって、こわい。想像しただけで。

——だったら、こっちは、どうやって身を守る？　あのときだって。やつらが暴力に訴えてきたときに。——

……それが、わからない。

——責任を負わないといけない。やつらも。わたしたちも。自分で。——

……わかってるけど。でも、どうやって？

——背中を伸ばして歩けるように。そうならないと、いけない。そうでないと、人のことも許せないから。——

……そうなんだけど。でも、どうして許さなくてはいけないの？

——この苦しみから解かれるためでしょう。足枷《あしかせ》を自分ではずして。——

……自由じゃなくて、いい。そういう気もする。こわいよ……。

重いため息が、耳のすぐ後ろで聞こえる。

——もう、行く。きょうしかないよ。——

背後の暗がりから、影が進み出る。月の光を受け、水のなかに崩れるように、それは溶けていく。

●

勉強部屋で、ラジオが鳴っている。パイプベッドのシーツは寝乱れたままだが、誰もいない。

「……坂上さんは、もとから鉄道に興味があって、このお仕事に？」

幸田の声である。

「いや。そういうわけでもないんです。せいぜい、動物園のおサルの電車が好きだったくらいでね」

答える声に、くすくす笑いが混じる。

「——学生時代は、航空工学を勉強してたんです。ほんとは、ロケットや人工衛星、つまり宇宙工学のほうをやりたかった。でも、ぼくみたいな田舎の平凡な高校生には、当時、まだ、そんな進路は将来の就職やなんかを考えると雲をつかむような感じでね、そこで、なんとなく航空機のほうにしたわけです」

「え？　飛行機と宇宙船じゃ、ぜんぜん違う世界のように思えるけれど」

「いや、少なくとも、ぼくらの少年時代でいうと、そんなに違ったイメージじゃなかった気がするんです。ジェット機それ自体が、遠い、憧《あこが》れの存在でしたから。あのむこうに宇宙が広がってるんだっていう漠然とした感覚で。

幸田さんは、ソ連の女性宇宙飛行士だったテレシコワって、ご存知ですか？　ヴォストーク6号で地球をまわった」

「あ……〝わたしはかもめ〟の?」

「そう。あれの打ち上げが、一九六三年の六月だった。実を言いますとね、ぼくが宇宙に興味を抱いたのも、高校生のとき、あのニュースに接したからだと思うんです。

もちろん、ガガーリンが最初に地球をまわったときにも、憧れというのか、ショックを受けましたけれど、そのときは、まだぼくも中学生だった。それからたった二年で、もう、女性の飛行士が宇宙空間を飛んでるんですから。こっちがそういう年ごろになっていたこともあって、テレシコワの印象のほうがぼくにはずっと強かった。自分自身は、自動車の女性ドライヴァーさえめったに見かけないような日本の田舎町に住んでるわけですから、よけいに。

うちが貧乏だったせいもあるんですけど、あの時分、ぼくの家にはテレビがまだなかった。だから、ラジオでニュースを聴くわけです。真空管を使った、大きなやつでね。雑音がじゃまなんだけど、宇宙を飛行中の女性のニュースが、そうやって世界をめぐって届いてくることに、わくわくしてました。〝ヤー・チャイカ〟——わたしはかもめ——って、彼女の声は、かなり甲高い、きんきん響くようなものだったけれど」

「まだ、日本は、どっちかって言うとラジオの時代だったということなんですかね」

「いや、テレビの普及率が五〇パーセントを越えたくらいの時期だったと思います。都会だと、もうテレビの時代だったでしょう。だから、テレビのある家がうらやましかった。

皇太子のご成婚で、ミッチー・ブームというのがあったんです。あれが一九五九年か。その結婚パレードが見たいってことで、ぼくの田舎でもテレビを買う家がちらほら出てきた。

で、テレシコワの宇宙飛行の翌年が、東京オリンピックですからね。さすがにそのときまでには、ぼくの家でもテレビを買ってたから、彼女の宇宙飛行が、ぼく自身にとってはラジオの時代の終わりだった、ということになるのかもしれません。

ところでね、幸田さん――。〝雨に濡《ぬ》れたら放射能で頭がはげる〟って、親から叱《しか》られたりしたこと、ありますか？」

「何なんですか、それって？」

聞き返しながら、幸田の声は笑っている。

「ぼくはね、両親とか近所の年寄りたちから、よく、そう言って叱られたんです。もともと、ぼくらが子どものころは、ちょっとやそっと雨なんか降っても、いまみたいにいちいち傘なんかささないで、外で平気で遊んでたんですがね、あるときから急にそういうことが言われだして。

いま考えてみると、それ、第五福竜丸事件のときからじゃないかと思うんです」

「第五福竜丸事件って――、アメリカが太平洋のビキニ環礁《かんしょう》で水爆実験をして、日本のマグロ漁船が死の灰をかぶった、という、あの事件ですね。久保山《くぼやま》愛吉さんという乗組員が、そのあと、放射能症で亡《な》くなって」

「ええ、そうです。あの事件が一九五四年でしょう。ぼくが七つになる年なんです。第五福竜丸は、どうにか焼津港まで戻ってきたんですが、乗組員たちは放射能の被曝《ひばく》で髪が抜けていた。死の灰が混じった雨まで浴びていたわけですから。広島の原爆のときみたいな〝黒い雨〟じゃなくて、あのときは、白い粉みたいなものが雨のなかに混じってたっていうんですけど。雨が止《や》んでからも、その灰だけが降り続いて。

このビキニ環礁での水爆実験の事件は、たしか三月初めのことなんですが、そのあと四月、五月になると、日本国内のいろんな場所でも、かなりの強さの放射能を含んだ雨が降るようになって、ずいぶん騒ぎになったらしいんです。火山の大噴火とかでもそうなんですけど、核爆発によるキノコ雲っていうのは、対流圏を突き抜けて、成層圏まで上がっていく。そうやって舞い上げられた放射性の粉《ふん》塵《じん》が、気流に乗って地球全体に拡散したりしながら、何週間、何カ月、何年もかかって、また雨や雪といっしょに地上に降ってくる。このときも、そうだったんです。こっちは子どもだったから、あんまりよくは覚えていないんだけど。

だから、ぼく自身も大人になって気づいたことなんですが、きっと、あのとき、日本でも放射能の雨が降りはじめたっていう新聞やラジオの報道が、うちの親や近所の年寄りたちに、たいへんなショックを与えたんだと思います。広島、長崎に原爆が落とされて、まだ九年経《た》ってないころですから。

だからこそ、それ以来、雨が降るたんびに〝雨に濡れたらいかん、頭がはげる〟って、うるさいくらいに子どもを叱るようになったんだなって。

ですから、あの事件、戦後日本で、洋傘の普及にはずいぶん貢献したんじゃないでしょうか。

テレシコワっていうと、このごろ、ぼくは、それをいっしょに思い出すんです。まだテレビもないような田舎の家で、彼女の宇宙飛行のニュースなんかを聴いてたもんだから、やっぱり、どっか、自分のなかに浮かび上がってくるイメージが、あの田舎の土地の風土みたいなものといっしょになっちゃってるんですよね。原子力時代の、きらきらしたものにも、土の匂《にお》いみたいなものが残ってる。

ほら、欧米語だと、〝ラジオ〟って、〝放射性の〟とかっていう意味でもあるでしょう。ぼくの少年時代の記憶でも、ラジオの時代が、そういう未来像を運んできていた気がする。明るいだけでもないけど、暗いだけでもない、虹色《にじいろ》にうつろう放射性の世界とでもいうような」

光の塔のような高層ビルにむかって、林のなかの小径を、暗い木立の下から少女は歩きだす。

満月が、空に、少し離れてかかっている。

●

●

「――テレシコワのヴォストーク6号のことに戻りますとね、当時、ソ連は、いつも宇宙船の打ち上げについては事前発表をしなかったんです。注目を集めておいて打ち上げに失敗したら、国家的な威信に関わると考えていたんじゃないかと思います。だから、打ち上げ成功を確認してから、その宇宙船に呼び名をつけて、マスメディアにむけて発表した。

あのときもそうでした。六三年、たしか六月一六日の午後に現地で打ち上げられて、地球の周回軌道に乗ってから、はじめて、わーっと一斉に情報が流された。日本のラジオでそれが流れたのは、その日の夜だったと思います。今度の飛行士が未婚の女性だってことも、はじめて、そこで知ったんです」

「ぼく自身は、まだ一歳のときだから、そのときの実際のことは記憶にないんです。

でも、テレシコワは、地球に戻ってから、たしか先輩にあたる宇宙飛行士と結婚するのでしたね」

「はい。あれが、けっこうショックでね。ぼくのなかでは、尾を引きました」

「え、そうなんですか？　テレシコワって、ある種のアイドルみたいなものだったんでしょうか。坂上さんにとって」

「それも否定できないんですけどね」

　ふふ、と坂上さんの声が笑っている。

「——ニコラエフ飛行士との結婚が、あの年の秋……一一月くらいだったでしょう。ソ連首相のフルシチョフも出席しましてね、あの結婚は、なんていうのか、あらかじめ特別なものだったんです。

　ヴォストーク6号の打ち上げ成功を発表した時点で、ソ連当局は、そのミッションの目的に、宇宙飛行というものが男女の人体組織にもたらす影響の医学的、生物学的研究、ということを挙げていました。言い換えれば、宇宙空間で飛行士たちが浴びる放射線が、どんな影響を生殖細胞にもたらすか、ということですね。ヴォストーク6号に乗ってるのはテレシコワ一人なんですから、端的には、彼女自身の生殖活動というものが、ここでの研究テーマそのものなんです。こちらがそういうことに敏感な年ごろだということもあって、はっきりとそれを感じました。ソ連当局も、あからさまにそうだと理解されるしかたで、このように言ったんです。人間の宇宙飛行が現実のものになった以上、もちろん、それは解明しておかなければならない事柄ですから。

　テレシコワたちの結婚にさいして、二人のロマンスに関する話はずいぶんメディアを通して流されていました。つじつまの合わないようなところもありますけれども、たぶん、あの結婚は、当人たちにとっては、みずから望んだことだったんだろうと思います。少なくとも、それを全部否定してしまう根拠はない。ただ、いずれにしても、国家事業としてのあのミッションが、当初から、いつか生まれてくるだろうテレシコワの赤ん坊という存在に注目しながら進められていたことは確かなんです。いや、もうちょっと正確に言えば、あのミッションにむけては、テレシコワのほかにも数人の女性宇宙飛行士候補がいっしょに訓練を受けていた。そして、テレシコワがヴォストーク6号の飛行士に、べつの一人がその予備要員に指名されたのは、打ち上げが間近に迫ってからのことだったようです。つまり、テレシコワが搭乗飛行士に選ばれる以前から、彼女たちの生殖細胞はそういう使命を負わされていた、ということですね」

「つまり、おっしゃりたいのは、ヴォストーク6号の飛行計画自体が、一種の人体実験だったということですか？」

「ぼくは、そこまで言うつもりはありません。というか、それを言うなら、あらゆる有人宇宙飛行に、多かれ少なかれそういう側面があったでしょう。

そもそも、ぼく自身、ごくふつうの日本の田舎の高校生だったわけですから、そんなことまで考えていたわけではないんです。ただ、さっきおっしゃったように、テレシコワは、ぼくにとってやっぱりアイドルみたいなものでしたから、あの結婚のころにも、新聞ですとか週刊誌とかで、いろいろ彼女に関する記事を読むわけです。結婚前後には、海外メディアの取材もたくさん受けて、けっこういろんなことを当人たちが話していたし。結婚当日、新郎新婦そろってのインタヴューで、〝宇宙空間で放射能にさらされた自分たちにとって、将来生まれてくる子どものことでは不安がある、この問題についてはずいぶん二人で議論もした〟というようなことを、自分たちから切り出して話しているものまでありましたから」

「へー、そういう発言をすることも許されたんですね。ソ連の軍に所属する宇宙飛行士たちが、海外メディアに対して」

「ええ。ぼくにもこれは印象深くて、よく覚えています。こんなこと、はっきり言えるものなんだな、って。

だけど、ぼくがそれより衝撃を受けたのは、正直に言うと、もっと、ごく卑俗なことなんです。彼らの結婚の翌年の初夏、六月か七月だったと思いますが、二人のあいだにもう赤ちゃんが生まれてるんです。エレーナっていう、女の子が。ということは、ここから逆算して考えてみれば、結婚式の当日には、おそらく、テレシコワはすでに妊娠してたってことじゃないですか。あれ？　って、これで、ずっこけちゃったんですよ。

だったら、どうして彼らは自分たちの結婚式の当日に、子どものことでは不安がある、なんて、わざわざ海外メディアに話したんだろう、って。あるいは、お腹《なか》に赤ん坊がいたからこそ、ああいうふうに言うべき理由があったんだろうか、とか。

これ、わかんないんですよ。長いあいだ悩まされました。人間の気持ちの問題として。幸田さん、どう思います？」

「うーん、たしかにそうですねえ。どうなんだろう……。ソ連当局にとって都合のいいことを言ったわけじゃないんですからね。宇宙船の打ち上げすら成功してからでないと発表しなかった国なのに、そんなことをわざわざ話すというのは、胎児の健康のリスクに海外メディアの注目を引き寄せているようなものでもあるし。ことの成り行き次第では、それを話した彼らにだって、災いが及びかねないって気さえする。

あるいは、新婚カップル自身も、まだその時点では妊娠に気づかずに、そういうことを言ったんだろうか。それとも、できたのか、できてないのか、はっきりしないまま戸惑って、つい、こんなことを言っちゃったとか」

「ぼくにはわかりません、いまでも。

だけどね、こうやって歳《とし》くってから考えてみると、まあ実際、結局、人間ってのは、こういうもんかもしれないなあ、って思えるところもありますね」

「あ、そう来ますか」

「うん。やっぱり、人間、いくら心配があったって、好き合ってる同士なら、つい、それはそれで、ってところが、あるだろうなと」

「あ、それ、きっと」

「明日のことまで思い煩《わずら》うな、その日の苦労はその日だけで十分である、って、これ、聖書にありますけど、同じような気持ちは社会主義国なら社会主義国で、なおさらあったんじゃないかな、とも。たとえ爆撃の下でも、子どもはできてくるものですし。腹がへってても、やっぱり」

「彼らの赤ちゃんは、その後、どうなったんですか？　その娘さんは」

「大きくなって、お医者になったそうです」

「あ、そうなのか」

「両親のほうは、娘がハイティーンになってから、離婚しました」

仕事の時間が迫っている。

森ちゃんは、人ごみをかきわけて走り、渋谷駅東口から深夜運行のバスに乗る。

窓ぎわのシートに、彼は座っている。高樹町《たかぎちょう》から六本木にむかうにつれて、光の塔のような高層ビルが見えはじめる。だんだん、そこに満月がかかってくる。

●

「――で、ぼく自身は、東京で大学に入ってからは、航空工学専攻で修士課程まで行きました。あのころ、神田界隈《かいわい》には、大学がたくさんあった。学生運動がさかんになるにつれて、デモがあったり、機動隊員がジュラルミンの楯《たて》を構えて路上におおぜい並んだり、若者たちが石なんかそこに投げたりして、年がら年中、えらくにぎやかな街だったんです。だけど、ぼくは、社会のことをほんとに何も知りませんでね、同世代の学生たちが、どうしてそういうことをやってるのかも、わからなかった。自分の大学の校門がバリケードで塞《ふさ》がれたときも、門番役みたいなことをやってる活動家の学生に、学生証を見せて通してもらって、研究室に通ってましたから。

何のために、こういうことをやってるの？　って訊《き》けば、きっと彼らだって教えてくれたんだろうけど、それさえ思いつかなかった。目の前の実験の日程とか、そういうことだけで頭がいっぱいで。あれは何だったんだろうかって、ちょっとは考えてみたりするようになったのも、ずいぶんあとになってからのことですから」

「でも、そのあと、坂上さんは、航空工学の世界を離れる。そして、交通博物館の学芸員となる。どうしてだったんですか？」

「結局、つまらなかった、というのが、一つありました。

あのですね、日本が太平洋戦争に負けて、戦後まもなく、アメリカの占領下にあった時期には、日本の大学では航空工学というものの研究自体が禁じられてたんです。飛行機って、軍事にからむ分野だから。ですから、たとえばジェットエンジンの開発なんかに関しては、その数年のあいだに、日本は取り返しがつかないほど立ち後れた。結果から見るなら、そのことが自動車産業のほうを発展させたとか、YS－11みたいな国産プロペラ機を生んだとか、そういうことはあるでしょう。だけど、やっぱり、そこに、ぼくの進路の上での選択ミスがあったなって、あとになって思いました。というのは、ぼくが大学で勉強したような航空工学っていうのは、産業社会への貢献を個別的な研究分野でどう果たすかということに限られてきていて、ぼく自身がテレシコワの宇宙飛行のニュースなんかを聴きながらぼんやりと憧《あこが》れてたような、まあ言ってみれば、ダ・ヴィンチとかライト兄弟みたいな先人たちの空への夢とか、それから、古代ギリシアの人たちが思い描いたイカロスの飛行とかですね、そういうような世界とは、ほとんど縁の切れたものになってたんです。

流体力学上の精密な技術論だけではなくて、ぼくとしては、どうしてライト兄弟は二人揃《そろ》ってずっと独身で通したんだろう、とか、その妹も彼らを手伝いながら五〇代までやっぱり独身でいたらしい、とか、そういうことも同じくらいに大事なんだけど、研究室で誰かとそれについて話そうとしても、お互い、話が通じないんです。そんな悠長なことから考えていけるような分野ではすでになかった」

「だけど、そういうことから考えていけるような学問分野って、いまでも、あるんでしょうかね。たとえば、宇宙工学ならもっと良かったかというと、それも、あやしい気が……」

「あやしいですね。たしかに、それは」

電波に乗って、坂上さんの声が、笑う。

「——ですから、ぼくの場合は、むしろ、どこか間違って、大学ってところに長く居すぎたんだと思います。正直言うと、そのことに怖《お》じ気《け》づいちゃった、というか。

深い山あいの川やなんかで、高ーい吊り橋とかを渡ったことがありますか？　ああいうところで、ふと、足もとが気になったりすると、はるか下の岩場や深みが見えたりして、急に体がすくんじゃったりしますでしょ。航空工学、ロケット工学、宇宙工学……って、工学技術は際限なく範囲を広げていく。これ、ほんと、目がくらむほど高いところを歩いちゃってる気がしたんですよ。ふだんは、なるべく、そういうことを意識しないようにはしてたんだけど。

こうじゃない、こうじゃないんじゃないかって思いながらも、コースから外れるのも怖くて、大学での流れに乗ってついていった。だけど、あるとき、とうとう足もとにちらっと目をむけたら、そこは高い高い橋の上で、目がくらみ、体がすくんで、にっちもさっちもいかなくなった、というところです。もうちょっと地面に足がくっついてる場所で働くんじゃないと、自分はやっていけそうにないな、って、やっと気づいたっていうか。

まあ、そんな次第です。工学部の修士課程を終えてから、もういっぺん文学部の学部生といっしょに必要な授業を受けさせてもらって、学芸員の資格を取ったんです。たまたま、運良く、近くの交通博物館で学芸員の募集があった。そして、しばらく働いてるうちに、HOゲージの電車をパノラマのなかで運転する役回りがめぐってきた。うれしかったです。上野動物園のおサルの電車がぼくは好きでね、大学にいるあいだも、よく一人で見に行ったりしてましたから」

「え……、そうなんですか？」

「はい。なんか、ほっとするから、あれを見てると。ちいさなサルが運転してる電車に、人間の子どもも大人も、みんな、やけに、にこにこしながら乗せられて」

「えっと……上野のおサルの電車って、たしか、廃止になったんでしたね。動物虐待《ぎゃくたい》だとか、批判が寄せられて」

「そうです。交通博物館に勤めはじめて、一年ほど経《た》ったころだったかな。ぼくとしては、おサルの虐待っていうより、どっちかっていうと、人間によるおサルへの服従ごっこに見えてたんですが。服従ばんざーい、みたいなね。

ちょうど、学生のころ、『猿の惑星』ってSF映画も流行《はや》ったんです。人間の文明が滅んだあとの世界で、あべこべに、サルが人間を虐待してるって話。こっちのほうは、へんに生まじめで、服従ばんざーい、なんてことは言いそうになかったけど。

だけど、それにしても、どうしてテレシコワのヴォストーク6号のことは、誰も、かもめの虐待って、あのとき言わなかったんだろう。〝わたしはかもめ、わたしはかもめ〟って、あれだけ甲高い声で彼女は怯《おび》えて叫んでたのに。ぼくらは、ラジオからのその声を、にこにこしながら聴いていて」

「……ありがとうございます。ちょっと、ここでCMとヘッドライン・ニュースの前に、一曲はさみましょう。曲は……」

時計は、午後一一時をさしている。

待ちきれず、ヒデはとうとう研究室の椅子《いす》から立ち上がる。

机の隅のラジオから、ピーター・ラファージの陽気ではあるが哀《かな》しみを帯びた太い声で、「アイラ・ヘイズのバラッド」が流れている。スイッチを切る。パソコンの電源も落とし、引き出しからクルマのキーを出す。

彼は、外の駐車場の暗がりに出ていく。足もとのアスファルトの窪《くぼ》みに、水たまりができていて、円い月の影が映っている。

●

光の塔のような高層ビル、その三五階のFM局に、瀬戸山はやって来た。妻の死をはさんで、およそひと月半ぶりのことである。

スタジオに入ると、ガラスごしのブースのなかで、西圭子が幸田の隣に座ってニュース原稿を読み上げている最中だった。幸田は、ピンホールがある白いシャツを着て、マリンブルーのタイをつけている。ふだんは身だしなみの良い彼にしては珍しく、頰に、ひげの濃い影が見えていた。

彼らの向かいの席には、五〇代後半くらいに見える小柄な男性が、グレーのありきたりなスーツ姿で、きちんと両手を膝《ひざ》に置いて座っている。きょうのゲストなのだろう。肌はやや浅黒く、半白の長めの髪を七三に分け、かぎ鼻で、彫りが深く、目に静かな光がある。しばらく、その横顔を眺めていた。

夜の東京の街が、彼らのむこう、ガラス張りの窓の外に、光の野となり広がっている。東京タワーが、オレンジ色の光を受け、そのなかに立っている。見慣れた景色でありながら、しばらくぶりに見るせいか、どこかしら、つくりものの世界のように思われた。

ディレクターの内田が、コントロールルームのミキサー卓の前から、こちらにむかって微笑とともに会釈《えしやく》する。

「お疲れさまです。いよいよ、復帰ですね」

抑え気味の声で、彼は言う。そして、壁面の電光時計を目で確かめる。

「――このニュースのあと、ゲストのトークも、あと五、六分で終わりますから。……どうも、きょうは話が地味すぎて、盛り上がりがいまいちで……。そこのソファにでもお掛けになって、もうちょっと、待っててください」

無言のまま、微笑だけを返して、瀬戸山はうなずく。そして、またブースに目をむける。

きょうという一日にも、政界のスキャンダルがあり、殺人があり、鉄道事故があったらしい。海外でのテロ事件も、芸能人の離婚も。

西圭子の声が、電波に乗って、それを告げている。その声が、モニターから漏れてくる。

●

〈……メジャーリーグ、ニューヨーク・ヤンキースの松井秀喜《ひでき》選手が、レッドソックス戦の守備中に左手首を骨折して退場しました。トーリ監督によりますと、松井選手の試合への復帰までには、今後、

少なくとも、二、三カ月は必要だろうということです。これによって、松井選手の連続試合出場記録は一七六八で途切れ……。〉

●

絵理という名の少女は、テレビ朝日通りのほうから、光の塔のようなビルの正面へと回りこみ、広場へ続く階段を上ってくる。トートバッグの携帯電話にイヤホンをつないで、歩きながらラジオを聴いている。

広場のむこうに、地上五五階、高層ビルがそびえて見える。広場の手前に、丸い庇《ひさし》のエスカレーターホールがある。長いエスカレーターが、地下鉄駅から、この時間になってもビルへの来訪者たちを運び上げてくる。

少女は、エスカレーターホールのすぐ脇《わき》で、植え込みの前のベンチに腰掛ける。バッグに深く手を差し入れ、中にあるものをもう一度確かめる。耳のイヤホンをはずす。そして、うずくまるように、膝を両腕で抱えて、夜の空を見上げている。

●

西圭子は、原稿を読み終える。それと同時に、手もとのカフのレバーを下げ、自分のマイクを切る。テーブルの上で、原稿の紙をとんとんと軽く揃え、椅子から立ち上がり、彼女はブースを出てくる。

「お疲れさまでーす」

と、コントロールルームのディレクター、ミキサー、ADたちにひと声かけて、彼女は職業的な笑みをばらまく。瀬戸山にも、同じように目の端で。そして、そのまま、足早にニュースルームへと去っていく。

ブースのなかでは、幸田が自分のカフのレバーを上げて、マイクにむかって話しだす。

●

「えー、《幸田昌司のナイト・エクスプレス》、今夜は、ここまで、あさって五月一四日で閉館となる東京・神田の交通博物館で学芸員を長年つとめてこられた坂上伸二さんをゲストにお迎えして、お話をうかがってきました。

さて、坂上さん。そろそろこのコーナーも時間が尽きてきたんですが、最後に、ご自身のことも含め、これからのことをうかがっておきたいんです。

神田の交通博物館は、いよいよ、これで閉館。ただ、聞くところによると、来年秋、さいたま市に新しく〈鉄道博物館〉という施設がオープンする予定だとか？」

「はい、そうなんです。

つまり、施設名の上では、戦前の創設の原点に、もう一度立ち返るわけです。新施設も、実物展示を中心とすることは、変わりません。日本の鉄道一三五年の歴史と、未来にわたる技術的な革新、これを両輪として二一世紀にふさわしい展示施設となるはずです」

「そうしますと、坂上さんも、今後は、そこを新しいお仕事場に？」

「いやいや……」

笑いながら、この男がてのひらを左右に振る様子が、防音ガラスごしに、コントロールルームの瀬戸山の目に見える。

「――もう、わたし自身は、鉄道模型の運転も、三〇年余り、存分にやらせてもらいました。定年にはほんのちょっと早いんですが、働いてきた神田の交通博物館といっしょに、こちらもお役御免をお願いしました」

にこやかに、合掌するようなしぐさをしてみせる。

「えっ、そうなんですか？　だったら、坂上さんの展示運転も、あと二日だけと？」

「ええ。まあ、そうなります」

「そうなんだ……。

そうしますと、月並みなことをうかがいますが、このお仕事を続けてこられた上で、一番の思い出は？」

「うーん……」

顎《あご》に指を当て、この男は真剣な面ざしで、五秒ばかりも、じっと天井をにらんだ。やっと、向きなおる。

「――結婚かな。実は、ぼく、あそこで展示運転をしながら、彼女に目をつけたんですよ。小学校の先生で、引率で来てたんだけど、新米らしくて、子どもたちが騒々しくて……」

六本木六丁目のバス停で、森ちゃんは、バスを降りる。地下通路への階段を駆け下り、六本木通りをくぐって、広場への階段を小走りに上がってくる。光の塔のようなビルが、その正面にある。深夜にかかっても、人通りがまだ多い。淡い逆光で、影のように見える人びととすれ違いながら、彼は進んでいく。

「ぶっ殺してやる！」

背後で、甲高く子どもの声が聞こえて、彼は振りむく。

ランドセルを背負い、つば付きの制帽をかぶったちいさな女の子が駆けてきて、彼の脇をすり抜ける。向きなおると、正面のビルのほうからも、同じような格好の別の女の子が駆けてくる。

「死ね！」

言い返し、互いに突撃し、ぶつかりあうように、二人の女の子は笑いながらもつれあう。そして手をつなぎ、逆光の奥のほうへと影になって駆けていく。

夜更《よふ》けに、制服の小学生の女の子たちが、こんなところで遊んでいる。塾帰りか。親の迎えを、こうやって待っているのか。この街では、子どもたちまでコウモリみたいだ、と、森ちゃんは感じる。

「ちょっと……」また、背後で、呼び止めるような声がする。つぶやくような女の声である。「あんた。……おい、あんたってば」

俺？　確信がないまま、つい、彼はまた振り返る。

「――わかる？　……あたしが誰だか」

チュニックを着た少女が、そこに立っている。

彼女は、歯ががちがち鳴りだしそうなのをこらえて、やっと、それだけ声に出す。

●

〈……あんなところに海がある、と、その若者は気づく。

地上三五階のスタジオの広い窓から、右手に、いつものように東京タワーが見える。昇りはじめた朝日を斜めに受けて、陽の当たる部分の鉄骨に、朱色が映える。背後のビル群は、まだ、なかば靄《もや》のなかに沈んでいる。

さらに、目を凝らす。それらのビルとビルのあいだに、にび色の海らしい平面が、わずかに覗《のぞ》いている。海に違いない。だんだん、それは紅色を帯びてくる……。〉

●

落ちついた男の声優の声が、たんたんとその原稿を読んでいる。

《幸田昌司のナイト・エクスプレス》の最後のコーナー、連続短篇朗読ドラマ「ラジオ・デイズ」のオンエアが始まっている。生放送ではなく、収録による放送である。今回まで、再放送の音源による〝東京タワー特集〟が続く。

その声が、スタジオのコントロールルーム、局内のニュースルームやディレクターズルームにも、それぞれのスピーカーを通して流れている。ブースのなかのアナウンサー席は、天井からのライトが当たったままだが、いまは無人である。

深夜零時の番組終了後、ただちに、翌週分の「ラジオ・デイズ」収録が、このスタジオで始まる。いまはスタッフたちも、それぞれの打ち合わせや準備作業などに散っている。

「悪いな。無理して来てくれたのに。この通り、収録が始まるまでには、もう少し時間がかかりそうだ」

丸椅子に腰を掛け、ぎしぎし軋《きし》ませながら、幸田は瀬戸山に言っている。ディレクターズルームの喫煙コーナーのなかである。幸田自身はたばこを吸わないが、瀬戸山は、窓べりに立ってたばこをふかしている。

「――内田のやつ、パブリシティのことで、また営業部ともめてるらしくてね。いよいよもって、あいつ、ひねくれディレクターぶりに拍車がかかって、困ったもんだ。レアものの曲ばっかり、やたらとかけたがるんだよ。〝もうじき、こういうノリのが、また来ますよ〟とか、いったん言いだしたら強情で。俺はそれでもいいんだけど、営業にしてみりゃ、あれじゃあ、たまんない。レコード会社とのタイアップとか、イベントがらみのパブリシティとかで、もっと流しておきたい新曲が、彼らにはいくらでもあるんだから。もうちょっと相手の立場も理解してかからないと、交渉事というのはどうにもならないんだが、内田ときたら、〝ああいうのは音楽のクズだ〟とかって一点張りだ。おかげで営業の連中は、クレームひとつつけるにも、こんな時間まで待たされて。俺は、彼らのほうに同情するね。率直に言って、ここんとこ、ちょっと内田はあぶないんじゃないか」

苦笑しながら、片目をつむり、こめかみあたりを指先でこつこつ叩《たた》いてみせる。

「そうか。たいへんだな……」

誰が、たいへんなのか。はっきりしない返事をかえして、たばこの灰を瀬戸山は落とした。頰のまわりに、淡い憔悴《しょうすい》が翳《かげ》になって見える。原稿を書き上げたばかりの疲れを思って、幸田はそれを聞き流す。

「そんな次第でね。

おまけに、今夜は、ミキサー役のADまで遅刻だな。……まあ、もうじき来るだろう」

「ぼくは、かまわない。べつに、急いで帰るような用事もないから」

「あ、……そうそう。さっきゲストで来てもらってた坂上さんっていう人ね、交通博物館の学芸員なんだが、高校生のとき、ラジオでテレシコワのヴォストーク6号からの声を聴いてたんだそうだ。例の〝わたしはかもめ〟の。それで、航空工学に進んだんだと。こっちは、よっぽど君の〈マリヤの電報〉のことを話そうかと思ったが、小説の話題は彼には畑違いかもしれないし、やめておいた。ラジオのナマっていうのは、そのへんのところが難しい。相手をもたもたさせる話題に迷い込んだら、その日のテーマから大きく離れた妙なところで、はい、時間切れ、ってことになりかねない」

「へえ……。そういう人がいるもんなんだな」話しながら、窓から街を瀬戸山は見下ろす。目の下の道路は、ゆるやかに曲線を描く銀色の流れとなって、東京タワーのほうへと続いていく。「ぼくは、もちろんまだ生まれてさえいなかったものだから、〈マリヤの電報〉は、テレシコワの声を聴いたこともないまま書いたんだよ」

「そうなのか。俺には、それもまた、想像しにくいことだけど。ところで、前にも言ったが、〈ラジオ・デイズ〉も、もう、これまで書いてきたのが一五〇篇あるわけだ。君が気に入っているものだけでも、いくらか筆を加えて、そろそろ短篇集として本にしていくのがいいと思うんだ。いくらなんでも、このままじゃ惜しいだろう」

「そうだな……」

少し身をかわすように、また瀬戸山はあいまいに返事する。

「さて」

幸田は両手で自分の膝《ひざ》を叩き、相手の注意を引きもどす。

「――きょうは、打ち合わせってほどのことは、特にないんだ。だから、俺たちだけで、もう、これは片づけちまおう。

きょう収録の原稿については、さっきメールで送ってくれたやつ、あれでオーケーだって内田が言ってた。おもしろいって。俺はもうスタジオに入っちゃってたから、曲の合間に、ざっと目を通せただけなんだけど。いい感じじゃないか、出だしとか」

「そう言ってもらうと、ちょっとは安心できた。しばらく休みをもらうと、よけいに、書きはじめるのがこわくて」

窓べりに立ったまま、たばこを灰皿にすりつける。

「あとは、変更がひとつある。

声優の有馬さんなんだけど、収録の予定は空けておいてくれたんだが、きょう午後になって、急に俺の携帯に電話があった。で、〝いま、まだ長野の松本なんだ〟って言うんだよ。戸隠《とがくし》のほうまで家族でキャンプに行ってたそうなんだが、きのうの夕方、帰りの高速道路で、玉突き事故に巻き込まれちゃって、息子が腕の骨を折るだかして、あっちの病院で入院したままなんだって。まだ学齢前の子どもだから、できれば、もうしばらく病院にいてやって、いっしょに戻ってこられるようにしたいってことなんだ。つまり、誰かピンチヒッターを探してみてもらえないかと。有馬さん、ディレクターの内田には直接言いづらくて、とりあえず俺んところに電話してきたんだな。

内田と相談した。だけど、このコーナー、声優はずっと有馬さん一本で来たんだから、きょうの収録の分だけ、べつの声優にやってもらうのも、なんか変だろ？　そうかといって、収録を先延ばしするって言うと、編成部がうるさい。で、結局、どうせ一回限りのことなんだから、いっそのことアナウンサーに原稿を読んでもらおうっていうのが、内田の判断なんだ。突発的な事態は今後もあるかもしれないし、いっぺん、アナがどれだけやれるか試しておこうって。いかにも内田らしい、むちゃなやり方だけど。

どうかな？」

「どうって？」訊《き》き返しつつ、瀬戸山は肩をすくめる。「ぼくがどうこう言ったって、いまさら結論が変わるわけじゃないだろう」

「そりゃそうなんだけどさ。事後報告ではあっても、いちおう、作家の意向は尊重しておきたいんだよ」

また苦笑して、幸田は片目をしかめた。

「アナって、誰？」

ひと呼吸置いて、彼は答える。

「西さんだよ、もちろん。こんな時間の仕事に、わざわざ彼女以外のアナを呼び出しても、くどくど文句を聞かされるだけだから」

「だけど、いきなりそんな話じゃ、彼女だって困るだろう」

「だいぶ渋られた。自分は俳優でも声優でもないんだから、こういう仕事は無理だって。例によって、そこを内田が強引に拝み倒して、……絶対に一度だけ、って念押ししてから、しぶしぶ引き受けてくれたんだよ」

「もう、原稿は彼女に渡ってるの？」

「もちろん。ちゃんとコピーをとって渡してある。いま、きっと青くなってニュースルームで下読みしてるよ。

でも、それはそれとして、こうやって出来あがってきた原稿を見せてもらうと、けっこう、これ、西さんに読んでもらうのがぴったりな感じじゃないか。案外、けがの功名かもしれないぞ」

知らず知らず頬が赤らんでくるのを感じて、瀬戸山は目をそらす。

「まさか。さっきスタジオで行き違ったとき、なんだか彼女、妙にこわばった顔をしていたよ。ぼくまで恨まれることになりそうだ」

「まあな」椅子《いす》から身を乗りだし、幸田は笑いだす。「機嫌がよかったとは言えないね」

「ニュース原稿を読んだりナレーションを入れたりするのと、きっと、ぜんぜん違うんだよ。朗読って、いくら淡々とやるのでも、あれはあれでひとつの演技なんだから。準備なしには、ほんと気の毒だ」

「わかるよ。わかる」

笑いにまぎらせながら、鋭い痛みのようなものが胸に甦《よみがえ》ってくるのを幸田は感じている。

「まったく、迷惑な話だなあ……」

瀬戸山は窓の外を見る。

●

「……誰？」

森ちゃんは、淡い闇《やみ》のなか、少し目を細め、声をかけてきた少女のほうへ、一歩、踏み出しながら尋ねる。

少女は後じさる。

「自分で思いだせ、それくらい」声が上ずり、かすれている。さらに力をこめて、彼女は声に出す。

「なさけない」

「へ？」

呆《ほう》けたように、森ちゃんは、口をなかば開けている。

「わからないの？」

彼はうなずく。

「じゃあ、ヒント、ひとつだけ出したげる。あたしがあんたに二度目に会ったのはね、去年の年末。渋谷のCDショップで、ジョニー・キャッシュのCD買ったでしょう？」

「はー？」

理解できずに、いっそう大きく口を開け、森ちゃんはわずかに首を振る。

「タイトルはね、『ビター・ティアーズ』」

「……買った」

「あたし、バイトしてたんだ。あそこのカウンターで。

CDを差しだされて、珍しいのを買う人がいるもんだなと思った。だから、よく覚えてる。いまどき、カントリーの古いアルバムなんて。でも、ジョニー・キャッシュがモデルになったハリウッドの映画が、もうじき来るんだって思いだした。あ、これはミーハーなお客なんだなって気がついて、どんなやつか顔見てやろうと思って、目を上げたんだ。そしたら、あんただった。あたし、すぐにわかった。でっかい、そのミッキーマウスみたいな耳にも覚えがあった」

「あ、あ、ちょっと待って」手で制し、森ちゃんは懸命に思いだす。「たしかに……買ったよ、……買った。あそこの店で。ただ、あれは仕事で頼まれただけなんだ。俺……きっと人違いだと思うけど」

「知ってる、仕事で買ったことくらい。領収書を書かせたもの。ここのFM局宛《あて》に。ヒントは、もう、これでいいでしょ。いいかげんに、あんた、自分で思いだしなよ」

「あの……俺、いまから仕事なんですよ」彼は逃げ腰になる。高層ビルへの入口のほうを、距離を測るように、ちらりと見る。「急いでるんで」

「刺すよ。いま、そういうことやったら」はっきりした声で、少女はそう言う。トートバッグから、右手を出す。太い柄《つか》、折り畳みのナイフらしいものを、畳んだままで握っている。「殺したって、しかたないと思ってる。あたしは」

目をみはり、身をこわばらせ、それが発する鈍い光を森ちゃんは見る。

あのときのカウンターでの体の震えを絵理は思いだす。

その日からあと、時間があると、ダウンコートの下にセーターを重ね着し、毛糸の帽子をかぶり、使い捨てカイロを下着にいくつも貼《は》りつけて、ここの広場の端のベンチに座りつづけた。実際、時間はいくらでもあった。この場所は、待ち合わせの若者たちがいつも周りに大勢いて、少女ひとりが座っている分には、警備員も見とがめなかった。あちこちの監視カメラも、また。そうするうちに、この若い男の姿を、五度、六度と、人通りのなかに見かけた。だんだん、彼のここでの勤務のパターンらしいものもわかってきた。

やがて春になった。三月なかば、午後二時を過ぎたころだった。早朝から局に入っていた若い男が、やっと、またビルから出てきた。午前のうちは雨だったが、すでに上がっていた。思いきって、この日は、相手の後をつけてみようと心に決めていた。いま、どんな暮らしをこの若い男がしているのか、確かめたかった。インターネットで、あらかじめ護身用のナイフを買っていた。

距離を置きつつ、見失わないように注意しながら後をつけ、地下鉄ホームでは相手とひとつずらしたドアから車両に乗り込んだ。乗り換えを一度してから、乗降客の少ない陰気な駅で降りた。地上に出ると、扁平《へんぺい》な町が国道の両側に広がっていて、雨上がりの水たまりがアスファルトの路面に続いていた。若い男は、すでにずっと前のほうを歩いていて、倉庫らしい角のところで、急に左へ折れた。そこまで後をつけたところで、不意に気づいて、悪寒《おかん》が頭へ突き抜けた。

この町並みには、来たことがあった。一四のとき、あの男たちにクルマに乗せられ、両側から挟み込まれて、来たのだ。胃袋を強く絞るように、吐き気が湧《わ》き上がる。恐怖心を抑えつけ、なお、相手の若い男を追っていこうとしたが、足がこわばり、前に進まなかった。別の道に折れ、駆けだすと、恐怖がさらに込みあげた。右足のモカシンが脱げたのがわかった。それでも、立ち止まれずに、なお走った。道路を横切るとき、迫っていたトラックが激しくクラクションを鳴らした。どれだけ走ったのか、わからない。何度かつまずき、もう一方のモカシンも脱ぎ捨て、走りつづけた。運河の橋を二度ばかり渡った。息が切れると、早足で歩いた。そしてまた走った。ソックスだけの足は濡《ぬ》れ、凍えていた。とうとう立ち止まると、もう動けなくなり、そこでしゃがんだ。そうしているうち、銀色のミニバンが近くで停まるのがわかった。逃げる気力は、もうなかった。無精ひげの肥《ふと》った大柄な男が降りてきた。

男物のでっかい長靴を、その男はくれた。少し離れたところに立ち、頭上を旅客機が通りすぎていくのを黙って眺めていた。だんだん、悪意が相手になさそうなことだけはわかった。別れぎわに名刺を渡され、それがヒデだった。

「気持ち悪いんだよ。てめえは、ずっとおんなじで」

いま目の前にいる、若くて痩《や》せ形のジージャンの男にむかって、少女はどなる。

「——あんなことやっといて、それから四年……五年近くも、いったいどうして、おんなじところにずっと住んでられるんだ。自分でそれが気持ち悪くもなんないところが、気持ち悪いんだよ。

テーブルに包丁突き立てられたくらいで、びびって警察呼ぶくせに。人を見る目がないんだよ。あんな怖がりのおっさんが、人、刺したりできっこ、ないじゃん。見たら、わかるよ、ふつうだったら。

おまえの感情なんて、死んでるのとおんなじなんだよ。ゴキブリ。死んじまえ」

震えながら言い、少女は、ナイフを手に、さらに近づく。反射的に、相手は身をすくめる。

涙が出てくる。

「あ……すいません」

とっさに相手は、小声で言う。

「何がだよ？　何について謝ってんの？」

若い男は、黙って首を振る。

通りがかりの人たちが、振り向きながら、何も声はかけずに去っていく。にやにや笑いあうカップルの顔が、ビルの明かりに照らし出されて見えたりする。

「あの……、失礼ですけど、どなたでしょうか？」

いまになって、森ちゃんは訊く。

「まだわかってなかったの？　てめえが、五年近く前に、仲間といっしょにマワした女だよ」

少女はどなる。

「あ……」

二度ほど、小刻みに彼はうなずく。

「そんでもって、親父《おやじ》は、てめえらへの監禁、恐喝、暴行の犯罪者として、ブタ箱に入れられて。何べんも何べんも、おんなじことやってたんだろう。だから、てめえらがマワした女を見ても、もう平気になっちゃって、思いだしもしないんだろう」

森ちゃんは、ぶるぶる首を振る。

「――なんにも変えられないまま、ただ調子よくやってるつもりでいるみたいだから、復讐《ふくしゅう》させてもらうからね」

「ごめん。すみません。もうしませんから」

ぺこんと、彼は頭を下げる。

「やくざじゃないんだからね。うちの親父だって」

「え？」

見当がはずれたように、森ちゃんは口をまた開ける。

「なんとかしてよ。もうちょっとはマシかと思ってた。みじめだよ、こっちが」

みじめ。俺だって、そうだ。その感慨が、一瞬、彼をつらぬく。

「――あたしだって、あんたなんか、刺したくないよ。こわいし」

「お願いします、それは。この通り」

土下座しようとするのを、とっさに、蹴飛《けと》ばすように、彼女は足先で止める。

「だめ」

もう一方の手を添えて、ナイフの刃を伸ばす。

「――あんたのせいだからね」

頰に涙が流れているのを、彼は見る。

両手でナイフを構え、少女は斜めに振り下ろす。

右の太腿《ふともも》のあたりに熱いものが流れたように、彼は感じる。

「あっ」怯《おび》えて、彼女は息をつき、とっさにナイフを収める。「もう、いい。あとで、病院でも、適当に行ってよね」

叫ぶように言い、トートバッグからガーゼタオルを引き出して、相手の足もとに彼女は投げる。

彼女は駆けだす。相手の脇《わき》をそのまますり抜けて。そして、地下鉄駅へのエスカレーターを小走りに降りていく。ナイフを握っていた右手が、激しく震えているのを彼女は感じる。もう片方の手で、力を込め、それを抱えるように抑え込む。


「あのさ、幸田さん。千恵のことだけど」

窓べりに立ったまま、瀬戸山は、ふだんは日に数本だけにしている一ミリグラムのたばこに、また火をつける。いま、この機会しかないと思いきり、彼は切りだす。

「なに？」

丸椅子の上でゆっくりと上体を動かし、幸田は向きなおる。

「警察に言われるまで、俺、気がつかなかったんだけど。あの日、彼女に電話してたんだって？　千恵が死んだ日」

「そう」彼はうなずく。「電話した」

「何か、あったの？　彼女と」

息をのむ。相手の息づかいも、瀬戸山は感じる。

「あった。……そう言うべきだろうな」

「そうなのか……」

床に目を落とす。フローリングの木目をわけもなく目で追った。

「四カ月あまり、そういうことがあった。彼女がまだ局にいたころに。ただ、もう終わっていた。互いにそう決めて、それは守ることができた。俺のなかの未練まで否定するつもりはないけれど」

「幸田さん。俺は、あなたを恨みに思うかもしれないよ」

「それは仕方のないことだと思ってる」

「俺はね……」

顔を上げ、目を合わせる。

「――千恵が死ぬとき、いったい彼女が何を見て、どんなことを思っていたのか、このひと月あまり考えてきた。

正直に言って、いまでも、わからない。だけど、これは俺に限らず、きっと死別というのは、そういうものなんだろうな。

もっと前から、不安はあった。仕事を辞めてからの一年、ことあるごとに、彼女は自転車であそこの土手の上の道を走っただろう。バレエの講習がある水曜は、昼ごろ出かけて、日暮れ前には買い物なんかも済ませて帰ってくる。よく笑った。幸せだって、彼女は言う。だけど、どうなんだろうな。いったい何をさして彼女がそう言うのか、自分がわかってるっていう自信がなかった。ずっとそうだった」

「彼女は、ごくふつうの女だった。というより、ごくふつうの人間だったと言うべきなのかもしれないが」

はっきりした口調で、決めつけるように幸田はそう言う。

「――そして、そのことに、俺はずいぶん慰められたし、励まされてきた」

「どういうこと？」瀬戸山は、いくらか語気を強める。「さっぱりわからない」

「これは俺なりの言い方になるんだが。

たとえば、三〇代なかばの夫婦が住まいを探して、不動産屋に行くだろう。不動産屋は〝賃貸よりも、思い切って分譲マンションを買ってしまいなさいよ〟と勧める。そして、〝頭金が足りなければ、ご実家のご両親に借りればいいんです、ほかのこととは違って、住まいを買うためになら出してくれるものですよ〟とかって、入れ知恵したりするだろう。それがいいかな、と考える者がいる。そんなこと、思ってもみないし、考えるのもいやだという者もいるだろう。俺が言ってるふつうの人間っていうのはね、その前者、つまり、そんなふうに他人から言われたら、一度はそんなふうに考えてみる人間のことだよ。不動産屋なら、さらにいろいろ言うわけだ。〝たとえ一戸建てで三五年のローンを組むのでも、考えてごらんなさい、ご実家のご両親はいつかは亡《な》くなるものなんです、その遺産の相続分をまとめて繰上げ返済に充《あ》てればローンの期間は短くなるし、支払い総額も安く済む、世間っていうのはそういうふうに回ってるものなんです〟ってね。ふつうの人間は、そこで、また、なるほど、そういうものなのかな……と考えをめぐらせることになる」

「言っとくけど、千恵は、そんなタイプじゃない。そういうことには、無頓着《むとんちゃく》なたちだったから」

瀬戸山の目に、怒りの色が浮かびだす。「それに、彼女はずいぶん苦労もしながら育った人間だ。ちっちゃいうちに、母親は彼女を置いて家を出た。父親だって、遺産だなんていうほど裕福な人じゃなかった」

「セトちゃん……」

ゆっくり、心なしか悲しげな口調に戻って、瀬戸山を、幸田はこう呼ぶ。

「――俺が言ってるのは、そうじゃないんだよ。ふつうの人間っていうのは、いいかい、まず、いったんはそういうことも考えてみる、ということだ。右に揺れ、左にも揺れる。その場その場で、いろんな条件を勘定に入れながら、あえてそこからどれかを選んだり、互いの妥協点を探したり、あきらめたり、やせ我慢もしたりしながら、生きている。

苦労した人間なら、なおさらそういうことが多かったんじゃないのかな。これは、当たり前のことだよ。ふつうの人間というのは、この当たり前のことをいつでも考えに入れておける人間だっていうことだ。俺には、それが良くないことだとは思えない。ただし、そうじゃない人間もいる。意地を押し通して生きようとする人間もいるだろうし、自分の描いた理想だけを食い尽くすように生きてしまう人間もいるだろう。

もちろん、俺は、君にお説教できるような立場じゃない。けれど、彼女はそういうタイプじゃなかった、と君が言うのは、違うと思うな。君は、たぶん、むしろ君自身のことを話しているんだろう。自分の目でものごとを見るように、人もまた同じ目で見て、同じように考えるものだと、期待しすぎるんじゃないのかな。俺自身が、そうだった。だけど、たとえ夫婦でも、現実にはそういうことはない」

「幸田さんは、自分の失敗の経験から、それが保証できるって？」

せいいっぱい皮肉をこめたつもりで、瀬戸山は言う。

「それもある。保証とまで言うつもりはないけれど」

「俺より、あなたのほうが、千恵のことをよく知ってるって言いたいの？」

「まさか」

怯えたような瀬戸山の目を、幸田は見る。

「——ただね、俺は、君のことならある程度は知っている。かなり長いあいだにわたる熱心な読者として。それから、友人として。自分としては、いまでもそのつもりでいるんだが。

この歳《とし》になって俺が思うのはね、家族とか、男と女とかっていうやつは、結局、いちばん低いハードルをともにする結びつきに過ぎないっていうことだ。高邁《こうまい》な目的意識を分かち持ち、そういう高いハードルをともに越えようというんじゃない。むしろ、同じところに寝て、朝起きて、相手の寝顔を見て、それほどいやにならない——、その程度のことで、毎日、毎日、続いていく。

だけど、隣に寝ている男の顔、女の顔が、いやにならないっていうのだって、ハードルはハードルだ。低くてもね、それを越えながら日々を過ごしていくのは、簡単なことじゃない。これがどれだけ奇跡的なことであるかは、俺の失敗だらけの経験からでも想像はつく。

いまの俺には、また改めて、そんな立場にまわる度胸はない。せいぜい、三度の飯は金を払って自分一人でとることと、アイロンがけの上達を心がけたいと思っているよ」

「だけど、きょうのあなたの身だしなみは、いつもより少し崩れているね」

「そうだな……」てのひらを自分の頬にやる。ひげが昼間よりさらに伸びて脂《あぶら》じみ、いやな感触となって、そこに残る。「まあ、こんな日もある。寝起きに我が身をぐずぐず思い返したりした日には、ろくなことがない」

一本もらうよ——と断わって、幸田は椅子から腰を浮かせて、相手の手もとの箱からたばこを引き抜き、そこにあるライターで火をつける。むせながら、煙を吐いて、さらに言う。

「――俺はね、見込みのない色恋沙汰《ざた》の相手の女を思って、泣いて暮らしたりする男じゃない。いや、たまにそういう気分になることも、まったくなかったとは言わないが。

いつか、誰かとすべてを理解しあいながら死んでいけるというのは、虫の良すぎる想像なんじゃないのかな。せいぜい、生き残る側の者は、死んでいく相手について、理解しきれずにきたことを悲しみながら、見送ることでもできれば上出来で。だが、現実には、なかなか、それも難しい。生き残った人間は、ただ安心が得たくて、死んでいった者について、なんだかんだと決めつけたがるだけだ。だけど、まだ時間はある。君は、ものを書いていく人間だ。彼女について、これからわかっていくことだってあるだろう。俺みたいに、ただしゃべりっぱなしで、何もかも薄れるに任せてしまう人間に較《くら》べれば」

いま、二人のあいだを、三崎千恵が、笑顔に八重歯をのぞかせて横切っていくのを、幸田は感じる。瀬戸山は、街のバーで彼女と飲んだくれた夜のことを思いだす。結婚からまもなくのことだった。店主と話しこむうちに、彼女ひとりがいつのうちにか街にさまよい出て、無人の交番の長椅子《ながいす》で横たわり、気持ち良さそうに眠り込んでいた。その姿を。

唇を歪《ゆが》めて、幸田はたばこを灰皿に捨てる。

「俺はね」

ガラス窓を背に、瀬戸山は話しだす。

「――いまさら、あれこれ幸田さんに尋ねたいとは思わない。それを正しく判断できる自信も、俺にはないから。けれどね、千恵の最後のときのことを、やっぱり知っておきたいんだよ。彼女は、一人で死んだ。そこにいられなかったことが、俺は悲しい」

「だろうな……」

うなずいて、窓の外、おぼろに光がさまよう夜の空に目を移す。

「──彼女があんなことになる半月ほど前、一度だけ、俺は電話したんだよ。彼女の携帯に。声を聞くのも一年ぶりだった。会って話がしたい、って俺は言った。毎日、毎日、こうしているのが、つらい、もう耐えられそうにない、って、言ったんだ」

「それで」震えを帯びた声で、瀬戸山はうながす。「彼女は、何て?」

「返事はなかった。じっと、しばらく黙っていた。

そのあと、〝二週間、待ってほしい〟って、彼女は言った。〝自分でも、よく考えてみたいから〟って」

──こん、こん、こん……。

喫煙コーナーを区画している強化ガラス板を、外のディレクターズルームのほうから叩《たた》く音がした。

二人は、同時に、そちらへ目を向ける。

西圭子が、笑顔でそこに立っている。ガラスごしに、ぱくぱく口を動かしながら、スタジオのほうを大きなしぐさで指さしている。強化ガラス板を隔てて、声はほとんど聞こえない。「ラジオ・デイズ」収録の準備ができたことを知らせにきてくれたらしかった。

ふふ……。

瀬戸山が笑い声を漏らして、幸田も笑った。

もうじき行くから──と、二人もしぐさで彼女に伝えた。身をひるがえし、彼女は駆けるように去っていく。

目を瀬戸山のほうへ戻し、また幸田は話しだす。

「――二週間待って、俺はもういっぺん彼女に電話した。それが、あの日だ。昼過ぎだったろう」

「一三時二分」

「そうか……。そうだな」

苦笑して、幸田は続ける。

「――警察も一度電話してきた。そんなことを言ってやがったな。〝立ち入ったことを訊《き》くつもりはないけど、これも仕事だから〟とか、むにゃむにゃ言い訳しながらね。連絡は、それ一度きりだったが。

一三時二分か、その時間に彼女に電話した。けっこう何度もコールしてから、やっと彼女は出た。考えてくれた？　と、俺は尋ねた」

ため息をつき、瀬戸山は窓の外を見る。

ほとんど同時に、東京タワーに当たる照明が落ちた。黒い巨大な影になり、その塔は都市の濃紺の夜のなかに沈んでいく。

「で？」

振り返り、憔悴《しょうすい》に逆らうように、瀬戸山はうながす。

「〝うん。でも、会えない。会わないことにする〟と、彼女は言った。〝いま、こうしているのは、わたし、ほんとうに、いっしょうけんめいに考えて、決めたことだったから〟って」

微《かす》かにうめき声を漏らし、瀬戸山はその顔を手で覆《おお》う。

表情を抑えたまま、相手に目を注ぎ、幸田は話しつづける。

「――いま、どこにいる？　って、俺は尋ねた。

彼女はね、バレエ教室に行く途中で、いま、自転車で多摩川の土手の道にさしかかったところだと言っていた。

俺は、それが彼女の最後のときだったとは思わない。あと二時間あまりをさらに生きていた。きっとあれから、講習仲間たちといっしょにバレエを踊ったし、みんなと別れて、また多摩川の土手を一人で走ったんだろう。

ただ、あのときはね、こう言ったんだ。

〝天気が良くて、気持ちいい風が吹いてる。だけど、もう桜はほとんど散っちゃってる〟って」

●

《ヒデさん。ごめん。いままで連絡しなくて。

あと30分くらいしたら、こっちから電話する。どこかで、待ってて。》

●

スタジオでは「ラジオ・デイズ」の収録準備が整っている。

重い防音扉を引き開けて、幸田、瀬戸山がスタジオに入ると、ディレクターの内田、アナウンサーの西圭子、プロデューサーの今井が、コントロールルーム脇《わき》のソファに集まっていた。

「おう」

プロデューサーの今井は、幸田のベルトあたりを手の甲で軽く叩く。そして、大きな腹を揺さぶって、張りのある声を響かせ、赤ら顔で愉快そうに笑った。仕立てのいい背広がはだけて、赤いネクタイが腹の上でよじれている。

「――きのうは、お互い、ちょっと、やりすぎたな。俺なんか、朝起きたら足に痛風が出ちゃっててさ、きょうは絶食だよ。この歳になると、もう、リブ・ローストはいかん。ワインも、どうもね。足だけじゃなく、午前のうちは、頭までがんがんした。

次回からは、昼に松花堂弁当と番茶だな」

バリトンみたいな声で、また笑う。

「俺もリブ・ローストの分は体重落としてやろうと思って、けさ、ジムには行ったんですけどね」兄貴格の相手に、幸田は応じている。「ランニング・デッキの上でも、腹がぐるる、ぐるる、って鳴るもんで、往生しましたよ」

こんなふうにプロデューサーまでが「ラジオ・デイズ」の収録に顔を見せることなど、普段、めったにない。きょうは瀬戸山の「復帰」の日だと聞きつけて、「陣中見舞い」に寄ってみたとのことだった。

力まかせに入口の防音扉を開いて、若い男が息を切らせて飛び込んでくる。ADの森ちゃんである。

「すいません、遅くなっちゃって」肩で息をはずませ、一同に頭を下げている。「それと、内田さん。『DYLAN』ってアルバム、やっぱ、手に入らなくて」

「オーケー。ないなら、しょうがない。あったら、ぜったい来週、この番組で、かけてやろうって思ってたんだけど」禁煙パイプをくわえたまま、これから収録する原稿を手に丸め、内田は答える。

「ところでさ、おまえ、それ何？」

茶色のガーゼタオルが、森ちゃんの右腿《みぎもも》に縛ってある。それを彼は指さす。

「あ……」

口をなかば開け、森ちゃんはぐるりと皆を見回した。

「いま流行《はや》り？　てなわけないいか」

今井が冷やかすと、一同、どっと笑う。血がそこに滲《にじ》んで、黒く見える。だが、誰も、それには構わない。

西圭子ひとりが、すでにブースに入って、ヘッドホンをつけ、瀬戸山の原稿を下読みしている。防音ガラスごしに、その様子が見える。

こちら側では、森ちゃんひとりが皆から離れ、コントロールルームのミキサー席に着く。ライトの下、張りつめた西圭子の横顔を、防音ガラスを隔てて彼は見ている。原稿の文字を目で懸命に追って、微かに、彼女の顎《あご》は動きつづける。

腿のガーゼタオルに、いよいよ血が滲んで広がる。左手をそっと伸ばして、そこを押さえる。額に汗が浮いてくる。タオルの乾いた部分で、血に濡《ぬ》れた手をぬぐう。細い草の葉が、幾筋か、タオル地の繊維にからまっていることに彼は気づく。指先に取り、そのうちの一本を、ブースから差してくる淡い光にかざしてみる。フェーダーのつまみに右手の指をかけ、おおよその音量のレヴェルに見当をつけておく。

トークバックのスイッチを、彼は押す。

「えー、西さん、聞こえますか？」

西圭子が、防音ガラスのむこうから、こちらを見る。彼女も手もとのトークバックのスイッチに手を伸ばす。

「はい、聞こえてます」

スピーカーを通して、彼女の声が答える。

「じゃあ、マイクチェック、お願いします。原稿、どっか適当なところ、読んでいただけますか？」

「はい、了解です。……だけど、難しいっ！　チェーホフの引用とかっていうのまであるんだよ。これって、プロの役者さんか声優さんじゃないと、やっぱり、無理だよ」

軽いパニックのなかにあるのか、マイクごしに高く声をたて、彼女は笑う。森ちゃんは、相手が笑いやめるのを、ただじっと待っている。左手に、さらに力をこめ、つかむように傷口を押さえる。

「――おかしいところがあったら、ADさん、ちゃんと厳しく言ってよね」真顔に戻って、原稿をめくり、彼女はそこに目を落とす。「はーい、準備できました。……じゃ、読んでみます」

トークバックを切る。カフのレバーを上げる。そして、原稿を読みはじめる。

森ちゃんは、コントロールルームの薄暗がりのなか、ミキサー卓のピークメーターの光の動きをにらみながら、指でフェーダーのつまみを滑らせる。

●

光の塔のようなビルの上に、月が出ている。東京タワーの黒い影の上にも。

だんだん、それは、西の空のほうにむかって落ちてくる。

●

「はい、オーケーですっ！」

トークバックを通して、勢いよく、森ちゃんが告げる。

西圭子は原稿を読みやめる。

森ちゃんが座るコントロールルームのミキサー卓の傍らに、ディレクターの内田がやってくる。幸田、瀬戸山、プロデューサーの今井も、ぞろぞろとその後についてくる。マイク一本だけの単純な収録なので、ここでの作業はディレクターの内田とADの森ちゃんですべて済ませることになっている。

ブースのなかから、西圭子は、防音ガラスごしに、瀬戸山の姿を目で探す。ブースは明るく、コントロールルームは暗いので、彼女は目を凝らす。目が合うと、少し笑う。声は、互いに聞こえない。原稿を手に取り、肩をすくめ、おどけて泣き顔をつくって見せて、ひらひらとそれを振る。

「じゃあ、本番、いきましょう」

トークバックのスイッチを押し、内田は声を張りあげる。西圭子は、このディレクターのほうへと目を向ける。

内田は、ミキサー卓の傍らで、防音ガラスにくっつきそうになるところまで体を乗りだし、ブースの西圭子にはっきりと見えるように、右手を高く上げる。キュー出しの合図である。彼女はその手に目を注ぐ。五、四、三……と内田は指を折っていき、〝どうぞ〟というような気取った身振りで、最後にてのひらを彼女のほうへ差しのばす。

〈……いつも、逃げながら生きているような気が、少しする。

ナイトショーで映画を観《み》た。連れの青年を置き去りにして、その少女は、吉祥寺駅から京王井《い》の頭《かしら》線の電車に乗る。渋谷で、東急東横線に乗り換えた。都立大学駅で降りれば家には近いのだが、そうする気にはなれなかった。そのまま乗り越し、多摩川駅までやってきた。もう、終電車に近い時間だった。

暗い駅前に、ぽつんと、コンビニエンスストアの照明がともっていた。スクリュー式キャップの赤ワインの小瓶、ミネラル・ウォーター、それに、くるみパンを二つ買う。明け方前の防寒用にと、ビニールの使い捨ての雨ガッパも。

多摩川の左岸に出た。昼には、しょっちゅう通っていたのだが、こうして夜に歩くのははじめてである。土手の道に上がり、下流にむかって、暗がりのなかをしばらく歩いた。空に、高く満月に近い月が出ていた。広い川原では、ゴルフ練習場の巨大なネットが、黒い直方体の影になっていた。そのむこうに川の流れがあって、対岸の家並みの灯りや、月の光をちらちらと映していた。歩くにつれ、星も少しずつ、位置を変えているようだった。

ときおり、暗がりのなかをジョギングしてくる人影とすれ違う。ぬっと、その人たちは闇《やみ》のなかから現われて、すぐにまた闇に消えていく。こわくはない。自分にそれを確かめる。

遠い対岸を走るクルマのライトが、黒い水面に並行しながら滑っていくのが見えた。家並みの影と灯りも。高層ビルが二棟、周囲の低い家の影から、突き出るように建っている。のっぽの兄弟みたいに棟つづきになっていて、片方の棟は四〇階くらい、もう片方の棟は三〇階ほど。ふたつのビル棟を、空中で一カ所、連絡橋がつないでいる。エレベーターが三基ずつ、それぞれのビルに動いているのが、素通しに見えていた。エレベーターの明かりは、互い違いに上り下りして、停まる。しばらくすると、また動きだす。こわくはない。こんな時間にも、あんなふうにしきりに動いている人たちがいるらしいのが、不思議だった。川のこちら岸は、土手下から、ゆるい丘陵地へと続いていて、そこにも一戸建ての家の灯り、暗い道と街灯、高いマンション棟の窓の灯りなどが広がっていた。

携帯電話を開くと、そこにも、ちいさな灯りがともった。母親に電話しようかどうか、しばらく迷った。

——きっと、あの人は、五度ほどコールしてから、電話口に出るだろう。

「もしもし……わたし。いま、多摩川。うん、土手の堤防にいる」

とか、わたしは話すことになるだろう。

「——今夜はいい天気だし、月も出てるし、朝までここにいるつもり。お母さんも、こっちに来ない？　ワインもあるよ。くるみパンも。……タクシーで、一五〇〇円くらいで来れるでしょ。駅三つ分だけだし」

だけど、きっと、そこでしばらく間が空くだろう。そして、

「無理よ、そんなの……」

とか言うだろう。

「――もう、お風呂《ふろ》に入って、パジャマ着ちゃったし。あした、仕事も早いから……」

「うん、わかった」

川原の暗い道で、ひとりでうなずく。

「それより、女の子一人で危ないわよ、そんなところ。わかってるはずでしょ？　早く帰ってらっしゃい……」

「あした、きっと帰るから」

それだけ言って、こちらは電話を切ってしまう――。


斜面の草地にガーゼタオルを広げて、腰を下ろした。カーディガンをバッグから取りだし、はおっている。対岸の、のっぽ兄弟ビルのエレベーターの一台が、また昇りだす。ワインの小瓶のキャップをひねって、ひと口飲み、夜空を見上げる。

膝《ひざ》を抱き、彼女は、ぎゅっと胸のほうへ引き寄せる。

上空のどこかに、たくさん浮かんでいるであろう人工衛星。地球との交信も絶ち、果てしなく飛び続けている火星探査機。この地上の巨大なパラボラアンテナは、二億キロ離れた探査機が発したわずか一ワットたらず、携帯電話ほどの出力の電波も、ちゃんととらえたりするのだそうだ。太陽より、さらにずっと遠く隔たった場所からの信号。わたしも、また、そういう一つであるとして。

ワインを、またひと口。

そうしているうち、だんだん眠くなってくる。そして、彼女は、あの日のことを思いだす……。〉

西圭子は、ひとりブースのなかに座って、この原稿を読んでいる。

幸田、内田、今井らは、ソファに集まり雑談している。

コントロールルームでは、森ちゃんだけが、ミキサー席で、彼女が朗読する声を聴いている。

瀬戸山は、ショルダーバッグを肩に掛けなおすと、ソファの男たちに目で合図を送り、スタジオの外に出る。局のエリアからも出て、長い廊下を歩く。そして、地上三五階のエレベーターホールで「下り」のボタンを押し、より上層の階からエレベーターが降りてくるのを待っている。


……あの日は、朝のうちから暖かく、よく晴れていた。

土手ぞいの町側に続いている桜並木は、もう、ほとんどの花が散っていた。

川のほうに向かって、あのときも若草の斜面に坐《すわ》った。このあたり。草丈は、もっと、ずっと短かった。昼どきにかかるにつれて、陽のぬくもりが、いっそう強く肌に伝わってきた。膝を抱き、川原のグラウンドの野球の試合を眺めていた。そのむこうで、川の流れが陽射《ひざ》しを受けて、きらきら光っていた。

川下のほうから、風はそよいでくる。薄い雲が、ところどころに、高く、ゆっくり動いていた。目をつむる。

犬の名前を呼ぶ声。自転車で並んで走り、笑う声。携帯電話で話す声。微風に乗って、いろんな声が、とぎれとぎれに耳の後ろから囁《ささや》くように聞こえてきた。

かたん――。

背中の後ろで、軽い、ばねをはじくような金属音がした。

土手の道ぎわに、自転車を停め、スタンドを立てた音だ。わかっていた。振り向きたいけど、がまんして、そのままの姿勢で待っていた。

「……いた、いた」

女の人の声がした。声は明るく、ふくみ笑いが混じっていた。草を踏み、スニーカーが斜面を降りてくる。黒いストレッチパンツに、スミレ色の薄手のセーター。肩が触れあいそうなところに、その人はしゃがみ、顔を横からのぞき込んできた。

「――元気だった？」

気持ちが見透かされそうで恥ずかしく、ただ、こくんと、首を縦に振る。

女の人は、きれいな大きめの口もとに、笑みを浮かべている。けれど、目の周りは少し赤くて、花粉症なのか、瞳《ひとみ》が潤《うる》んで見えた。

できることなら、見えないほど高いところにある上層雲のこととか、地球温暖化のメカニズムの複雑さ、とか……最近聞いたばかりの話を、この女の人にも話したい。けれど、相手は、せいぜい週にいっぺん、ここで行きあうだけの人である。名前も知らない。

「どいつも、こいつも」いきなり、その女の人は、大きな声で言い、ごろんと草の上に仰向《あおむ》いて寝ころぶ。両手を頭の下に組み、青い空を見上げている。豊かな長い髪が、風になびき、幾筋か、形のいい唇にかかる。その動きを、じっと見た。「根性ないやつばっかりで。泣けてきちゃう、こっちが」

そう言って、女の人は目をつむる。そして、むせるように、こほん、こほん、と泣きはじめる。息をのみ、その様子をうかがった。広い二重の瞼《まぶた》が、微《かす》かに震えている。閉じたままの切れ長な目尻《めじり》から、涙が、ぷる、ぷる、ぷる、と、ビーズ玉のようにこぼれだす。丈の短い若草の上にそれは落ち、根元へ滑って、黒い土のなかへと沁《し》みていく。

女の人の隣に坐ったまま、川の真上の空を見あげた。

「わたしさ……」やがて、女の人は目を開き、寝ころんだまま、片肘《かたひじ》を立てて頭をてのひらで支え、くっきりとした切れ長な目で、まっすぐにこちらを見て、言った。「あなたの顔、好きよ。幸福と不幸が、いつでも混じりあっているような。ちゃんとそれを感じて、受けとめているのって、きっと、大事なことだものね」

風で髪がかかり、女の人は目を細めている。

「えっと……」思いきって、やっとそう言う。「なんか、悩んでるんですか？ ……たとえば、好きだった人のこととかで」

「まあね、そんなところ」

女の人は微笑する。

「あの……どういう感じなんですか？」膝を抱えたまま、顔だけを女の人のほうに振り向け、尋ねてみる。「おとなの人が、そういうことになるきっかけは」

「うーん……」彼女も坐りなおして、膝を抱える。いっそうまぶしそうな目で、川の流れのほうを見た。「ほんと言うと、あんまり覚えてないんだよね。そういうときって、けっこう、わたし、酔っぱらっちゃってたもんだから」

「そうなのか……」

「だけど、そうなったっていいや。って思ってるところが、やっぱり自分にあったわけだから」

「うん」

彼女から目を離し、川の流れに目を向ける。同じ景色を二人で見ていることが、うれしかった。

「さあ、もう、わたし、行かなくちゃ」腕時計を確かめ、女の人は、あわてたように立ち上がり、ストレッチパンツの草を払っている。「バレエの講習が始まっちゃう。……ちょっと、遅刻かな」

背筋をぴんと伸ばし、川に向かって立っている。両足先を開き、かかと同士をくっつけて、澄まし顔で両腕を上げていく。

「――アン・オー……」彼女は言う。両膝を少しずつ曲げていく。「……プリエ」

また腰を浮かせ、腕を前と上に伸ばして、片足を後ろに高く上げ、

「……アティチュード」

斜面でぐらぐらしながら、ポーズをつくって、彼女は笑う。それは、一瞬と言ってもいい短いあいだのことで、すぐにまたポーズは解いて、もとの彼女に戻っている。

「――もう行くわ。また、ここで、会おうね」

女の人は、斜面を五、六歩、自転車のほうへ上がっていく。

草の上に坐ったままの姿勢で、上体だけを後ろにねじ曲げ、去っていく彼女の姿を見送った。何か言いたいと思ったのだが、言えずにいた。いつも、こんなときには、もう二度と会えないのではない

かという気がするからだ。

「あのね」

土手上の自転車のところまで上がったところで、女の人は、こちらを見下ろしながら、言った。

「――人と別れるのが不安なときには、相手を後ろから見送ったりしないのが、いいんだって。知らん顔して、ほうっておく。それが、一種のおまじない、っていうか。そうしておいたら、きっと、また会えるんだって」

自分の気持ちが伝わっているのを不思議に思いながら、その声を聞いていた。

「わかった?」

女の人は訊《き》く。

「パラボラアンテナみたいに?」

とっさに、訊き返す。

「え?」

恥ずかしくなり、うつむいて、首を振る。一人きり、心がおかしくなるほど離れていても、かすかに、つながっている。そのことが思い出されて、口にしてしまったからだった。

「――だからね」女の人は言う。「あなたは、いつもみたいに、川、見てれば?」

そうした。

川のほうへと向きなおり、膝を抱く。白い鳥が、水面すれすれに飛んでいき、だんだん、空に上がっていくのを、目で追った。

青い空。薄い雲がところどころにかかっている。果てのない海のような広がりに、白く波がたっていた。体ごと、空に落ちていきそうだった。

「またね……」

女の人の声がする。目を閉じ、そのままの姿勢で、うなずいた。

かたん――。

自転車のスタンドを外す音が、かすかに、背中の後ろで聞こえた。

バーミリオン

スタートラインからゴールラインまでのあいだに、一〇台のハードルが立っている。

少女が二人、ピストルの合図で、クラウチング・スタイルからスタートした。ハードルごとに、その両脚は、機械じかけみたいに、地面と水平に跳ねあがる。左脚は前へ。右脚はほとんど真横へ。大きく開く。四本の脚が、跳躍の次の瞬間、かくっ、かくっ、と折りたたまれ、すぐにまた伸びていく。ハードルからハードルまで、八ｍの間隔を三歩で走り、また同じ右脚で踏みきって、次のハードルを越えていく。

スタンドに、屋根はない。市営グラウンドの観覧席はただのコンクリートの段々で、二〇段ほど、日差しの下にむきだしになっている。四〇〇ｍトラックの直線区間、もうちょっと正確に言えば、南側のホームストレートに沿って、それは続いている。グラウンドをはさんだ北側は、金網のフェンスになり、そのむこうは、すぐに草むした土手の傾斜が下っていく。こぶしほどの石がころがる、幅広の河原がある。そのなかほどに、ようやく川が流れている。スタンドの上のほうに立つと、川の流れが見える。水は不透明で、青緑色だ。浅瀬があるせいか、ところどころ、白い波を立てている。

平日の午後である。近くの女子中学の陸上部員たちが、トラック競技を練習している。観衆なんか、もちろんいない。ただ、スタンドまんなかあたりの最上段に、男女二人が、所在なさそうに座っているだけだ。

女は、袖なしのバーミリオンのワンピースで、黒いレース地のカーディガンを脇に置いている。青いレンズのサングラスをかけているのが、この街あたりでは、目立って派手である。およそスポーツ観戦の格好じゃない。チューリップハットみたいな、白い木綿地の帽子をかぶっているのが、かえって、いくぶんわざとらしい。サングラスのフレームは銀だ。

「暑いわね、まだ。」

夏の気配を残した日差しが、ワンピースの大きく開いた背中に、照りつける。女は、ハンカチーフを、額に軽くあてる。色白だけれど、シミなんか気にかけない性分なんだろうか。鼻のあたまの毛穴が開いて、汗の粒が浮いている。

男のほうは、これと較べれば、ありきたりな初期中年のいでたちである。からし色のチノパンツに、コードパンのベルト。ワンポイントマークが入ったポロシャツを着ている。そう、この年ごろの男たちなら、会社が休みの日には、まあ大概こんなものだ。けれども、きょうは木曜日である。会社、さぼったのかな？　だから、この男女、トラックのほうから見上げると、けっこう目につく。

「おっ、と。あぶない。」

コンパクトな双眼鏡に両目をくっつけたまま、男はつぶやいた。一〇〇mハードルのコースは、四〇〇mトラックのこちら側、ホームストレートに並行して取られている。男の双眼鏡は、そのあたりに向いている。二組目の少女のペアが、スタートする。双眼鏡のレンズは、この動きについていく。

いま、片方の少女の前脚が、第一ハードルのバーを、つま先で蹴ったのである。

「前脚」というのは、「リード脚」とも言っている。「踏みきり脚」の反対側、ハードルを先に越えていくほうの脚である。右足で踏みきったら、左脚は、まずしっかりと膝を折って引き上げ、そこから、すばやく前に突き出すようにして、バーを越える。ハードルは、そうやって、ぎりぎり低く越えるのがよろしい。うしろに残った踏みきり脚は、やはり膝をちいさくたたんで引き上げながら、水平方向に回すように、バーの上すれすれを抜いていく。つまり、跳び越すというより、またぎ越す。体の上下動をできるかぎり少なくして、前方へ、前方へと、ゴールにむかって走力を働かせる。けれど、こんな複雑な動きを、バランスよく自分の体にたたき込むのは、難しい。だから、毎日、いっそう単調な練習が続く。ついては、柔軟な股関節も欲しい。

——河上。もっとディップだ、ディップ！——

スタートラインのわきから、若い男のコーチが、すかさず声を飛ばしている。ランニングシャツの肩口から伸びる腕が太い。トランクスの両脚も、黒く日に灼けて光っている。

「なんて？　なに言ってるの？」

青いレンズを振りむけ、スタンドの女が隣の男に尋ねた。白い額に、眉根を寄せている。

「上体を、もっと前傾にして、突っこませろって。こわがって、ハードリングするとき、腰が引いちゃってるから。」

淡いうぶ毛と、肌のかんじ。男は、女の顎のあたりを見て、とっさに桃の実を連想する。

「あいかわらず、やせっぽちね。」

自分の質問のことは忘れてしまった様子で、走路の少女のほうに視線を戻して、女は言った。男は、それには返事せずに、また双眼鏡を目に当てる。倍率も精度も、たいしたことない。期待したほど選手の様子が仔細には見えないことに、彼はちょっと、いらいらしている。

少女に蹴られたハードルは、ぱたんと倒れて、ラインの石灰を舞いちらす。少女は、前のめりに平衡を崩し、三歩で走るはずのハードル間が四歩になり、次の第二ハードルは反対の左脚で踏みきって、かろうじて越えた。その次のハードル間も四歩で走って、踏みきりは右脚に戻ったが、スピードはもう落ちていて、第四ハードル手前で彼女は脚を止めてしまった。

もう一人の選手は、そのまま走っていく。スタートのスピードに乗り、かくっ、かくっ、と軽快に両脚を水平方向ほぼ直角に開きながら、一〇台のハードルを越えていく。ポニーテールの髪が、ぽんぽん、規則正しく揺れる。両コースに並ぶ二〇のハードルのうち、左コースの一台目だけが倒れている。

ハードルのバーを白黒まだらに塗り分けるようになったのは、二〇世紀初頭のことらしい。

「なんだか、走路全体が、でっかいバーコード模様みたいだ。」

ぼーっと目を開けていると、男には、そんなふうにも見えるのである。

女は、もう一〇年のあいだ、ハードルを蹴った少女と、言葉を交わしたことがなかった。少女が、スタンドの自分を、目にとめてくれればいいのにと思っていた。

《1. 親権の定義

親権は、一般に、親子という固有の身分関係から派生する、未成年の子を監護養育するためにその親に認められた権利義務の総称であるといわれる。民法は親権の具体的内容として、居所指定権（八二一条）、懲戒権（八二二条）、職業許可権（八二三条）、財産管理権（八二四条）、身分上の行為（養子組等）の代理権等を定める。

2. 親権概念の変遷

しかし、親子法も、家のための親子法から親のための親子法へ、さらに親のための親子法から子のための親子法へと歴史的に展開してきている。今日においては、親権は、親が子どもに対して持っている「権利」としてとらえるべきものではなく、未成年の子どもの養育や財産の管理などを通じて、未成年の子どもの利益を実現する親の「義務」「責任」として理解されるべきである。

3．子どもの権利条約の視点

子どもの権利条約（児童の権利に関する条約）にも、親の権利としての規定はない。子どもの権利条約においては、「親が子どもの養育及び発達について第一義的な責任を有する。子どもの最善の利益は、これらの者の基本的な関心事項となるものとする」という養育責任の側面から規定されており（一八条）、子どものほうが「できるかぎり……その父母によって養育される権利を有する」（七条）としている。》

（「親権とは何か」、日本弁護士連合会子どもの権利委員会編『子どもの虐待防止・法的実務マニュアル』）

走りをやめた少女は、いったんコースから外に出ている。

彼女は、バレエのレッスンみたいに背筋を伸ばし、右脚を地面と水平にもち上げた。膝は真横で直角に曲げて、つま先を後方に流すようにそらしている。その姿勢をとったまま、第四ハードルを横目にじっとにらんでいる。切れ長な目が動くのが、スタンドからもわかる。

三回、四回と。この動作を繰りかえした。

「ユメちゃん、髪、切ったんだな。」

男は、双眼鏡を目から離して、女に言った。

女は、下唇を軽く噛んでいる。少女は、緑のランニングシャツとトランクス、眉は薄く、上腕や太ももはまだ細い。ちょっと胃下垂ぎみかな、と男は感じる。けれど、それが中学二年の女の子として、背の高いほうか低いほうかも、彼にはわからない。

ハードリングのタイミングを、こうやって少女は、自分で計りなおしているらしい。それが終わると、ゆっくりした駆け足で、スタートラインのほうに戻っていく。首筋までのおかっぱの髪が、ばたばた上下する。

「ちっちゃいんだって。お弁当が。」

とんちんかんな受け答えを、また女はした。

「なに。」

「お弁当箱。」女は、ときどき、つっけんどんになるのである。「こーんなにちっちゃいの。いまの母親。あの子が陸上やってること、わかってるのに。」

両手の親指と人差し指で楕円をつくって。女はサングラスの前にかざしてみせる。いったいどこからそんなことまで聞いてくるのか、男にはわからない。

一〇年前、女はユメとその父親、つまり当時の夫との家から出ていった。女は若くて結婚し、そのときもまだとても若かった。娘にはもちろん後ろ髪を引かれていた。けれど、それよりも、これから先の人生のことが彼女を駆り立てていた。つなぎ止めるものを断ちきるために、彼女は、夫の心を何度も切り裂いた。夫は、悲鳴のような声を上げて、彼女をひっぱたく。女は泣く。だが、彼女にはよくわかっていたのである。自分自身が、夫をそんなふうな状態に、誘い入れていることを。

決断というものを、このとき、彼女はいくぶん甘くみていた。他者を回復しがたく傷つけた記憶、それが自分を灼くのである。抵抗のすべさえなかったわが子に対しては、もっとそうだ。決意したことへの記憶。のちになって、それが、自分のなかで、大切な場所にもういっぺん手を差し伸べることを阻むようになるとは、このとき彼女は考えてもみなかった。

娘はそのとき四歳だった。だから、いまのユメが、自分といっしょに過ごした暮らしを、なんらかのかたちで憶えているだろうとは想像できた。けれど、それがどんなふうにであるかは、わからない。いつでも、問題は、予測できることにではなくて、推し量れないものの側にある。

ユメは、わたしを憎んでいるのか。少なくとも、記憶に残っていることをかえってうとましく感じている、かもわからない。

せめて一〇秒でもそばに寄り、声をかけたい。でも、そうすることに、いまではためらいが働く。ユメのまわりを、ぐるぐる回る。そして女は、小島のまわりを巡りつづけるだけで、いっこうにそこに行きつけない、破船みたいな自分自身を感じていた。

「ハードルって、倒しちゃっても、失格しないの？　もし、そのまんまゴールまで走ったら。」

青いレンズのサングラスを、グラウンドのほうに向けたまま、女は男に声だけかけた。

もちろん、失格なんかしない。ぜんぶ倒したっていいのだ。

「うん。だけど、うまく低く越えていくほうが、スピードは落ちないから。」

ただし、手とか使ってわざと倒したら失格。ハードルを越すとき、脚がその外側を通過しても失格。

「不公平ね。」

それだけ言って、女はグラウンドの練習をじっと見ている。何を不公平だと女が言ったのか、男にはわからない。

それより彼は不思議だった。この女は、こんなに何度もハードル競技の練習を眺めに通っていながら、いっこう、そのルールを覚えようとはしないのである。数カ月に一度は、男を東京から飛行機で呼びつけ、自分も特急列車で二時間ほどかかる街から、わざわざここまで出かけてくる。

新しい母親とユメとのあいだが、うまくいっていないらしいの、と、このごろ女は男に言う。

頬や頭をはたかれる。

部活動を理由なく休まされるときがある。

テレビでバラエティ番組を観るのは禁止。

消灯は夜九時半。

現金をもたされない。

休日は、家からほとんど出られない。

新しい母親に、二年ほど前、男の子が生まれてから、それは急速にひどくなってきた。

「こないだなんか、ほっぺたに、つねられてアザみたいな傷が、できてたって。爪の当たったところから、血が出て。女の子のほっぺによ。」

目のなかに涙の玉をもりあげ、女は言った。

けれど、男は奇妙に思うのである。

近づけないはずの少女の身辺事情を、なぜ、こんなに詳しく女は知っているのか。牝鶏の腹のなかの卵の数を、正確に当てるみたいに。ひょっとして、妄想なのかもしれない。なぜそれを知ったか、もちろん女は男に何度か説明した。いとこの結婚相手の親戚の誰それの子どもがユメの同級生で、と、いったぐあいに。自分のアタマが悪いだけかな。男は思いなおしたりもする。だがそれは、脳ミソのシワの数みたいな問題ではなくて、結局のところ、彼がこの女に注ぐことのできる愛情の強度の問題なのかもしれなかった。

憎しみ。あるいは悪意。

人はそれに押し潰される。憎まれることによってではなく、憎むことで。悪意を投げつけられることでではなく、自分の悪意が増すことで。もちろん、憎まれるのも苦しい。けれど、それだってたいていの場合、これに値する過去への自責の念が、いまの自分を苦しめているのである。

女は、憎みたいのではなかった。たぶん。もとはと言えば、と、過去の自分のことを考えれば、誰を責めることもできないとも、彼女は感じた。だけれど、憎しみは、やっぱりじわじわ滲みだし、自分の顔がそこに映る。誰にもこれは止められない。いっそう彼女は苦しくなる。男は、彼女の心をよくわかっていた。いや、わかるような気がした。なぜなら、男も、人を憎んだ覚えがあったからである。

一〇年前、女には、好きな男がいた。

もし、そこまで駈けていくことができたなら、きっと、もう一つの新しい人生がありうるだろうと思っていた。

〇

——全国の陸上ファンのティーンズのみなさーん。

おっはようございい、まーす。

〔ハードルの高さとハードル間の距離〕

	距離	ハードルの標準の高さ（cm）	スタート線から第1ハードルまでの距離（m）	ハードル間の距離（m）	最後のハードルから決勝線までの距離（m）
男子	110 m	106.7	13.72	9.14	14.02
	110 m ジュニア	99.1	13.72	9.14	14.02
	中学 110 m	91.4	13.72	9.14	14.02
女子	100 m	84.0	13	8.5	10.5
	中学 100 m	76.2	13	8	15

さて、夏休み、いよいよ終わり近くなってきましたけど、お元気でしょーかっ。

はい。きょうの「夏休みティーンズ陸上教室」はですね、ハードル競走の復習です。現在一般に行なわれているハードル種目は、男子が一一〇mと四〇〇m。女子が一〇〇mと四〇〇m。そうなんです。ただし、中学での正式種目は、男子一一〇mと女子一〇〇mだけ、とこうなっているわけなんです。

はい。まず、こういう表をご覧ください。

中学から高校へ、みなさんの体が成長していくのに合わせて、ハードルの高さやハードル間の距離にも、こーゆーふーに段階が設けられているわけなんです。前にも申し上げましたが、ハードルは、微妙なバランスの動きが、全身に要求されるスポーツです。陸上競技のなかでも、とくに繰りかえしの練習が大事なんです。

さて、スタート線から第一ハードル手前の踏みきりまで何歩だったでしょうか？　そうです。全力疾走、八歩で走る。ここでどれだけのスピードに達せるかが、レース全体の速度を支配します。それから、ハードル間が、それぞれ三歩。

でも、中学から高校に進んで競技を続けようとすれば、さらに高いハードル、それから女子選手の場合には、同じ三歩でさらに長いハードル間の距離を走るためにも、また最初から全身のリズムを作りなおさなきゃいけないわけです。ここにも、もう一つの、人生のハードルが置かれている。なーんちゃって。

はい。じゃあ今日は、ハードルのまたぎ越しの練習から、やってみましょう。

(実際にやってみせるが、抜き脚がひっかかって、ハードル倒れる) あれ?

(もういっぺん。でも、ハードル倒れる) あれ?

(さらにもういっぺん。でも、ハードル倒れる) あれ?

○

もっとずっと前の話。

女は、とても若くで結婚した。

男は、同じ地方都市の大学生だった。

それまで、二人はいちおう恋人同士のつもりだった。だが、若い男女にとって、恋人というのは、特段、定義しようのないものである。まあそんなわけで、彼女が結婚相手に選んだのは、彼とはべつの人物だった。そうすることに、とりたてて後ろめたさを感じることもなかった。

「ごめんね。あなたも幸せになってね。」

このころ流行った女性ポップシンガーの歌詞みたいな言葉を残して、彼女は駅前の喫茶店から出ていった。

数カ月後、男は大学の卒業を待たずに、この街を出た。彼女はそれを知らなかった。けれど、はじめての妊娠が告げられたところで、幸せだった。

それから、二年余りのち。

女は、亭主が海外長期出張中の夜、電話番号を問い合わせて、男に電話をかけた。「おやすいごようです。」番号案内の女性の声は、東京じゅうの電話所有者を検索して、あっさりと男の居所を見つけだしてくれたのだった。

「ごめんなさい。わたしなの。」

電話器のむこうで、女は言った。

「ちょっと待って。」

ガスコンロの火を止めてから、男は電話器を持ちなおした。スパゲッティを茹でていたのである。電話を切ってしまう勇気を、男は持てずにいた。女の声は、電気的な距離を隔てて、長い、長いあいだむせび泣いた。

故郷のはずれの山上から、いつか女といっしょに見下ろした夜景のひろがりを、男は思いだしていた。街中のちいさな灯が、あのとき、人の心のありようのように、一つひとつ光っていた。光の野、あそこのどこかで、いま、女が声をあげて泣いている。

「ごめんね、わたし、これまで気づかなかったの。どんなにあなたが大切な人だったかを。それに、自分が、あなたをどれほど傷つけていたのかも。」

鼻みずをすすって、女が言った。

男は、しばらく、ぼんやりした。そして、

「傷つけてなんか、いない。」

とだけ答えた。そして、自分は、こんなふうに答えるように誘い込まれているだけなのではないかと、心のどこかで意識した。いまも、この女は、あの大きな目に、涙をいっぱいためているのだろう。その夜、女が電話をかける部屋のなかでは、もうすぐ三歳になる女の子が、赤いほっぺたをして子どもベッドで眠っていた。夢でも見ているのか、横向きになったり、ぱたんと大の字になったりしながら、何かもごもごロのなかで言っていた。

女は、真っ暗なガラス窓の外を見る。

東京の部屋で、男が窓の外を見ると、粉雪が舞い、その夜は積もりそうな勢いだった。故郷では、雪など、ほとんど降らないのである。

「こっちは、雪。

そっち、星、見えとる?」

受話器にむかって男はきいてみた。

彼も、このとき、べつの女の子と暮らしていた。けれど、その夜、たまたま彼女は、近所のファミリーレストランの深夜番のウェートレスとして、アルバイトに出ていたのである。

《7．養子縁組と離縁

養子縁組は、養子となるものが一五歳未満であるときは法定代理人(親権者、後見人)の承諾(いわゆる代諾)が必要であるが、一五歳以上の場合には、法定代理人の承諾は不要である。また、未成年者を養子とする場合、家裁の許可が必要であるが、自己または配偶者の直系卑属を養子とする場合は、家裁の許可は不要である(民法七九八条)。

それゆえ、虐待されている子どもが一五歳以上であって祖父母等との養子縁組を望んでいるときは、その子どもと祖父母だけの合意で縁組を届け出ることができ、虐待している親権者等の支配から逃げれることができる。逆に養親が虐待しているときは離縁の手続きが必要となる（本書4〜6参照）。なお、特別養子縁組は父母の虐待がある場合は、その同意なしに養親となる者が家裁に請求できる（民法八一七条の二以下）。》

（「虐待者から子どもを離すにはどのような方法があるか」、『子どもの虐待防止・法的実務マニュアル』）

いつも問われる。

奥さん。

お母さん。

どう思います？

ところで。奥さんでもお母さんでもないとき、あなたは誰？

もっと若いころ、何も考えずに、そこを通りすぎた。踏み越してしまってから、考えた。

わたしは生き損なったのかもしれない。自分の愚かしさともろともに。わたしは、いつもにぶい。

ぐるぐる、そこを回っている。

一〇年前。つまり、男のところに女が電話してから、さらに二年あと。

女は、婚家を捨てて東京にやってきた。空港に着いた午後、厚めにファンデーションを塗った彼女の右目の下には、青緑のあざが残っていた。

もっとも、ここで語られるべきことは、それからあとの男女の生活なんかではなくて、そこにいった彼らの二年間なのかもしれない。なぜなら、たいていの人間にとって、物事の成行きなんて、動きだしたときにはすでに半分以上決まっている。

ただ、自分というトロッコに乗っかっているしかない。トロッコは誰にも一台きりで、それぞれ、お決まりの走りかたをする。

あれ？

あれ？

あれ？

だが、もう止まらない。

それまでの二年間のあいだに、男も結婚していた。相手は、もちろん、ファミリーレストランでウェートレスのアルバイトをしていた女の子である。結婚を決め、世間並みの結婚式をした。けれど、そのあいだも男はずっと故郷の街と行き来して、女と会っていた。なぜそんなことをやってしまうのか。

「なんにも変わっちゃいない。」

無理にもそう考えて、男は、懐かしく思う。

なぜ、この女は、いまになって俺と会いたがるんだろう。なぜ俺も。

男は、週末か、あるいは会社の有給休暇を利用して、故郷の街に飛行機で通うようになった。もちろん、元ウェートレスの新妻には秘密である。往復割引を使って朝一番の便で行き、最終便で帰ってくる。男の月給では、月に一度出かけるのが、せいぜいだった。中古マンションのローンもある。けれど、せめて、ふた月に三回ぐらいは行きたいと思い、昼食代や同僚との付きあいを削って、努力していた。

一度、いや二度だけ、故郷の街から近い温泉地に一泊した。女が、まだ幼い子どもの世話を、誰にどうやって頼んで家を留守にしてきたのか、男にはわからなかった。

旅館のちいさな部屋で目がさめると、明け方の弱い光が、障子にぼんやり差していた。隣で女が眠っていた。

きりきり。

きりり。

きりきりりりり。

歯ぎしりの音をかすかに立てていた。

女が東京にやってきてから二カ月して、元ウェートレスの妻に、男は離婚したいと申し出た。彼女は、三週間ひとことも話さずに考えてから、離婚届に判を押した。

「ごめん。ありがとう。申し訳ない。」

そして、君がどれだけ自分を愛してくれていたか、よくわかっているつもりだと、男は余計なことを付けくわえた。

「もう、あなたの言葉を信じることはない。」

妻、というかウェートレスだった女の子は、少し目をそらした顔の角度で、即座に答えた。

「さよなら。でも、覚えておいて。わたしは死ぬまで、あなたがしたことを忘れないから。」

翌朝、男は、その家を出た。そして、故郷の街からやってきた女が借りていたアパートに、転がりこんだ。

結果から言っておくと。

この男と女がいっしょに暮らしたのは、六カ月と一二日。彼らの三七年間の人生からすると、七〇分の一ほどの時間だ。けれど、たとえどんなにちっぽけなものでも、人は、通りすぎた時間につまずき続ける。

「ずっと、このときを待っていた。」

そのとき男は、こう思った。

「ここにたどり着くまで、わたしはまわり道を重ねてしまった。だから大事にしよう。やっとここまで来たんだから。」

女も、そう思った。

幸福な時間に違いなかった。けれども、幸福というのは、真水のように透明ではなくて、いつでも、ほかの成分による濁りとまだらに混じりあっている。だからこそ、それは、誰の目にも映ることができるのだ。

男は、女のことを考えた。女は、男のことを。捨ててきた子どものこと、それから夫のことも、女は考えた。男は、ウェートレスだった元妻のことを。そして、それぞれが自分自身のことも、いくばくか都合のよいように。

純粋なものだけで、愛を育むことはできない。けれど彼らは、自分の心のうごきにとても鋭敏になっていたので、相手の心に潜む濁りも、よく見えた。どんなにわずかな翳が、相手の心をよぎるのも逃さなかった。

自分の内側をのぞけば、井戸の底のように、いろんなものが浮きあがって見えてくる。愛とは呼べないものが、そこには混じっている。

愛ならざるものが、相手の心を占めることに、彼らはおびえていた。だから、いつでも追い立てられた。なぜなら、人は、誰もが、自分の心の井戸を覗き込むことで、相手の心に潜む濁りを知るからだ。幸福に生きるためには、人はそこそこの汚れを許すことをも必要としている。透き通った真水に、魚が棲みつくことはできないからである。だが、彼らは、それを許さず、愛の名によって、互いに互いを灼いていた。

純粋ではなくても、もっと穏やかなもの。

人生の皮肉に向きあったときに湧いてくる、微笑や冗談。

お互いが、それに渇いていることを、背中にうすうす感じていながらも。

最後の夜。つまり、六カ月と一二日目の午前二時すぎ、二人は、新宿のはずれを散歩した。バーを出て、深夜営業の喫茶店で紅茶を飲んでからも、彼らはまだあの息苦しいアパートに戻る気にはなれなかった。秋のはじめで、盛り場の空にも、月と、いくらか星が出ていた。

「わたしたちの、いちばん穏やかな夜。」

そう言って女は振りむき、男の顔に目を止めて、微笑した。

ビルの黒い谷間に、神社の献灯が並んでいた。石畳が、暗がりに吸いこまれるように続いている。

進んでいくと、境内の広い空間に出た。高い木立の影に包まれ、それは巨大な闇の半球だった。

闇をわずかに破っているものが、二つだけあった。左の行きあたり、ずっと遠くに、社殿の灯火が見えた。また反対側、右手の奥には、雑木の影のむこうに大きなテントが立っているのが、シルエットでかろうじてわかる。出入り口らしい場所から、ほんの少し朱色の光が洩れていた。テントのなかに白熱灯がともっているらしく、それが赤いテント地に映って、鮮やかなバーミリオンに見えるのだった。

男は先に立って、一つの影になり、テントのほうへと近づいていく。

光の洩れる場所からなかを覗くと、若者が四人、とても広いテントのまんなかあたりで輪のようになって眠っていた。みんな薄汚れたジーンズと、くたびれたTシャツを着ていた。紙コップと、ビール缶と、ジュースのペットボトルと、スナック菓子の袋がちらばっていた。正面に舞台があった。白熱灯だけ、天井のあちこちに、クリスマスの電飾みたいにともっていた。

「芝居、やってるんだね。不寝番たちがみんな眠ってる。」

ふふふと男が笑う。歯並びのいい口を開いて、女も笑いだす。

「あなたが、こんなふうに安心して眠ってるところも、見たかったけど。」

夜が明け、アパートの最後の荷物を引き払い、男は女を空港に見送った。そのときのことを、男はいまでもはっきりと覚えている。

手荷物検査を済ませてボストンバッグを受けとると、女はそれを右手に提げた。そして、薄い肩をいくらか前に落として、うつ向きかげんに、コンコースをまっすぐ、まっすぐに歩いていった。ほんとうに孤独なとき、人は、けっして振りむかない。

もう一〇年も前のことである。

それから数年たって、男は、ウェートレスをやっていた元妻と、もういっぺんやりなおした。女は、いったん郷里の街に戻ってから、二時間ほど離れた街の歯科矯正医と新しい結婚をした。

すでに夕刻だけれども、太陽の位置はまだ高い。西日で、グラウンドのむこうの河原の石が白く、川波が金色に光っている。列島西端のこの街では、東京より、三〇分は日が長いのである。

八〇〇mを走る二人のランナーが、二周目のトラックの最終コーナーを曲がりきり、最後のホームストレートにかかっている。ランニングシャツのちいさな胸が、小刻みに上下するのがスタンドからもはっきり見え、激しい息づかいまで、聞こえそうだ。

一〇〇mハードルのコースでは、ほとんど歩行に近い、ゆっくりした走りで、二人ずつ二組が、互いに距離を置いてハードリングの練習をしている。リード脚でハードル上を通過しながら、続いて抜き脚でも越える。跳ぶというより、またぎ越す。一〇台のハードルを越し終わったら、コースをはずれ、最初のハードルのところへ戻って、また一〇台のハードルを越えていく。子どものころのゴム跳び遊びを、女は思いだす。

脚と、腕、上体との、動作の呼応をこうやって調整していく。どれほど強く踏みきっても、体のほかの部分との連携が悪ければ、フォームの流れは断ち切られ、走りはすぐにばらばらになる。だから、選手たちは、繰りかえし繰りかえし、この退屈な動きの訓練に、耐えている。

ゆっくり。

もっとゆっくり。

そして、止まらないように。

ユメは、二組目の右側のコースにいる。長身が有利とされるハードル選手のなかで、いちばん背が低く、体つきも華奢に見える。


互いにべつべつの新しい生活を持ってから、男と女は、またどちらからともなく連絡を取りだした。そして、二人のあいだの関係を、前とは違ったものに変えていこうとつとめた。けれど、これが、いいことであるかは、彼らにもわからない。

一〇年前に捨てた自分の娘と、面と向きあうことを、まだ女はおそれている。振りほどくように、そこを去った。会いたい、話したい、とても。けれど、ユメがいま同じことを望むだろうか？　そうとは、とても思えない。

それでも、と男は思っている。自分がどこからやって来て、いまここにいるか、それさえ確かめられないことに、少女は不安でいるのではないか。俺だって、どこかしら、そうなのだ。ユメが走る姿を見るたび、言葉にできない悲哀が通り抜けていく。少女は走る。それを眺める自分の心が、少女の身体になっているように、彼には感じられる。

幸福には、まだらな汚れが混じる。ハードルのバーの、白黒まだらみたいに。いま彼らには、自分たちの幸福に、どの程度の嘘が混じっているか、むかしよりもかなりはっきりと見えている。

――よーし！――

ホイッスルを吹き、コーチがグラウンドで、太い声を張りあげる。

――ハードラーは、全員スタートラインへ！――

四人の選手は、ハードリングの練習を途中でやめて左右に別れ、コーチが立つ場所へと駆け足で戻っていく。

女は、一五年前の自分に、いまここにいる自分自身を映してみる。娘を産み、幸福だった。愛したはずの男のところに駆けだしたが、ちゃんとはたどり着けなかった。いまはただ、夏の終わりの西日を受けつつ、馬鹿みたいな顔して、ここに二人並んで座っているだけだ。女には、なんだか、すべてが、とても長い夢のようにも感じられる。

男は、むかし聞いた、女の歯ぎしりの音を思いだす。

きり、きり。

き、り、り。

きり、き、り、り、りり。

ここからバスで一時間ほどの温泉地のちいさな宿で、俺は秋虫が鳴くようなその音を聞いて、夜明けごろ目を覚ましたのだ。東京で半年いっしょに暮らしたあいだも、よくそれを聞いた。あれから一〇年。きり、き、り、り、りり。俺の頭蓋骨のなかで、いまもときどき、あの音が鳴っている。

「ね、たかしさん。」女が、青いレンズのサングラスを、膝に置いて言った。銀のフレームが、バーミリオンの生地の上で、西日を受けて光っている。「わたし、このごろ、なんか、しーんとした気持ちのするとよ。そがんこと、なかね？」

そして、男と女は、いまスタンドに座りながら、偶然にも、同じ光景を思いだしているのである。なぜだかわからないが、二人とも、ここに腰掛けると、よくそれを思いだす。一〇年前、最後の夜、盛り場のはずれの神社で見かけた、あの赤いテントのことだ。

たった一つきりの、穏やかな彼らの夜。若者たちは眠っていた。白熱灯のための自家発電機だけが、静かなうなりを立てていた。

人は眠る。いつも。何のためでもなく。いま、あそこに入っていければ、どんなにいいか。どこか、自分の知らない場所で、やがて目を覚ますことができたなら。


——じゃあ、ラスト一本！——

グラウンドからコーチの声が響いてくる。

日は、だいだい色に染まって、いよいよ街の上に傾いている。

ピストルの音。

一組目の二人がスタートする。

八歩目で最初の踏みきり。

かくっ、かくっ。かくっ、かくっ。四本の脚が、折りたたまれて伸び、また折りたたまれて伸び、規則正しく、一〇台のハードルを越えていく。

二組目の右側のコースに、ユメがいる。クラウチング・スタイルで、スタートの合図を待っている。

——河上。踏みきったらディップ。思いっきり深く、前傾。こわがらないで。そうやったら、もっと前へ前へ、スピードが乗ってくる。——

小さな顎が、かすかに、こくんと動く。その隣の少女は、じっとクラウチング・スタイルで、静止して動かない。

言いおわると、コーチはいきなり、二組目のスタートの合図のピストルを撃った。ほとんど同時に、四本の脚で蹴りつけられたスタート地点に、土ぼこりが舞いあがる。

一三mを八歩で走り、最初のハードルを越える。あとはハードル間の八mを三歩で走り、踏みきって、二台目、三台目、四台目と、ハードルを越えていく。

隣のコースの選手、ポニーテールの女の子がわずかにリードして、その差はじょじょに広がる。

かくっ、かくっ。かくっ、かくっ。

四本の脚の動きは、だんだん乱れて、ユメの踏みきりが遅れていく。

かくん、かくん。

かくん、かくん。

ポニーテールの女の子の前脚が、八台目のハードルのバーに当たる。次の瞬間、上体が前のめりに大きく崩れて、彼女は激しく転倒した。

「あ。」

男が双眼鏡から目を離す。女は立ち上がる。

地面にたたきつけられたハードルが、跳ねあがる。ポニーテールの女の子は、ぐしゃりとつっ伏したまま、動かない。

半身ほど遅れて、ユメも自分のコースの第八ハードルのバーを、前脚で蹴っていた。

がくんと前に大きく揺れたが、彼女は倒れない。スピードはそこで落ちた。そのまま、九台目のハードルもなんとか越えている。夕陽が、ただ一人で走る、彼女の背に当たっている。

少女は最後のハードルにむかって、ふらふら、ふらふらと、走っていく。

重箱の隅を描けるだけの言葉

二五年ほど前の話である。私が、小説というものを書きはじめるころだった。

ベテランのイラストレーターと、三〇代の青年コミック系の人気マンガ家に、同席して話を聞く機会に恵まれたことがある。イラストレーターは、アニメーション作家としても長いキャリアで知られる人だった。マンガ家のほうは、すっきりとした描線によるエロチックな表現にも秀でたストーリーテラーで、当時まだ珍しかったドローソフトによるコンピュータ上での作品制作に、いち早く切り替えた人でもあった。

二人のあいだで、「二次曲線の描き方」という話題が、熱心に取り交わされていたのを覚えている。二次曲線とは、ふつう、放物線、楕円、双曲線などをさす。われわれの身辺でも、そうした形状を帯びるモノや光景はいろいろある。とはいえ、現実のモノや光景は、二次元の図形と違って、三次元の立体をなしている。その形状を、「絵」という二次元の表現物に写し取るには、どう描くのが適切か？ これは、画家にとって、古くからの、しかも、いまだにはっきりとした正解のない問いである。コンピュータグラフィックスによる解析なども発展した時代に、改めて、これが二人のあいだで真剣な意見交換の主題になった、ということだったかと思う。

だが、同席する門外漢の私には、なぜ二人が、こんな議論を大マジメにいきなり始めたのかが、わからなかった。

「いえね、われわれは、毎日、絵を描くでしょう。すると、実際には、こういうところが難しいものなんですよ……」

ベテランのイラストレーターが、実景の写真の細部を指さし、穏やかな口調で教えてくれた。

山地の傾斜を、つづら折りに車道が下ってくる写真だった。ヘアピンカーブにかかると、車道とともに、ガードレールもこれに沿いながら曲がっている。——カメラは、ほぼ水平な位置から、そういう箇所をとらえている。

ヘアピンカーブを道路が曲がりきると、そこから先、ガードレールは、これまでとは反対側の側面が見えるようになる。つまり、箸袋を斜めに折り返したように、こちらから見える側面が反転する。そうやって、ヘアピンカーブを切るたび、ガードレールは、表、ウラ、表、ウラ……と、見えている側面が入れ替わる。

こうした折り返し点のガードレールの見え方、これをどうやって描けばいいかが、とても難しいのだ、ということだった。

なぜなら、このポイントには、いくつもの「二次曲線」が込み入っているからである。

どんなに急なヘアピンカーブでも、実際には、半径二〇メートル程度の半円形の軌道をなしているはずである。ただし、この写真では、ほぼ同じ高さの横位置から、カメラがその場所を遠景にとらえている。だから、半円形の軌道それ自体は見えず、ヘアピンカーブの場所から、クルマは反対方向に折り返していくように見える。つまり、箸袋を斜めに折り返したような走路である。——ここでのガードレールの曲がり方、資材の厚み、また、上辺部分の丸みの移りゆきなどを、同時に「リアル」に再現するには、どのような描法を取るべきか？

イラストレーターとマンガ家、腕利きの二人が真剣に「二次曲線の描き方」を討議していたのは、煎じ詰めれば、このポイントの描法なのである。

まさしく重箱の隅をつつくがごとき議論。だが、絵画の技法とは、つまるところ、どうすれば「重箱の隅」をリアルに描けるかに、かかっている。三次元の実景と、二次元の「表現」とを、一枚のタブローのなかで架橋しているのは、こうした場所《ポイント》にほかならない。それだけに、ここは「絵画」という表現の矛盾を集約している難所である。エッシャーの「騙し絵」版画に、タブローに線画で描かれた手が、鉛筆を持ち、自身を立体的に描きはじめているものがある。「絵画」とは、こうした数学的な泉から、湧きだすものだとも言えるのではないか。

なぜ画家たちは、自然な状態にある三次元の世界を、無理を承知で、二次元の「絵」へと移さずにおれないのだろうか？　「絵」を描くこととは、どういう行為か？　そうすることで、この「世界」が、どうやって成り立っているかを、確認しようということか。

私自身も、小説というものを書こうとするにつれ、似たような自問に次つぎ囚われた。現実の世界と違って、「小説」には、始まりがあって、終わりがある。なぜなのか？

こういった問いは、たしかに幼稚だろう。だが、だからこそ、自分のコトバに下駄を履かせずに、答えを探す必要があった。それを抜きにしたまま書いていくのは、空しい行為ではないかと感じられた。

そういうところを通って、ようやく『明るい夜』を書き上げたとき、私は、四〇歳をすでにいくつか過ぎていた。

そこに至るまでのあいだのことである。当時、私は東京で暮らしていた。一九九〇年代の終わりからの五年間ほど、週一度、夕刻から深夜にかけ、都内のFMラジオ局で、「ニュース・エディター」という仕事をしたことがある。局内のニュースルームという部署に詰め、通信社から刻々と配信されてくるニュース原稿を選り分けて、番組中の「ヘッドライン・ニュース」でアナウンサーが所定の時間枠に収めて読み上げられるよう、リライトしていく仕事だった。

私は、一九八四年、郷里・京都の大学を卒業すると同時に、東京に居を移した。最初の四年間は、原宿の子ども調査研究所という民間の調査機関で給料をいただいた。それ以後は、ずっとフリーのもの書き稼業で暮らしを立てている。

だが、一九九〇年代後半ごろから、世間の不景気が加速し、こうした稼業を支えてくれた雑誌というメディア自体が減ってきた。こんななかで、署名原稿を書くことだけで暮らしを立てようと無理にこだわっても、かえって、書くのが苦しくなるのではないかと考えた。それより、週一度くらい、割り切った別の稼ぎ仕事に就くことで、家賃の支払い程度をまかなえれば、あとは、これまで通り、書きたいことだけ書いていけるのではないだろうか。と、まあ、これはこれで、傍目からは気楽に映るかもしれない判断だった。また、そこには、FMラジオという畑違いの現場を知っておくのも悪くないのではないかと、いくばくかの好奇心も伴った。

「ニュース・エディター」は、昼夜三つのシフトに分かれ、常時一人がニュースルームに詰めている。同僚たちも、多くがライター稼業のフリーランサーで、お互い、取材の仕事などが入って長く東京を離れたりするさいには、シフトの穴を埋めあう融通が利いて、働きやすい仕事場だった。二〇〇四年秋に、私は、この仕事を退いた。『明るい夜』も、いよいよ完成させねばならなかった。

東京で暮らして、二〇年が過ぎていた。そろそろ、この街を離れてもいいころではないかと考えるようになっていた。けれども、思えば、自分は、まだ「東京」という街を描いた小説を書いていない。そうした小説を一作は仕上げて、ここを離れるようにしたいと思いはじめていた。


『かもめの日』を書くのは、こうした経緯からである。

『明るい夜』の成稿後、鶴見俊輔、加藤典洋の両氏と『日米交換船』という大部の記録を完成させる仕事があった。戦時下に日米交換船で帰国した当事者、鶴見氏からの聴き取りは、『明るい夜』執筆と並行しながら済ませていた。だが、そのあと、「交換船の記録」という長文のドキュメンタリーの章を執筆したりで、私にとって精力を要する取り組みだった。『日米交換船』の刊行は、二〇〇六年三月。そのころには、のちに『かもめの日』となる作品のイメージが、胸中に浮上してきていたのではないかと思う。


『もどろき』（二〇〇〇年、初出）を書き上げたあと、『イカロスの森』（二〇〇二年）、『明るい夜』（二〇〇五年）と、執筆上の試行錯誤を続けるあいだは、本など読むような心のゆとりも、ろくになかった。だが、かえってそれゆえに、少数の書物が、変わらず私を支えてくれていた。チェーホフの諸作品は、私にとって、そういうものだった。

そもそも、『イカロスの森』の下地となるサハリン島への旅に私が出たとき（二〇〇〇年九月）、その導きを果たしてくれたのは、チェーホフ『サハリン島』だった。チェーホフがこの島を訪ねているのは、いまから約一三〇年も前、一八九〇年のことである。当時、サハリンは全島が帝政ロシア領で、流刑地の島だった。

そのころ、チェーホフは、首都モスクワに在住する三〇歳の青年医師で、父母きょうだいから成る大家族の暮らしを支え、ようやく作家としても文名を馳せはじめた時期である。そんなときに、彼は、結核や痔を持つ体で、まだシベリア鉄道もないユーラシア大陸を馬車と船を乗り継ぎながら横切って、はるか極東のサハリン島までわざわざ出向いていった。加えて、彼は、サハリン現地で、流刑囚その他の現地住人と次々に面会し、およそ八千人分に及ぶ手書きの「住民調査カード」まで残している。いったい、なぜ、そんな行動を取ったのか？　それを考えることから、私の『イカロスの森』の構想は始まった。

二一世紀に入ろうとする時代になっても、サハリン島に関しては、実地の見聞をまとまって記した書物はきわめて少なかった。かつて日本領（一九〇五～四五年）とされていた南サハリンはともかくとして、旧日ソ国境の北緯五〇度線を越え、北サハリンを旅したものとなると、なおさらである。だから、チェーホフの『サハリン島』は、私にとって、刊行から一世紀余りを経ながら、なおいくばくか現地案内書の役割も担ってくれていた。（ほかに、ハワイ大学の歴史学者ジョン・J・ステファンによる現地の通史『サハリン』があった。ただし、米国人のステファンに、冷戦下のソ連政府はサハリン入域を許可せず、彼は一度も当地を踏まないまま、この本を書いている。）

こうして『イカロスの森』を刊行したことには、やや時を置いて応答があった。

二〇〇四年一〇月、日本ロシア文学会が北海道・稚内で開催する定例総会に招かれ、「チェーホフ『サハリン島』とその周辺」というシンポジウムに加わった（二〇〇四年一〇月四日、稚内北星学園大学）。

パネリストは、私のほか、インガ・ツペンコーヴァ（チェーホフ『サハリン島』記念館、ユジノサハリンスク）、アレクサンドル・チュダコーフ（世界文学研究所、モスクワ）。対論者に中本信幸、司会・井桁貞義。

このうち、サハリンの州都ユジノサハリンスク在住のツペンコーヴァ氏は、チェーホフがサハリン島で書き残した約八千枚に及ぶ「住民調査カード」全点の学術的な調査・刊行を実現させた人である（二〇〇五年、ユジノサハリンスク。なお、これによって、散逸を免れて残存していた「住民調査カード」は、七四四六枚であることが判明した）。私の場合、『〈外地〉の日本語文学選』全三巻（一九九六年）を編者として刊行したさい、樺太（サハリン）の地における文学活動の先人としてチェーホフに着目していた経緯などから、ここに招致されるに至ったのではないかと思う。

開催地の稚内は、その四年前の秋、私がフェリー船で、サハリン島のコルサコフに向けて出港した場所でもあった。一九四五年の日本敗戦まで、稚泊航路という連絡船が、植民地樺太と稚内のあいだを結んでいた。「稚泊」という航路名は、「稚内」と、コルサコフの旧称「大泊」を意味している。

いまから思えば、こうした経緯も、『かもめの日』の構想が帯びる、また一つの別の糸だったろう。『かもめの日』を刊行した翌年、二〇〇九年秋には、オリガ・スラヴニコワというモスクワの女性作家の来訪を受けた。このとき、私はすでに東京を去り、鎌倉の奥まった地域の陋屋で暮らしはじめていた。彼女の生まれ故郷は、ウラル地方のスヴェルドロフスク（現在のエカテリンブルグ）。旧ソ連時代、多くの核施設が秘密裡に置かれていた地方である。彼女自身の父親も、原子力関連の研究者だったという。日本語訳された作品は少ないが、パワフルな未来的リアリズムとでも言えばよいか。郷里ウラル地方の風土なども、そこに溶かし込まれている趣きがあった。

次の年、二〇一〇年一二月、国際交流基金からモスクワの国際図書展での講演などを求められ、現地に出向いた。オリガ・スラヴニコワ氏との公開対談も、これらのプログラムには含まれていた。この機会をとらえて、モスクワ郊外メーリホヴォにあるチェーホフの旧宅も訪ねた。『かもめ』や『ワーニャおじさん』が書かれた家である。チェーホフは、ここで、村の子どもたちのための学校を三つ、建てている。そのうち一つ、木造平屋の小さな校舎が、雪のなかに残っていた。

サンクトペテルブルクにも足を延ばし、当地のサンクトペテルブルク大学日本語学科で「大逆事件とドストエフスキー」を主題とする講演を行なった。（のちに私は、このときの経験を下敷きに『暗殺者たち』〔二〇一三年〕を書いた。）

ロシアからの帰国後、まもなく二〇一一年三月の東日本大震災、福島第一原発の原子力事故が起こった。

これを受けての短篇集『いつか、この世界で起こっていたこと』（二〇一二年）で、その一篇として「チェーホフの学校」を書いている。

こうして振り返ると、『かもめの日』も、これらのなかにある。

いまは、どうか？

何かを書くときに心がけているのは、一つひとつの「文」を簡潔に過不足なくしっかりとさせる、という程度のことだ。「文」は、センテンス、つまり、文頭から句点（マル）まで。彫刻家なら、作品を正確に彫るために、刃先を研ぎ、鋭利な刀を用意する。書き手にとって、これにあたるようなものが、「文」という道具なのではないか。

技術を得た画家の筆先は、込み入った「二次曲線」を解きほぐす。重箱の隅に、その回路がある。ものを書く稼業にとっても、これには、あまり違いがないように感じる。

担当編集者の堀郁夫さんが、ただならぬ労力を傾け、著者の過去五〇年近くにわたる著作年譜をまとめてくださった。よくぞ、これほど無益な雑文を書き散らしてきたなと、我ながらあきれ、恥じ入るところが多い。だが、こうやって、私は、何ごとかを学んでくるしかなかった。

先の『もどろき・イカロスの森』に続いて、本書でも、堀さんが、初期の単行本未収録作から「バーミリオン」という短篇を拾われた。小さな雑誌の片隅に載っただけのものだが、当時、これをおもしろいと言ってくれる人も、わずかにいた。それを遠いよすがに、少しだけ推敲を加え、ここに収録してみることにした。

二〇二一年三月七日

著作年譜

【凡例】

・著書、編著、訳書は太字で記した。
・書名は『　』、新聞、雑誌などは「　」で出典を記した。
・黒川創以外の名前で発表したものは、※の下にその際のペンネームを記した。
・同雑誌に複数記事を寄稿している場合は、／で続け、最後に掲載誌を記した。
・同月の刊行物は、書籍、雑誌、新聞の順に並べた。
・インタビュー、対談、書評などは以下の形に省略して記載した。

［ア］：アンケート回答　［構］：構成
［イ］：インタビュー　［座］：座談会
［映］：映画評　［司］：司会
［演］：演劇評　［書］：書評
［聞］：聞き手　［対］：対談

１９７３年

「思想」（※北沢恒）「思想の科学」４月号

「やりたい事」（※北沢恒）「思想の科学」７月号

１９７７年

「天皇在位50周年を通して」（※北沢恒）「思想の科学」１月号

１９７８年

「僕等はなぜ僕等なのか」（※北沢恒）「少年補導」１月号

「テキ屋見習い」（※北沢ひさし）「思想の科学」３月臨時増刊号

１９８０年

「ある三面記事をよんで」（※北沢恒）「季刊くちこみ」夏号（７月）

「サルトルは誰に希望をたくしたのか」（※北沢ひさし）「思想の科学」10月号

１９８１年

「済州島からきたにほんのビン」（※洞内和哉）「思想の科学」９月号

［映］『地獄の黙示録』「インポテンツ社会のエクスタシー」（※洞内和哉）「80年代」９月号

「「61年生まれ」は可能か？」（※洞内和哉）「思想の科学」10月号

１９８２年

「玄勝元さんの闘いの報告」（※洞内和哉）「民衆の喊声、民族の絶叫」第４号（８月）

「臨時増刊号編集にあたって」／「試論・大学から―外に何を見るか」／［イ］赤瀬川原平他「アンドロメダ星雲のような社会」［聞］／［イ］藤原史朗「フンドシいっちょうで殺されたイエス」［聞］／［イ］渡辺潤「ミニコミ―〝やさしさ〟と〝おもしろさ〟からの造反」［聞］／［イ］西村みさ「みんなもっと落ちてもいい」［聞］／［イ］熱田憂「武装の彼方に革命は見えたか」［聞］／以下、［書］高橋和巳『わが解体』／三田誠広『僕って何』／徐京植編『徐兄弟獄中からの手紙』／山村荒平「一九五三年生まれの労働現場から」／渡辺一衛「生活の一部となったマンガ」／「編集後記」「思想の科学」６月臨時増刊号

［イ］宇崎竜童「なぜ鶴見・川崎をうたうか」［聞・構］「思想の科学」９月号

「漁色と美食の非国民――永井荷風」／「'70～'82「金銭犯罪」史」（河辺貴久子との共編）［構］「思想の科学」12月号

「大人は子供を守れるのか？――〈非行の低年齢化〉論について」「少年補導」12月号

１９８３年

「〈人民の自衛〉と〈国家の自衛〉――加藤弘之を中心に」「思想の科学」１月号

「伊藤友宣さんへの手紙――疑問と共感をいくつか」「少年補導」２月号

［ア］「私の「学校時代」」「思想の科学」4月号
スタッズ・ターケル『**仕事！**』（共訳、晶文社、5月）
「愛と性の彼方に――伊藤友宣さんへの第二信」「少年補導」6月号
「鉄壁を越えて――玄勝元さんの闘い」「喊声」第5号（8月）
「済州島まで・済州島から」『済州島から来た青年――玄勝元さんの闘いの記録』（玄勝元さんを支援する会、9月）
［座］「80年代学生とは」（参加者：大野明男、池田信一、菅孝行、中西昭雄、黒川創）「週刊東京大学新聞」12月13日号

1984年

［書］ジョージ・オーウェル『カタロニア讃歌』（橋口稔訳、筑摩書房）「記録」3月号
「一人旅のすすめ」「十代」5月号
「『生野民族文化祭　一九八三年度第一回文集』：穿ち出される情景」（ミニコミ時評）「技術と人間」6月号
「『子どもの村通信』：〈世界〉を耕す子どもたち」（ミニコミ時評）「技術と人間」9月号
「『韓国の新聞から見た韓国と日本』：二つの「ブーム」の中で」（ミニコミ時評）「技術と人間」12月号

1985年

「子どもの世界と音楽」「季刊音楽教育研究」冬号（1月）
「『ぐしゃだより』：サンチョ・パンサの酒盛り」（ミニコミ時評）「技術と人間」2月号
［イ］北沢街子、山本まさよ「うちらは言いたい――欲求の不満と満足」［聞］／［イ］近藤純夫「買いもの文化の現在」［構］／［イ］村岡清子「昔は若さが屈辱だった」［聞］「思想の科学」2月号
［イ］日高六郎「父の思い出」［聞・構］「思想の科学」3月号
［書］小田実『毛沢東』「中空に浮いた疑問符」「季刊鄔其山」第7号（3月）
「閑話休題三話――西園寺公望からくみとりの話まで」「山脈《やまなみ》」第56号（4月）
「戦後の思想家」／「宇崎竜童――一蓮托生の組織者」／「加賀まりこ――時代を演じたスキャンダル・メーカー」／「金時鐘――くぐもりと渇望」／「高野悦子――清冽な虚無感」／「山口小夜子――跳梁する〈美〉への願望」／「山口百恵――伝説のシンデレラ・ガール」／「徐勝――年年歳歳花相似」／「唐十郎――いらだちの抒情詩人」／「如月小春――都市の吃音の女神」／「武藤一羊――ラディカリストの封印」／「矢沢永吉――生きる態度としてのロックンロール」／「澤田隆治――笑いの世界の近代主義者」「思想の科学」6月号
「『ゼッケンは屈せず――林君の不当解雇撤回闘争勝利の記録』：工場とスイカ」（ミニコミ時評）「技術と人間」6月号
［イ］鵜飼るみ子「声優」『子供！』（スタジオ・アヌー編、

晶文社、7月）

「『トマ喰い虫』：沈黙の時代に」（ミニコミ時評）「技術と人間」9月号

『〈竜童組〉創世記』（亜紀書房、12月）

「『はじけ鳳仙花――京都から光州へ』：「忘れないこと」の持続」（ミニコミ時評）「技術と人間」12月号

「〈竜童組〉の出航」『竜童組』（パンフレット、12月）

1986年

「データから見た子ども――趣味と消費、性差意識をめぐって」「思想の科学」1月号

「『マンガ　崔哲教さん――ある在日韓国人政治犯のものがたり』：イマジネーションが捉える世界」（ミニコミ時評）「技術と人間」3月号

「「戦後40年文化」について」／「あだち充」／「やまだ紫」／「阿木燿子」／「関川夏央」／「玖保キリコ」／「柴門ふみ」／「徐俊植」／「村上春樹」／「沢木耕太郎」／「長谷川義太郎」／「美内すずえ」／「林幸次郎」「思想の科学」4月号

林幸次郎・赤江真理子『ぼくたちのちんどん屋日記』（構成、新宿書房、5月）

「「竜童組」と「ちんどん通信社」――二つの〈バンド〉を取材して」「日没国通信」第12号（5月）

[イ]金明洙（梁民基訳）「マダン劇『統一クッ』公演を振り返って」[聞・構]／「編集後記」「思想の科学」6月号

「マダン劇『統一クッ』公演パンフレット：理想というもの」（ミニコミ時評）「技術と人間」6月号

「小錦八十吉」ほか（※無署名）「広告批評」6・7月合併号

[イ]「0《ゼロ》ポイントの発見」「第三文明」7月号

[書]渋谷定輔『農民哀史から六〇年』「「農」の視座から現在を見つめる」「第三文明」8月号

「文化風土としての鉄道」「L《エル》・国鉄を考える」8月号

「文化風土としての〝笑い〟（前編）」「マンスリーよしもと」9月号

[対]桜井哲夫と「若者はなぜ言葉を失ったか」「思想の科学」10月号

「文化風土としての〝笑い〟（後編）」「マンスリーよしもと」10月号

「『人間の街――大阪・被差別部落』：にんげんの囁き」（ミニコミ時評）「技術と人間」10月号

「ハングリーな世界に、ミーハーなそよ風を」「東京タイムズ」10月14日

「溶融する「禁句」――子どもたちにとって「禁句」とは？　との問いに対して」「言語生活」11月号

1987年

[解説]沢木耕太郎『紙のライオン　路上の視野Ⅰ』（文春文庫、1月）

「『L・国鉄を考える』：誰が「労働」を殺したか？」（ミニコミ時評）「技術と人間」1月号

「「家族」の肖像」「思想の科学」1月号
「「日本語辞典」の理想」／［イ］天野祐吉「辞書をアイデアする」、［イ］橋本治「辞書を作る」、［イ］平野甲賀「辞書を装丁する」（以上［聞・構］）／［対］高橋章子、高山英男「辞書を使う」［聞・構］「思想の科学」2月号
「ハングリーな世界に、ミーハーなそよ風を」（再録）『越境　スポーツ大コラム』（山口昌男編、TBSブリタニカ、3月）
「変容と停滞」「第三文明」3月号
「『カラワン農村漁村キャラバン報告集』：夢の温度」（ミニコミ時評）「技術と人間」4月号
「マス・カルチャーの「憂鬱」」「グラフィケーション」第30号（4月）
［対］加藤典洋と「思想環境としての〈現在〉」／［イ］赤瀬川原平「熱い夢・冷たい夢――「読売アンデパンダン」から「路上観察学」まで」［聞・構］「思想の科学」4月号
以下、［書］F・エンゲルス『家族、私有財産および国家の起源』／ソポクレス『オイディプス王』／レーニン『なにをなすべきか？』／金子光晴『ねむれ巴里』／三遊亭円朝『怪談牡丹燈籠』／小林信彦『日本の喜劇人』／小林多喜二『蟹工船・党生活者』／村上春樹『中国行きのスロウ・ボート』／沢村貞子『貝のうた』／［対］「四十路の「テンペスト」」（宇崎竜童の電話で30分）「思想の科学」5月号
「巻頭言」（※無署名）「思想の科学」5月号（〜1992年12月号まで）
［対］「右翼っぽさ？　左翼っぽさ？」（宇崎竜童の電話で30分）「思想の科学」6月号
［イ］矢野顕子「矢野顕子的ミュージックライフ」［聞・構］／［イ］吉原すみれ「わたしの中の音色――打楽器の世界から」［聞・構］／［対］「ヤバイことは、イロイロある」（宇崎竜童の電話で30分）「思想の科学」7月号
「『長岡弘芳詩集　すながの』：本の値段」（ミニコミ時評）「技術と人間」7月号
「徹底的にナーバスに、神経的に」「月刊　イメージ・フォーラム」8月号
［イ］吉岡忍「第9回講談社ノンフィクション賞受賞者は日航ジャンボ事故と〝死にざま〟に立ち会い続けて」「週刊現代」8月1日号
［イ］糸井重里「忘れないこと、忘れること」［聞］／「集成・1945年8月15日の「日記」」［編］／［対］「メキシコに、行ってきたぞっ」（宇崎竜童の電話で30分）「思想の科学」8月号
［対］「中国で、コンサートを開いた」（宇崎竜童の電話で30分）「思想の科学」9月号
「加速する停滞――カンディンスキー展とモンドリアン展にふれて」「グラフィケーション」第33号（10月）
「『一九八七年春――獄中十六年の徐兄弟を釈放せよ』：

なお獄中で」（ミニコミ時評）「技術と人間」10月号
「古きもの、新しきもの――新京極と原宿と」／［対］「たまに空しい時もある」（宇崎竜童の電話で30分）「思想の科学」10月号
［書］ウィリアム・トリプレット『帝銀事件の真実』「週刊ポスト」10月9日号
［書］古井由吉、田中康夫『フェティッシュな時代』「真摯にリキ入って、明るいSM？」「朝日ジャーナル」10月30日号
「井戸は目撃者「古井戸」」「東京タイムズ」10月25日
［イ］橋本治「ファッションって、何？」［聞・構］／［イ］吉本由美「スタイリストの場所から」［聞・構］／［対］「俺たちは今でも、チンピラです」（宇崎竜童の電話で30分）「思想の科学」11月号
［演］「『済州ハルマン』：もっと批評を」「民濤」創刊号（11月）
［対］「まったく、近頃の若い人は！」（宇崎竜童の電話で30分）「思想の科学」12月号

1988年

「『プレイガイドジャーナル』『在日文芸　民濤』：「ミニコミ」って、なんだろう」（ミニコミ時評）「技術と人間」1月号
以下、［映］A・ワイダ『灰とダイヤモンド』／W・アレン『カイロの紫のバラ』／F・M・ムーラー『山の焚火』／陳凱歌『黄色い大地』／［対］「厄年のファラオ・ラリー」（宇崎竜童の電話で30分）「思想の科学」1月号
［イ］坂本龍一「音楽にとって〈現在〉とはどういう時代か」［聞・構］／［対］「長電話は踊る・沖縄編」（宇崎竜童の電話で30分）「思想の科学」2月号
「実用の人・義なる人――橋本治讃」「週刊読書人」2月8日号
［イ］キャサリン・モリカワ「法の番人の番人を！」［聞］／「「異物」の思想」／［対］「「ダウンタウン」と「竜童組」」（宇崎竜童の電話で30分）「思想の科学」3月号
［書］寿岳章子『京都　町なかの暮らし』「ラジカルに惚れ込む」「図書新聞」3月19日号
『熱い夢・冷たい夢　黒川創インタヴュー集』（編著、思想の科学社、4月）
［イ］椎名誠、野田知佑「「スポーツ」を遊ぶ」［聞・構］／［イ］上原勇「平和のための空手――上地流空手と沖縄」［聞］（辻信一と）／「思想の科学賞選評」／［対］「ロケに行く」（宇崎竜童の電話で30分）「思想の科学」4月号
「『私達の二つの祖国――墨田・中国から来た子の作文集Ⅱ』：「祖国」という名の異国」（ミニコミ時評）「技術と人間」4月号
「〈先端〉論へ」「グラフィケーション」第36号（4月）
［書］渡辺雄二『エイズってなんだろう？』「だから、空想から科学へ」／［対］「アフリカの象のシッポ」（宇崎

竜童の電話で30分)「思想の科学」5月号
「アコーディオンの響き」「影通信」第8号(5月)
以下、[書]『昭和新聞漫画史』/B・クリーバン、犬養智子・訳『だから猫はやめられない』/あだち充『ラフ』/いしいひさいち『鏡の国の戦争』/いとうせいこう『盗魂』/きうちかずひろ『BE-BOP-HIGHSCHOOL』/くじらいいくこ『Blue Jean』『マドンナ』/さそうあきら『僕が猫だった頃』/さべあのま『地球の午后三時』/ジョージ秋山『アシュラ』/たなか亜紀夫『フジワラくん』/ジョンスン、T『ヘタうま略図・図案辞書』/マンガ・桜沢エリカ&原律子、文・女子大生恋愛特捜隊『女子大生ふむふむ講座』/みうらじゅん『学園ハニワもの ハニーに首ったけ』/みやすのんき『冒険してもいい頃』/やまだ紫『ゆらりうす色』『鈍たちとやま猫』『鳳仙花――やまだ紫初期作品集』/安西水丸『春はやて』『普通の人』/永田トマト『YOUNG BLOOD』/奥平衣良『モダン・ラヴァーズ』/岡崎京子『セカンド・バージン』/雁屋哲・作、上條淳士・画『ZINGY』/橋本治『マンガ哲学辞典』/近藤ようこ『仮想恋愛』/窪之内英策『ツルモク独身寮』/原秀則『ジャストミート』/原律子『御婦人衛生寶典』/五十嵐浩一『ペリカンロード』/江口寿史『寿五郎の This is Rock』/高橋春男『ブラックあんどホワイト』/高橋留美子『らんま½』/高根英博『マンガ 崔哲教さん』/細野不二彦『うにばーしてぃ BOYS』/山田詠美+双葉『ミス・ドール』/山田双葉『シュガー・バー』/山本直樹『極めてかもしだ』/柴門ふみ『11月でも花火』『ホワイトノート』『みんなでデイト――柴門ふみ傑作選』/所ジョージ『テラシマくんはカンガルウ』/上條淳士『Sex』『ロック道』/森山塔『さくらんぼ倶楽部』/須藤真澄『電気ブラン』/杉浦日向子『ニッポニア・ニッポン』/星野之宣『サーベル・タイガー――星野之宣SF傑作集』/石坂啓『夢みるトマト』/石ノ森章太郎『仮面ライダー Black』/川崎ゆきお『ライカ伝』/全能開発研究所編『漫画 オレはエイズだっ!』/相原コージ『相原コージのワンポイント・アドバイス』/村上たかし『ナマケモノが見てた』/関川夏央・作、上村一夫・画『ヘイ! マスター――上村一夫+関川夏央作品集』/沢野ひとし『21世紀まで』/谷地恵美子『ぴー夏がいっぱい』/内田春菊『シーラカンス・ロマンス』『春菊』/蛭子能収『お隣りさん』『ゲイジュツ魂』『サラリーマン危機一髪』『死んでも笑へ!!』『私の彼は意味がない』『私はバカになりたい』『馬鹿バンザイ』/平口広美『コスモスの丘』『熱風ひばりケ丘』/房学基『李朝水滸伝』/紡木たく『あの夏が海にいる』『やさしい手を、もっている』『瞬きもせず』/柳沢きみお『男の自画像』/有馬しのぶ『本場ぢょしこうマニュアル』/[対]「砂の海の異邦人」(宇崎竜童の電話で30分)「思想の

科学」6月号

［イ］ジョニー大倉「俺は「キャロル」大学の卒業生。でもボカーンと入った印税は「一銭も残ってないや」」「週刊文春」6月16日号

「テロリズムの「誘惑」——テロルの言語をめぐって」／［イ］干刈あがた「子ども、家庭、この時代で——『黄色い髪』に触れながら」［聞・構］／［対］「第2期へ——」（宇崎竜童の電話で30分）「思想の科学」7月号

『たまだあ』：″普通″という思想」（ミニコミ時評）「技術と人間」7月号

［イ］宇崎竜童「ロック界のマルチタレントはお坊ちゃま育ちで、サラリーマンの悲哀も体験ズミ」「週刊文春」7月21日号

［イ］吉岡忍「日本の中の〈アジア〉——アジア諸国から来る人々」／「そんなふうにアキハバラ」［文・写真］／［座］「ラーメンのようなもの、とは？」［文・写真］／［対］隅谷三喜男、日高六郎「日本とアジア——経済関係を中心に」［司］／［対］「「おおかた」は「すべて」じゃない」（宇崎竜童の電話で30分）「思想の科学」8月号

［書］リチャード・ウィーラン『キャパ　その青春』『ロバート・キャパ写真集』「チャーミングな皮肉屋」「週刊読書人」8月15日号

［解説］干刈あがた『しずかにわたすこがねのゆびわ』（福武文庫、9月）

［イ］中尾ハジメ「風景、そして専門家とただの人」／［対］「土地と風景」（宇崎竜童の電話で30分）「思想の科学」9月号

［書］リチャード・ウィーラン『キャパ　その青春』『ロバート・キャパ写真集』「生きながら″伝説″を持った戦争写真家の生涯を2年半の歳月をかけて「処女翻訳」」「週刊現代」9月3日号

［書］柴門ふみ『あしたになれば虹は』「インタビューは手軽か」「図書新聞」9月3日号

［対］「時代もどんどん変わっていく」（宇崎竜童の電話で30分）「思想の科学」10月号

「異国料理の風景」（現代ニッポンらんどすけーぷ①）「グラフィケーション」第39号（10月）

「栄光の「V9ジャイアンツ」に取り憑かれてこんな時にスポーツ新聞まで買ってしまった。」「The CARD」10月号

［書］大塚英志『システムと儀式』「システム化に抗って」「週刊読書人」10月31日号

［対］「オペラで「忠臣蔵」」（宇崎竜童の電話で30分）「思想の科学」11月号

「「お、なかなか速いクルマじゃねえか」と思ったら、それがF1レースだった。」「The CARD」11月号

［書］村上春樹『ダンス・ダンス・ダンス』『羊をめぐる冒険』「またヒット間違いない村上春樹の最新作「僕」は奇妙な時空間の″旅″に再び出発する」「週刊現代」11月

5日号
『〈竜童組〉創世記』（筑摩文庫、12月）
［対］「ブルースの楽屋にて」（宇崎竜童の電話で30分）「思想の科学」12月号
［映］「中国、韓国……そして、くやしいけれど〈香港ニューウエーブ〉はおもしろい！」「日経Woman」12月号
「埋立地の風景」（現代ニッポンらんどすけーぷ②）「グラフィケーション」第40号（12月）
「ズボラに走り続ける宗猛選手には、日の丸の旗は似合わない。その気ままさが好きだ。」「The CARD」12月号
「ジャンク・フードとミルクの話」「海燕」12月号
「内田裕也——能面の横顔」「Switch」12月号
［書］中野翠『偽天国』「ミーハー精神もさわやかな「啖呵エッセイ」の醍醐味」「週刊現代」12月24日号

1989年

［対］斎藤綾子、山口文憲「セックスを、セックスによって」［司］／［対］「自粛はつまらない」（宇崎竜童の電話で30分）「思想の科学」1月号
『OPEN APARTHEID PRISONS』：不義に同意しない」（ミニコミ時評）「技術と人間」1月号
「ワンカップのお酒でラグビー観戦。そこは若きオジサンとオバサンの天国、かな?」「The CARD」1・2月合併号
［書］江崎泰子、森口秀志編『「在日」外国人』『アジア人出稼ぎ労働者手帳』「日本が本当の「国際化」を迎えるために」「週刊現代」1月21日号
［対］「「ロック」と「ビジネス」のあいだ」（宇崎竜童の電話で30分）「思想の科学」2月号
「遊園地の風景」（現代ニッポンらんどすけーぷ③）「グラフィケーション」第41号（2月）
［書］橋本治『ぼくたちの近代史』「感性で綴る団塊世代の精神史」「週刊ポスト」2月3日号
［書］橋口譲二『南からの風』「〝清潔な距離感〟が魅力的な沖縄再訪の旅」「週刊現代」2月11日号
［書］江崎泰子、森口秀志編『「在日」外国人』「ニッポン社会が彼らを通して見えてくる」「パンプキン」2月25日号
［イ］如月小春「ニッポン　チャ！　チャ！　チャ！——高度成長期と「昭和」の終わり」［聞・構］／［対］「テレビの民、海の民」（宇崎竜童の電話で30分）「思想の科学」3月号
「なんといっても、相撲はパフォーマンス精神の王者である。脱帽だ。」「The CARD」3月号
［書］川本三郎『マイ・バック・ページ』「「忘れる」か「肯定する」か」「図書新聞」3月13日号
［書］エドウィン・ダイアモンド他『メディア仕掛けの選挙』ジャン・ハロルド・ブルンヴァン『消えるヒッチハイカー』「人を踊らせる「宣伝」「噂」の発信源をさぐ

る」「週刊現代」3月18日号
［書］ジャン・ハロルド・ブルンヴァン『消えるヒッチハイカー』「現代を映し出す「都市伝説」の集大成」「パンプキン」3月25日号
［映］「新しく、力強いメッセージ――『U2・魂の叫び』をめぐって」「産経新聞」3月8日夕刊
［対］ダグラス・ラミス、室謙二「異国で暮らすということ［構］／［対］「20年後」（宇崎竜童の電話で30分）「思想の科学」4月号
「ポスト「ポスト・モダン」の肖像写真」（現代ニッポンらんどすけーぷ④）「グラフィケーション」第42号（4月）
［座］「美味いか、不味いか、薄いスープ――村上春樹・小林恭二・吉本ばなな・山田詠美・島田雅彦について」（参加者：黒川創、上條晴史、愛沢革、影山和子）「新日本文学」春号（4月）
「全日本バレーボール・リーグ女子熱戦と、「レオタード型ユニホーム」の怪。」「The CARD」4月号
［書］エドウィン・ダイアモンド他『メディア仕掛けの選挙』「〝私を買ってください〟――アメリカ大統領選のテレビ戦略」「パンプキン」4月25日号
「長岡弘芳『小詩集　花と虫　猫や人』：生命の軽さ」（ミニコミ時評）「技術と人間」5月号
「〝美少年〟ボクサーは、すっかり〝精悍〟になった。僕たちも、そうやって大人になってしまうのだろうか。」「The CARD」5月号
［解説］斎藤綾子『結核病棟物語』（新潮文庫、6月）
「大きな本屋、小さな夢」／［書］赤瀬川原平『超芸術トマソン』、『芸術原論』、小野二郎著作集Ｉ『ウイリアム・モリス研究』「思想の科学」6月号
「ベラスケスの夢――「新しさ」という古層」（現代ニッポンらんどすけーぷ⑤）「グラフィケーション」第43号（6月）
「スポーツは、やりすぎても、早すぎても、体に悪い。だけどビールは……最高である。」「The CARD」6月号
［書］井上章一・文、大木茂・写真『ノスタルジック・アイドル　二宮金次郎』「GHQも評価した日本最大の民主主義者」「週刊現代」6月10日号
［書］川添登編著『おばあちゃんの原宿』「巣鴨に集う老女たちの風俗図」「週刊ポスト」6月30日号
「自民党はまるで軟体動物　「ポスト・モダン」のヘンな社会を迎えて」「朝日新聞」6月3日
『先端・論』（筑摩書房、7月）
「岡本綾子の旅は続く。それはプロフェッショナルとして名前を掲げた、長い旅だ。」「The CARD」7・8月合併号
「縁遠いヤツほど声高に革命願望を叫ぶ」「朝日ジャーナル」7月5日号
「「時代」への着地について」／［対］加藤典洋と「昭和天皇の言語」「思想の科学」8月号
「迷宮都市の光彩」（現代ニッポンらんどすけーぷ⑥）「グ

ラフィケーション」第44号（8月）
「横川澄夫『昭和いろは尽し抄』：焼酎と教会」（ミニコミ時評）「技術と人間」8月号
「淀川長治　映画評論家――お茶の間の笑顔の奥の批評眼」（現代の肖像）「AERA」8月1日号
「ブルーハーツに関する3つの断想」『僕の話を聞いてくれ　ザ・ブルーハーツ I Love』（共著、リトルモア、9月）
「祖父の月」「群像」9月号
「今年も甲子園球場に、全国の〝グリグリ頭〟が結集した。丸刈りと「高校生らしさ」の関係はいかに？」「The CARD」9月号
「〝どんづまり〟感は、江戸の花？」（現代風流考1）「東京タイムズ」9月1日
「タカラヅカの「芸」はポスト・モダンのちゃらんぽらんを照らし出す」（現代風流考2）「東京タイムズ」9月8日
「「宮崎事件」と〝正義派〟たちのビョーキの関係」（現代風流考3）「東京タイムズ」9月15日
「博覧会か文楽か　敬老の日の過酷な選択」（現代風流考4）「東京タイムズ」9月22日
「「額ブチ舞台」じゃ満たされない僕らの「歌舞伎」的現実」（現代風流考5）「東京タイムズ」9月29日
「妖怪伝説」（現代ニッポンらんどすけーぷ⑦）「グラフィケーション」第45号（10月）
「優雅で感傷的なトライアスロン……」「The CARD」10月号
「泉鏡花は僕たちの「世界」を欺き続ける」（現代風流考6）「東京タイムズ」10月6日
「伊藤若冲の世界は、「内面」の宇宙を発見させる」（現代風流考7）「東京タイムズ」10月13日
「〝薪能〟ブームのかがり火に「巨大な田舎」は照りはえる？」（現代風流考8）「東京タイムズ」10月21日
「「芸術至上主義」的ノーテンキさがキモチイイ」（現代風流考9）「東京タイムズ」10月27日
「〝オタク〟の資格」「広告批評」11月号
「新体操は〝スポーツ〟をパロディする」「The CARD」11月号
「「スーパー一座」の女役者たちは、〝かぶき〟精神のド根性を発揮する」（現代風流考10）「東京タイムズ」11月3日
「カネ成るニッポン　リンゴに見習いたい〝控えめ〟という美徳」（現代風流考11）「東京タイムズ」11月10日
「橋本治は〝江戸〟で戦う」（現代風流考12）「東京タイムズ」11月17日
「日本とウィーンの「世紀末」」（現代風流考13）「東京タイムズ」11月24日
［イ］青山南「完成の美酒は遠いが、がんばろう――翻訳『イーディ』」［聞・構］／［対］加藤典洋と「80年代の言葉――「文章読本」から遠く離れて」「思想の科学」12月号
「義経異聞」（現代ニッポンらんどすけーぷ⑧）「グラフィ

ケーション」第46号（12月）
「アイスホッケーの日本酒は、危険な香り」「The CARD」12月号
「声明公演の僧たちの衣装は過激におしゃれだった」（現代風流考14）「東京タイムズ」12月1日
「U2の音楽は、やたらフクザツに、胸に響いた」（現代風流考15）「東京タイムズ」12月8日
「幽霊の〝内面〟をスキャンすれば…」（現代風流考16）「東京タイムズ」12月15日
「祖国喪失者が生きた「風景」」（現代風流考17）「東京タイムズ」12月22日
「「植物的」な音楽の技術論」（現代風流考18）「東京タイムズ」12月29日

1990年

「『百姓物語』：去らない鳥」（ミニコミ時評）「技術と人間」1月号
「小錦は「行け、行け」と闘った」「The CARD」1・2月号
「新しい映画人たちの〝リズム〟と〝編集〟」（現代風流考19）「東京タイムズ」1月12日
「現役の〝娘さん〟たちは歌舞伎に急ぐ」（現代風流考20）「東京タイムズ」1月19日
「ワイエスの絵は、腐敗し続けながら〝現代〟をすり抜ける」（現代風流考21）「東京タイムズ」1月26日
「夢を食う」（現代ニッポンらんどすけーぷ⑨）「グラフィケーション」第47号（2月）
［書］猪瀬直樹『今をつかむ仕事』「各界プロに夢を語らせて秀逸」「週刊ポスト」2月23日号
「『わが愛、陽子』を見送りながら」（現代風流考22）「東京タイムズ」2月2日
「話し言葉の「近代」の終わりに」（現代風流考23）「東京タイムズ」2月9日
「取り残された「武蔵野」」（現代風流考24）「東京タイムズ」2月16日
「ローリング・ストーンズは東京ドームのライト・レフト間で全力の投球を見せた」（現代風流考25）「東京タイムズ」2月23日
［書］渡辺潤『メディアのミクロ社会学』「喪失する枠組み」「北國新聞」2月12日ほか（共同通信配信）
［書］上原隆『「普通の人」の哲学』「歴史を「厚く切る」方法意識」「週刊読書人」2月26日号
「若沖、泡立つ」「本」3月号
「ラグビーと八百屋のキャベツの不思議な関係」「The CARD」3月号
［書］桜井由躬雄『ハノイの憂鬱』「日記風形式でつづる」「河北新報」3月12日ほか（共同通信配信）
「1989年を彩ったひとたちの横顔紹介」『平凡社百科年鑑1990』（平凡社、4月）
［イ］河合隼雄「恐怖とのつきあいかた」［聞・構］／［対］

加藤典洋と「ホラーの感触」「思想の科学」4月号
「〝懐かしの〟時代」「波」4月号
「「不能」者のエクスタシー」（現代ニッポンらんどすけーぷ、不掲載）「グラフィケーション」第48号（4月）
［書］いとうせいこう『難解な絵本』「時代を透かした鋭利な風刺」「週刊ポスト」4月6日号
「伊藤若冲という交差点」「京都新聞」4月11日ほか（共同通信配信）
「笑うジャニス」「小説新潮」5月号
［書］鶴見良行『ナマコの眼』「連想の迷宮」「群像」5月号
「地図を描く」（現代ニッポンらんどすけーぷ⑩）「グラフィケーション」第49号（6月）
［書］東ドイツの民主化を記録する会『ベルリン1989』「長く混沌とした〝時間軸〟の中で」「図書新聞」6月16日号
［書］マイラ・マクファーソン『ロング・タイム・パッシング』「肉体に残る弾丸」「北國新聞」6月4日ほか（共同通信配信）
［書］笠井潔『ユートピアの冒険』「エロス強く肯定する姿勢」「長崎新聞」6月26日ほか（共同通信配信）
「東京の「レーニン」、京都の「ぶぶ漬け」」「東京人」7月号
「かくも長き〝批評〟の不在」『エイティーズ』（the Bungei Critics 4、7月）
［書］宇佐美承『池袋モンパルナス』「集う若い芸術家たち」「河北新報」7月23日ほか（共同通信配信）
「2種類の生物」「The CARD」8月号
「羅城門にて」（現代ニッポンらんどすけーぷ最終回）「グラフィケーション」第50号（8月）
『私成活通信』：感覚の自由」（ミニコミ時評）「技術と人間」8月号
［書］能登路雅子『ディズニーランドという聖地』「中流米国白人の夢想」「日本海新聞」8月20日（共同通信配信）
『くいしんぼうは食堂でキメル！』［編集指導］（女性のための編集者学校5期生編、9月）
［対］南伸坊、山口文憲「あちこちイロイロに、姓はある」［司］「思想の科学」9月号
［書］能登路雅子『ディズニーランドという聖地』「米国人の理想郷の縮図を解読」「週刊ポスト」9月14日号
「アジアへの旅」（されど、われらが同時代①）「City for men」（「シティリビング」折込）9月22日号
［書］窪島誠一郎『漂泊』「夭折の二世画家描く」「新潟日報」9月3日ほか（共同通信配信）
［イ］室謙二「コンピューターとダダ」［構］／「沈黙と迂回——ダダ、若冲、テクスト」「思想の科学」10月号
「〈嘘つき〉の論理」「BRUTUS」10月15日号
「〝芸道モノ〟の悦楽」（されど、われらが同時代②）「City for men」（「シティリビング」折込）10月20日号
［ア］「人殺しよりはビンボーを選びたい」（大至急アンケ

ート 国連平和協力法案)「広告批評」11月号
[イ]「書店のアンテナ・ショップが街のあちこちにできる頃」「POWELL」11月号
「『神軍神報』:脱ジャイアンツの天皇論」(ミニコミ時評)「技術と人間」11月号
[書] 森崎和江『詩的言語が萌える頃』「さまざまな生や死の手本によって彩られた万華鏡」「週刊読書人」11月5日号
「インタビューの冒険」(されど、われらが同時代③)「City for men」(「シティリビング」折込) 11月10日号
[書] 芹沢俊介『ブームの社会現象学』「内面の変異を描き取る」「北日本新聞」11月20日ほか(共同通信配信)
「いとうせいこう」/「井上陽水」/「忌野清志郎」/「上田正樹」/「宇崎竜童」/「加太こうじ」/「カルメン・マキ」/「喜納昌吉」/「木村秀勝」/「キャンディーズ」/「桑田佳祐」/「坂本龍一」/「沢田研二」/「渋谷陽一」/「高野悦子」/「高橋源一郎」/「田川律」/「田中康夫」/「中川五郎」/「中島みゆき」/「パンタ」/「干刈あがた」/「平野甲賀」/「ピンク・レディー」/「細野晴臣」/「松任谷由実」/「村上春樹」/「矢沢永吉」/「矢野顕子」/「山本昌代」/「吉本ばなな」『朝日人物事典』(朝日新聞社、12月)
「懐かしさを遠く離れて——60年代の風景に」/[イ] 木滑良久「華やかに煙って、まわりは星ばかりだった」[構]「思想の科学」12月号
[書] 張振海事件弁護団編『張振海ハイジャック事件』「国と個人のありようが露呈」「図書新聞」12月1日号
「20世紀末の〝江戸〟」(されど、われらが同時代④)「City for men」(「シティリビング」折込) 12月8日号

1991年

[イ] 藤原和通「情報化した音は、リアルを越える」[聞・構]/[イ] 森毅「しょせん、野生には戻れない」[構]/[イ] 今江冬子「花札をパチッと打つ」[聞]/[イ] 藪内竜太「他にやることがあったから……」[聞]/[イ] 北沢猛「中学生のパチンコは、100円を大事にする」[聞]「思想の科学」1月号
「水の上の人生」(されど、われらが同時代⑤)「City for men」(「シティリビング」折込) 1月19日号
[対] 多田道太郎と「水玉にうかぶ肉体——清潔観念とは何か?」「思想の科学」2月号
「少年」「少女」たちの疾走」(されど、われらが同時代⑥)「City for men」(「シティリビング」折込) 2月9日号
「アンネナプキン」/「エアロビクス」/「キス」/「ゲームセンター」/「コイン・ロッカー」/「サマー・タイム」/「ジャパゆきさん」/「フラフープ」/「ボクシング」/「ボール・ペン」/「呼び屋」『戦後史大事典』(三省堂書店、3月)
[書] 西島建男『カラ元気の時代』「80年代モダニズムの

逆説」「図書新聞」3月9日号
「世界の果てにて」（されど、われらが同時代⑦）「City for men」（「シティリビング」折込）3月9日号
「シラける「東京湾岸戦争」」「東京タイムズ」3月13日
「1990年を彩ったひとたちの横顔紹介」『平凡社百科年鑑1991』（平凡社、4月）
「水の温度——谷崎潤一郎『吉野葛』」「思想の科学」4月号
「異邦人の伝説」「群像」4月号
［イ］「クリエイター　いとうせいこう」［聞］「月刊　ドリブ」4月号
「私たちの応用力が試される現代・カタログ文化の大盛隆」「アサヒグラフ」4月26日号
［対］中野翠、南伸坊「妬みの活気も、人生の彩り」
［司］「思想の科学」5月号
「「夢」の領土」（されど、われらが同時代）「シティリビング」5月18日号
「深夜の入浴」「新潟日報」5月15日ほか（共同通信配信）
［書］竹内久美子『そんなバカな！』「遺伝子をエンタテイメントする芸」「現代」6月号
［書］酒井敦『沖縄の海人』「海の上の宇宙」「母の友」6月号
「皮肉と踏み石」（シンポジウム「現代史における前川國男の位置」に参加して）「JIA NEWS」6月号
「芸人たちの足跡」（されど、われらが同時代）「シティリビング」6月15日号
「〈写真〉不在の「ブーム」を越え高速回転する個人的奮闘」「アサヒグラフ」6月28日号
『水の温度』（講談社、7月）
「老人ボケのロックンロールを…」『ガロ曼荼羅』（阪急コミュニケーションズ、7月）
「働かない、自由」『女子学生が読むビタミン——元気に社会に出るために』（私たちの就職手帖編集部OG会編、三修社、7月）
「囃子の音色」「りえぞーん」7月号
「往復書簡　多田道太郎さんへ——ガラスと熱帯」「群像」7月号
「初めての人のためのベン・シャーン入門」「芸術新潮」7月号
［対］柏木博と「現代遊園地考」「ひろがり」第36号（7月）
「特大ボトルのシャンパン」（されど、われらが同時代）「シティリビング」7月13日号
「知名定男　沖縄民謡——伝統の島唄と世界に向けた音楽と」（現代の肖像）「AERA」7月16日号
「歌舞伎かタモリか」「四国新聞」7月25日ほか（共同通信配信）
「このごろの「フツーの女」たち」（ドーナツタイムス）「漫画アクション」8月6日号
［書］ビートたけし『だから私は嫌われる』「たけしの一

石」「図書新聞」8月10日号
「リズムとしての身体」（されど、われらが同時代）「シティリビング」8月24日号
［書］久野収『市民主義の立場から』「〝規範〟はわが内部に宿る」「週刊読書人」8月26日号
『だから、カラダからだ』［編集指導］（女性のための編集者学校6期生編、9月）
「女は去り、男は残る」（ドーナツタイムス）「漫画アクション」9月10日号
「ニセモノから出る〈本当〉」（されど、われらが同時代）「シティリビング」9月14日号
「おススメ三冊」「朝日ジャーナル」9月20日号
［書］栗山章『女王陛下の店』「巨大ニューヨークの素顔を描く珠玉の短編集」「SAPIO」9月26日号
［対］石原秋彦・高山英男「ジュニア・ノベルズの新たな広がり」［司］「思想の科学」10月号
「バカの系譜」「広告批評」10月号
「異郷としての〈日本〉」（されど、われらが同時代）「シティリビング」10月12日号
「雪とメビウス――「マス情報社会」のあとさき」『変貌する家族4　家族のフォークロア』（岩波書店、11月）
「移動する女たち」（されど、われらが同時代）「シティリビング」11月9日号
［書］山崎浩一『「SFコラム」古代トーキョー大発掘』「意地悪く東京の未来」「河北新報」11月3日ほか（共同通信配信）
「CD」／「アダルトビデオ」／「ウォークマン」／「カラオケ」／「ダニ」／「マイルーラ」／「御物」／「神さま」／「東京ドーム」「思想の科学」12月号
［書］ジョエル・マコーワー『WOOD STOCK』、花田清輝『恥部の思想』「「ほんの少し」の美しさについて」「シティロード」12月号
［イ］「世代の枠組みからはみだした早熟な語り部」「クラブプレス」12月号
「ついでに〝有給休暇〟も」（緊急アンケート　学校五日制）「月刊子ども」12月号
「「壁」がなければ「芸術」か？」（されど、われらが同時代）「シティリビング」12月7日号
「スキャンダルとしての広告」「電通報」12月9日号

1992年

［イ］内海愛子「差別が消えていく時」［聞・構］／「豚の感触――「正義」との距離感について」「思想の科学」1月号
［映］「セックスと嘘とデヴィッド・ヘア――公聴会、あるいは「パリス byナイト」」「群像」1月号
「『ガロ』の周辺」（されど、われらが同時代）「シティリビング」1月18日号
「公務員の「信用」」（ドーナツタイムス）「漫画アクション」1月21日号

［映］「癒される宦官――田壮壮『李蓮英／清朝最後の宦官』」「群像」２月号
［書］本田靖春『私たちのオモニ』「〝合言葉〟のあとの家族」「波」２月号
「日下潤一氏の装丁　緊張の代償」「Book Do」２月号
「メルヘンのイロニー　林静一『pH4.5　グッピーは死なない』の水槽」「ガロ」２・３月号
「科学の心情」（されど、われらが同時代）「シティリビング」２月15日号
「「語る」時、「語らない」時」（ドーナツタイムス）「漫画アクション」２月18日号
［映］「パンツの一件――パトリス・ルコント『髪結いの亭主』」「群像」３月号
［ア］「91 Memorial Best」「シティロード」３月号
「〝鬼〟の境涯」（されど、われらが同時代）「シティリビング」３月15日号
「伊藤若冲」（コメント）「SPA!」３月25日号
［演］「不変の観客、不変の感動　宝塚の〝おばさんリアリズム〟」「アサヒグラフ」３月27日号
「彼女とサルとネコと私」（ドーナツタイムス）「漫画アクション」３月31日号
［連載］「風景への視覚」第１回～第74回「電通報」（４月２日号～１９９３年３月29日号）
「塵とドローン」「思想の科学」４月号
「冬の猿」「海燕」４月号
「瀕死のケンタウロス」（曲線上の美術①）「シティロード」４月号
「いかに書けないか」（ドーナツタイムス）「漫画アクション」４月21日号
「メキシコへの海」「海燕」５月号
「空白のカンバス」（曲線上の美術②）「シティロード」５月号
「朝日ジャーナル休刊　昔は面白かったか？」「南日本新聞」５月29日夕刊ほか（共同通信配信）
「花の小鬼」「海燕」６月号
「テンペラの腐肉」（曲線上の美術③）「シティロード」６月号
「夢の不穏」「ガロ」６月号
［解説］「夢の不穏」（再録）ねこぢる『ねこぢるうどん』（青林堂、７月）
「鯖の道」「海燕」７月号
「愛情はふる星のごとく　尾崎秀実」「群像」７月号
「近江の石塔」（曲線上の美術④）「シティロード」７月号
「ふたりの〈感情〉　山本直樹と森山塔（塔山森）」「COMIC BOX」７月号
「E・S・モースのまなざし　明治の日用雑貨収集家」「The あんてぃーく」８月号
「屋外の日光」（曲線上の美術⑤）「シティロード」８月号
「女子トイレのコスモポリタン」（曲線上の美術⑥）「シティロード」９月号

「さまざまな、家族——その「近代」のあとさき」『変貌する家族8　家族論の現在』（岩波書店、11月）
『本が好き。だから出版業界探検』［編集指導］／「洞窟のコンピューター」（女性のための編集者学校7期生編、11月）
「忘却への記憶——極私的な場所での政治力について」「思想の科学」12月号
「菩薩の〝寝巻〟」（衣服の人①）「漫画アクション」12月22日号
「用語事典を読む」「朝日新聞」12月13日

1993年

「ハエ男と私」（衣服の人②）「漫画アクション」1月26日号
「電子時代のディスコミュニケーション——アキ・カウリスマキと（笑）」『反構造としての笑い』（山口昌男編、NTT出版、2月）
「連歌のこだま——やまだ紫ノート」「ガロ」2月号
［イ］関川夏央「漢文脈の「ハードボイルド」」［聞］「思想の科学」3月号
「メガネと裸体」（衣服の人③）「漫画アクション」3月23日号
［書］野田正彰『国家とマロニエ』「現代に潜む凹型の問い」「図書新聞」3月27日号
［対］伏見憲明、斎藤綾子「「平気で生きる」根性について」［司］／「強弱論——弱い感情のありかと「国家」について」／「編集後記」「思想の科学」4月号
「誤解される権利」（寺山修司）「現代詩手帖」4月臨時増刊号
「歌のありか」「群像」4月号
［映］「国家ではなく「弱さ」として」（『マルコムX』とブラックシネマ）「イメージフォーラム」4月号
「初仕事　体験集」「毎日就職ガイド」北関東版、4月号
「たいこもちの羽織」（衣服の人④）「漫画アクション」4月20日号
「暗室の衣装」（衣服の人⑤）「漫画アクション」5月25日号
「脳という内蔵オモチャ」（本のうわさ）「朝日新聞」5月2日
「「SM時代」の変成作用」（本のうわさ）「朝日新聞」5月9日
「自分用の応援歌」（本のうわさ）「朝日新聞」5月16日
「「旅芸人」の視座」（本のうわさ）「朝日新聞」5月23日
「〝エイジアン・ポップ〟の流儀」（本のうわさ）「朝日新聞」5月30日
「私を信じてください。」（衣服の人⑥）「漫画アクション」6月22日号
「「ヒューララ」の流儀」（本のうわさ）「朝日新聞」6月6日
「魔女の回帰」（本のうわさ）「朝日新聞」6月13日
「皇室　現象面と実質面から」「京都新聞」6月16日ほか（共同通信配信）
「神話と怪獣」（本のうわさ）「朝日新聞」6月20日
「脱出の技法」（本のうわさ）「朝日新聞」6月27日
［解説］「さよならの響き」山本昌代『江戸役者異聞』

（河出文庫、7月）
「ローブ・デコルテとマタニティ・ドレスのあいだ」（衣服の人⑦）「漫画アクション」7月20日号
「再話のささやき」（本のうわさ）「朝日新聞」7月4日
「地図を描く」（本のうわさ）「朝日新聞」7月11日
「九代目団十郎の扇子」（本のうわさ）「朝日新聞」7月18日
「無菌の風」（本のうわさ）「朝日新聞」7月25日
「つげ義春の「女」たち」「ガロ」8月号
［ア］「93年上半期読書アンケート」『週刊読書人』8月7日号
「だんじりの夜」（衣服の人⑧）「漫画アクション」8月17日号
「砂の貨幣」（本のうわさ）「朝日新聞」8月1日
「相互からの眺め」（本のうわさ）「朝日新聞」8月8日
「廃墟に立つ愛着」（本のうわさ）「朝日新聞」8月22日
「「都」と「密林」」（本のうわさ）「朝日新聞」8月29日
［対］中野翠、伏見憲明「男と女の関係にパラダイスはない」［聞］／「編集後記」「思想の科学」9月号
「いま〈政治〉を語る「法」と「政治理念」」「週刊読書人」9月13日号
「歯科医の女」（衣服の人⑨）「漫画アクション」9月14日号
「視線の温度」（本のうわさ）「朝日新聞」9月5日
「日記を書く人」（本のうわさ）「朝日新聞」9月12日
「不実の美女」（本のうわさ）「朝日新聞」9月19日
「人が見たら蛙になれ」（本のうわさ）「朝日新聞」9月26日
「無思考習慣システムの「笑い」」（本のうわさ）「朝日新聞」10月3日
「極東の屋根の下」（本のうわさ）「朝日新聞」10月10日
「気弱な由良助」（本のうわさ）「朝日新聞」10月17日
「霧に向かって」（本のうわさ）「朝日新聞」10月24日
「おしゃべりな科学」（本のうわさ）「朝日新聞」10月31日
「だんじり」「群像」11月号
「しつこい――中野重治『甲乙丙丁』」／［座］C・シルヴァースタイン、F・ピカーノ、伏見憲明「田舎の主婦にもメッセージを届けたい――日米のゲイ・ムーブメントをめぐって」［司］「思想の科学」11月号
「しぐさの場所」（本のうわさ）「朝日新聞」11月7日
「体内絵画」（本のうわさ）「朝日新聞」11月14日
「音楽と記憶」（本のうわさ）「朝日新聞」11月21日
「鳥の影」（本のうわさ）「朝日新聞」11月28日
［ア］「93年下半期読書アンケート」「図書新聞」12月25日号
「千年のヒノキ」（本のうわさ）「朝日新聞」12月5日
「ゲームと叙事詩」（本のうわさ）「朝日新聞」12月12日
「逢坂山まで」（本のうわさ）「朝日新聞」12月19日

1994年

「リアリティ・カーブ――東京・ソウル・済州」「思想の科学」1月号
「白磁とパチンコ」（本のうわさ）「朝日新聞」1月9日
「ヤシと海賊」（本のうわさ）「朝日新聞」1月16日
「背中の鬼」（本のうわさ）「朝日新聞」1月23日

「樽に座る」（本のうわさ）「朝日新聞」1月30日
「Lの手紙」／「編集後記」「思想の科学」2月号
「「屈服」への気概」（本のうわさ）「朝日新聞」2月6日
「栄華の日々を持たざりし」（本のうわさ）「朝日新聞」2月13日
「ふたつの「1989年」」（本のうわさ）「朝日新聞」2月20日
「百年後の「さくら丸」」（本のうわさ）「朝日新聞」2月27日
「家事のかたりくち」（アンソロジー・選）「思想の科学」3月号
「もっとも長い旅」（本のうわさ）「朝日新聞」3月6日
「維新の記憶」（本のうわさ）「朝日新聞」3月13日
「パンツの一件」（本のうわさ）「朝日新聞」3月20日
「「神話」の上空」（本のうわさ）「朝日新聞」3月27日
「雪の宿」「群像」4月号
「不透明な森に――言葉の「おぞましさ」を鏡として」「思想の科学」4月号
「ミイラの「ヘア」」「小説club」4月号
［書］村上春樹『ねじまき鳥クロニクル』「「孤独」に安らげず闇を通し「世界」感知」「朝日新聞」4月24日
「サイレンの響き」「アサヒグラフ別冊　京都　みやこのうつろい」（5月号）
［書］森浩一『考古学と古代日本史』「地域史重視し複線で文化プロセスを追う」「朝日新聞」5月15日
［書］V・ウルフ『オーランドー』、蔦森樹『男でも女でもなく』「顔の傷」「思想の科学」6月号
［書］堂本正樹『劇人三島由紀夫』「同じ時空を生きた演劇人の三島戯曲論」（不掲載）「朝日新聞」6月
「第1回市井三郎賞選評」「思想の科学」7月号
［書］森浩一『考古学と古代日本史』「地域史重視し複線で文化プロセスを追う」（再録）「月刊　文化財発掘情報」7月号
「京都、朱に染まる」「東洋インキニュース」7月号
『リアリティ・カーブ――「戦無」と「戦後」のあいだに走る』（岩波書店、8月）
「編集後記」「思想の科学」8月号
［書］徐勝『獄中19年――韓国政治犯のたたかい』「内面に踏みこむ暴力拒んで「非転向」貫く」「朝日新聞」8月21日
［書］島田裕巳『日本という妄想』「「妄想」は社会にどういう「しぐさ」を残したか」「図書新聞」9月17日号
［書］辻井喬『虹の岬』「実業界から歌人へ　川田順の生を小説に」「朝日新聞」9月4日
［ア］「ガロ体験アンケート」「アサヒグラフ」10月21日
［書］尾辻克彦『ライカ同盟』「共産諸国の崩壊と輝き増す中古カメラ」「朝日新聞」10月16日
［ア］「新時代を感じさせた本」「朝日新聞」10月31日
「「夢の島」にて」『こんどはことばの展覧会だ』（水戸芸術館現代美術センター編、11月）
「「日本文学」の異国」「群像」11月号

［書］「芸術新潮」／［書］「三里塚」「思想の科学」11月号
［書］立花隆『脳死体験』「『脳内現象』それとも　核心見極める試み」「朝日新聞」11月6日
［解説］「世界の淵で」萩尾望都『メッシュ』第1巻（白泉社文庫、12月）
「居候」／「無賃乗車」「思想の科学」12月号
［書］古山高麗雄『セミの追憶』「私小説の流儀で示す『悪』の自覚」「朝日新聞」12月4日

1995年

『**性という情緒**』［編・解説］（『富岡多惠子の発言』1、岩波書店、1月）
「映像は自己批評する」「芸術新潮」1月号
［書］三浦雅士『身体の零度』「身体を通して見る異色の文明史」「現代」1月号
「いま必要なのは、名調子に流されない空気抵抗感のある言葉だ」（この文章がすごい！）「鳩よ！」1月号
［ア］「若い世代が望むこの国の〝姿〟」「埼玉新聞」1月4日ほか（共同通信配信）
『**闇をやぶる声**』［編・解説］（『富岡多惠子の発言』2、岩波書店、2月）
「揺れのある距離計」／「編集後記」「思想の科学」2月号
［書］垂水千恵『台湾の日本語文学』「侵略史の自覚含む多文化主義への試み」「朝日新聞」2月26日
『**女の表現**』［編・解説］（『富岡多惠子の発言』3、岩波書店、3月）
「月に近い街にて――植民地朝鮮と日本の文学についての覚え書き」／［対］ピーター・バラカン、山口文憲「日本語とのつきあい方」［司］「思想の科学」3月号
「戦後50年目　日本の痛み　ひ弱なご都合主義　侵略の史実を忘れるな」「山形日報」3月13日ほか（共同通信配信）
『**詩よ歌よ**』［編・解説］（『富岡多惠子の発言』4、岩波書店、4月）
［書］マッテオ・リッチ『記憶の宮殿』「すばる」4月号
［書］吉本由美『だから猫はやめられない』「都会の小さな人間と猫」「群像」4月号
［書］村松貞次郎『やわらかいものへの視点』「『キッチュ』を駆けぬける」（BOOK Watch）「資生堂ホールセーラー」4月号
［推薦文］映画『ファザーファッカー』「僕たちは覚えているだろうか？　あの痛切な通信音。」（映画パンフレット、4月）
［書］ミルチャ・エリアーデ『令嬢クリスティナ』「貴族の娘が吸血鬼に　現代史見る幻想小説」「朝日新聞」4月9日
『**物語からどこへ**』［編・解説］（『富岡多惠子の発言』5、岩波書店、5月）
［書］ウンベルト・エーコ『完全言語の探求』「ヨーロッパの終焉を迎えて」「すばる」5月号

［書］渡辺保『勧進帳』「舞台の非人間性」「群像」5月号
「編集後記」「思想の科学」5月号
［書］黄慧性、石毛直道『韓国の食』「料理の宇宙観」（BOOK Watch）「資生堂ホールセーラー」5月号
［書］フランシス・キング『E・M・フォースター評伝』「作家の気弱さと強さ　冷静に見きわめる」「朝日新聞」5月7日
［書］湯浅克衛『カンナニ――湯浅克衛植民地小説集』「独立運動を見聞した朝鮮植民二世の小説」「朝日新聞」5月28日
「天井桟敷の時間」『GINZABOUT』（ザ・ギンザ、6月）
［書］サルマン・ラシュディ『ジャガーの微笑』「オーウェル以後」「群像」6月号
［書］『家庭の医学』「森の中へ」（BOOK Watch）「資生堂ホールセーラー」6月号
［談話］「ベストセラー3作品を徹底的に解剖すると」「自由時間」6月15日号
［書］瀬名秀明『パラサイト・イヴ』「ミトコンドリアが反乱起こすホラー」「朝日新聞」6月11日
「第2回市井三郎賞選評」「思想の科学」7月号
［書］南伸坊『顔』「顔の科学」（BOOK Watch）「資生堂ホールセーラー」7月号
［書］ゾラ・ニール・ハーストン『彼らの目は神を見ていた』「「この世の騾馬」拒む黒人女性描く小説」「朝日新聞」7月9日
［書］埴谷雄高『虹と睡蓮』「「乾いた悲哀」漂う旧知の人への追悼文」「朝日新聞」7月30日
「表層譚――井伏鱒二・高見順・武田泰淳らの「外地」」「思想の科学」8月号
「親子」「広告批評」8月号
「南島の土俵入り　二横綱の言葉のすれ違いに現れた日本」（鳩の目）「鳩よ！」8月号
［書］吉見俊哉『「声」の資本主義』「「声」に悩む」（BOOK Watch）「資生堂ホールセーラー」8月号
「「現実」のひずみから恐怖は生まれる　夏休み、「納涼ホラー課題図書」」「シティリビング」8月2日号
「「外地」体験のなかのフォースター」『E・M・フォースター著作集4　インドへの道』月報（みすず書房、9月）
「日本文学の植民地体験」「へるめす」9月号
「描かれなかった「家族」」「芸術新潮」9月号
「食は人間の欲望だと『恋人たちの食卓』のお父さんは言った」（鳩の目）「鳩よ！」9月号
［書］柳美里『柳美里の「自殺」』「「生きている」ことを発見する」（BOOK Watch）「資生堂ホールセーラー」9月号
［書］松平誠『ヤミ市　幻のガイドブック』「調査・体験・想像が刺激しあう歴史叙述」「朝日新聞」9月10日
［書］保坂和志『この人の閾』「会話のうちに感じる微妙で豊かな変化」「朝日新聞」9月17日

「輪郭譚」／［イ］門間貴志「アジアの映画の中の日本」［聞］／「編集後記」「思想の科学」10月号
「〝事実〟って何なのか　函館空港遺跡群の不思議な「スクープ」」（鳩の目）「鳩よ！」10月号
［書］切通理作『お前が世界を殺したいなら』「「おたく」が「おたく」に会うとき」（BOOK Watch）「資生堂ホールセーラー」10月号
［書］崔元植『韓国の民族文学論』「〝解放後〟世代による近代史の見直し」「朝日新聞」10月22日
［ア］「著者に会いたい私の三点」「朝日新聞」10月30日
［イ］門間貴志「アジア映画の日本を追って」［聞］「思想の科学」11月号
「日本文学の植民地体験2　「外地」から「在日」へ」「へるめす」11月号
「不正確な「日本語」は若者から中年に増殖　ついに村山首相へ?」（鳩の目）「鳩よ！」11月号
［書］伏見憲明『キャンピィ感覚』「キャンプな感覚」（BOOK Watch）「資生堂ホールセーラー」11月号
［書］野田知佑『新・放浪記』「30年後の今も続く人生を模索する旅」「朝日新聞」11月5日
［書］沢木耕太郎『檀』「痛切な何物かに迫る流行作家の妻の記憶」「朝日新聞」11月19日
「台湾の日本語文学の受難と闊達な心を伝える電話の向こうの声」（鳩の目）「鳩よ！」12月号
［書］伊藤比呂美、石内都『手・足・肉・体』「だからカラダからだ」（BOOK Watch）「資生堂ホールセーラー」12月号
［書］鶴見良行『東南アジアを知る』「歩いて考える流儀特定の視野から解放」「朝日新聞」12月17日

1996年

『〈外地〉の日本語文学選1　南方・南洋／台湾』［編］（新宿書房、1月）
「崩壊譚――20世紀末のバンジージャンプ」「思想の科学」1月号
［書］大岩剛一『ロスト・シティ・Tokyo』「「原っぱ」と「死に地」のあいだ」「建築ジャーナル」1月号
「読んでウットリするような文章よりも、手で水をかいて進む感じのするもの」（この文章に学べ！）／「〈戦後五〇年〉という時間の意味を問う　沖縄の基地問題再燃」（鳩の目）「鳩よ！」1月号
［書］野田知佑『さらば、日本の川よ』「「自由」の川を旅する」（BOOK Watch）「資生堂ホールセーラー」1月号
『〈外地〉の日本語文学選2　満洲・内蒙古／樺太』［編］（新宿書房、2月）
「風景をめぐる」（国境1）「造景」創刊号（2月）
「編集後記」「思想の科学」2月号
「大相撲の「家庭劇」にシラケた。プロはプロに徹すべし」（鳩の目）「鳩よ！」2月号

［書］鶴見俊輔『神話的時間』「時間のこだまを聞く」（BOOK Watch）「資生堂ホールセーラー」2月号
［書］木下直之『ハリボテの町』「当てにならぬ本人性作り物通し日本観察」「朝日新聞」2月4日
『〈外地〉の日本語文学選3　朝鮮』［編］（新宿書房、3月）
「崩壊譚――20世紀末のバンジージャンプ」（再録）『無根拠の時代――今あらためてリアリティ・アイデンティティを問う』（竹内整一編、大明堂、3月）
「国境の経験」「思想の科学」3月号
［ア］「橋龍のここが好きだ!?」「広告批評」3月号
「免疫システムに人生を学ぶ、南伸坊のオバサン的知恵」（鳩の目）「鳩よ！」3月号
［書］淀川長治『映画が教えてくれた大切なこと』「親密な闇の愉しみ」（BOOK Watch）「資生堂ホールセーラー」3月号
［書］紀田順一郎『日本語発掘図鑑』「言葉の「近代」を捜し出版界の行方を探る」「朝日新聞」3月3日
［書］津野海太郎『本はどのように消えてゆくのか』「活字から電子書籍へ　現在追い、未来考える」「朝日新聞」3月17日
［書］月山照基『渡邉崋山の逆贋作考』「難しい「真作」の判断　生成の過程から追跡」「朝日新聞」3月24日
［書］メイ・サートン『夢見つつ深く植えよ』「沈黙を食物とした生　孤独通して得た真実」「朝日新聞」3月31日
「海と山が交わる町」（国境2）「造景」第2号（4月）
［書］淀川長治『淀川長治自伝』「光を浴びて」「思想の科学」4月号
「遠くから見て」「ガロ」4月号
「積丹のトンネル崩落　家族の「怒り」の中報道は責任遂げたか」（鳩の目）「鳩よ！」4月号
「巻頭言」（※「創」の一字署名）「資生堂ホールセーラー」4月号（〜1998年3月号まで）
［イ］「文学のなかに生きる」（シリーズ記憶の作法⑥）「週刊読書人」4月5日号
［書］立花隆『ぼくはこんな本を読んできた』「やっぱりガルガンチュアなのだ」「図書新聞」4月13日号
「「思想の科学」50年と、その休刊――非連続の持続を「伝統」として」「毎日新聞」4月15日
「もう一つの日の丸――起点としての高度成長」／「編集後記」「思想の科学」5月号
［書］樋口覚『中原中也』「喉だけを玩具として」「群像」5月号
「性暴力を考えるにはまず報道も「品位」と尊厳を考えなければ」（鳩の目）「鳩よ！」5月号
［書］秋山和歩『戦後日本人海外旅行物語』「「企業社会」のなかの「個人」が見る世界」「頓智《とんち》」6月号
「普通に〝驚く〟感覚をなくしたTBSの失敗」（鳩の目）「鳩よ！」6月号
「京都／上海」（国境3）「造景」第3号（6月）

[解説]「藤田千恵子の「幸福」の定義について」藤田千恵子『愛は下克上』（ちくま文庫、7月）
「やさしさに近いもの」「あけぼの」7月号
「さまざまな言語の身体感覚が日本語を鍛えなおす」（鳩の目）「鳩よ！」7月号
「海の形象」（国境4）「造景」第4号（8月）
[書] 白洲正子『雨滴抄』ほか「人は、かくれ里で何を食べたか」「建築ジャーナル」8月号
「ロブスターの人権？ 希薄な「生の現実感」を、どう回復するか」（鳩の目）「鳩よ！」8月号
「夏休み、「納涼ホラー課題図書」」「サンケイリビング」8月2日号
「岡本太郎が出会った「沖縄」の豊かさにまだ日本は到れない」（鳩の目）「鳩よ！」9月号
「生命のリアリティへの憧れ――藤原新也『沈思彷徨』『全東洋写真』をめぐって」「週刊読書人」9月13日号
「夢の不穏」（再録）『ねこぢるうどん』（デジタルガロ叢書1）「ガロ」10月号別冊
「船迎《ひなむけ》」（国境5）「造景」第5号（10月）
「ニンゲンの輪郭」「一冊の本」10月号
「正直って何だろう？ 蛭子能収と橋本首相の発言から考える」（鳩の目）「鳩よ！」10月号
「ミスター・チェアマンと、女性議長を呼ぶ米国のコトバの現状」（鳩の目）「鳩よ！」11月号
「「やまんば」の響きはぺらぺらに薄れた今の言葉を鍛え直す」（鳩の目）「鳩よ！」12月号
「離郷について」（国境6）「造景」第6号（12月）
「1996年 単行本・文庫本ベスト3」「季刊リテレール」第18号（12月）
「中川幸夫 生け花作家――孤高に、自在に、花の命を生ける。」（現代の肖像）「AERA」12月23日号

1997年

「ゆっくりと醸される時間を経て生まれた文章こそが、魅力的だ」（この文章に学べ！）「鳩よ！」1月号
「私の出会った本 風通しのいい実感 鶴見俊輔『鶴見俊輔座談』全10巻」「四国新聞」1月12日ほか（共同通信配信）
「携帯電話の向こう側。」「広告批評」2月号
「「たのしい記号」からの眺め」『共生の方へ 講座差別の社会学4』（弘文堂、3月）
[書] イ・ヨンスク『「国語」という思想』ほか「近代のメビウスの環をどう抜けるか」「建築ジャーナル」3月号
「いま中原中也をどう読むか――中原中也の会・創立大会シンポジウム」（パネラー：黒川創・樋口覚、司会・佐々木幹郎）「中原中也研究」第2号（3月）
[対] 佐伯順子と「茶髪で飢餓感吹き飛ばす」「日本経済新聞」3月9日
「蛭子能収 マンガ家――汚れなき邪悪を漂わす自然体

オヤジ。」（現代の肖像）「AERA」4月28日・5月5日合併増大号
「漂流と国境――井伏鱒二の視野から」『現代日本文化論9　倫理と道徳』（岩波書店、5月）
［書］池田浩士『「海外進出文学」論』「戦時下の埋もれた文学に光」「日本経済新聞」5月4日
［書］村上春樹『アンダーグラウンド』「村上が深めようとしたもの」「図書新聞」5月24日号
「座談会」／「書評」／「コレクション」／「パトロン・篤志家」など『民間学事典　事項編』（三省堂書店、6月）
「鶏の目」「群像」8月号
［ア］「97年上半期読書アンケート」「図書新聞」8月1日号
ローレンス・オルソン『**アンビヴァレント・モダーンズ――江藤淳・竹内好・吉本隆明・鶴見俊輔**』（共訳・解説、新宿書房、9月）
「不審紙について」『寺田寅彦全集　第十巻』月報（岩波書店、9月）
［書］タイモン・スクリーチ『江戸の身体を開く』「視覚の問題」「建築ジャーナル」9月号
［書］デーヴィッド・ジェームズ・スミス『子どもを殺す子どもたち』「少年犯罪報道と「理性」の眠り」「週刊読書人」9月5日号
「ヤドランカ　シンガー・ソングライター――歌う女、歌わない国。」（現代の肖像）「AERA」9月15日号
「日本語の問題」（1997年　単行本・文庫本ベスト3）「リテレール別冊⑩　ことし読む本　いち押しガイド98」（12月）
［ア］「今年の三冊」「図書新聞」12月27日号
「「芸」について」「梨の花通信」（特集中野重治と朝鮮）1月号

1998年

『**国境**』（メタローグ、2月）
［ア］「卒業生より」「One PUROPOSE」（同志社大学）4月
「オリベイラ監督『世界の始まりへの旅』：世界の隅っこからの始まり」「エンカルタ・イヤーブック」4月号
［対］石川文洋と「『ロバート・キャパ』戦場カメラマンの宿命」「潮」5月号
［対］太田和彦と「『テレーズ・ラカン』の巻」（東娘舞台評判記19）「シアターガイド」5月号
「森村泰昌『空装美術館　絵画になった私』：自分の顔」「エンカルタ・イヤーブック」5月号
「太宰治没後50年：彼が生きた時間と空間」「エンカルタ・イヤーブック」6月号
「池田武邦　建築家――もと船乗りの夢。」（現代の肖像）「AERA」6月8日号
「逆風をおそれなかった人　追悼松田道雄さん」「京都新聞」6月19日

「愛について」「一冊の本」7月号
「ヒトラーとオリンピック　沢木耕太郎『オリンピア――ナチスの森で』を読む」「週刊読書人」7月10日号
「猫の目」「群像」8月号
［書］石内都『YOKOSUKA AGAIN 1980-1990』「おびえとユーモア」「アサヒカメラ」8月号
［ア］「98年上半期読書アンケート」「週刊読書人」8月1日号
「硫黄島　黒川創さんと行く」「朝日新聞」8月28日号
［書］枝川公一『街は国境を越える』「現代の東京に住む外国人と語り合いその状況をルポルタージュした本」「週刊読書人」8月29日号
「瞼の母」「小説トリッパー」秋号（9月）
「寶爐《ほうろ》」「季刊歴史ピープル」9月増刊号
［座］「ネットワークは学問を変えるか？」（参加者：井上章一、黒川創、佐藤健二、三宅なほみ）「季刊・本とコンピュータ」秋号（10月）
「終わらない硫黄島の戦争」「中國新聞」10月9日ほか（共同通信配信）
［解説］「酔っぱらいの自己探求者」太田和彦『完本・居酒屋大全』（小学館文庫、11月）
「バーミリオン」「小説トリッパー」冬号（12月）
［対］太田和彦と「「山猫理髪店」の巻」（東娘舞台評判記最終回）「シアターガイド」12月号
「ほとんど本を読まなかったけれど」（1998年　単行本・文庫本ベスト3）「リテレール別冊⑫　ことし読む本いち押しガイド99」（12月）
［ア］「98年下半期読書アンケート」「週刊読書人」12月26日号

1999年

［書］村上春樹『約束された場所で　Underground 2』「図書新聞」2月13日号
『若冲の目』（講談社、3月）
「除夜」「小説トリッパー」春号（3月）
［ア］『古墳の発掘　増補版』「一冊の本」4月号
「森浩一　考古学者――遺跡と向き合う自由人。」（現代の肖像）「AERA」4月12日号
「絵のなかの謎を、とぎれた記憶から遡って」「本」5月号
「散りゆく桜の下で」「水脈」第7号（5月）
「伊藤若冲没後200年を前に　画家の生涯から見える地域史」「京都新聞」5月27日
「趣味と書法――中野重治と絵について」「言語文化」第16号（6月）
「新世紀」「小説トリッパー」夏号（6月）
［書］新井満『エッフェル塔の黒猫』「モンマルトルでのサティ」「産経新聞」6月27日
［ア］「「発見」へのプロセスのほうが大事」（ほしい本をどうやって手に入れるか？）「季刊・本とコンピュータ」夏号（7月）

［ア］「99年上半期読書アンケート」「図書新聞」7月31日号
「名前をつける」「読売新聞」9月4日夕刊
「二つの「歌」のあいだで」「大法輪」10月号
「ひと回りの気配」（レジュメ）「シンポジウム　中野重治と朝鮮」（10月29日、明治学院大学にて、中野重治の会）
「「文学の問題」を問うている文学」（１９９９年　単行本・文庫本ベスト3）「リテレール別冊⑬　ことし読む本いち押しガイド２０００」（12月）

２０００年

「宝くじ」「一冊の本」1月号
『硫黄島　IWO JIMA』（朝日新聞社、2月）
［座］「拡大する戦争空間――記憶・移動・動員」（参加者：黒川創、加納実紀代、池田浩士、木村一信）『戦時下の文学』（文学史を読みかえる4、インパクト出版会、2月）
「小説　なぜ私は小説を書くのか」「木野評論」第31号（3月）
「幽霊」「群像」3月号
「米屋の家」「新潮」4月号
「もどろき」「新潮」12月号

２００１年

『もどろき』（新潮社、2月）
「赤と青の色鉛筆」『鶴見俊輔集　続3　高野長英・夢野久作』月報（筑摩書房、2月）
「「ムダ」って悪いこと？」「読売新聞」2月3日夕刊
「このごろ通信　父、祖父の死で始まった対話」「毎日新聞」3月2日夕刊
「「樹のなかの音」を感じて」「北海道新聞」3月9日夕刊
『樹のなかの音　瀧口政満彫刻作品集』［編・序文］（クレイン、5月）
「ものを考えはじめた場所」「朝日新聞」5月13日
［書］姜信子『棄郷ノート』「生まれ落ちたときから自問の声」「図書新聞」5月13日号
［イ］「今月のひと　黒川創」「すばる」6月号
［ア］「２００１年上半期読書アンケート」「図書新聞」8月4日号
［ア］「２００１年下半期読書アンケート」「図書新聞」12月22日号

２００２年

「イカロスの森」「新潮」6月号
「利用者への「壁」にならないカウンターを」「図書館の学校」8月号
『イカロスの森』（新潮社、9月）
「北沢恒彦の著作をめぐる年譜」『隠された地図』（北沢恒彦著、クレイン、11月）
［イ］「サハリンという土地で　ちいさな宇宙のかたち」「図書新聞」11月23日号
「「書痴」の観点」藤井省三、黄英哲、垂水千恵編『台湾

の「大東亜戦争」――文学・メディア・文化』（東京大学出版会、12月）
「大きな掌の下で」（詩）「蚯蚓のはなかみ通信」師走号（12月）
［ア］「2002年下半期読書アンケート」「図書新聞」12月21日号

2003年

「刻まれた名前――本家勇さん、日向伸夫さんのことなど」「作文」第183集（1月）
「エッシャーの郷土」「東北学」第8号（4月）
「振り子は、揺れる」／「チャイニーズ・ジャパニーズ――長崎の「国際性」の水源を生きる」「週刊日本遺産　長崎の天守堂」（朝日ビジュアルシリーズ）4月6日号
「鶴見俊輔詩集『もうろくの春』のこと」「新潮」5月号
「長良川に鵜飼いを観に行く」「週刊日本遺産　長良川」（朝日ビジュアルシリーズ）7月27日号

2004年

「「書痴」的観点――中島利郎論文之序曲」［翻訳］「文學台灣」第49号（1月、台湾）
「再読の恵み」「一冊の本」2月号
「鶴見俊輔詩集『もうろくの春』のこと」（再録）『犬のため息　ベスト・エッセイ2004』（光村図書出版、6月）

2005年

「黒川創がゆく「琵琶湖」「淡海《あわうみ》」の郷土を通って」「週刊司馬遼太郎　街道をゆく　湖西のみち近江散歩」（朝日ビジュアルシリーズ）2月6日号
［書］鶴見俊輔、岡部伊都子『まごころ』「この時代を歩き通すリズムと姿勢」「しんぶん赤旗」2月27日
「明るい夜」「文學界」4月号
「黒川創がゆく「壱岐・対馬」　気長な寄り合いに流れた時間」「週刊司馬遼太郎　街道をゆく　壱岐・対馬の道」（朝日ビジュアルシリーズ）5月22日号
「黒川創がゆく「伊賀街道」　古街道沿いの小さな町に残る古習」「週刊司馬遼太郎　街道をゆく　叡山の諸道　甲賀と伊賀のみち」（朝日ビジュアルシリーズ）7月3日号
「報告　創刊前後」ほか討論参加『『思想の科学』五十年源流から未来へ』（思想の科学社、8月）
『明るい夜』（文藝春秋、10月）
「黒川創がゆく「新宮・中辺路・田辺」　太平洋の町の風貌」「週刊司馬遼太郎　街道をゆく　熊野・古座街道堺・紀州街道」（朝日ビジュアルシリーズ）11月13日号
［書］荒川洋治『文芸時評という感想』「成熟した言葉の使い手の12年」「産経新聞」12月25日

2006年

井波律子『『論語』を、いま読む』［司］（セミナーシリーズ鶴見俊輔と囲んで①、編集グループSURE、1月）
「秋原勝二さん」／［座］「鶴見俊輔と日米交換船」（参加者：鶴見俊輔、加藤典洋、黒川創）「考える人」冬号（2月）

「村へゆく」「家の光」2月号
作田啓一『欲動を考える』［司］（セミナーシリーズ鶴見俊輔と囲んで②、編集グループSURE、3月）
『日米交換船』（鶴見俊輔、加藤典洋と共著、新潮社、3月）
「交換船のこと――鶴見俊輔・加藤典洋・黒川創『日米交換船』」「波」4月号
那須耕介『ある女性の生き方　茅辺かのうをめぐって』［司］（セミナーシリーズ鶴見俊輔と囲んで③、編集グループSURE、5月）
山田稔『何も起らない小説』［司］（セミナーシリーズ鶴見俊輔と囲んで④、編集グループSURE、7月）
「書きはじめたころの鶴見俊輔」「Intelligence」第7号（7月）
「イサム・ノグチ」／「淀川長治」／「金鶴泳」／「坂西志保」／「知里真志保」（戦後日本の「考える人」100人100冊）「考える人」夏号（8月）
「淡い斜光のなかの新発見　「プライスコレクション　若冲と江戸絵画」展に寄せて」「しんぶん赤旗」8月18日
加藤典洋『創作は進歩するのか』［司］（セミナーシリーズ鶴見俊輔と囲んで⑤、編集グループSURE、9月）
「「古京」は谷のひろがりのなかに」「芸術新潮」9月号
「週刊朝日百科『週刊　人間国宝』に寄せて　歌舞伎のまわりに」「一冊の本」9月号
『日本・中国・世界――竹内好再考と方法論のパラダイム転換』［総合討論・司］（愛知大学国際中国学研究センター、11月）

2007年

「答えられなかったことを通して、その問いについてさらに考える」「ポッド出版HP」2月
「硫黄島民からみた戦争」「朝日新聞」3月15日夕刊
吉岡忍、鶴見俊輔『脱走の話――ベトナム戦争といま』［編］（編集グループSURE、4月）
［書］富岡多恵子『湖の南』「言葉少ない者の姿」「波」4月号
「泉鏡花――そこに立つ幽霊たち」「考える人」春号（5月）
「逆さからの光　鶴見俊輔の詩」「現代詩手帖」5月号
［書］加藤典洋『考える人生相談』「百面相で時代に回答」「中國新聞」5月6日ほか（共同通信配信）
鶴見俊輔『たまたま、この世界に生まれて　半世紀後の「アメリカ哲学」講義』［セミナー司会進行］（編集グループSURE、6月）
「状況の中の竹内好」［総合討論・司］鶴見俊輔、加々美光行編『無根のナショナリズムを超えて――竹内好を再考する』（日本評論社、7月）
「編集グループ〈SURE〉のこと」「思想の科学会報」第165号（8月）
［書］李淳馹《リスンイル》『青き闘球部』「静かな渇きに支えられて。」（スポーツを読む）「Number」11月8日号

2008年

「かもめの日」「新潮」2月号

『かもめの日』（新潮社、3月）

山田慶児『中国の医術を通して見えてきたもの――天文学から『夜鳴く鳥』へ』［司］（シリーズ鶴見俊輔と考える①、編集グループSURE、3月）

「墓場まで、嘘とともに歩く」「本が好き！」3月号

［イ］「孤独と喪失とともにあるこの世界の幸福」「ぴあ」4月24日号

柳瀬睦男『科学と信仰のあいだで』［司］（シリーズ鶴見俊輔と考える②、編集グループSURE、5月）

「宮内嘉久さん」／［ア］「私の『海外の長編小説ベスト10』」「考える人」春号（5月）

『ブックデザインの構想――チェコのイラストレーションから、チラシ、描き文字まで』（平野甲賀と共著、編集グループSURE、6月）

中村桂子『わたしの中の38億年　生命誌の視野から』［司］（シリーズ鶴見俊輔と考える③、編集グループSURE、7月）

［ア］「『理想の書斎を手に入れる。』ためのアンケート」「dankai パンチ」7月号

「最初の記憶」（きれいな風貌　西村伊作伝1）「考える人」夏号（8月）

谷川道雄『歴史の中を人間はどう生きてきたか　私たちの場所から中国中世を見る』［司］（シリーズ鶴見俊輔と考える④、編集グループSURE、9月）

「霧の向こうの白鳥」「しんぶん赤旗」9月2日

［書］小田実『河』「「越境者」の歴史書き尽くす叙述」「日本経済新聞」9月28日

『明るい夜』（文春文庫、10月）

「世界文学の構想」「すばる」10月号

「丸山眞男をどう読んできたか、いかに読んでゆくか」（参加者：黒川創、佐川光春、飯田泰三、間宮陽介）「丸山眞男手帖」第47号（10月）

「送り火まで」「週刊朝日百科　甲子園の夏」10月26日号

海老坂武『この時代のひとり歩き』［司］（シリーズ鶴見俊輔と考える⑤、編集グループSURE、11月）

「遠くの地震」（きれいな風貌　西村伊作伝2）「考える人」秋号（11月）

「蔵書をもらう」「ポンツーン」11月号

「ふつうの人のふつう以上の夢」（スタッズ・ターケル追悼）「京都新聞」11月13日

「鶴見俊輔を貫くもの」『鶴見俊輔　いつも新しい思想家』（河出書房新社、12月）

［ア］「読書２００８年」「東京新聞」12月28日

2009年

「はじめに――ほかの世界で、また会おう」／以下、［サマライズ］尾崎秀樹「植民地の傷痕」61年3月号／高史明「与件としての暴力」72年5月号／北沢恒彦「家の別れ」74年10月号／北沢恒彦「地上より永遠に――爆弾とハイジャックの思想」75年10月臨時増刊号／鄭敬謨「勇気を与え

る雷光——金芝河」77年10月号／中尾ハジメ「原発への旅日記」80年1月号／沖東介「文化を滅ぼした教育——日本の台湾山地教育から」80年9月号／秋野不矩「私の好きな絵」80年10月号／中村ふじゑ「霧社抗日蜂起から五十年」81年2月号／藤本和子「北アメリカ黒人女性からの聞き書」81年7月〜9月号、82年2月〜4月号、同6月〜8月号（全9回）／小笠原信「『じゃりン子チエ』の家」81年7月臨時増刊号／小笠原信「歌のつぶて　暴力的なるものをめぐって——中島みゆき論」81年9月号／石朋次「メヒコでのトミーの経験」81年10月号／北沢恒彦「サルトル経の後景」82年4月号／宇崎竜童「なぜ鶴見・川崎をうたうか」82年9月号／松村美代子「義民がいた町」82年9月号／宮内嘉久「廃墟から——断章」82年9月号／北沢恒彦「酒はなめるように飲め」84年7月号／徐京植「ストラスブールの卵」86年9月号／伊藤比呂美「くにとのつきあいかた」87年5月〜88年7月号（全8回、隔月連載）／赤江真理子・林幸次郎「ちんどん屋日記」87年5月〜92年12月号（全68回）／斎藤綾子「結核病棟物語」87年7月〜11月号、88年1月〜5月号、同7月〜89年2月号（全18回）／中山容「想像力としての『アメリカ』」87年9月号／吉本由美「スタイリストの場所から」87年11月号／蛭子能収「くにとのつきあいかた」88年6月〜96年5月号（全93回）／野田知佑「野田知佑のカヌーは座敷」89年5月〜90年6月号、同8月〜92年11月号、93年1月〜同3月号、同5月〜8月号、同10月号、同12月〜94年1月号、同4月〜94年9月号（全56回）／岡崎京子「家族」89年9月〜10月号、同12月〜90年3月号（全6回）／南伸坊「やさしいはムズカシイ」89年12月号／小泉英政「生を継いで」90年9月号／粉川哲夫「無意識の転向と転向の無意識」90年11月号／木滑良久「華やかに煙って、まわりは星ばかりだった」90年12月号／藤原和通「情報化した音は、リアルを越える」91年1月号／岩田昌征・塩沢由典「社会主義・七〇年の経験をどう生かすか」92年6月号／吉永春子「戦争の記憶をもちつづけるということ」92年8月号／室謙二・津野海太郎ほか「コンピューター文化の使い方」93年1・2月〜94年4月号（全7回、2、3カ月おきの連載）／三船雪絵「あかいおりづる」94年8月号／［イ］鶴見俊輔「『思想の科学』六十年を振り返って」［聞］『『思想の科学』ダイジェスト　1946〜1996』（思想の科学社、1月）「王の法のもとで」（きれいな風貌　西村伊作伝3）「考える人」冬号（2月）

「広がる言葉の世界にて」「日本経済新聞」2月1日

「べ平連「家族」に立脚した新たな運動生む」「毎日新聞」2月4日

鶴見俊輔編『アジアが生みだす世界像　竹内好が残したもの』（参加者：中島岳志、大澤真幸、山田慶兒、井波律子、山田稔、黒川創）（編集グループSURE、5月）

「時代は変わる」（きれいな風貌　西村伊作伝4）「考える

人」春号（5月）

「春琴堂界隈」「本の旅人」5月号

「ベ平連　脱走米兵援助運動が直面した現実」『1968年に日本と世界で起こったこと』（毎日新聞社、6月）

［座］「二〇〇八年六月一五日の集会から」「声なき声のたより」第104号（6月）

鶴見俊輔**『不逞老人』**［聞］（河出書房新社、7月）

［解説］「豊かさをうたう歌」大牧冨士夫『ぼくは村の先生だった　ダムに徳山村が沈むまで』（編集グループＳＵＲＥ、7月）

「ちいさくて、いいもの」（きれいな風貌　西村伊作伝5）／「武谷三男　特権的科学者の側でなく市民の側にたった安全性をめぐる議論。」／「古き問いは、より新しくなり、戻ってくる――エドワード・Ｓ・モース」「考える人」夏号（8月）

［書］岡村春彦『自由人　佐野碩の生涯』「彼は、そこから帰らなかった」「en-taxi」秋号（9月）

森毅、鶴見俊輔『人生に退屈しない知恵』［司］（シリーズこの人に会いたかった①、編集グループＳＵＲＥ、10月）

「いま、生きてある場所での検閲」『占領期雑誌資料大系　文学編Ⅰ』第1巻（岩波書店、11月）

「文化学院の教師たち」（きれいな風貌　西村伊作伝6）「考える人」秋号（11月）

「見るものと、見られるものと――二一世紀の「動植綵絵」」「ユリイカ」11月号

［解説］「グロテスクな自分のからだに目をむけて」加藤典洋『増補　日本という身体』（河出文庫、12月）

室謙二『「国」って何だろうか？　オバマのアメリカ合衆国、私が生まれた日本』［司］（シリーズこの人に会いたかった②、編集グループＳＵＲＥ、12月）

「聞こえてくることばと、それを書く言語――池澤夏樹『カデナ』のこと」「新潮」12月号

2010年

「浮世床の風儀」「芸術新潮」1月号

高橋悠治『ピアノは、ここにいらない　祖父と父とぼくの時代』［司］（シリーズこの人に会いたかった③、編集グループＳＵＲＥ、2月）

「性の明るみ」（きれいな風貌　西村伊作伝7）「考える人」冬号（2月）

「広がる言葉の世界にて」（新聞掲載の再録）『日曜日の随想』（日本経済新聞社、3月）

［書］鶴見俊輔、重松清『ぼくはこう生きている　君はどうか』「潮」3月号

那須耕介『バーリンという名の思想家がいた　「ひとりの人」を通して「世の中」へ』［司］（シリーズこの人に会いたかった④、編集グループＳＵＲＥ、4月）

「牢獄の壁に記す」「現代思想」4月号

［書］スタッズ・ターケル『スタッズ・ターケル自伝』「日本経済新聞」4月11日

「狂気か、正気か」（きれいな風貌　西村伊作伝8）「考える人」春号（5月）

中川裕『アイヌ語のむこうに広がる世界』［司］（シリーズこの人に会いたかった⑤、編集グループSURE、6月）

「祇園祭の宵山　男2人でぶらり」「毎日新聞」7月1日夕刊

「悔いなき生活」（きれいな風貌　西村伊作伝9）「考える人」夏号（8月）

［イ］鶴見俊輔「「もやい」としての『思想の科学』——自主刊行までの編集を中心に」［聞］『読む人・書く人・編集する人——『思想の科学』50年と、それから』（思想の科学社、9月）

『かもめの日』（新潮文庫、10月）

山田慶児『技術からみた人類の歴史』［質問者］（編集グループSURE、10月）

「火を焚く夜」（きれいな風貌　西村伊作伝最終回）「考える人」秋号（11月）

［イ］森浩一「「倭人伝」と考古学の現在——東アジア史への新たな視座」［聞］「世界」11月号

「島の暮らしが「国土」をつくる」「潮」12月号

2011年

『きれいな風貌——西村伊作伝』（新潮社、2月）

［イ］「黒川創さんに聞く」「日刊熊野新聞」2月27日

「ハンドメイドで生きた人　西村伊作のこと」『愉快な家　西村伊作の建築』（共著、INAX出版、3月）

［イ］「西村伊作。その人性を創ったのは、祖母もんだと思う」「日刊熊野新聞」3月2日

小沢信男・津野海太郎・黒川創**『小沢信男さん、あなたはどうやって食ってきましたか』**（編集グループSURE、4月）

『北沢恒彦とは何者だったか？』［聞］（編集グループSURE、6月）

「あとがき」山田慶児・編集グループSURE『コーランを読んでみよう』［司］（編集グループSURE、6月）

「庶民の気構え」「潮」8月号

中尾ハジメ『原子力の腹の中で　福島第一原発事故のあとを、私たちはどう生きるか』［司］（編集グループSURE、10月）

「うらん亭」「新潮」10月号

「波」「新潮」11月号

「泣く男」「新潮」12月号

2012年

「チェーホフの学校」「新潮」1月号

「全体討論」（参加者：石川輝吉、小山鉄郎、鷲尾賢也、黒川創ほか）「公開研究会『大菩薩峠』とは何か——文学史と思想史の読みかえの可能性にむけて」（東京工業大学・世界文明センター、1月）

「神風」「新潮」2月号

「橋」「新潮」3月号

「この人・この3冊　今井一」「毎日新聞」　3月11日
「これまでと、これからの長い時間」「新潮」　4月号
「〇〇〇ありき　原発めぐるコトバの軽さ」『読売新聞』
4月27日夕刊
『いつか、この世界で起こっていたこと』（新潮社、5月）
［イ］「場所と人との記憶をたどって」「波」　6月号
中尾ハジメ『電気じかけの俺たち　原子力の腹の中で2』［司］（編集グループSURE、7月）
「『河』に触れて」（講演記録）『小田実のデモクラシーと希望　「小田実生誕80年、没後5年」偲ぶ会記録集』（「小田実さんの文学と市民運動」を語り考える会、7月）
［座］黒川創、アサダワタル、南陀楼綾繁ほか「コミュニティの現在地を探る」「こころ」　7月号
「何が「交換船」をつくったか？」『１９４２年　日米交換船とその時代』（図録、日本郵船歴史博物館、8月）
『思想をつむぐ人たち』［編］『鶴見俊輔コレクション１』（河出文庫、9月）
『身ぶりとしての抵抗』［編］『鶴見俊輔コレクション２』（河出文庫、10月）
［解説］「足裏が見る世界」小沢信男『東京骨灰紀行』（ちくま文庫、10月）
「小さな図書館の窓の光」「かまくら春秋」　10月号
『日高六郎・95歳のポルトレ——対話をとおして』（新宿書房、11月）
『福島の美術館で何が起こっていたのか　震災、原発事故、ベン・シャーンのこと』［編］（編集グループSURE、11月）
［解説］「「発見」の始まり」秋原勝二『夜の話　百歳の作家、満洲日本語文学を書きついで』［聞］（編集グループSURE、11月）
［イ］「とにかく面白かった　この一冊」「サライ」　12月号

２０１３年

「福島の美術館で尋ねた事」「日本経済新聞」　1月27日
「暗殺者たち」「新潮」　2月号
『考える人・鶴見俊輔』（加藤典洋と共著、FUKUOKA Uブックレット3、弦書房、3月）
「祇園祭の宵山　男2人でぶらり　京都府京都市」『私だけのふるさと　作家たちの原風景』（新聞連載の再録）（毎日新聞夕刊編集部、岩波書店、3月）
「チェーホフの学校」（再録）『文学２０１３』（講談社、4月）
「おかず、うどん屋、豆腐屋」「四季の味」　春号（4月）
『暗殺者たち』（新潮社、5月）
「漱石の幸福感」「新潮」　5月号
「西園寺邸の女中さん」『無欲の人　熊谷守一物語』（劇団民藝公演パンフレット、6月）
［対］四方田犬彦と「１００％の事実から生まれた小説」「波」　6月号
「漱石の目に映る、変わりゆく都市東京」「芸術新潮」　6月号

「居心地の悪い旅のなかから」(漱石の時代)「Kotoba」夏号(6月)
「それでも、人生の船は行く」米田知子『暗なきところで逢えれば』(平凡社、7月)
塩沢由典『今よりマシな日本社会をどう作れるか　経済学者の視野から』[聞](編集グループSURE、7月)
「三島賞「選評」について思うこと」「新潮」8月号
『旅と移動』[編]『鶴見俊輔コレクション3』(河出文庫、9月)
『国境　完全版』(河出書房新社、10月)
『ことばと創造』[編]『鶴見俊輔コレクション4』(河出文庫、10月)
「森浩一先生のこと」「新潮」10月号
山田慶兒『海路としての〈尖閣諸島〉航海技術史上の洋上風景』[聞](編集グループSURE、11月)
「深草稲荷御前町」「新潮」12月号
[書]津野海太郎『花森安治伝　日本の暮しをかえた男』
「原発には「商品テスト」ができるのか?」「波」12月号

2014年

「吉田泉殿町の蓮池」「新潮」2月号
「荻窪に都電が走っていたころ。」「東京人」3月号
[対]苅部直と「丸山眞男生誕百年」「週刊読書人」3月28日号
[イ]「黒川創さんに聞く　動乱の近代史　浮かび上がる真実」(『暗殺者たち』について)「熊野日日新聞」3月8日
「文明の行く末に目を凝らす」「西日本新聞」3月29日
「吉祥院、久世橋付近」「新潮」4月号
中尾ハジメ、加藤典洋『なぜ「原子力の時代」に終止符を打てないか』[司](編集グループSURE、5月)
「西村伊作の知恵の資産」「グラフィケーション」第192号(5月)
「離職の機会」「新潮」6月号
「旧柳原町ドンツキ前」「新潮」7月号
「明治初期の日本旅行者」(紀行を訪ねる)「日本経済新聞」7月30日夕刊
[書]ウィレム・ユーケス『よい旅を』「静かな回想記を書かせたもの」「波」8月号
「秋の日のこと」「ごんずい」第134号(8月)
「岩倉使節団の海外体験」(紀行を訪ねる)「日本経済新聞」8月27日夕刊
「マルコ・ポーロの回想」(紀行を訪ねる)「日本経済新聞」9月24日夕刊
『京都』(新潮社、10月)
富岡多恵子『私が書いてきたこと』[聞](シリーズいま、どうやって生きていますか?①、編集グループSURE、10月)
「国家からの自立を求めて」「毎日新聞」10月20日夕刊
「小泉文夫の民謡採集」(紀行を訪ねる)「日本経済新聞」10月29日夕刊

那須耕介『多様性に立つ憲法へ』［聞］（シリーズいま、どうやって生きていますか？②、編集グループSURE、11月）
「小樽という土地」『伊藤整文学賞二十五年の歩み』（伊藤整文学賞記念誌、11月）
「常陸国風土記のリズム」（紀行を訪ねる）「日本経済新聞」11月26日夕刊
石内都『女・写真家として』［聞］（シリーズいま、どうやって生きていますか？③、編集グループSURE、12月）
「まだ相変わらず編集者をやっている――シリーズ《いま、どうやって生きていますか？》のこと」「新潮」12月号
「平和を構築する　知恵の「国境」」「朝日新聞」12月1日
「対馬から望む韓国」（紀行を訪ねる）「日本経済新聞」12月24日夕刊

２０１５年

高山英男『現代史の中の子ども』［聞］（シリーズいま、どうやって生きていますか？④、編集グループSURE、1月）
「『からゆきさん』をたどる」（紀行を訪ねる）「日本経済新聞」1月28日夕刊
稲宮康人『『大東亜共栄圏』の輪郭をめぐる旅　海外神社を撮る』［聞］（シリーズいま、どうやって生きていますか？⑤、編集グループSURE、2月）
「鷗外と台湾と魯迅のあいだ――「日本語文学」の生じるところ」「文藝」春号（2月）
［対］荒川洋治と「『鶴見俊輔全詩集』をめぐって」「週刊読書人」2月13日号
「軍医・鷗外、妻への手紙」（紀行を訪ねる）「日本経済新聞」2月25日夕刊
［書］加藤典洋『考える人生相談』（再録）『書評大全』（共同通信文化部編、三省堂、3月）
「漱石『韓満所感』を紹介した経緯」「日本近代文学館年誌」第12号（3月）
「干刈あがたの島唄」（紀行を訪ねる）「日本経済新聞」3月25日夕刊
「台湾の女神と原発」（紀行を訪ねる）「日本経済新聞」4月22日夕刊
「女の言いぶん――鷗外と漱石のあいだで」「文藝」夏号（5月）
『鷗外と漱石のあいだで――日本語の文学が生まれる場所』（河出書房新社、7月）
「思想の根に宿る自立の魂　鶴見俊輔さんを悼む」「日本経済新聞」7月28日
「鶴見俊輔が見た砂川闘争と沖縄」「沖縄タイムス」8月4日ほか（共同通信配信）
「計画と行動を続けた人　追悼鶴見俊輔さん」「西日本新聞」8月5日
［対］小沢信男と「追悼鶴見俊輔」「週刊読書人」9月4日号
「鶴見俊輔をたどる」「朝日新聞」9月6日
「なぜ『京都』を書いたか」（第六十二期文学教室・公開講座）「民主文学」10月号

「便器でカレーライスを食えるほどの自由」（追悼鶴見俊輔）「新潮」10月号
［対］南伸坊と「思想家として、編集者として」「現代思想　総特集　鶴見俊輔」10月号
［対］山田慶兒と「「人間の発見者」が紡いだ哲学の形。」（追悼鶴見俊輔）「潮」11月号
［対］富岡多惠子と「鶴見俊輔さんのこと」「新潮」11月号
「多元主義の姿勢貫き」（追悼鶴見俊輔）「毎日新聞」11月30日
［連載］「岩場の上から」「新潮」12月号（〜2016年11月号まで）
鶴見俊輔「「もやい」としての『思想の科学』――自主刊行までの編集を中心に」［聞］（再録）／［解説］「いつでも編集を考えていた」鶴見俊輔『「思想の科学」私史』（編集グループSURE、12月）
「「紙の本」の必要は、これからもさらに続く」「グラフィケーション2」ウェブ版創刊号（12月）

2016年

「沖縄まで」「まほら」第86号（1月）
「鶴見俊輔著『「思想の科学」私史』（編集グループSURE）のこと」「日本の古本屋メールマガジン」2月号
「若冲がいた京都」「うえの」4月号
『ハンセン病に向きあって』［司］（木村聖哉、湯浅進と共著、鶴見俊輔さんの仕事①、編集グループSURE、8月）
「『サザエさん』が描いた時代」「芸術新潮」9月号
「鶴見俊輔と『思想の科学』」「Kotoba」秋号（9月）
「千駄木時代の漱石」「うえの」12月号

2017年

『兵士の人権を守る活動』［司］（高橋幸子、三室勇、那須耕介と共著、鶴見俊輔さんの仕事②、編集グループSURE、1月）
『岩場の上から』（新潮社、2月）
「国家からの自立を求めて」（新聞掲載の再録）『2100年へのパラダイム・シフト――日本の代表的知性50人が、世界／日本の大変動を見通す』（広井良典、大井浩一編、作品社、3月）
［対］加藤典洋と「『岩場の上から』から見えたもの」「新潮」4月号
『編集とはどういう行為か？』（松田哲夫、室謙二と共著、鶴見俊輔さんの仕事③、編集グループSURE、5月）
「政治の家に育つ経験」（鶴見俊輔伝第1回）「新潮」7月号
『雑誌『朝鮮人』と、その周辺』（姜在彦・小野誠之・関谷滋と共著、鶴見俊輔さんの仕事④、編集グループSURE、8月）
「流言の歴史も継承を　朝鮮人虐殺事件が私たちに伝えるもの」「毎日新聞」9月13日夕刊
『なぜ非暴力直接行動に踏みだしたか』（小泉英政、川上賢一と共著、鶴見俊輔さんの仕事⑤、編集グループSURE、10月）
「嵐のなかの本」（鶴見俊輔伝第2回）「新潮」10月号
中川五郎『ディランと出会い、歌いはじめる』［聞］（編集グループSURE、12月）

2018年

「思想の科学」をつくる時代」（鶴見俊輔伝第3回）「新潮」1月号

「40年前の記憶から」『京都府立桃山高等学校　創立100周年記念誌』3月

「遅れながら、変わっていくもの」（鶴見俊輔伝第4回）「新潮」4月号

高橋幸子『手づくり雑誌の創造術』［イ］（編集グループSURE、6月）

「ニッポン　なかば異郷の目で　社会学者・評論家　日高六郎氏を悼む」「朝日新聞」6月10日

「孤独恐れぬ自由への意志　日高六郎さんを悼む」「京都新聞」6月12日

「「伝記」をめぐる伝記」（鶴見俊輔伝最終回）「新潮」7月号

［書］松田哲夫編『鶴見俊輔全漫画論』1・2「「思想の屈伸体操」の効力」「産経新聞」7月1日

「「生きる意味」の追求者　日高六郎さんを悼む」「毎日新聞」7月2日

「中国を愛した父と「学問」　日高六郎さんを悼む」「熊本日日新聞」7月2日ほか（共同通信配信）

［ア］「会員の近況」「思想の科学研究会会報」第188号（8月）

中尾ハジメ『2020年の原発問題』［聞］（編集グループSURE、9月）

「まだちゃんと会えていない人――秋山清のこと」「季刊びーぐる　詩の海へ」第41号（10月）

『鶴見俊輔伝』（新潮社、11月）

「小説『京都』に至るまで――土地と創作をつらぬくもの」『〈異〉なる関西』（日本近代文学会関西支部編集委員会編、田畑書店、11月）

山田慶兒『わたしはどんな学問をしてきたか』［質問者］（編集グループSURE、11月）

塩沢由典『経済に「国」はいらない――ジェイン・ジェイコブズを読む』［司］（編集グループSURE、12月）

［対］海野弘と「現代は七〇年代から始まった」「グラフィケーション2」第18号（終刊号、12月）

2019年

［対］井上章一と「鶴見俊輔の中の「ジキルとハイド」」（鶴見俊輔「外伝」の試み第1回）「Ｗｅｂ考える人」1月12日

［対］井上章一と「桑原武夫、梅棹忠夫、梅原猛、そして鶴見俊輔」（鶴見俊輔「外伝」の試み第2回）「Ｗｅｂ考える人」1月24日

［対］井上章一と「ラグビーの球を置いて」（鶴見俊輔「外伝」の試み第3回）「Ｗｅｂ考える人」1月25日

「水沢への旅の記憶――鶴見俊輔と二・二六事件」「うえの」2月号

［イ］「『鶴見俊輔伝』「不良少年」から「不逞老人」へ」「週刊読書人」2月1日号

［対］片山杜秀と「鶴見俊輔とは何者だったのか？」「新潮」3月号
［イ］「マチガイの自覚に生まれる思想」「図書新聞」3月30日号
「評伝　瀧口政満のこと」『樹の人　瀧口政満作品集』（北海道新聞社、4月）
［ア］「平成の三冊」「週刊読書人」4月19日号
「蜜の静かに流れる場所」「新潮」5月号
「「大学解体」と「九条」風化　加藤典洋さんを悼む」「東京新聞」6月4日夕刊
「修羅場を避けない批評家　追悼・加藤典洋さん」「毎日新聞」6月5日夕刊
［書］西槇偉、坂元昌樹編著『夏目漱石の見た中国　『満韓ところどころ』を読む』「熊本日日新聞」6月16日
津野海太郎『本はどのように変わっていくのか』［司］（編集グループSURE、7月）
海老坂武『海老坂武のかんたんフランス料理　シングルライフ、84歳のおもてなし』［聞・写真］（編集グループSURE、7月）
「覚えていること」「新潮」7月号
［解説］「金子直史さんのこと」金子直史『生きることばへ』（言視舎、8月）
「批評を書く、ということ」（追悼加藤典洋）「新潮」8月号
「暗い林を抜けて」「新潮」9月号
余川典子『お産の話――上野博正と新宿「めだか診療所」』［聞］（編集グループSURE、12月）
「夢みる権利」「新潮」12月号

2020年

「地図と天地」「うえの」1月号
『暗い林を抜けて』（新潮社、2月）
「ビールの記憶」『おーい六さん　中川六平遺稿追悼集』（大河久典編、2月）
［ア］「会員の近況」「思想の科学研究会会報」第192号（3月）
「動詞で考えること」『中村桂子コレクション　いのち愛づる生命誌Ⅵ　生きる』月報（藤原書店、4月）
「蜜の静かに流れる場所」（再掲）『文学2020』（講談社、5月）
［対］やなぎみわと「生者と死者のあわい――『暗い林を抜けて』をめぐって」「新潮」5月号
「旅を始めるまでのこと」（旅する少年1）「Web新小説」5月号
［ア］「こういうときこそ本を読もう」「週刊読書人」5月1日・8日合併号
「京都のちまき」（作家の口福）「朝日新聞Be」5月2日
「理想郷の記憶」（作家の口福）「朝日新聞Be」5月16日
「コロナ禍　首相の言葉づかい」「朝日新聞」5月20日夕刊
「水の値打ち」（作家の口福）「朝日新聞Be」5月23日

「「料理」を離れて生きる」（作家の口福）「朝日新聞 Be」5月30日
田村紀雄『自前のメディアをもとめて――移動とコミュニケーションをめぐる思想史』［聞］（編集グループSURE、6月）
「寂しさに負けながら」（旅する少年2）「Web新小説」6月号
「春とともに終わる」（旅する少年3）「Web新小説」7月号
「旧二等兵と父」（旅する少年4）「Web新小説」8月号
「遊んでいる手」『湯川秀樹日記1945』（京都新聞出版センター、9月）
「自立をめぐって」「學鐙」秋号（9月）
「初めての北海道」（旅する少年5）「Web新小説」9月号
「学級新聞と紙パンツ」（旅する少年6）「Web新小説」10月号
「ウィーン近郊」「新潮」10月号
『もどろき・イカロスの森――ふたつの旅の話』（春陽堂書店、11月）
「吹雪がやむとき」（旅する少年7）「Web新小説」11月号
「遊びと集金」「はなかみ通信」終刊号（12月）
「福井という原郷」（旅する少年8）「Web新小説」12月号
［イ］「旅をすること、書くということ」前後編（『もどろき・イカロスの森』刊行記念）春陽堂書店HP、12月25日、30日

2021年

「思春期を持て余す」（旅する少年9）「Web新小説」1月号
「足尾への旅の記憶」「うえの」（ウェブ版）1月号
「雪女の伝説」（旅する少年10）「Web新小説」2月号
『ウィーン近郊』（新潮社、3月）
「沖縄とTシャツ」（旅する少年11）「Web新小説」3月号
［座］荒木康子編「報告：コレクション・トークイベント『宮崎進の作品を語る』」（参加者：宮崎とみゑ、赤松祐樹、黒川創）「福島県立美術館 研究紀要」第6号（3月）
［ア］「会員の近況」「思想の科学研究会会報」第194号（3月）
「演劇的方法」（私が知っている津野海太郎）「本の雑誌」4月号
「二つの短い旅の記憶」（旅する少年12、最終回）「Web新小説」4月号
「「衛生学」の二面性」（今よみがえる森鷗外）「毎日新聞」4月11日
文弘樹『こんな本をつくってきた――図書出版クレインと私』［聞］（編集グループSURE、5月）
［解説］「永続的亡命者の肖像」邱永漢『わが青春の台湾 わが青春の香港』（中公文庫、5月）
「ゲストトーク」（『抗い 記録作家・林えいだい』、第20回ゆふいん文化・記録映画祭）「モンスーン」第6号（5月）

初出一覧

明るい夜

初　出：「文學界」二〇〇五年四月号
単行本：『明るい夜』二〇〇五年一〇月、文藝春秋
文　庫：『明るい夜』二〇〇八年一〇月、文春文庫

かもめの日

初　出：「新潮」二〇〇八年二月号
単行本『かもめの日』二〇〇八年三月、新潮社
文　庫：『かもめの日』二〇一〇年一〇月、新潮文庫

バーミリオン

初　出：「小説TRIPPER」一九九八年冬季号

重箱の隅を描けるだけの言葉

書き下ろし

黒川 創　くろかわ・そう
1961年京都市生まれ。作家。
同志社大学文学部卒業。
1999年、初の小説『若冲の目』刊行。
2008年『かもめの日』で読売文学賞。
13年刊『国境　[完全版]』で伊藤整文学賞（評論部門）、
14年刊『京都』で毎日出版文化賞、
18年刊『鶴見俊輔伝』で大佛次郎賞を受賞。
20年に『暗い林を抜けて』、
近著に『ウィーン近郊』がある。

明るい夜・かもめの日
女たちと男の話

二〇二一年五月二〇日　初版第一刷　発行

著者　黒川 創
発行者　伊藤良則
発行所　株式会社 春陽堂書店
〒104-0061
東京都中央区銀座3-10-9 KEC銀座ビル
電話 03-6264-0855(代)
印刷・製本　株式会社 精興社

ISBN978-4-394-19021-9　C0093